U0924397

她传奇

十五个被上帝眷顾的女人

高伟 / 著

青岛出版社
QINGDAO PUBLISHING HOUSE

图书在版编目（CIP）数据

她传奇 / 高伟著 . -- 青岛 : 青岛出版社 , 2020.1（传奇系列三部曲）
ISBN 978-7-5552-8213-6

Ⅰ . ①她… Ⅱ . ①高… Ⅲ . ①散文集 – 中国 – 当代
Ⅳ . ① I267

中国版本图书馆 CIP 数据核字 (2019) 第 085191 号

书　　名　她传奇——十五个被上帝眷顾的女人
著　　者　高　伟
出版发行　青岛出版社
社　　址　青岛市海尔路 182 号（266061）
本社网址　http://www.qdpub.com
邮购电话　13335059110　0532–85814750（传真）0532– 68068026
责任编辑　吴清波
特约编辑　厚　朴　陈　霞
装帧设计　祝玉华
照　　排　光合时代
印　　刷　青岛国彩印刷股份有限公司
出版日期　2020 年 1 月第 1 版　2020 年 1 月第 1 次印刷
开　　本　32 开（890 mm × 1240 mm）
印　　张　12.25
字　　数　250 千
印　　数　1–6000
书　　号　ISBN 978-7-5552-8213-6
定　　价　49.80 元

编校印装质量、盗版监督服务电话：4006532017　0532–68068638

思想者高伟

杨志军

在一段比荒原还要寂寞的日子里，仅仅是为了发现一丝绿意和听到几声属于我的鸟鸣，我阅读了《她传奇》和《他传奇》。它们的作者是高伟，我认识，曾有交往，鉴于我对朋友的挑剔，只能说应该是朋友，但又吃不准，因为没有心与心的交换，更何况朋友应该互为彼岸，在我一直都是汪洋泅水的时候，对方的认可更重要。及至读到第三本《爱传奇》，我突然发现，早已经是了——我们是隔空交流的朋友，在灵灵相通的感觉里，把独立和寂寞当作餐饭，喂养自己，然后去思考：爱情、死亡、仇恨、尊严、生命、精神、信念、坚守、放弃。文字是必须的，对她来说，不是才女有了思想，而是思想带出了才情。在这座思想匮乏的城市，她一直激浪般地思想着，默默把尖刻与深邃射向通俗肤浅的陆岸。她无需张扬挥洒，如同海洋本身，轻轻呼出一口气，就已经是满眼盛放的涟漪。

三部“传奇”首先迷醉我们的是那些被刻上英雄山的名字，经历和命运、失败和荣耀，在疯魔的文字里，被浩瀚的思想淘洗成了高伟的声息，呼出来的便是珠玉，有多少哲理可以拣选，有多少箴言能够启蒙，有多少资水需得汲取。虽然还不能把它们看作人的精神史，但它们的确包含了人类精神所拥有的几乎全部内容：绝望中的挺立、病态中的绽放、破碎后的归整、枯黄里的萌生，混混沌沌里依然有分明的四季，在冷暖雨雪之间传播悠扬和瞩望遥远。高伟的表达带着启示录式的深沉和发蒙者的自信，让忽略朗然显现，让显现豁然伟大，让伟大继续成长，对抱持梦想和坚毅跋涉的读者，不可回避的便是心的慰藉和灵的唤醒。

就像“传奇”中的达尔文那样，高伟使发现成为习惯，眼光犀利地发现了旧大陆上那些鲜活明亮的新物种，也让读者发现了她的独到以及被独到之笔戳醒后徜徉在黑洞里的那些行星。高伟告诉我们，解读梵高就是解读苦难，好比一枚硬币，少了任何一面，都不是硬币。热爱生命有时就是热爱苦难，不管我们愿意不愿意。大部分情况下苦难都是过去式，我们不知道前面会发生什么，所以还在往前走，走到任何一个时段，都有可能无心再走而停下来，但欲望总会提醒我们：大于死亡的永远是活着。在这里高伟强调的是梵高的另一种启示：有一种成功叫失败，有一种生命借死亡来延长，有一种缺憾必须由时间来弥补。她接过先哲们的接力棒，给梵高的生命涂上了一层新的金黄。高伟让我们面对塞林格就像面对一座大山，虽然多少人都在攀登，但山的寂寞又有谁知道呢？更重要的还不是寂寞本身，而是寂寞中的欣慰，是用隐逸和遁逃对寂寞的礼赞。塞林格是上帝选为“要寂寞”的典范，不是“被寂寞”的奴才。他知道进入人群便没有自由，被人掣肘便没有幸福。他已经超越了一个作家的存在，用独立之人格、自由之思想蔑视了喧哗与骚动联盟的世界。在这个世界里，找不到自我的失落和找不到存在感的惶恐，瘟疫一样困扰着许多人，飞蛾扑火似的热闹背后，是能量的浪费，是对清醒的抛弃和对重生的怀疑。他们背叛了清洁，向肮脏投去献媚的一瞥，可怜地受用着一句“你属于我们”。高伟是个洞察者，她对趋同与从众的厌恶表明她向往人格之上的人格、生活之上的生活。她又是陀思妥耶夫斯基灵魂诉说的倾听者，和陀氏一起直面上帝，发出爱与恨、善与恶、救赎与堕落的永恒诘问，并把诘问推向彻底的虚无。她试图走进他的内心，体验那个人类代言者的全部迷惘和恼痛，却因此让多元而混沌的陀氏世界蒙上了一层仅属于高伟的色彩。陀思妥耶夫斯基的全部努力，似乎都是为了经拷问和剖析之后把人类还给上帝，因为人类的表现太糟糕。而高伟的努力却是为了给陀氏一个安然入眠的理由：正如您说的，我们都不能到另一个星球上死而复生，因为我们被赋予爱时，正好在地球上。解读一个人，尤其是一个天才，并不是为了更接近天才的真实，而是为了把他或她抱在怀中，变成自己的拥有，有力量的人才能做到。高伟是有力量的，所有的恨都是她的恨，所有的爱都是她的爱，所有被她付诸文字的人，都是她的一部分。

是的，不能不说到爱了。星夜披读，《传奇》页页都是高伟的情书——写给世界的呢喃，柔声细语中有多少男贪女爱的缠绵和创巨痛深的隐忍，但她从不直接表达。她通过王洛宾告诉我们：当情歌成为苦难中惟一的奢侈，有多少次我们是用对异性的幻想拯救了自己。不断发现人类本能中对异性的向往，是情歌流传的理由，是被挫败者的最后阵地，是失掉一切的人的一切。高伟通过波伏娃暗示：没有女人就没有“存在”，婚约之外的男人和女人更趋诚实和通透，智慧和勇气加上爱，就可以让我们有能力拥抱“诺贝尔”并潇洒地推开——萨特，摘掉荆冠，甘愿做一个无冕的王者，因为女人和爱需要的不是冠冕。高伟通过梦露警醒世界：我们这个时代不是缺少美艳，而是美艳低贱了平庸了，功利和失真让它俗不可耐，以至于混淆了丑态与美艳的界限；我们这个时代不是人老了，而是爱情老了，多少男人的梦想依旧是邂逅因单纯而直接的梦露，多少女人的梦想仍然是梦露般地被宠爱被激赞被流芳，却至死不悟：非凡的美艳总是以践踏物质主义为前提，清高自赏才能飞扬跋扈，能用献媚和拜金搞定的爱情其结果都是“去他妈的”。克洛岱尔又让高伟惋叹不已：爱情都潜藏着利器，有时有痛而无伤，有时有伤而无痛。对利器我们既喜欢又恐惧，发展到极致就是精神分裂。欲哭无泪的悲凉里，世人永远分不清是上帝错了，还是我们不知好歹？而高伟让卡米拉承载的却是一种没有结束的爱：晚安不是再见，是隐形于“挂了”之后的黑暗之中，妖魅一般细语到天亮。梦是可以醒着做的。还有莎乐美的高伟化：

没有爱就没有自由。女人的自由很简单，就是让你爱的男人爱你。原来爱就是给翅膀提供辽阔，任其翱翔，而不是寻找归宿或家园，更不是用香艳的镣枷锁住灵肉。爱规范你的肉体却释放你的精神，最终让“女权主义”成为笑柄。高伟神采飞扬地试图让我们明白：爱情没有真理，也没有法律，可以拥有，可以离弃，可以天荒地老，可以云心水性，可以春宵沐雨，可以月下临风，可以念旧，可以喜新，可以既念旧又喜新，比如杰奎琳——爱神的另一个名字，今天肯尼迪，明天老船王。权势和金钱铸就的爱里，却也凤毛麟角地有着花成蜜就的美好。

活着与死亡，是高伟倾情的另一个主题，如同地球的两极，呈现的都是冰天雪地。它既是吸引也是排异，一个大磁场的存在让人生的飞升和陨落变得如此有力，夯撞得宇宙在摇晃中破洞百出。卡洛之死让高伟长舒一口气：母也天只，不谅人只。在这里人生变成了一场马拉松绘画，每天都会添上几笔或刮掉几笔。炉火纯青时你发现你创造出了一个怪物，它象征了自己，却隐喻了所有的未知。你为此兴奋不已，却有爱人告诉你：你病了。画家跟普通人的不同在于：她在画，我们在看，她的不明白比我们的不明白更多更丰富，因为缘于迷惑的冲动是创造者的底色。而普拉斯之死却让高伟亮出了诗人的标准，那就是如何对待死亡。所有真正的诗人都应该提前迎接死亡，结果却可能是即刻死去或永远不死。迷恋诗歌或可称为迷恋死亡，每一次分行都有走向深渊的危险。精神处在永恒的疾病里，那个休斯，那个天才的怨侣，是如何用自己的放纵撕裂了爱人的灵魂？沉默。再看顾城之死，我们用冷静面对高伟的激情之痛，依然汩汩地拥有了诗殇的哀恨，才知道诗人不一定是悲悯的，却一定是自我的。自我很容易产生诗性的残忍，比如“美国，我们何时结束这人类的战争？操你自己吧，用你的原子弹”（艾伦·金斯堡）。但如果演化为手段的残忍乃至杀人，就与惯于自戕的诗人无关了。原来一个人不能终其一生都是诗人，他可以前半辈子诗人后半辈子歹人，或者时而诗人时而歹人。诗人哪怕不写诗，哪怕只剩下吃喝拉撒睡，也要有诗意，这是上帝赋予的资质。上帝同时还赋予了我们否定诗人的权力：就算你有汗牛充栋的诗集，也不一定是诗人，因为：如果连诗人都不具备栖居的诗意，世界就一定会泛滥绝望。不能不提到高兹，在高伟深澈的眸子里，他拥有至高无上的诗意，义结金兰的姻缘最后确定为一个只求共死的目标，烂漫到生命终结的愿景背后，弥漫着灵车走向荒漠的梦和一句饱含智慧的亘古箴言——世界是空的。这逼迫我们不得不注意一个尤其深刻的指向：向往死亡并给死亡赋予诗意的人，一定有更大的绝望，如果绝望是因为两个人不能继续相守，结论则是：爱情胜利了，社会失败了——它让人孤独到再也没有了爱，没有了第二个人可以相守。否定了爱的是创造了爱的生命，否定了生命的是创造了生命的时间。如果上苍不能改变时间的方向，所有的生命就只能是悲剧。诗意的自杀是诗意的悲剧，缅怀诗意当然不是赞美自杀。高伟因此而成为生死诗意的守望者。

三部“传奇”，纷至沓来的篇目，几乎篇篇都有爱恨情仇，生死谜团。当行迹升华为理论，随想浓缩为一支响箭，不管高伟愿不愿意，她都得靠着惊世骇俗的笔力，以哲人的气度引领我们抵抗虚无与荒凉，抵抗未知与无常。在我们已经习惯了的悖论里，常常是期待辉煌却迎来暗淡，走向坦途却遭遇坎坷，创造美好却陷入泥淖。而高伟努力要做的，就是用别人的悲壮挽救我们的无聊，用他人的健全弥补我们的残缺，用逝者的强大修葺我们的软弱。从这个意义上说，高伟有使徒的虔心乃至野心，有诗人的天真乃至狂妄，有为善者的悲悯和柔情，有土地的寥廓和丰饶。在海德格尔与阿伦特的故事里，高伟让我们看到：思想者用思想恋爱，情与性不过是附属品，所以他有他的妻子，她有她的丈夫。这跟道德无关，道德范畴内永远不会有传奇。之所以传奇，是因为他们演绎了一个反犹主义者和犹太女人相爱相牴的故事，昭告我们：爱如果能强大到超越种族、独裁、社会、战争，就能唤醒所有被蒙昧的良知。论及肯与崔雅时，高伟为我们带来了一次推翻常态的面对：如果不是死亡就要发生，又有什么恩宠和勇气可言？爱情可以凌驾于死亡之上，但必须以生命为代价。他们勇敢面对的是一种取消了选择的生活：你必须死，你只能爱，你惟一的出路便是爱中去死。命运就这样把爱情推向了绝路，推向了绝处逢生的境遇。欢欣在绝望之时，舞蹈在死亡之日，带着互相的缠绵迎接就义。他们无需拯救自己，他们拯救的是人类日益严重的内心暗淡和爱的丢失。而当高伟进入亨利与宁的情色世界时，展示给我们的又是一种高处不胜寒的美妙：颓废跟道德败坏无关，纯洁不是贞洁，所有至诚至性的爱都应该是一次精神突围，他们是用理想主义包裹起来的人，代表人类，而不是自己。异曲同工的还有她对杜拉斯与扬的描述，让我们想到原初之爱和纯粹之欲：抛开一切功利，专一为爱便是奇迹，我们为什么不能来一次爱情英雄的评选呢？不该贬低的情欲里，深藏不露的是伊甸园的秘密：亚当和夏娃，到底谁勾引了谁？是上帝的撮合还是他们的争取——争取自由也争取放逐？似乎只要是被爱缔造的天才，就不会逃过高伟的眼睛，列侬与洋子如期而至：对列侬来说，女人真的是自己的一根肋骨，被肋骨结构的生命会如流星一样逝去，而肋骨却依然如故，几百年几千年地存在着。它是白花花的唤醒，让人类永远都想倾听《想象》，而最后也只能想象。高伟扮演的，既是激发人的飙浪，也是想象者的音符，她让我们继续仰望列依——一脉刺痛生命的尖锐曙光。

高伟提溜出一打天才为我们解析，告诉我们：生命需要太多太多的支撑，支撑我们的有时是信仰、理想、诗意、爱情，有时就是一个残破的梦，一种不可企及的崇拜，一种虐人的思念。我们知道他或她是天才，却并不知道终其一生天才都在最寻常的疼痛里煎熬，都在寻找最普通的一张婚床。不同的是，天才有多少创造力就有多少破坏力，暴风雨般的幸福往往伴随着暴风雨般的灾难，安时处顺只是普通人的渴望，而不是天才的所求。他们就是要跌宕，要非同凡响。

至此我似乎读懂了高伟：她试图让“传奇”变为日常——心智和内在的日常，突破秩序，实现不被男人罩住，不受他人绑缚，不让现实弱化的目标。她鄙视庸俗，抵抗虚伪，拒绝狭隘，企盼超拔，坚守诚实，拥有雅量。她有精神洁癖，且被自己那颗有质量的头脑左右着，一路向上，借着思想的向度和眼光的深度，飞向宇宙，海阔天空。她以张爱玲为我们励志：生命没有太多的资本拒绝寂寞，只要是出类拔萃者，便没有理由不热爱寂寞，哪怕寂寞至死。荧荧烨烨，眼花缭乱的霓虹阵里，我们看到一个孤拔而起的作家、一个率性而为的女子、一个寂然独立的同道、一个不顾一切献身于文字的人，独对书桌的剪影，如同罗丹的雕像——那个永不停息的思想者，它象征苦闷和悲痛，象征人类的但丁。是为序。

2018 年 1 月 7 日

美丽与哀愁的灵性传递

陈政

首先声明，这本书是我自己主动要求再次审读的。动机是不放心，出于职业习惯，我对美术出版社出这种社科类、文字多的书有不怎么放心的毛病。没承想，读着，认真读着，忽然有了为这本书，为这本书的作者写点什么的冲动，尽管我与作者至今未曾谋面，也未有过任何意义上的神交。

一

言为心声。镜子造出来是照自己用的。

高伟为自己制造了十四面镜子，原来是用来照别人的，虽然她试图不断地转动着调整方位去照亮她的叙述对象，没承想更多地还是照出了自己，照出了她对她的叙述对象的所思所想所悟，以及在这种体验过程中对自己的确认与超越，当然包括她对自身角色的解读与寻找。

二

英国的人类学家认为：在男权文化体系里，女人构成了一个“失声的集团”，其文化和现实圈与男性主宰集团的文化和现实圈部分重合，却又未被其完全包容。溢出重合区的月牙状领域，处在主宰集团的边缘地带以外，学术上称为“野地”。

高伟的这本书和她自己，完全融为了一体，成为这片“野地”上一丛倔强的花，这丛花呈现出自由意识的酣畅呼吸。在这丛花的指引下，我们得以打开那些藏有顶级女人的神秘山洞，窥见那红颜艳照后的苍凉莞尔。

正是这丛花的越位，使得我们欣赏名人传记有成为一种心理阅读的可能。风流韵事其实只是发生在男女之间的事，只是附着了全息扫描仪之后，老套的爱情故事常新，似曾相识的旧脸孔抹上了崭新的戏剧性油彩。

读完全书，我觉得文本以外，高伟式的东方想象远未结束。

三

已经完全告别了传统的叙事方式，也已经完全迥别于男性的语言逻辑。不是传记，不是解读，也不是报告，更不是故事，而是用一个女性的心灵去体悟，用一个中年女性个人经验去触摸的一部思想笔记。

更重视对自然的、生命的、两性的关注，其中有对细微与伟大的体察，对琐碎与简约的判断，对平淡与激情的分析。女人欣赏女人，女人书写女人。把男人放在客体的位置，且根据自己的意愿随心所欲地指点评判。不管怎么说都是时代的进步，也帮许多憋闷了许久的同类狠狠地出了一口才情的恶气。

这是一次美丽与哀愁的灵性传递。

音乐家常说，灵魂在上，技巧在下。

而高伟的叙述则是灵魂在上，叙事方式也在上。因为在这里，形式与内容得到了较为完美的契合，得到了几乎和谐的共振。因为在这里，语言与思想相结合的魔力，足够让许多心灵频谱相近的读者，掉入她设下的“美丽陷阱”。

四

相对男性，女性有着独特的孕育生命的体验，有将爱视为第一生命的天然禀赋，有更加敏感和多情的第六种感觉。我从龙应台的许多作品中可以体察得到，原以为只有海峡对岸的天空才能培养出那样的细腻，没承想在高伟这里，我也得到了同样的体察。

面对恐惧，人类都要躲避。男人躲到美酒中，女人躲到爱情里。

如果是讲述十四个男人的故事，我相信，“爱情”或“性”这两个词，仅仅是鸡精一类的调味品。偏偏这是讲述十四个女人的故事，于是“爱情”或“性”，就成了盐。

一个女人既然拥有女人的血肉之躯，还会有自己的情色特征。女人给了女人一双女人的眼睛。女性视觉更注重的是体验。高伟这样的女诗人注重的是自身的切肤体验，最起码也是一种心理体验。我还以为，想象性心理体验是她的叙述强项。

“面对梦露，男人们觉得她身上既有天使的味道，又有荡妇的味道。男人们觉得这种味道好极了。而天下的女人没有不愿意让自己长成梦露那种模样的，对于精神上有着严格追求的女人也愿意。当然了，这样的女人同时还愿意保留自己精神上的质量。”

这种书，只有作为女人的高伟能够写得出来。

纵使是同等才华，男性高伟要写的，恐怕是另外一部关于女人的书。

五

才女是用来发挥自己天才的女人。高伟这样说。

其实她自身的“与众不同”，也是自个儿不小心发出的声音。

是优雅，是诗韵，是灵性，是气质，是智情，是才艺。

天才与女人的关系是血腥的。高伟还这样说。她以成都女诗人翟永明为例。她认为翟永明是度过了普拉斯死亡诗域的女人，而度过了这种诗域的女人，她的生命有可能走向更大的辽阔。

这就给我们造成了一个动念，抑或为我们设下了一种担心：高伟，你自己有没有度过你认为的普拉斯死亡诗域？因为你在叙述别人爱情故事的疆域上，表现得那么纵横捭阖、信心满满，人们便有理由期待，你在另外一片领土上的挥洒自如、潇洒倜傥。

六

再次审读变成了一次精神旅游，是我始料未及的结果。

我想在这里向时间致敬！感谢时间为我们在高伟之前，安排了那么多美丽杰出的女人，又在合适的时间安排了另一个合适的女子出场，她愿意，她们也愿意在一起倾心交谈，诉说衷肠。这个女子在她们的人生中，醉着自己的爱情，疼着自己的爱情。再用文字粘贴下来，让我们可以细细品味：如诗、如歌、如梦的工场，如伤、如痛、如鲜活的绝望。让我们随着她们的人生在高伟的文字面前荡气回肠了许多天，惊心动魄了好多回。

（本文是陈政先生为本书江西美术版作的序。此次由青岛出版社修订出版加了《天使赫本——此女只应天上有》一篇。本书刘世芬女士的跋同此。）

绚烂生命的
灵魂之痛

阮直

《她传奇》（江西美术出版社 2010 年 6 月）这本书的责任编辑邱建国先生和作者高伟与我都是多年相知颇深的朋友。邱先生提出让我写高伟这本书的序的时候，我回绝了，因为心虚，高伟的这些文字曾让我深深震动，我怕我的解读配不上这些出自灵魂的文字。而且，她的思想和文字都充满了她自己的味道，一个灵魂丰饶的女人几近不可复制的味道，在它们面前，我的文字是自甘寂寞的。是在邱先生的坚持下，我写了这篇序。

一

一个平庸者的灵魂都装得下一个天空，那么，一个杰出伟大的灵魂，就是一个宇宙了，而一个个美丽、魅力、智慧、天才女性的灵魂就是无数个不同的彩色宇宙。

本书的作者高伟就承揽下了这么一个伟大的工程——解读无数个不同的彩色宇宙。

人读懂人其实很难，不用说读懂一个天才的女性艺术家，连我们身边的人，我们的朋友、我们的亲人，相互之间不也都缺乏沟通与理解吗。

就说《她传奇》这本书的作者高伟吧，十五年前我有一次机会阅读了她。在一个笔会上相处了几天，结果是一次误读。那个身材修长，长着一双美丽的大眼睛，剪了个男孩子发型的她，总是像一只溜边的黄花鱼，躲避着喧哗，无论是宴会、舞会、晚会，她都属于边缘地带的人，这样的小女生别说解读人的灵魂了，连风情她都不解。我好像就没听见她笑过，也没听过她一次有点分贝量的说话。我还以为这孩子她太小，是刚参加工作的大学生，在这么多的作家与资深编辑面前有自卑感。

误读，彻头彻尾的误读。这次会议不久，我就收到了她的诗集《风中的海星星》，并知道，人家已经是山东省的著名的诗人——多大的误读。

这之后，我就成了她的编辑，她不仅诗歌写得好，散文、随笔写得也好，在我们这个城市，她的知名不比她在青岛差，她写给当地报纸的作品几乎都是头条刊发的。一帮子文学青年形成了“高伟迷”，大家聚会时常把话题扯到一个几千公里之外，谁也没见过的作家头上。魅力！她文字的独特魅力让读到她作品的人着迷了。这就算是对一个人的解读吗，也不是的。

二

2006年我在《文学自由谈》第4期上读到一篇《没有一个女人装得出她的眼神》，是解读普拉斯的，我惊呆了，打去电话。她极其平静地说，我已经写了十几篇关于世界杰出女艺术家、作家、诗人的随笔了。从2003年起就陆续在《文学自由谈》《作家》等杂志上发出了。

我的崇拜之心油然而生，我要来高伟完成的全部这类作品，虔诚地拜读着。我知道我又一次误读了高伟，高伟不是那种美女型写花写草，写情写爱的诗人，也不是都市类报纸职业型的专栏作家，高伟是一位对人的身心灵有着极度敏感和深刻研究，富有哲思型的作家。她的阅读量惊人，她阅读的书籍让我生畏，现代、当代伟大的哲学家、思想家、社会学家、心理学家、作家、诗人、天才型艺术家的作品她都阅读，并写出评论性文字，坚持数年，成了她的生活常态。这是她能写出这些惊人的大随笔的必要准备。高伟的写作无论是形式还是语言都是“复合型”的写作。她的诗借助情与爱，写的是人性中的本质，写的是生命的低吟浅唱，写的是一个哲人在拷问灵与肉的质疑与困惑。她的散文、随笔从没有过传统的“情境”“意境”的垒筑手法，而是那种文化意义上的“复合型”随笔，像英伦才子德波顿有“思考中的优雅，在优雅中的深刻”，像英国学者、天才作家C·S.·路易斯能帮助她的读者“去想爱，去看清爱、去体会爱”，像最敢颠覆人性的青年作家谢宗玉那样，高伟的真话也能为我们“上火的灵魂”放血。

就说那篇从灵魂深处解读普拉斯的随笔吧。我们知道艺术家的灵魂在大众的眼里是一些异类，他们身上有一种神秘的特质，从远处看，绚丽夺目，缤纷斑斓，造成了他们作品非同凡响的品质。但赋予他们品质奇异的精神元素同时也影响着他们精神的歧义。那么解读这些人的灵魂方式有多种多样，哲学家喜欢解读思想的价值观，社会学家的解读重在伦理视角，文学评论家则解读艺术家们塑造的人物形象，诗人高伟的解读则是他们的爱与恨，高伟关于这些女人随笔的线路图走的是情感线，心随情走，笔动意中。从这个视角解读这些杰出女人的情感世界，就容易诱惑着我们阅读的欲望。

我们平凡，可我们对不平凡生命的激情、对天才女人们那个永远让人渴望窥视的情感之门充满着打开的欲望，高伟做成了这件事。她开启天才女人的情感之门，一是给大众阅读，但同时更是为她自己的灵魂寻找另一个灵魂的对接点，这是给小众的阅读，也是救赎自己那多年抱持的情怀与信念。借助着解读这些天才的灵魂，高伟困惑着的心灵也得到了一次索性的、孤注一掷的释放。

年轻时的高伟就欣赏伟大诗人普拉斯，可她看到了普拉斯与休斯的情感之路也没有摆脱"天才与女人的关系是血腥的"归宿。高伟也愤怒了。当休斯六次把自己的名字刻在普拉斯的墓碑上又六次被刮得一干二净时，高伟开心极了。高伟与当时的民众一样觉得休斯没资格把自己的名字与普拉斯同辉。"长大后的高伟"，"思想长成芦苇的高伟"，就把"当年极端的愤怒""小心地压抑了"。天才才能知道天才。

我们每个人的内心都有一个道德批判论者，一个说教者。

我们警惕着，因为“冬天的思想者只剩下了骨头”，他使我们的世界都变得贫乏。

大众的道德审判是大众的道德法庭授予的“私权”，对人性审判的证据，对天才灵魂审判的证据，大众的平凡价值观有致命的不足。这何曾不是一种误读。接近天才灵魂的解读，让自己的灵魂也接近天才，高伟是这样的人。

无论哪种解读，都需要高伟说的那样“我们的思维是住在同一胡同同一门牌号码”，疯狂、迷幻、极度的忧郁或痛苦、不能控制的激情、专注于自我、幽闭或狂躁等等，好像是这些天才女人们都有的共性，这就让解读者不能用常人的思维与价值观与之对接，这个工程的难度有如在大众的灵魂与天才女人的灵魂之间架设青藏铁路。高伟完全驾驭得了。高伟在解读莎乐美时说，“在情爱这个战场上女人们真是天才手下的残兵败将。女人特别容易从天才的情爱中争取来破损的权利，身体与心灵的破损。即使这个女人本身是个天才也不容易幸免。这其实已经不是一个可以去质疑的事情。生活中大量平凡的女人不也是被大量的平凡男人搅和得心灵的战场一片狼藉吗？”女人们能找到自我救赎的那条大道吗，绝大多数人是找不到的。这不是女人的能力问题，而是生命属性与社会文化这两条绳索的双重绑架让女人无法挣脱，自由行走。

在高伟的价值观中，没有哪一种神圣的东西不在质疑之中，真理、历史、艺术、伟大的男情女爱，那么多天才女性付出的圣洁之爱，几乎就没有一个得到善终的回报。世间有多少爱，就有多少苦痛付出。也如别尔嘉耶夫在评价陀思妥耶夫斯基的小说时说的那样“男人对女人从没有过爱情，只有淫威与怜悯。女人只是男人跟自己结算时候的报表”。

唯有一个莎乐美这样的天才倒是有了足够力量对付这个世界，她不仅具备了天才男人们的天才，还多出了女人“内在的优雅和与生俱来的高贵”，所以，莎乐美“留给我们的回味是她作为个体女人的独立与博大”。因为对付男人与女人之间的情爱要有更高的智慧与能力才行。在高伟看来，“这个世界上情感的错乱比之这个世界上看得见的物质上的军事上的错乱更加严重，它们不是以肉眼看得见的发生而已。这些天才人物是一些超越了制度缺陷的人。对于自己自由之尊，对于他人的自由之尊，源于天才的天才之处。但是，把天才们的处事之道拿来要求凡人去模仿，同样是一件荒诞的事情。”哪个女人不想成为莎乐美，可是哪个女人有莎乐美的资格？莎乐美是一个个例，个例可以拿来启迪人，但不能用来效仿。

读完高伟的这些作品，令人伤心地看到，那些天才的女作家和艺术家，都感到自己处在一种精神崩溃的边缘；有的则直接走向精神崩溃的深渊。“她们死的死，伤的伤，死里逃生的几个活得也郁闷，甚至生不如死。”高伟就是从中找到了丰富的个案进行研究，并毫无困难地宣称，心理的异常正是造成他们作品非凡的根源。可是，令人喟叹的是，这一点并不由你选择——是要生活正常，还是要艺术上的非凡？对于天才的女艺术家们，后人只能以这样的悲剧形式对她们悲剧的生命进行一种纪念，在这样的纪念中让我们渴望着实现超越。高伟完成的是“用一种人性钻探另一种人性，用另一个灵魂把另一个灵魂卷走”。

三

高伟对这些天才女人的解读有别于传记文学，因为高伟的写作就不是用叙述的语言在讲故事，是灵魂在场的抒写。她诗化的语言引领着我们在这些天才的女人面前“精神试图超越人性，灵魂则试图进入人性”。她在写到胡因梦时，“与女人的灵与肉发生最深重的恋爱事件，往往是女人灵魂省悟之后，上帝把胡因梦的初恋安排得隆重而且凝重……她那个小小的年纪还承担不起这种质地情结的隆重”。这样的语言思维就是在开启自己、开启每一个知性的读者。高伟的语言本身就充满着对人性与智慧的警觉，我们读着高伟的这部书，没有一点读传记文学的感觉，无论哪种文字形式，我都惧怕没智慧，没心声，甚至连话语的方式都波澜不惊的表达。高伟的随笔语言是诗化的，“诗化的本质”又是哲理，它处处充满着作者的体温，有心灵的疑难，有灵魂的冒险，有对语言超强的敏感。她对那些天才女人的解读和发现，也是对自我、对存在的反复追问和深刻的印证。没有好的语言表述，即便你的写作是灵魂在场，也像没有主持人的一场乏味的晚会。

高伟在解读这些杰出天才女性的同时，也洋溢着自己的智慧和创造力。高伟的文字是那样高贵与优雅，明澈而富有质感，流动着诱惑，有时还具有对传统语法的“颠覆性的破坏”，让阅读的人经历一下电击，无论高伟的语言句子多么长，内在诗的韵律、节奏都能跳跃出来。“其实，一个女人与一个男人，想证明一段感情是不是真实的，只问一下自己与对方的交往能不能产生心灵的疼痛就行了。真爱着，疼一定产生，即使大量地分泌着蜜汁的激情阶段也必定同时会产生那种痛。快乐与痛楚是真爱这枚硬币的两面，甚至疼痛的感觉是会远大于快乐的。这是上帝的规则。”这样哲理、诗化的段落是高伟这部书中的精华，在我的阅读中都是“经典”。

解读别人灵魂的过程也是对自己灵魂的一次解读，解读好自己是解读好对方的基础，一个不擅长解读自己的人你无法想象他对别人的解读有多准，解读谁都不是一个作家的终极目的，我们的解读实际上应给服从于自己要追求的那个生命的自我救赎，是把自我经验在理性意识的帮助下升华出一种人类的博爱情怀。高伟就是以自己的灵魂向对方的灵魂领域去探险，去和她们“对话”。当然，这是一件难事，它会让不同质地灵魂的人都满意，因此，高伟不也把那些杰出女人的“艳情史”讲出来了吗，那些，也足够大众阅读了。

目录

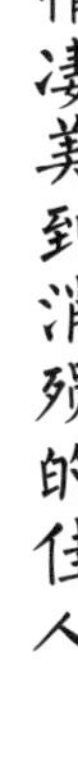

费雯·丽：爱情凄美到消殒的佳人

起先是那么丰硕的爱情呵
像花朵在盛春上挂着差点把枝头压弯
是一些什么样的错位与波折　让这爱情
最后露出白骨的消殒
佳人死于乱世　比蓝桥上的断魂还无奈
忘掉你的命运　才能忘掉眼前这一枚叶的飘零

谈及费雯·丽，当然不能不谈及奥立弗·劳伦斯。最初知道他们俩的故事，是那种粗略的知道。道听途说式的那么一种知道。是那样的一对神仙情侣。他们在一起了二十年。热恋。然后结婚。是劳伦斯主动离开费雯·丽的，是在费雯·丽得了癫狂症与肺病之后。劳伦斯与另外一个女演员结了婚。费雯·丽却怎么也无法把劳伦斯忘掉，到死都没有。费雯·丽死去的时候，床头柜上放着的竟然是劳伦斯的照片。这个情景一想就容易让人流眼泪,为这个绝色女人的痴情。这样的结局当然让我在情感上决然地袒护着费雯·丽，没有任何商量的余地。因为费雯·丽是受伤者。因为费雯·丽是女人。在情感领域之中，被称为第二性的女人看起来更容易变成受伤者。她们一开始是鲜花，二十来岁的时候。那样的时候，再英俊的男人也是用来陪衬这样鲜花的绿叶的。艳丽之后，她们突然就凋谢了，凋谢得势不可挡。而男人照样以很鲜活绿叶的样子继续去和另外正在盛开的鲜花相互陪衬。最要命的是女人天生就容易把爱情当作第一事业。爱情果真随着青春一起凋零的时候，它在女人的身体里发育得已经足够构成了对于女人一生致命的伤害。这样的例子在平凡的女人之中时常出现。出现了也就出现了罢，女人平凡了，也就只能构成平凡的小事例，仅仅能构成我们茶余饭后的谈资。费雯·丽是高贵的女人，是天使一样的女人。费雯·丽的卓越足够构成了事例的特殊性。其实，像费雯·丽这样的女人，无论她的一生成为怎样的结局，都可以构成特殊性。她如果很幸福，我们就会拿她举例，拿她当成绝美的女人容易获取幸福的样板了。当然了，费雯·丽真实的结局更容易让我们慨叹。因为男人与女人的情事中，悲剧太多，喜剧太少。我们拿费雯·丽来慨叹婚姻带给女人的不安，拿费雯·丽来慨叹男人对于女人的伤害。费雯·丽的悲情鼓励了我们慨叹时的理直气壮。

后来，我看了比较详尽的费雯·丽的资料，还看了比较详尽的劳伦斯的资料，我对这两个大明星同时产生了同情。这当然不是说，我对费雯丽所受到的伤害的同情度有所减弱，而是说，我试着开始减弱曾经对于劳伦斯的那种所谓的“恨”了。当然了，劳伦斯如果能在费雯·丽得了那么严重的精神疾病之后，在费雯·丽最需要他的时候，能给她一个丈夫、一个男人的安慰与爱，那么，劳伦斯不仅能够成为历史上一个伟大的艺术家，还可以成为一个伟大的丈夫。一个艺术家比之一个普通男人，成为一个伟大的丈夫就更容易些，只要他做得和普通男人一样有些耐心，他得到的认可就会比普通男人多得多。艺术家的名望特别容易帮助他成为一个好丈夫。但是，把这样的期待赋予劳伦斯，我们自己都觉得有些苛刻了。劳伦斯来到世上，天生就是为了当一个艺术家的。他也需要被别人宠爱。

我曾经在一篇文章里说起过劳伦斯和费雯·丽在一起的好。我说他们“比好还好”。就是说，他们在一起看起来真是好到让我找不到词表达了。费雯·丽与劳伦斯一见钟情。当时，他们两个人都有自己的婚姻。在一篇介绍费雯·丽与劳伦斯恋情的文字中，提到了费雯·丽的前夫。作者说十八岁的费雯·丽“莫名其妙地嫁给了比她大十几岁、对她所钟情的戏剧艺术十分冷淡的、一位名叫赫伯特·利·霍尔曼的律师”。

还提到费雯·丽很快就当上了妈妈，那时她刚刚二十岁。当然了，特别多的没有好结局的婚姻都可以被回味成“莫名其妙”。我们总得为一件背运的事情找一个合适的理由。真实的情况不是这样的。真实的情况是这个叫赫伯特的男人很不错。他一直宠着费雯·丽。他很尽丈夫的职责。希望妻子相夫教子，希望小家庭生活安逸，过相依为命的日子。这其实是很好的一种日子。格外多的人愿意选择这样的日子。是平凡的人特别本分特别安全的一种日子。这种日子却仅仅符合二十岁的费雯·丽的生活欲求。费雯·丽是因为爱情和他走到一起的，还生儿育女。很快地，费雯·丽那颗崇尚艺术的梦想壮大了起来。演艺事业果真是她所无比热爱的。她的身体根本阻挡不了她的这种对于梦想的无比热爱。她的血液被驱赶着，畅快而且躁动地流淌，全是奔往她的演艺梦想之境的。一个安宁下来的家是留不住费雯·丽的身体的。即使身体被假装地留在了家里，她的心也早不在场了。费雯·丽的梦想极大地挖掘出她原本就待在身体里面的艺术天分。她本来就是个美丽至极的女人，是块等待着挖掘和开拓的艺术矿藏。演员生活和非演员生活是有着不一样的生活节奏的。对一些东西的认识也很不相同。他们开始了生活上和见解上的摩擦。有一次，霍尔曼已经计划和妻子做一次乘游艇漫海的旅行，一切准备就绪。费雯·丽却为一个不起眼的电影中的小角色而推辞了这个旅行计划。一个认为两人世界重要，一个认为演电影重要，哪怕是一个小小的角色。谁又有错呢。理念不同罢了。选择不同罢了。所以，费雯·丽与霍尔曼的分手根本就不能令人惊奇。分手后的霍尔曼也算得上是豁达的，他和费雯·丽的友谊保持得不错。霍尔曼算得上是一个优雅的男人。只是他娶错了费雯·丽。费雯·丽终究成为一个伟大的艺术家，几乎是前无古人后无来者的那种厉害的艺术家之一。这一点霍尔曼在认识费雯·丽的时候没有估计得到。像费雯·丽这样伟大的艺术家，大约是无法和平常的霍尔曼把情事走到底的。费雯·丽和劳伦斯才是匹配。费雯·丽这么认为。我们也这么认为。而匹配，原本就是一种和谐和圆满。人本能地走向和谐和圆满。

依我的理解，费雯·丽在认识劳伦斯之前，无论她嫁给了谁都会显得“莫名其妙”。再说了，一个不到二十岁的女人的确还没有机会知道她所需要的男人是怎么回事儿了，尽管这么大的女人的情爱之花早就绽放了。所以，十几岁的女人与男人相遇，其结果很容易被弄成“莫名其妙”。

费雯·丽遇到劳伦斯的时候，劳伦斯已经是一个大明星了，那个时候，劳伦斯的一部戏竟然可以让费雯·丽连看十四遍。她喜欢他的年轻和英俊，更喜欢他的才华横溢。她看不够他漆黑的眸子，还有他敞开的白衬衣里面露出来的胸膛。费雯·丽以为他背诵台词的样子真是绝妙，像神话中的风流人物一样抑扬顿挫。是的，大明星照耀起女人来，就像正午的太阳照射大地。那个时候，费雯·丽开始有了一些名声，劳伦斯对费雯·丽也有着不错的印象。

再后来，名导演柯达有一个名叫《英伦浩劫》的电影要拍，费雯·丽被邀请担任其中一个重要角色。这不是一个使得费雯·丽兴奋的事情，因为它不是让费雯·丽心仪的一部片子。它是一部当时的主旋律电影。但是，当听到男主角是劳伦斯的时候，费雯·丽顷刻之间就答应了饰演其中角色的要求。她狂喜。当然是因为劳伦斯。和自己的偶像演对手戏，天下还有比这更过瘾的事情吗？见到劳伦斯的时候费雯·丽表达了自己的好心情。劳伦斯似乎是开玩笑地说，也许我们会以争吵结束呢，人们在拍电影的过程中往往互相厌烦。劳伦斯到底是一个比费雯·丽多吃了几年干饭的人，他也比费雯·丽理性。劳伦斯说的却是实话。按照我的经验，几乎有一大半的男人和女人是经不住近距离地待在一起所造成的审视的。人人都有一大堆毛病。人和人的喜好是那么的不同。即使是男人和女人有着天然的吸引力也禁不住细琢磨，就像一幅美好的油画不能走近它去看。一个男演员和一个女演员在演情戏时产生了感情，也绝不意味着他们一定就会产生长久的恋情甚至走进婚姻。有一个专用名词叫绯闻，说的就是这种事。短期的绯闻发生的比率远比走进婚姻的爱情高。拍电影用了十四个星期，差不多一百天。费雯·丽和劳伦斯没有互相厌烦，不仅没有厌烦，还发生了绯闻。不仅发生了绯闻，而且还要走到一起。有一天费雯·丽对劳伦斯说，我们相爱了，打算结婚。劳伦斯笑笑说，别傻了，我都知道好几个星期了。

拍电影总有散伙的时候。费雯·丽是一个有丈夫有女儿的女人。劳伦斯是一个有妻子的男人，妻子还刚刚为他生下了一个儿子。而且，他们的配偶都是一些好人，几乎无可挑剔。这些都是一些比钢铁还实在的事实。费雯·丽和劳伦斯回到了各自的家庭。他们被迫选择了忍耐。然后是彼此疯狂地想念。有过强烈爱情的男人和女人大约都能体会到，想念真是遭罪，真是生不如死，太不是人所能忍受得了的。有了深淳的感情，去掉想念又是绝无可能的。想念就像给口渴的人喂盐。是的，想念是一只养熟的狗，是送不走的。送走它，它自己会回来的。爱情就是吸毒，戒毒有多难，忘掉心中的人就有多难。费雯·丽和劳伦斯疯狂地重新寻找在一起的机会。好在他们都是演员，可以凑在一起演戏。一部《哈姆雷特》让两人有理由聚在了一起。他们去了丹麦。劳伦斯饰演哈姆雷特，费雯·丽饰演奥菲利亚。异国他乡，灯光熄灭，帷幕升起，台上的哈姆雷特对奥菲利亚柔声倾诉：你可以怀疑天上的群星不再璀璨，你可以怀疑太阳不再移动，你可以把真理怀疑成谎言，但请你，永远不要怀疑我的钟情。这其实不是哈姆雷特在向奥菲利亚倾诉衷肠，是劳伦斯在向费雯·丽倾诉衷肠。这样的戏是不用去演的，舞台只是个被借用的场所，是个载体，提供他们死去活来的相爱。他们需要假戏真做，因为他们的情感太需要释放了。不然，拿什么来表达彼此的爱情。戏里戏外，他们在假作的戏剧里享受自己真实爱情的甜蜜。观众以为这两个男女主角真是有演技，他们表达真是到位。其实他们的演技是派不上用场的，费雯·丽和劳伦斯只是在尽情地表达他们自己。还有比人物在事件发生中的真实呈现更好的演技吗?

他们彼此住进对方的身体里。他们感到彼此的身体那么适宜于对方居住。劳伦斯给费雯·丽灌输自己的演艺经验，教她学会积累舞台上所需要的各种表演知识，甚至教她念台词时怎么偷着换气，以给观众造成一气呵成的感觉。这些正是好强的费雯·丽最求之若渴的。费雯·丽想，这样彼此的默契是她和她的丈夫之间从来不可能发生的。她的丈夫连她从事的事业都是不理解的。是的，崭新的爱情已经让他们心满意足。丹麦之行既是他们俩身体的旅行，更是他们俩情感的旅行。他们深深地明了，谁也回不到原来的生活中去了。生活来临一次大地震般的重新组合已经是无法避免的了。

再也没有比恋爱中的女人更能挖掘出自身生命中的流光溢彩的了。恋爱，是女人最好的美容品。恋爱中的费雯·丽绝色倾城，太多的男人愿意为她疯狂，但她只钟情劳伦斯一人。她就是这么钟情了一生。为爱而生，为爱而死，说的就是费雯·丽这种女人。这么瘦小的一个女人，真不知道怎么能够承担得起来生命中汹涌着的能量。这样的能量仿佛能够流淌，我们甚至能听得见它们的响声。就在今天，我看着恋爱中费雯·丽的照片，琥珀似的眸子，高贵清雅的气质。我在这里试图想找个比喻来形容费雯·丽，都被我用鼠标划了下去。用花呀玉呀形容漂亮女人的文字在这里是不恰当的。费雯·丽是上帝制造的珍品，她具有不可复制性。上帝的珍品是不能用人间创造的词汇去表述的，她该使用天上的语言。是天人。惊为天人在电影和小说中常被误用，一个漂亮一些的女人似乎都敢于被用上。其实，真正意义上的惊为天人只能用在世界上为数不多的几个女人身上。费雯·丽算一个。赫本算一个。嘉宝算一个。如今活着的妮可算一个。惊为天人其实绝不是仅仅是一种视觉上的表述，最重要的是生命的内里往外散发出来的东西。这样的东西我们的肉眼看不见，但是这样的东西我们的感觉会派得上用场。真的不能想象就是这张面孔所代表的女人，就是这个叫费雯·丽的女人，在以后的岁月里会把自己发育成一个病理的身体，而且不是一般的病理，是癫狂的，是忧郁的。

爱情是怎样的一种破坏性的东西呵，只有这个砒霜一样的东西，才有这么致命的效果。

恋爱中的费雯·丽给世界的银屏留下了永恒的经典。

《乱世佳人》开拍了，还没有找到合适的女主角。现在知道了，那是因为费雯·丽没有出现。费雯·丽一出现，郝思嘉就出现了。费雯·丽比编导想象中的郝思嘉更像郝思嘉。每个看过《乱世佳人》的观众，认为它是一部名垂青史的优秀影片是太容易了的。我算得上是一个电影爱好者，不会错过好看的电影。我得承认，《乱世佳人》是我看过的最优秀的电影。它已经诞生了半个多世纪，在我的心中至今还没有一部电影超得过它。科技的发展使得电影好看了许多，也花枝招展了许多，它们或许可以成为我们视觉上的盛宴。可是，没有什么现代化装备的《乱世佳人》却以它纯正的叙述，以它内在的深刻和恢宏震撼了我们。可以说，没有费雯·丽就没有《乱世佳人》。没有费雯·丽的《乱世佳人》就不成为这部史诗的《乱世佳人》。我们想象不出来另一个郝思嘉比费雯·丽提供的郝思嘉更合适。当然还得感谢它的原作者玛格丽特·米歇尔女士。还有男主角盖博，那个演活了白瑞德的男人。用什么来说费雯·丽的郝思嘉呢。有一个说法因为妥当而广为人知：她是如此的美艳动人，使人不再要求演员有什么天才；可她又是如此才华横溢，以至于不再要求演员具备如此的美貌。那一年，费雯·丽以毫无悬念的优势夺得了奥斯卡最佳女主角奖。费雯·丽另一部可以和《乱世佳人》平分秋色的影片是《魂断蓝桥》，费雯·丽把那个叫玛拉的女人命运塑造得如此令人伤情，她优雅的毁灭令人震撼。费雯·丽在这部片子中美丽的程度，妖娆的程度，让人心疼的程度，让我的笔无法找到得以表述的文字，怎么表达也不妥当。我只得放弃对她的表达。毫无疑问，使《魂断蓝桥》成为永恒经典的，还是费雯·丽的美丽和精彩演艺。

费雯·丽成功地与丈夫离了婚。劳伦斯也成功地与妻子离了婚。比之一个崭新的恋情，那两个陈旧婚姻的离异过程困难不困难已经不那么重要了。重要的是费雯·丽与劳伦斯住进了崭新的别墅。重要的是他们有了自己的婚姻。这样结局的获得就是付了再大的力气也是值得的。然后就是一段“比好还好”的美丽生活。费雯·丽一拍完戏就回家，在那里她的劳伦斯早已等得不耐烦了。然后他们推敲戏中完成的每一个镜头，构思另外的镜头。劳伦斯更是志得意满，他的头上有光晕，身边有绝世佳人。他什么都不缺了。他想不神采奕奕都难。他们的家里经常有尊贵的客人光临。客人是艺术家、作家、新闻记者、演员。他们谈文说艺。他们交流切磋。这一时期，劳伦斯主演了诸如《呼啸山庄》等一系列影片。劳伦斯也拿到了奥斯卡最佳男主角奖。真是天造地设的一对璧人。

我们也不知道费雯·丽与劳伦斯的幸福生活坚持了多么久。我们也不知道费雯·丽与劳伦斯幸福生活着的同时又产生了多么深重的隔阂。我们只知道在他们认识了二十年后，也就是1956年，费雯·丽被检查出患了一种麻烦的疾病：癫狂症与忧郁症交替发作。在这之前，费雯·丽就常常失态，常常显得歇斯底里。因为过度地透支体力和心力，费雯·丽还染了肺病。我们也不知道是什么样的生活，或者说是什么样的经历，让聪灵的费雯·丽没能坚守住作为一个人的正常性，而让她变得经常性地神思恍惚。可以肯定的是，费雯·丽与劳伦斯的生活出现了巨大的问题。如果问题不足够巨大，是不会导致费雯·丽产生这么大的心灵刺激，以致出现癫狂症和忧郁症的。起初的时候不过是一些夫妻口角，费雯·丽会因一件小事和劳伦斯争执。夫妻之间的争执原本是正常的，可是，费雯·丽的情绪竟然越来越激动，声音越来越刺耳。看着美丽的妻子像囚在笼中的野兽一样在房间里转悠，口中发出急促的听不清楚的喃喃低语，劳伦斯还是呆住了。对于劳伦斯的劝慰，费雯·丽使用的竟然是谩骂和攻击。重要的是，使用了歇斯底里后的费雯·丽，对自己的行为没有任何印象，仿佛一切都没有发生。再后来，费雯·丽出现癫狂的现象越来越密集。最直接的受害者当然是劳伦斯。劳伦斯其实为妻子的病情付出过心血，他几次试图用与妻子度假的方式调理妻子的情绪。他也反复地使用过自己的耐心，试图让费雯·丽停止她的狂暴。但是，稍有点精神病理常识的人都知道，一个生命，一旦有了精神分裂的一个症候，就已经晚了，已经错过了需要修复的最佳时间。上帝大概是觉得给费雯·丽这个女人太多的好处，就不把健康再送给她了吧。

劳伦斯是作为一个伟大的艺术家来到这个世界上的。让世界顶级的艺术家作家庭护理医生这样的事情，劳伦斯是不称职的。而且，处于艺术山峰之巅，是高处不胜寒的，是需要女人的体贴和温情去抵消这种高处之寒的。如今的费雯·丽给不了劳伦斯这些好东西了。我一直在猜测，费雯·丽的生命中是否能产生这种低暖色调的温情。这和她的性格有关。她的性格是强势的，是响亮的。恋情的初始阶段，男女双方激情的需求是抢眼的。就像狂风暴雨总有停下来的时候，激情的风浪总会有静下来的时候。这个时候的男女情感，最需要的其实就是这种低暖色调的温情。命运行进到这个时候，劳伦斯一定感觉到，他和费雯·丽曾经共同拥有的幸福生活正在消失。劳伦斯或许还以为爱情应该能战胜一切，可费雯·丽的病情一定是改变了劳伦斯的看法。与费雯·丽的身体一起衰弱下去的，还有她与劳伦斯的爱情。

1960年的某一天，费雯·丽接到了劳伦斯的信件。是一长信。信中说，劳伦斯和一个叫琼的女演员正在演出戏剧《犀牛》，劳伦斯与琼已经非常相爱。琼已经向丈夫提出了离婚，而劳伦斯也请费雯·丽答应解除婚约。

看起来那么合适的男人与女人，劳伦斯和费雯·丽，也经不起时光的打磨吗？婚姻也可以变成那么美丽的爱情的坟墓吗？过去我容易产生一个错觉，那就是以为平庸的人容易被平庸得要命的生活弄疯，因为生活不会提供给平庸的人什么好处。可是，我们越来越多地见识了，被生活弄得疯狂的人不仅是一些平庸的人，还有诸多非凡的人物。也就是说，人最终能不能变得疯狂，和一个人平常或者表面上的非凡似乎没有什么太多的关系。病理学上还有这么一个常识，天才与疯狂仅隔一步之遥，天才比任何人都离疯狂近。有一个阶段我很糊涂：连费雯·丽这样美丽的什么都有的女人都疯了，这是怎么回事呢？现在我的心理承受能力强多了。现在是这样想的：生活给我什么样的事实，我就承认它应该是什么样的事实。生活的真相比我知道的多得多，它们简直就是一朵浪花与一片阔海之间的差别。我还知道了时间的坚硬。时间是这么一种东西，它改变起一个人的生命来，它改变起生活来，如同推土机改变一堆积木玩具。费雯·丽与劳伦斯一起生活了二十年。二十年，对于婚姻来说，足够有机会让一切远离本质的东西成为其自身。

我想借用生理学方面的一些知识来聊一聊情绪反应和它在生理学方面的基础。生命的情绪反应是由人体的自主神经系统所控制。自主神经系统维持着人体的基本生命过程，它像个获得五一劳动奖章的优秀劳动者一样，全天候二十四个小时为我们的生命卖力气。自主神经系统主要处理两类关乎我们生存的问题，一类就是处理紧急事务，也就是负责处理一些人体的应激性，比如我们与外界发生的各种事实性的冲突与矛盾。这个时候自主神经系统就会调动旗下的交感神经系统来处理这种紧急突发事件，以保证个体生命有足够的能量来应付突如其来的威胁。自主神经系统的另一类功能就是维持常规身体状态，比如正常心跳、消化、呼吸。控制这类常规问题的就是自主神经系统旗下的另一个称为副交感神经系统的东西来打理。现在我们知道了，自主神经系统旗下的两大集团军交感神经系统与副交感神经系统可谓是死对头，两者之间要相互平衡，相互制衡，身体才能健康，否则就要出问题。交感系统因为专门处理紧急事务，所以是急性子，一旦出现什么情况，马上就要发布总动员令，调动全身各大机能来应付突如其来的威胁，比如心跳加快，呼吸急促，消化停止，血压升高。显然，副交感系统是个慢性子，它一看没啥大事，就要接管交感的权力，让心跳变缓下来，呼吸匀称下来，消化功能恢复，血压下降下来。交感神经系统活跃时，我们的不愉快就会加强。副交感神经系统活跃时，我们就会感到舒服。

现在我把这个现学现卖的知识运用在费雯·丽的悲剧之中。在事业上费雯·丽是好强的，而且不是一般的好强。从表面上看，费雯·丽把所有的精力都应用在演艺事业当中，事实上这种全力以赴里面有不少的因素是用来使自己不在竞争中败下阵来的。这种精神容易被人类作为争取胜利的楷模来歌颂，谁知道这种被歌颂的品质当中有着多少生物学上的病理因素。竞争给费雯·丽带来压力、危机感还有焦虑。这些坏东西都是启动费雯·丽生命中那根交感神经系统的因子。要保证自己好上加好，天知道得有多少欲望的东西不断赶来对费雯·丽进行骚扰。我们知道，欲望的东西是永无止境的，尤其是要求自己好上加好的那种欲望。欲望是怎样的永无止境，用来对付费雯·丽的压力与焦躁就有多么地永无止境，费雯·丽体内的那根坏脾气的交感神经就会变得多么的暴烈。还有费雯·丽在爱情中的焦虑。费雯·丽是那么地爱着劳伦斯，这种爱情强烈到能够阻止这么一位天人原本非常容易做到的移情别恋。劳伦斯是费雯·丽眼中的大师，是她仰望的星辰。尽管费雯·丽其实也是一位大师，她用不着仰视她的劳伦斯，她只平视他就行。可是，爱情中的费雯·丽总是低不下她看劳伦斯的视角。为了在实力上配得上劳伦斯的爱情，她要卖力气地做好自己的演艺工作。这样的卖力气的另一个隐形方面，其实是形成了对于爱情的伤害，因为她根本腾不出时间来表达作为妻子的贤惠。劳伦斯和费雯·丽开始了内心的冲突和不和谐。这时的费雯·丽和劳伦斯，不知不觉之中，已经从彼此居住的身体中跳了出来，他们的身体里不再居住彼此的爱了。他们互相指责，彼此厌倦。费雯·丽的喜怒无常，弄得劳伦斯的面孔铁一样青，以至于终日紧绷着脸。有的时候，费雯·丽原本是想去表达爱意的，冲突使得她不懂得如何去表达爱意，却不自觉地选择了非常糟糕的方式。费雯·丽的情绪有了应激反应，总会使用她的坏脾气对付劳伦斯。不是一般的坏脾气，是歇斯底里。而每一次歇斯底里过后，费雯·丽都要向她亲爱的劳伦斯表示道歉，让他原谅自己。越是这样，费雯·丽越调整不好自己。她的心灵变成了一个总不能停止下来的小动物，它在里面吵吵闹闹，让她怎么做都不能使自己满意。为此，费雯·丽企图用饮酒来阻止这一切的发生，来消除抑郁，可是，抑郁这种东西绝对不能用酗酒这么一种低级而且肤浅的方式解决掉。相反，酗酒只会加重原本的抑郁。这是一种严重的冲突，冲突产生新的焦虑。冲突和焦虑都会启动费雯·丽那根坏脾气的交感神经。恶性循环。往而复始。费雯·丽还很想要个孩子，可是她两次怀孕又都不幸流产了。她的坏情绪突破了极限。

有一个叫杨雁杰的作家曾经对交感神经系统是如何和副交

感神经系统进行对垒的过程进行形象的描述。他说，交感系统一启动，我们的大脑就会认为我们的生命处于危险状态，需要准备战斗。于是，我们的大脑就命令交感神经系统接管身体各部分的控制权，开始为战斗大规模调兵。其实，这种调兵是很消耗能量的，消化功能也会被迫停止工作。这样，新的原始能源生产就处于停顿状态了。这简直是如临大敌。这种状态持续的时间长，身体肯定会感觉力不从心。由于某些身体机能长时间得不到能量的供给，因为都被交感神经系统的军队征用去了，身体的免疫系统就会不断下降，胃也会开始感觉不适。最后积劳成疾，体内病毒、细菌入侵，自身机能下降，人就得住进医院里去。如果住医院的机会长了，还会抑郁，还会癫狂。

费雯·丽大约就是这么把糟糕的身体状况引进到自己的生命中。

现在我们越来越知道了，爱情的本质是狂热，而婚姻的本质是平静。知道这样的理念是容易的。让一个人接受这样的理念也不难。告诉我们这样道理的文字到处都是。难的是什么呢？难的是两个人的智慧还有性格，以及它们之间的相互配合，成为这种理念所提供的具体生活的适宜因素。现在我们还知道了，除了男人与女人必要的智慧和性格的具备，婚姻最需要的东西是当事者（至少其中一个当事者）的忍耐、忍耐、再忍耐。这样的忍耐，当然不是指字典意义上的那种懦弱，那种纯粹良家妇女意义上的不争与不怒。这样的忍耐具有超然的性质。它是指男人或者女人的心灵在生活粗粝的磨刀石上走过之后的容纳。是一种看过千帆之后的开阔。它甚至具有心疼那么一种性质。一颗心知晓了对方的不易而产生的心疼后的那么一种包容。从来没有一种容易的生活。婚姻在本质的意义上并不过多地需要男人与女人那么多学技上的探讨，艺术上的切磋。婚姻更大的意义是双方在柴米油盐之间的退与进。在观念与观念冲突之间的宽容与大度。有些时候，婚姻中的双方是争不得什么“对”与“错”的。而太多不合适的婚姻都败在了这样弱小的事情所兴起的强大的理由之中。婚姻的智慧和其他学科的智慧并不完全相同，它有自己的智慧走向。婚姻的杀手是男人与女人对于自己个性的过分突出。男人与女人在婚姻之中必须的磨合，需要彼此或者至少一方收敛起一些对方无法容纳的个性。我想，这些东西是费雯·丽与劳伦斯做不到的。劳伦斯是个性太强的男人。费雯·丽是个性太强的女人。太强的个性当然是他们双双事业成功的主要因素。太强的个性在恋爱中是一个可爱的性格，在婚姻中就变成了凶器。

费雯·丽不幸是一个对爱情钟情至极的女人。爱情中的劳伦斯退场了，费雯·丽依然没有丝毫地走出她自己心中强大的爱情之中。离婚后的费雯·丽想方设法与劳伦斯见面，劳伦斯却不愿意面对她。在这种情况下，费雯·丽依然做着见到劳伦斯的努力。在世人面前高贵如女王的这个叫费雯·丽的女子，却在爱中把自己变成奴仆。有一次，劳伦斯在美国演出，费雯·丽大约更多的是因为这个原因也参加另一场赴美的演出，因为她能见到劳伦斯。费雯·丽是不是还想着和劳伦斯破镜重圆？这一次劳伦斯算是答应了费雯·丽要求见他一面的要求，前提是带着他的琼，而且是在公共场合。这果真是一个对费雯·丽冷下心来的男人。费雯·丽竟然对这个冷下心来的男人如此的安排也顺从了。一个痴爱中的女人丧失了多少思维的正常性。一个痴爱中的女人多么的弱势。更让费雯·丽沮丧的是那个叫琼的女人根本就不美艳。这个女人根本就不具备费雯·丽所具有的那种叫所有迎面走来的张大嘴巴的力量。费雯·丽看到他们的时候，这个不美的女人正和劳伦斯紧密着挨着，细语着。费雯·丽的想象是打算让琼这个女人美妙至极的，这样费雯·丽被爱情PK还有些生物学上男人喜新厌旧的理由。被一个不美的女人PK，足够让费雯·丽败下阵来。这更加说明了费雯·丽的整个生命在劳伦斯心中的全面溃败。在一个仍然惊心动魄地爱着的男人眼里如此溃败，这样的沮丧几乎是致命的。若干年后，这样的沮丧英国美人戴安娜也产生过。惊为天人的戴安娜同样在情场上被一个叫卡米拉的女人给PK了。戴安娜曾经表示：怎么会被这么个女人打败呢，真是见了鬼，她又老又不美，还有头皮屑。

爱情是没有规则的。或者，又年轻又美的女人不总是能够PK又老又不美的女人。这是爱情的规则之一。

是的，劳伦斯也洗尽了铅华，他选择了琼作为自己的爱人。不美的叫琼的这个女人，却是温情的，有力量为劳伦斯生儿育女，懂得这个看起来坚强无比的男人心中埋藏着的脆弱部分。懂得用一颗疼怜的心去为这个男人制造暖意，然后让他重新打点精神投入到看起来生龙活虎的事业巅峰之中。这个女人大约是知道幸福是一棵低矮的植物，那些不懂得低头的人是得不到幸福的。是的，劳伦斯也在失败的情感中矫正了自己，知道质地很高的那种低矮其中内在的丰富，这种丰富绝不是那种只知道在风中倔强地梗直脖子的植物所具备的。

在越来越乏味的婚姻生活中，如果劳伦斯像一个大哥哥一样，对于费雯·丽像小妹妹一样多一份忍让，那该多好。这样的例子在凡俗的生活中也是有的，虽然不那么多。可是，劳伦斯是一个大明星，是一个艺术家。艺术家当然更看重自己的事业。艺术家当然也是爱女人的，前提是女人绝不能成为他们自己生活的负担。自己艺术创造的负担。艺术家是最容不得让琐碎的生活打扰的一种人。艺术家肯定有着比凡人更珍贵的时间观。把大量的时间用于对琐屑事情的忍耐，对于艺术家来说是残忍的。像费雯·丽这么神经质这么脆弱的女人，劳伦斯当然是不能长久地承担得起的。他曾经承担得起她的爱情，可是，他承担不起她的生活。是的，在和费雯·丽马拉松般不幸的争执中，劳伦斯同样也是失败者。不幸的婚姻无论有怎样的结局，从来没有胜利者。不幸的婚姻的惟一结果就是两败俱伤。作为一个失败生活中的艺术家，劳伦斯同样需要得到安慰。在苦难之中，爱情是最有效的安慰。劳伦斯懂得去重新获得一份新鲜的爱情。劳伦斯懂得怎样为自己疗伤。

费雯·丽当然还是幸运的。一个叫杰克的男演员一直是费雯·丽的崇拜者，像费雯·丽对劳伦斯的那么一种崇拜。若干年前，杰克曾经在费雯·丽主演的一部剧目中担任过一个小人物，从此杰克就没有忘记费雯·丽。杰克走进了离开了劳伦斯的费雯·丽，他爱上了她。幸亏这个世界有杰克，不然很难想象费雯·丽病弱的身体能承担得起没有劳伦斯的生活。费雯·丽为自己失败的爱情伤心得落泪的时候，费雯·丽准备和劳伦斯会见的时候，还有费雯·丽极度虚弱的时候，是这个叫杰克的忠厚男人守在她身边，寸步不离。杰克甚至向劳伦斯写过信，表示他愿意承担费雯·丽以后的生活。劳伦斯立刻回了信，文字里面看起来是一些感谢之类的东西，实则透露了劳伦斯强烈的解脱感和解脱后的喜悦。即使是这样，费雯·丽也一直心存和劳伦斯和好的愿望，她始终把自己当成劳伦斯的妻子。费雯·丽给杰克写信，落款竟然是“费雯·奥立弗爵士夫人”。我们知道，奥立弗是劳伦斯的姓氏。费雯·丽的做法对杰克是残酷的，他容忍了这一切。这是真爱才能够做得出来的容忍。费雯·丽的癫狂症发作过后，总会问杰克，这一次她伤害了哪些人？有没有谁是她应该去道歉的。杰克总会使用自己的耐心。费雯·丽对自己的病情烦恼透了，她经常抱怨自己怎么能得上这么个不体面的病。杰克就会开导她，说她为多少这样的患者做出了榜样，说只要想到她在和疾病斗争的过程中还获得了那么杰出的成就，那些患者都在受到鼓舞。杰克还真诚地表达，费雯·丽是奇异的，她始终面对疾病，仍什么也不落后。这样的仁爱是劳伦斯给不了费雯·丽的。杰克想方设法把生活弄得轻松愉快，帮助费雯·丽远离可能使她发病的诱因。这是一个不忙于自己成为天才的男人，他把精力倒出来呵护自己心爱的女人。

费雯·丽却同样像杰克一样，把自己的精力倒出来用于想念离开了她的心爱的劳伦斯。费雯·丽的床头柜上放着的依然是劳伦斯的照片。那是她的罗密欧。照片是静止的，它拒绝了时间，所以，它能得到永恒。你爱我，我爱他，而他不爱我。这是一个女诗人曾经写的一行诗。情爱领域就是经常这样地与当事者的愿望背道而驰。费雯·丽死后，杰克又一个人用了二十年的时间来怀念她。

费雯·丽与杰克，这是爱情领域里两个丰富的笨蛋。是经不住哲学分析和心理分析的丰富的笨蛋。这两个笨蛋，笨得让我们怎样地去疼怜？

1967年7月的一天，费雯·丽离开了这个给了她太多荣耀和痛苦的人世间。

费雯·丽的好朋友，也是伟大的演员凯瑟琳·赫本说了一句似乎是亵渎般的话语：谢天谢地。我们知道，这不是一句咒语，是凯瑟琳不忍再目睹天才的费雯·丽活在这个苍茫人世间所受到的折磨。凯瑟琳·赫本心疼费雯·丽，甚至愿意让死亡帮助费雯·丽得以解脱。

霍尔曼、劳伦斯和杰克，这三个深深爱过费雯·丽的男人，他们并排坐在费雯·丽追悼仪式的前排。他们流下了眼泪。不知道其中的劳伦斯想了些什么。伦敦的全部剧院都熄灭脚灯一小时，用来表达对于这颗超级巨星的尊敬之情。

读完费雯·丽的传记，我曾写下这样的句子：是的，一个无论多么优秀的女人，都要懂得在生活中有所退让。懂得退让的女人其实是懂得保护自己的女人。生活其实是一门多种学科的课程，事业只是其中的一门。一个人即使事业取得了极高分，也无法弥补其他内容的欠缺所造成的伤害。女人更是如此。经历过一些沧桑的女人其实应该及时地让自己生命的力量从外部世界上撤退下来，把它们用来保护自己的内心，把它们用来储备自己独立的能力，使自己有力气不那么依靠男人。即使男人从自己的身体里逃离，也不至于把自己弄疯。和生活较劲，和男人较劲，是会把自己逼疯的。聪明的女人不仅应该使自己不疯，还应该使自己日益活得淡然和宁静。

我在这里说的当然是世俗中的女人。说的是笨拙如我这样的女人。没有过人的才华，没有过人的美貌，能够操持得了的，当然只是一份平淡又平凡的人生。把劲当然只能用在对于平淡人生的无限体味之中。费雯·丽其实是无法用逻辑去分析的。她的美丽，她的才华，她的不服输，她的不退让，当然是成就了她辉煌事业的推动力。如果不是这样，她就不是费雯·丽了。一个懂得隐忍的费雯·丽还能够成为扮演了赫思嘉的那个费雯·丽吗？一个不那么卖力气的费雯·丽还能够成为两次捧回奥斯卡桂冠的那个费雯·丽吗？

我愿意相信，费雯·丽是上帝特殊的杰作。她来到世上，就是为了体味杰出的辉煌，还有过分的绝望的情感历程的。上过天堂。下过地狱。她曾经的笑，她曾经的哭，都具有灼人的力量。她的欢愉与苦难都醒目得让常人难以企及。

一个男人和一个女人，相恋着走入婚姻，究竟是美好的还是残酷的？这是我经常反思的问题。假如费雯·丽和劳伦斯相爱，假如他们仅仅是停留在相爱的阶段，而没有走入婚姻，他们该是在心目中多么彼此珍重对方的呵。假如是那样的话，他们在死亡的时候，彼此的心中装着的是对方最美好的形象，装着的是对于对方最出色的怀恋，装着的是进入天国之后彼此的寻找，希望着再续前缘。这难道不比崩溃了的婚姻美好吗？还有顾城和他的谢烨，顾城和他的英儿。顾城和谢烨相恋的时候，谢烨是多么地仰视着顾城呵。顾城是谢烨的精神偶像。顾城是谢烨的精神星空。顾城和谢烨在去新西兰的时候，谢烨一直是把自己的生命和身体之爱全部倾泻在顾城身上的。谢烨做得那么心甘情愿。谢烨做得那么心满意足。为顾城这样纯洁的天才殉情，甚至都是一种美好的资格。天知道在新西兰的六年之中顾城和谢烨之间发生了什么。天知道谢烨为什么花费巨资和心血把和顾城彼此迷恋的英儿从北京牵引到新西兰，并且让顾城和英儿在自己的眼皮底下相爱。天知道为什么那么迷恋顾城的英儿竟然也在一年之后不辞而别，使顾城的精神像衰败的城墙那样垮掉。还有，六年以后，对于顾城想死的倾向，谢烨竟然是无所谓的，还让顾城和谢烨共同的朋友文昕不要阻止顾城想死的欲念。那个叫英儿的女子明明知道她的离去会要了顾城的命，她也不管顾城的死与活而离开了他。谢烨最后执着地想离开顾城，像最初的爱那么执着。顾城被毁灭了。顾城毁灭的时候先用斧子砍中了谢烨的头颅。然后顾城自缢。曾经是多么的经典的爱恋，看起来是那么举世无双的恋爱，怎么被婚姻和近距离的接触而弄得比死还难看了呢？假如谢烨和顾城没有走进婚姻，他们只是默默地遥望着，两个人大约也会是永远地怀抱着纯真的爱恋的吧？那份心中的情怀在人生的几十年之后依旧会是那么的清纯和不染的吧？

我的潜意识里有一个比较歹毒的念头，就是假如让一个男人和一个女人的关系坏下去，那么就让这个男人和这个女人相好。当然，这是一个我心中的想法而已，我从来没有拿它来付诸实践。但是，在我们的生活中，一个看起来好到非得走在一起的男人和女人，真的走在了一起，谈起了恋爱，或者走入了婚姻，或者弄出了婚外恋，然后两个人的关系变得比陌生人还坏的结果发生得还少吗？我的这个歹毒的想法难道不是取之于生活的吗？

爱情是什么呵？是时间改变了它吗？那么，时间里面究竟放置了什么？曾经是那么挚诚的两颗心，是时间改变了它们吗？那么，时间究竟用什么魔法使它们变成了另外的两颗心？它们不再相印在一起，它们不再甜美如蜜。它们为什么变成了两把刀，把彼此砍得伤痕累累？那刀上锋利的刃是怎么一点点打磨出来的？我们该用什么去诠释爱情？我们的眼睛是认不出爱情的，我们的愿望也不能用得上。爱情是什么。它茫然得足够让我们放弃想象。

天使赫本：此女只应天上有

这人间需要重新发明一个词语
来解说你的美　身体的和灵魂的
可这是徒劳的　美竟然让词语失效
至今你在人间美得形单影只
你来人间是为了度自己的情劫
你来人间是为了高高举起这绝版的惊艳

赫本的这一篇，是再版这一套传奇系列书籍时加上的，初始的那一版《她传奇》（江西美术出版社）没有赫本篇。赫本是我太热爱的女人，纯净地爱着她，以至于怕我的笔墨够不到她的那份绝尘的贵静。青岛出版社编辑吴清波先生最初听说我在写《她传奇》时，第一句问话就是“里面有赫本吗？”吴清波是赫本的粉丝。我们聊起了赫本，我表达了赫本的美，净美，静美，纯美，灵美，美美全都至极绝。吴先生补充说，赫本何止是外形美，她的灵魂也淑美至极呵。

赫本这样绝美的女人的情色也是残损的，她的两次婚姻都失败了，而且，竟然是两任丈夫辜负于她，在外面找别的女人。说起这些我慨然。吴先生更是讶然，说那些男的“太不懂得珍惜了”。当然，爱情这件事情，说不准，拎不清。但对于赫本这样的女人，真的当属怎么珍惜都不过分的。我们愿意这样“感情用事”。

表达赫本的美，我是要卡住的。

一生中写到两个人物，我卡住了。写《他传奇》时的凡高，我卡住了，是凡高的苦难让我卡住。他太苦了，苦难先于我的文字之前鲠我卡我，让我喘气都困难。一个就是赫本。赫本之美让我卡住。这美，不只是漂亮，不只是高贵，不只是纯正。这美，《辞海》里的汉字是怎么组词都组不出来的。我觉得世界上缺损了一个词语用来表述一种美——专门表述赫本的那种美。赫本的美也让我呼吸困难。人类的苦之极与美之极，都会成为情感表述的珠穆朗玛峰。那苦难那美丽的高海拔让空气瞬间稀薄，让我的喘息粗重。

我年轻的时候容易相信这个世界上有一尘不染的人生，有一尘不染的爱情。还莫名其妙把这些好东西主动地搁在一些人身上。现在我不犯这种错误了。现在我知道，生活的面孔对谁都是一样的。那些面孔粗糙、从不读书写字的女人所承担的物质生活，和气质十分夺人的女作家所承担的物质生活大体是差不离的。她们之间区别的是精神生活和灵魂生活。

但是，说到奥黛丽·赫本的时候，我又一次使用了年轻时所使用过的那种心情。我又一次把每天像一只粗糙的手随便就搭在我们身上的物质生活给删除了。是把使用赫本的那种物质生活给删除了。日子复印机似的，一天一天地把我给用旧了。在这个过程中我早就知道了，生活中哪里有什么天使？生活中只有体味着偶尔的幸福持久的平淡大量的受难的女人。可是，对于赫本，我就得用天使这个词汇。我只能用天使这个词汇去说她。其实，只要看一看《罗马假日》这部电影就足够了，就足够怂恿我去犯下这个主观的错误。我想，假如这个世界真有天上，假如天上真有天使，那么，天使的模样一定就是赫本的模样，天使的性情一定就是赫本的性情。赫本就是上帝造出的天使的标本。上帝造出了天使，就把模子弄丢了。因此，天使的赫本在世界上独一无二。

赫本却对自己的美是低垂的。她说自己的脸颊太方，鼻子太尖，抬头时显得鼻孔太大，照相常常低下头来拍照；她的头发稀薄，在发型设计上需要做特别加厚的处理；她太瘦，平胸；由于从小跳芭蕾而自己的腿一点不纤细……不不，这些全世界都不同意。我们爱的就是这个样子的赫本，多一点少一点都不可以。我们爱的是这个生命散发出来的气质，湖泊一样的眸子，羞涩又勇敢的灵魂，慈悲如蜜蜡的情怀。这样的赫本，几百年也出不了一个。

天使赫本的童年并不是一个小天使的童年。

1929年赫本出生于比利时美丽的首都布鲁塞尔。她生下来时是一个胖胖的小女孩，脸很圆，眼睛显得过大。她是一个生性腼腆的女孩子，喜欢和小动物说话。她愿意和小男孩玩，爬树，奔跑，嬉戏。她整天想入非非，脑子里装一些不食人间烟火的童话故事。她小时候的理想是当一名芭蕾舞演员。可是，她对自己显得过大的眼睛和滚圆的身段很不满意。她六岁那年，母亲与父亲就离婚了。她便跟着作为英国富商的父亲住在伦敦。赫本九岁那年，战争的风云吞噬了整个世界。赫本的妈妈出身于荷兰贵族世家，并与皇家有着血缘关系。母亲很担心赫本的安全，她怕英国沦陷，女儿成为俘虏；更怕亲纳粹的父亲葬送了女儿的前途。母亲把赫本带回荷兰小城。可是，疯狂的法西斯德寇依旧跨过了莱茵河，占领了赫本的家乡。母亲的住宅被德军霸占，财产被劫掠一空。荷兰人一下子过上了暗无天日的日子，没有吃的，没有住的。原先很胖的赫本一下子变得瘦骨嶙峋。长期的营养不良，使骨瘦如柴的赫本得了肝炎和水肿病。六年之后，法西斯完蛋了。那一年，赫本十五岁，她终于可以去圆自己的芭蕾舞演员梦去了。赫本后来去了英国著名的芭蕾舞学校。她如鱼得水，开始沉浸在芭蕾的梦中。其实，赫本本身的先天条件并不支持她当一名绝佳的芭蕾舞者，长期饥饿侵蚀了她的身体，舞蹈所需要付出的体力，让她经常感到不支。她个子太高，一米七〇，不容易找到搭档男伴。当老师对赫本说出如此实情的时候，赫本流下了泪水。她太爱芭蕾了，芭蕾是她的命。十九岁的赫本还是放弃了舞蹈。但是，芭蕾带给赫本的优雅已内化到她的生命之中，她或走或停，她笑或她不笑，芭蕾之贵美都在她的身体里，在她的灵魂里。

从芭蕾到电影，赫本几乎是在同一时期转换完成的。

那一年赫本十九岁，美得青涩又纯真，生命像花苞那样裹紧着，梦想却在这紧致中孕育着极度的灿烂。

经朋友介绍，赫本参加了一个旅游风光片的试镜。这个片子对演员要求足够高，同时需要用英文和德文的表述。赫本的语言学养支持了她，她的英文和德文都学得好，讲述得流利。经过芭蕾修葺过的赫本的身体像是一棵挺拔的白杨树。导演林登对赫本很满意。赫本走后，林登对自己的助手说："你看过一个会走路的梦吗？我看见了。"这件事对赫本的影响是深重的，她找到了除了舞蹈之外的乐趣。

赫本接着被一位法国著名女作家慧眼相识。那个时候的赫本已经开始演电影了，当一些配角。有一天她随剧组去了摩洛哥拍外景，当赫本穿着洁白的嫁衣跑过门厅时，围观人群中一位坐在轮椅上的老夫人高叫："看！我的吉吉跑了！"老夫人扑向赫本，怕她跑了似的紧紧抓住她，大声说："吉吉！吉吉就是你！你正是我心目中的吉吉！"赫本很不解地看着老夫人。别人也以为这位老夫人是神经病。老夫人不是神经病，而是法国著名的女作家科列特夫人。她正为自己的名著《吉吉》在百老汇舞台上上演而物色女主角呢。她一直苦于没有合适的人选。赫本一出现，她的吉吉就出现了。女作家把赫本介绍给了导演。导演说，像这样的人早在十年前就应该被人发现，夫人，您发现了一个天才。是的，赫本原本就是一个天人，她只是等待着被发现。这只是时间的问题。

随后，《罗马假日》的导演就发现了舞台上的“吉吉”赫本。公主是不用赫本去饰演的。赫本原本就是公主。赫本演了《罗马假日》中的公主，一定使后来者再演各种公主的角色都成了负担。赫本原本是公主，而她们是在演公主。这是本质的差别。

若干年来，世界上好多地方都有女演员在装扮赫本。当然，这既是她们多么希望自己的相貌能靠近赫本，也是她们在向已逝的赫本致敬。我看了挺好玩的，觉得她们少了些明智。她们怎么就想得起来装扮赫本呢？她们装谁不好呢？她们非得去模仿这么一个无人可及的女人的高峰。赫本的身上聚集着欧洲女人的优雅和美国女人的活力。她是登峰造极的玉女。那些女演员们只能从形态上摆出赫本的动作，让化妆师弄出赫本的发型。可是，赫本天使的气质与清洁的笑容是装饰不出来的，最现代的化妆术也帮不了这个忙。

说到赫本，就是说到“冰清玉洁”这个词语。

我的一个女友很生气地说，“冰清玉洁”是一个被用坏了的词。这个词汇原本是多么的好呵，原本是多么准确地形容天使的词汇。这个词应该是有专利的，它原本是为表达赫本这个女人而准备的。可是，现在这个词被到处使用着，一个个毫无精神能量的女人也占用着它。一个咋咋呼呼的美女闭上了嘴也会被说成冰清玉洁。上哪里去找那么多“冰清玉洁”的女人呢？“冰清玉洁”是属灵的词语，它一接触凡庸的生命，就损坏了。就像洁白的冰淇淋遇到了麻辣烫，瞬间就被污化了。这真是对这个灵动词语的一次贱卖，也是对高贵生命的一种伤害。

在凡俗的人间，天使的爱情依然是被伤害的爱情。也许，人间的爱情原本就是“伤害”的代名词。爱情这个词同天使一样，一旦下凡到人间，就和太多的东西联系在一起了。情欲。贪婪。自私。阴暗。伤害。破碎。琐屑。爱情原本的妩媚与明亮抵不过人性中这些无聊但又具有基因性质的东西。爱情原本的无尘与凡俗中的男人与女人纠结在一起，必然产生一系列的“化学反应”，一种看不见的化学反应。这些化学反应的结果以这样一些名词呈现——伤感。破碎。吵架。争执。希望。绝望。欲望。隔阂。冷漠。沧桑。麻木。指责。牵扯。天使赫本的爱情土壤依然在人间。天使赫本的爱情历程是一个凡俗女人的爱情历程。说得更准确一些，是男人与女人情欲纠葛的历程。依然和我们凡俗的女人没有什么不同。

《罗马假日》成功了。赫本的名字蜚满世界。世人惊叹天使的出现，却有一个人对赫本的成功伤神。这个人就是杰姆斯·汉森。赫本的情人。二十九岁的汉森是英国运输界一个大富翁的儿子。他英俊洒脱，属于女人梦中情人的那一类。当年，赫本曾与他一见钟情，感情不错。如果赫本一直是一个普通的女人，汉森一定会牵着身披白色婚纱的赫本的手走进教堂的。可是，汉森不喜欢一个演员当妻子，他需要一个能够时常陪伴在侧的妻子和安定的家。他有这种选择的权利。在不少男人眼中，特别是有过一些阅历的男人眼中，演员这样的职业确实是当妻子的大敌。爱情是一种最浪漫的激情。婚姻却是一种最实在的经营。赫本越来越耀眼，这巨大的光环却像大河，让自己与汉森的情感分裂，分裂成此岸和彼岸。赫本的恋情夭折了。这是她的初恋。

《罗马假日》成功了。天呐，这是一部怎样美好的电影！不需要高技术，不需要电脑合成，不需要套路，不需要营销，不需要大制片……只需要，一个赫本，一个派克，一个罗马。这样的电影至今百看不厌。赫本，这个电影新人，因此获得了奥斯卡最佳女主角奖，并且，毫无争议加上毫无疑义。这是"不合理"的。奥斯卡的那个小金像，大抵得是在片场里熬炼多年的老戏骨才会被奖励的，而且是老戏骨中的老戏骨。二十五岁的赫本就获取殊荣。非天人不可解释。

1954年3月25日。赫本人生中的一页华彩。在奥斯卡颁奖现场上，主持人宣布赫本为本届奥斯卡影后。尽管赫本的呼声很高，赫本还是惊呆了，她终于意识到应该上台去领奖。她朝舞台走去，到了前台，本该向右拐，从右侧的台阶登上舞台。可是她却拐向了左侧，只好从边门进入台侧，又从侧幕中走出来。观众以善意的笑声回敬了羞赧的赫本。手捧小金人，赫本情不自禁地说：这真有点让人受不了。后来，待到要拍照时，赫本才发现，由于过分兴奋，她竟然把小金人弄丢了。旁边有人把另一个金像递给了她，以便记者进行拍照。小金人到底找到了，是在剧院的厕所里。

一夜之间举世瞩目的赫本被男人爱慕，比擦滑梯还容易。她很快地收获了新的爱情。对方是一个导演，叫梅尔·法拉。梅尔身材修长，举止潇洒，绿眼睛像湖水那样深邃，里面似乎有用不完的智慧、才华，还有用不完的精力。当时的梅尔已经功成名就。梅尔比赫本大十二岁。岁月已经将足够的法力附着于有过经历的男人身上，这些法力有意无意之间，都能让比他小许多的女人着迷。梅尔结过三次婚，第一个妻子是女雕刻家，第二个妻子是女作家，第三个妻子与第一个是同一个人。梅尔还有几个孩子。这些都不能阻止赫本爱上他。赫本只爱不平凡的男人。是的，男人的成功可以掩盖其身上太多的东西。成功是一个耀眼的字眼，同样的品性，在一个成功男人的身上就成了特点，甚至可以形成这个男人的卓越。可是它们在一个平凡男人身上就成了弱点，成了俗不可耐的品质。这样的逻辑由来已久，全世界通用。

梅尔的强势性格，梅尔的好色，在激情的热恋之中，都成了赫本眼里的极具特色的东西。甚至是区别于其他男人的东西。因此，当梅尔邀请赫本与他合演舞台剧《翁迪娜》时，赫本连想没想就答应了。在戏中，赫本扮演水妖，梅尔演人间骑士。看过这个剧的观众当时就想，剧中的男女主角非坠入情网不可。可以想象，赫本与梅尔之间的彼此相吸已经到了分不出戏与非戏的地步。果然，两人不久就结婚了。

一种很像幸福的东西在那个阶段被赫本和梅尔保留了下来。梅尔像慈父一样的关怀与抚爱，使赫本很快乐。他们有了孩子，是个可爱的小男孩，叫西恩。赫本为了表达对丈夫的尊重，每每有片约，总会要求同时考虑丈夫梅尔的角色，争取夫妇合作。他们夫妇合作了不少电影，如《战争与和平》。赫本得到主演《窈窕淑女》的消息时，第一时间打电话给梅尔，告之这个好消息。赫本泣不成声，她感到难过，因为“今天是这么重要的日子，而你却不在我身边”。《窈窕淑女》的上映引起了更大的轰动，赫本已经如日中天。但是，她这样成功的时候，却与梅尔之间有了裂痕。曾经醒目的梅尔无法忍受自己变成了“赫本的丈夫”这样的事实。而且，同在一部电影中，赫本的片酬是三十万美元，梅尔只有五万美元。这足够让梅尔受不了。他俩的裂痕越来越大。

可是，即使不争不抢，赫本也是夺目的。她本身的存在就是光芒，光不可能遮挡住光。她不说话也能发光，谁能从她的身边夺走光芒呢？

其实，赫本和梅尔之间，即使在看上去最轻松愉快的时候，也有某种程度的紧张在里面。赫本有她自己的决定和意志，但她为了梅尔总是抑制住自己。小心翼翼地设计出一些事情，以便让梅尔感到舒服。赫本一直在做着这样的事情：突出丈夫的地位。为了保护自己的婚姻，赫本甚至在媒体上秀过恩爱。她说，她的婚姻非常美满；她说梅尔是世界上唯一为他预备的男人；说过了十四年夫妻生活，他们依旧像一个人。但是，秀出的恩爱也无法让他们的重病的婚姻起死回生。

梅尔是有着控制性人格的人，控制虽然能带来秩序，但无法带来感情。控制是一种暴力，是一种专制。控制管理了最低层面的秩序，唯独忽略了最高级的爱和情感。爱和情感天鹅绒一般高贵敏感，粗暴的控制只能产生粗鲁的伤害。这个世界上有着大量的控制性人格的男人和女人。男人和女人的控制性人格，在彬彬有礼的社交活动中，还会隐藏于人的面具之内。婚姻之内，面具非撕下不可，露出人性的本真。这也是婚姻最可怖之处。

赫本自己是在紧缩的气息之中。紧缩产生压抑。这样的关系迟早会撑不下去的。要么争吵，要么分离。有一阵子她经常和梅尔争吵。她叫人把她的更衣室四周竖起白色尖头木桩，看上去像座农舍似的。她在门外贴了张“请勿打扰”的条子，连梅尔也不让进去。弄得梅尔气急败坏。

这个时候，梅尔已经和别的女演员好上了。

1968年，赫本离开了她的婚姻，离开了这个叫梅尔的男人。他们的婚姻坚持了十四年。他们有一个儿子。赫本离开梅尔的时候，这个男人正与另一个女人形影不离呢。

赫本曾忧伤地对朋友说，她原以为相亲相爱的人之间的关系应该维持到其中一个人去世。幻灭的爱情让赫本非常悲伤。

赫本的第二次婚姻是另类的。

那是1968年的秋天，赫本决定独自外出做一次休息旅游。豪华的游艇驶在蔚蓝色的发着微光的爱琴海上，赫本享受着难得的安静。有一位小鲜肉引起了赫本的兴趣。小鲜肉叫阿德尼安·多蒂，是个精神病医生。多蒂颜值高，很养眼。多蒂对赫本更是垂青万分。她和他一见钟情。那一年赫本三十九岁。多蒂二十九岁。赫本和多蒂属于王菲与谢霆锋那一类的感情。这一类感情不容易被外人看好。王菲与谢霆锋的感情也是波澜壮阔的，两个人分手，复合，再分手，再复合。当然，现在的结局是欢喜的，柳暗花明。

多蒂又是一个情商超级高的男人，这样的男人像猎手，极易捕获女人的心，尤其是一个情伤中的女人心。

那个叫多蒂的男人向赫本讲述，说他在十四岁的时候看完《罗马假日》，就对他母亲说，将来他一定要跟电影中扮演公主的那个少女结婚。还说以后他真的在梦中多次见到了赫本。多蒂还说，早在八年前的1960年他就试图闯入赫本的生活。那是一次舞会上，他以目传情，而她却未予理会。他提起了这段邂逅，赫本一点也没有记忆。多蒂说这是怎样的缘呵，只能是神灵故意地赋予。

女人对这种狂热的语言基本上是无法免疫的。女人是一种弱小的动物。女人的天敌是被哄，她们很容易被男人的甜言蜜语俘获。进入激情模式的女人，智商在瞬间降为零，与所爱之人瞬间进入共生模式。可是，这错觉的"共生"，你即是我，我即是你；你中有我，我中有你，原本有着多大程度的妄念！赫本顾不了这些了。共生，让女人的痛苦消逝，极乐莅临。共生，是对生命巨大创伤的医治。刚刚离婚心灵巨大伤口正汩汩流血的赫本大抵也需要新恋情的医治。对于受伤的女人，作为精神病医生的多蒂当然比其他的男人具有更好的治疗医术，他懂得用精神的方法治疗肉体的专业知识。

赫本和多蒂结婚了。一种看起来很美好的情状同样在赫本和多蒂之间产生。赫本对好友说："我又在爱中，又幸福了。我已嫁了一个爱我的人，愿意按照他的日程表生活了。为什么还要重新去工作？去过那种我不想过的生活呢？”他俩经常在别墅旁的林荫道上散步，同去看电影，挽着手臂去参加沙龙或者宴会。

赫本果真是一个爱情至上的女人，她的爱情重于奥斯卡奖。她不再拍戏了。她只想为她的家工作。她要同多蒂、孩子永远在一起。在公开场合，她总是维护自己和多蒂的感情。她在一份妇女杂志上这样介绍多蒂：“同一个精神病学家结婚是很有意思的……这门科学是一门应用科学，精神病学者比任何人都更了解人，他们对人有更多的同情心和耐心。”赫本还和多蒂生了一个儿子，叫路卡。这一年，赫本四十一岁。

真实的情况却是这样的：赫本还在妊娠期间，多蒂就开始寻花问柳了。多蒂原本就是一个放浪成性的意大利男人，耐不住寂寞的多蒂，出没于夜总会、脱衣舞厅以及种种宴会。狗仔队们在媒体上公布了他和众多女演员及伯爵夫人厮混的照片，整个罗马都为赫本愤愤不平。赫本颜面全无。多蒂却说：“意大利的丈夫从来不是以忠实著称。”刊物的文章这样写道：“多蒂是个淫妇的儿子，而赫本却是个圣人。多蒂时常带女人上夜总会。当赫本在罗马时，他就装得像个天使；而当和其他女演员、模特儿在一起被人拍照时，多蒂则显得非常狼狈，他甚至想把这些女人塞进汽车里。”

赫本最终和多蒂离了婚。这个十二年婚姻的破损，是赫本一生中最羞辱的事情。多蒂不仅伤害了她的感情，还伤害了她的自尊。

这就是我们的爱情。它经不起长久的憧憬。现实就是喂养它的毒药。每一天的鸡零狗碎都是现实。它连天使一样的赫本也不善待。

多蒂显然不是赫本的灵魂伴侣。

灵魂伴侣，是一种怎样动人的关系！一个男人和一个女人，找到灵魂伴侣，需要在灵魂维度上的相契相通。人们活着，有许多疑问的提出和疑问的解答，对于这样的问题，人与人之间的认知太不同了，太容易鸡同鸭讲。这不是什么了不起的事情，这原本就是人际关系的原定律。人生课题的解答，艰难得仿佛被神设置了密电码，灵魂伴侣却能不约而同地道出这个密电码。不是针对一个问题，而是所有的问题。灵魂伴侣有多难遇到？这样比喻吧：就像空难一样小概率！假如每一个人的生命代表一个阿拉伯数字密码，灵魂伴侣所表达的数字密码，就是紧紧地挨近这个阿拉伯数字的那一个。比如，我的生命密码是876，那么，我的灵魂伴侣应是875或者877。数以亿计的男人和女人，数以亿计的灵魂密码，她和他的遇见，该是怎样的不易！小概率到几乎不可能。

不是灵魂伴侣的男人和女人走进婚姻，日后的生活注定是艰难的。婚姻，不是按照灵魂伴侣去设定的，一男一女，皆可成婚。从进化角度来讲，婚姻，最大的功能是保证传宗接代的刚需，不然，人类会绝种。这是造物的计谋。

绝大多数的男人和女人，是以爱情的吸引去投入的。爱情是一种最浪漫的激情，婚姻却是一种最实在的经营。爱情的燃烧热烈而短暂，婚姻却需要长久的忍耐与付出。生命多长，这种忍耐与付出就有多久。爱情需要情调，婚姻却需要男人与女人的好自为之。平稳婚姻的操持，是一门学分很高的功课，里面充满了修行和哲学，掌握这样的学问需要悟性。但是，爱情与婚姻却长着同一张面孔，像是孪生姐妹。一开始我们谁也不能分清它们。就算我们有能力分辨它们，我们也会以为自己所具有的爱情是例外的。我们会理直气壮地以为这个世界上只有自己拥有例外的爱情，我们的爱情具有持久燃烧的能力，它是独一无二的。可是，世界上的男人和女人，其幸福，从来没有脱离关系中规则的制约，天使也无法脱离凡尘游戏的规则。

万物皆有裂痕，那是光透过来的地方。造化用光透过伤口，邀请生命成长。伤口是生命成长的种子，这种子经过这光之历练，怒放成花朵。这样长成的花朵是灵性的花朵，它已有力量挺拔于岁月的苦雨惊雷之中。大风越猛，我心越荡。这样的花朵就是普遍的生命黑暗中自己的光，用来照亮自己。

赫本息影了很久。这期间，赫本重要的工作就是修复自己心灵的巨大伤口。这样的工作许许多多的女人都干过。赫本和她们一样，修复伤口的时候花费的忍耐与痛楚是一样的。

修复伤口的过程是一个生命历练的过程。女人的一生，太不容易躲开这个过程。女人尤其容易在亲密关系上形成伤口，因此，女人总有机会在爱情的破损之后得到这种历练，尽管这种历练是被迫的。生活通过赋予女人的这种历练，让女人的生命穿过漫长的黑暗，慢慢地从灵魂里面发出自己的光。照亮女人生命的，从来都是来自自己灵魂的这束光，而不是其他的光源。不少女人没有力量承载这种历练，她们的精神过早地夭折了，成了一个灵魂空洞的女人。这种女人像秋天凋零下来的黄叶那么多。经受过这种历练的女人，她们和过去的自己其实已经不是一个人了，她们脱落了蛹之茧，化成了美丽的蝶。

1976年，赫本重新回到了银幕上。她重新得到世界的瞩目。她心灵里面的沧桑之光愈加灿烂。

神灵终究对于赫本是恩宠的，她在晚年遇到了对的伴侣。他叫罗伯特，是一个好莱坞演员。罗伯特的妻子是声誉卓著的好莱坞影星曼尔·奥伯朗，他们很相爱。奥伯朗却患心脏病不幸去世了。奥伯朗生前对罗伯特说，她死后他一定要再娶一个妻子，这个女人必须是一个配得上他的女人。

罗伯特与赫本一见面就被彼此所吸引。赫本在外形和气质上都使他想起了前妻奥伯朗。她们都身材纤细、高颧骨吊眼梢；她们都低调、仁善、通达、细致又敏感。罗伯特对妻子的深情也让赫本深深感动。她的两任丈夫，颜值与才华都流光溢彩，可是他们缺损的正是这种对女人的怜惜、给予之美。凡庸的人生，苦难延绵，最需要的其实正是这种细水长流的温情与疼怜。罗伯特与赫本相爱了。他们没有结婚，罗伯特也从不催促赫本去结婚，他深深知晓婚姻这个词语对于赫本的伤害，在赫本听来，仅仅是听这个词，就无异于把自己重新捉回电椅。这又怎么样呢？爱情和要不要那张婚姻证明的纸又有什么关系呢？他们从遇见的那一天起，就没有再分离，直到赫本生命的最后一刻。好的关系就像打开的自来水，那水毫无压力地流淌，其中没有控制，水花也不花俏。细细碎碎的爱像围裙一样围拢在他们的身边。赫本终于从自己所爱的人身上得到了幸福。

再后来，赫本把自己的爱献给了广大的儿童。1988年，非洲大陆干旱无雨，饥荒遍地。五十九岁的赫本以联合国基金会特使的身份，亲赴灾情严重的地区。哀鸿遍野、饿殍满地的索马里、肯尼亚、埃塞俄比亚、孟加拉国等地都先后留下了她单薄的靓影。赫本的靓影不再属于舞台上的流光溢彩，却比世界上华美的人造庆典景致都惊艳。那是真正的天使的美丽，无尘、澄澈、高贵又厚重。她去了孤儿院，把瘦弱的儿童抱在怀里。他抚摸他们的小脸和小手。孩子们叫这位美丽的妇人“妈妈”。这个时候的赫本，对于人性普遍的苦难早已有了深切的洞悉，她知晓了这个世界的本质是爱，而不是才华、成功和其他看起来巨大的东西。她知晓了对于苦难中的生命，一个小豆子一般的温暖烛火，远胜过一大堆无关痛痒的大词。

美国《时代》周刊这样解读赫本：赫本是真正的与众不同，别指望拿那些现成的陈词滥调来套她。

1992年11月，赫本从索马里回来以后，感觉腹痛不止。去医院检查的结果，她患了肠癌。赫本的反应出乎医生们的意料，她意外地平静，只是轻轻地说了一句：“喔，倒霉！”她接受了手术，但癌细胞依然没有得到控制。赫本的好友在最后的时刻，从各地汇聚到她的家里，七十七岁的派克也来了。派克难过得像是有一个葡萄柚那样大的结卡在喉咙里。有一个小报记者试图拍照，派克愤怒地让他滚开。赫本在外表上看起来很轻松，她其实在强忍着疼痛。她对派克的太太维若妮卡说：“癌症的痛真是恐怖。”大家心里明白：这是与赫本的最后告别。大家装出快乐的样子，其实每个人的内心该是怎样心疼与悲怆。

1993年1月20日，赫本离开了这个世界。那一年她六十四岁。

罗伯特一直深爱着赫本，直至赫本去世的那一天，二人仍然同床共眠。

她原本就是天使。她飘落人间原本就是暂时的。上帝已经收回了它的使者。因为上帝已经完成了它的任务：告诉凡间什么是冰清玉洁；告诉人间什么是天使。

说一说赫本和派克。

这本书的责任编辑吴清波曾经对我说，赫本和派克的感情一定要写一写。吴清波一定是被赫本和派克未能实现的爱情故事所感动了。

坊间流传着赫本与派克的“玫瑰胸针”的爱情故事。

说到赫本与格利高里·派克，一定要重新回到优美的电影《罗马假日》。

《罗马假日》的男主角是派克，女主角是赫本。那个时候的派克，早已是全美殿堂级演员，有着无数的影迷。他三十六岁，高高的身材，梧桐树一般挺拔。他英俊，正派，和蔼可亲。那时的赫本二十三岁，是个新人，能与派克共演一出电影，赫本受宠若惊。见到派克的时候，赫本更是忘了自己是女主角，完全是粉丝见到偶像的那种惊喜。派克见到赫本的样子，惊为天人，意识到这个姑娘一旦作为主角出现在银幕上，将是一颗不可估量的明星。

那个时候这部电影打的招牌还是派克，派克作为第一主角被宣传。派克卓绝的影响力就是票房的保证。可是，电影杀青后，派克要求导演把赫本的名字放在第一主角的位置上，还说赫本肯定要获得奥斯卡金像奖。这是派克对赫本多么大的肯定！

在拍戏过程中，派克给了并没有表演经验的赫本以引领，让她自信，放松，忘我。电影里，绅士稳健的男主角和清纯美丽的女主角相爱了，他和她是那样般配，绝伦又绝尘，电影院里的观众是那样着急又恳切地愿意他们相好。电影外面，赫本和派克也心和心慢慢地靠近了。其实，从第一眼见到赫本，派克就喜欢上了这个纤尘不染的女人，她哪里是在演公主，她根本上就是人间的公主。面孔雕塑般周正、灵魂纯净得像传教士一般的派克也早已让赫本迷恋。他柔肠百转而又分寸在握，还有谁比他更能被喊作绅士呢？

那个时候派克和妻子的婚姻走到了尽头，赫本又是独身。他多么渴望得到她的爱情呵。他却不是个善于表达的男人，相对于她的单纯，他早已历尽情感的沧桑。他把对她的爱埋在了心底。赫本也爱派克。可是，他是别人的丈夫，是三个孩子的父亲。她在幼年就尝尽家庭破裂的痛苦，不忍让这样的痛楚在那三个孩子的心灵上再上演。就这样，他和她的爱，就像一朵矜持的花，没能开绽在一节沉默的枝桠上。离别派克，就是离别罗马。赫本心中封存的爱，像电影里的那句话：当然是罗马！

《罗马假日》耀眼夺目，赫本也果真抱回了奥斯卡小金人。她同时还收获了爱情，与梅尔结了婚。派克参加了赫本的婚礼，他送给赫本的礼物，就是一枚蝴蝶胸针。那是1954年。他和她的爱，从此缄言。赫本结婚不久，派克也离了婚，又结了婚，成了别人的丈夫。

婚后的生活不是童话，而是现实，琐碎又细密。与梅尔产生隔阂，赫本都会给派克打电话，泪水涟涟。派克轻声地安慰她，让她说出苦痛。赫本与多蒂的情感破损，派克也是最好的听众。1993年，赫本离开了人间，天使飞回了天堂。派克来送赫本。这个时候的派克已七十七岁，他拄着拐杖，老泪满眼。望着花丛中的赫本，美人何止迟暮，美人已殒。在派克眼里，她依然是他的天使，那个娇美迷人的罗马公主，眼里流溢着无限的清新。她正一路轻盈地向自己走来……派克亲吻了一下她的棺木，嗫嚅着："你是我一生最爱的女人。"

他终于说出了这一生自己最想对她说的话，它像琥珀一样在他心里埋了四十年。可是，它迟到了。它到来时，天使已不在人间。

十年后，赫本依然活在人们的心中，她的衣物被拍卖。

派克来了，八十七岁的派克闻声来了。他拿起了那枚蝴蝶胸针，拍回了它。回忆是抽搐的，想念是疼的。他一直没有告诉赫本，这枚胸针，是他祖母的家传。

四十九天后，派克离开了人间，他微笑着，手里握着那枚蝴蝶胸针，就像她的一颗心。

若干年后，香港有名导要拍摄赫本与派克的爱情故事，还大规模地海选赫本与派克的饰演者。可是，在人间，上哪里再去找赫本与派克！谁能演得出这两个绝尘又绝伦的人！

世间再无赫本和派克。这两个人间的孤本，上帝把她和他塑造出来，作为天使与绅士的原型，就是为了告诉人类什么是真正的天使和真正的绅士的。他俩的人间任务完成了，经历了人间的爱恨情仇，上帝便把她和他召回了天上。

我写下赫本与派克的故事，深情又动情，一点也不怕在世间熬制一份动人的爱情鸡汤。其实是我对真实爱情理念的一次反动。我抒情了。对于赫本和派克，我挺愿意抒情的，我愿意为这她和他故意犯一次爱情的错误。

其实，赫本和派克的爱情故事，是一个真正的鸡汤写手在《读者》上发表的，作者仿佛已承认这是一个夸张了的爱情故事。其实，在拍摄《罗马假日》的时候，派克已经与自己的妻子分居。在拍摄过程中，派克与一位名叫帕萨尼的法国女子相爱。离婚之后，他就与帕萨尼结婚了。他们白头到老，一直到派克离开人间。其实，现实中并没有那样一枚蝴蝶胸针。其实，赫本与梅尔的相识，是派克介绍的。

人们仿佛并不愿意纠正这个童话。有一些事情，未必知错就改。不改，挺好。

我不愿意让我的责任编辑看到这一段。我不愿意让他知道蝴蝶胸针是不存在的。

赫本与世界服装设计大师纪梵希的友谊是可歌可泣的。《罗马假日》里赫本的服饰，就是这位服装大师设计的。赫本一生拍摄的电影甚至日常服装，几乎都是纪梵希设计的。这又是一部催人泪下的情谊故事，在本篇中我就不多叙述了。

另一位绝世美女伊丽莎白·泰勒在纪念赫本时说：天使已经回天国去了！

波伏娃：前无古人后无来者的女人

你的莅临　将我们的仰望一节节拔高

超越了呢喃和表达

你给这个世界留下了

比爱情更晚熄灭的智慧之火

是的　从来都没有启明星

我们的心　需要像你一样　自明

写这些名贵的女人，对我来说，波伏娃是最难下笔的。确切地说，是恐慌。真是奇怪，写梦露的时候下笔一点也不怕，在心里头没有什么观念上的储备说写就写了，写的时候还带有着对她的精神审视所诞生的某种优越感。不知不觉的。秘密的。人总会那么尖锐地在第一时间看出别人的破绽。看出来别人的破绽，是不是能让当事者感到某种意义上的安全。还有，杨志军的那句话——女人看女人使用的是逻辑思维——说得真是一针见血。波伏娃在女人生命史顶级的精神高地上，是属于创造了精神极品的那一类罕见的女人。写她，就像一座小土丘去描述一座海拔极高的大山。我怯懦了。我怕自己说不得她，一说就错。其实，我早就知道这是一些一说就错的文字，我知道波伏娃一些什么呢。就是梦露，我又知道她的一些什么呢。有一次我和一个学心理学的女友探讨过为什么对仰望之人总会产生畏惧感这个问题。她解释说，这是在心理学上的欺软怕硬。欺软怕硬其实不是一种有褒义的品质，可我在精神领域里面总会犯下这个毛病。我改不了，也不想改。

我二十岁的时候是敢于对波伏娃下定义的。无知者无畏嘛。那个时候只知道波伏娃是一个一辈子不结婚的哲学家，只知道她的终身伴侣是那个叫萨特的存在主义的哲学家。存在主义是何等东西对我来说是一无所知的，但是，向别人道出萨特的“存在主义”这样的词语，就已经使我豪迈得要命，仿佛那个主义的东西熟悉得是我家的一个亲戚。仿佛我的身上穿的是一件叫“存在主义”的名贵豪华皮衫。那个时候我说，波伏娃一定是拼命忍受着自己生活的那一种女人，她和萨特的关系是不纯洁的，不是爱情的那一种，爱情怎么能不嫉妒呢。那个时候对我来说，爱情这个深重的大词是一个可以在我的想象中开出任何华美花朵来的东西，是可以被我的诗歌打造成有身段的腰形的东西。那个时候我以自己二十岁单薄的身躯去嫁接在伟大的波伏娃的身躯上。我说的是二十岁肉身的我的感受，这个感受和真实的波伏娃毫无关系。可我的的确确又假装在说波伏娃，说波伏娃使我显得有文化。风渐渐地吹，我渐渐地长。风声是在变动着的，街上的风和内心的风。听风的感受是在变动着的，街上的感受和内心的感受。日历一页一页变薄，变到最薄又成为最厚。总是这样的。波伏娃在尘世上标本式的影像没有变化，变化了的是我对她的看法。变化的是我对生命的看法，对爱情的看法；变化的是我对人性的看法和对人性迷乱的看法。从果敢地对她下着庸俗的定义，到怯懦地怀疑着我以为的对于波伏娃的认知，到如今的不敢下笔。变化的依旧不是成为历史的波伏娃，变化的依旧是我逐渐残损着并且还将残损下去的内心。

不敢下笔，我就看波伏娃的传记，看完了这一本再看那一本。大抵是大同小异的，说的几乎是同等的波伏娃的一些事情。敏感的童年。颖慧的学生。与好友扎扎不可复制的友情。与萨特没有婚约的爱情。与美国作家断过肠的欲情。还有三人家庭。以及构成了三人生活的女宾。女宾带给波伏娃的迷乱。还有她的同性恋情。这些素材又来源于什么呢。无非也是别人遗留下来的一些文字，还有一些道听途说。我曾经在一间二十平方米的屋子里深刻地体味到了话语这个东西的荒诞。是朋友搬新家请一帮人到他家坐坐。那一天，我带着某种例外的情绪说出了一些消极的话。那话至今想起来也不是过分的，是一种不为大多数人认同的选择而已。这几乎不是我主流的一种情绪。我远没有我所说的那么勇敢。我其实也是大多数人中的一人，做着的是一种大多数的人都在做的事情。我没有成为非大多数人的勇气。但那个想法那天像烟一样很命定地冒了出来，最大的可能被我自己轻易地忘掉它。它却被一起在这间屋子里吃饭的人当场认定是属于我的确凿的预备向旁人推而广之的想法。继而在一些人的想象中我的这种想法已经变成行为。是荒诞的。是非人性的。我的话语变成那天桌子上丰盛的菜肴，被大家精神化地咀嚼了一番。最后的我变成了萨达姆。如果可能的话我将被实施绞刑。一支烟一样的会飞的蝴蝶其实不一定非得翻山涉水，不一定非得漂洋过海，在一间十平方米的房子里就可以变成一只恐龙的。当然，那天大家是以好玩的心情把我变成萨达姆的。可是，平常的日子，那些看起来一本正经地表达出来的水里的鱼，游到同样是一本正经的接收者的脑海里，变成泥沙里面的青蛙这等事情不是在大规模地发生吗？不是每时每刻都在发生着吗？对于同一种东西的认知，假如把它们变成水，假如人脑是一种容器，倒进去的时候，对于这种认知的东西一定和个体的盛水的人脑容器有关的。而人脑这种容器是千差万别的，是奇形怪状的，它们像人的指纹一样绝不相同。这样的想法是不是和一个众人皆知的哲学说法有着吻合：一千个人眼中就有一千个哈姆雷特。

有关波伏娃，有关波伏娃的一些传记，离开波伏娃的真实的生命的那一时刻，从浪漫的法兰西去了地球的每一个有人的角落，从上个世纪初叶的1908年波伏娃的出生来到这个世纪的今天，还有即将翻滚而至的一大些岁月，它们从一种什么样的东西变成了另一种什么样的东西呢？有哲人说，语言是一种流言蜚语。还有什么比这句话比对语言的定义更准确呢？然后我的这些文字又是以那些裂变了的文字作为真实的版本，添加进由于我思维的偏颇造成的流言蜚语，不过是制造了另一篇关于波伏娃的流言蜚语罢了。

是的，这是我的一篇关于波伏娃的流言蜚语。假如它有什么属性的话，那么它们是顽强地属于我的。

波伏娃出生在巴黎。是个长女。后来有了一个妹妹。巴黎是我心目中最浪漫的地方。巴黎从它诞生的那一天起就仿佛是世界上最浪漫的地方。这使得波伏娃的出生有了某种妥帖的味道。有很多的磨坊；有酒吧，沿街的和露天的那种，帽子一样扣在房子上。大艺术家和大学者们走出来走进去，不是在酒吧里就是在去酒吧的路上。这地方多么适宜于波伏娃的成长。波伏娃出生在一个正统的资产阶级家庭。收入丰厚。爸爸叫乔治。乔治和所有的小具成功者一样对生活充满生机勃勃的念头又立刻对它厌倦不已。母亲弗朗索瓦茨酷似画上的美妇人。弗朗索瓦茨从小在修道院接受教育，是天主信徒，婚后只当家庭主妇。她性格贤淑温顺、忍让宽厚、处变不惊的气度让人舒服。她从不对任何事情表现出惊讶。波伏娃对母亲大约是依恋的，长大以后她的那篇著名的叫《女宾客》的小说，主人公的名字就叫弗朗索瓦茨。小的时候波伏娃黑发碧眼，十分出众。

我看传记的时候就一直等待着颖慧的小波伏娃出场，这个举世无双的哲学家怎么可能缺少了剑走偏锋的童年呢。果然，小小的波伏娃就有伟大的念头。五岁那年，她说：我保证我长大以后不会忘记我五岁时就已是一个有心事的人了。还有，每长高两三公分，波伏娃就会忧郁地产生想法：我再也不能坐在妈妈膝上了，忽然之间，不可知的未来要把我转变成另一个我，那一个我将不是现在的我。还有，她不喜欢听大人说这样的话——这是荒谬的——然后不给她做任何解释。还有，波伏娃总是对诸如此类的事情弄不明白：昨天我剥了一个桃子，今天为什么不能剥这个李子。有一次波伏娃正在吃榛子，家庭教师说，小孩子们很喜欢吃榛子。波伏娃竟然被惹火了，她告诉家庭教师，我的口味并非取决于我的年龄，我不是所谓小孩子，我是我自己。有一次，姨妈给她出了一道同她的年龄相符的简单的题，她气坏了，她感到自己受到了耍弄。小小的波伏娃和我想象中的她十分吻合。

笃信上帝，是信徒母亲对波伏娃的期待。但她很快就不信上帝了。对于上帝存在的质疑，源于波伏娃的一次忏悔。她偷偷看了禁书，就去找她心中上帝的代言人神父。神父给她讲了个故事：有个聪明而好奇的女孩子同样也向他倾诉，同样是小女孩因为看了禁书而感到忏悔。小女孩说那些书让她丧失了信仰，继而认为生活是恐怖的。神父告诉波伏娃，那个小女孩不久就自杀了。这个故事非但没有让波伏娃恐惧，反而让她对那个小女孩产生了仰慕之情。她认为小女孩这么小就懂得那么多东西，真是让人嫉妒。这个故事还让波伏娃对上帝产生了严重质疑：上帝为什么要让小女孩去死——上帝连拯救她这种事情都干不了，那么为什么还要信任他？这个世界上没有上帝的恩宠，那么就只有自己拯救自己了。大约是从这个时候开始，波伏娃就躲开了现成的所谓的理性的东西，开始寻找适合于她自己的对于人生及生命看法的启蒙之旅。

遇到扎扎是波伏娃学生时代的一个重大事件。扎扎是小学生波伏娃的邻座，那年波伏娃十岁。扎扎的聪明让波伏娃佩服。这个叫扎扎的小姑娘即使因病休学了很长时间，照样在考试的时候拿得出好成绩。重要的是扎扎的敢说敢做，她竟然敢在台上弹钢琴的时候对台下自己的母亲吐舌头。这在众人眼里是极没教养的举动。波伏娃却认为扎扎真是有个性。波伏娃和扎扎保持了多年的友谊，直到扎扎离开这个人世。这当然是后话。

一起长大起来的波伏娃和扎扎一前一后地产生了自己的爱情。对爱情的向往是青春期的一个必然产物。生命是一枚鲜活的果子，肉体大抵总是先于精神发育得浑圆。体内的荷尔蒙大批量超浓度地分泌，把一个个少男少女打发得腰肢鲜嫩，肌肤上妖气邪出——是东邪西毒的那种邪，邪得合情合理。这个时候一个个男人变成了亚当，一个个女人变成了夏娃。亚当开始寻找自己的夏娃，夏娃开始觅见自己的亚当。这成为他们相当主要的生命功课。这是我们的祖宗添加在我们生命里面的基因密码决定的。就像一个女人生出来的孩子是小人儿那么顺理成章。亚当遇不到夏娃，是会产生身体饥饿的，和肠胃的饥饿同样难受。这使得这种“遇见”变得便捷。我们的周围一直是这样的，男孩和女孩，一旦到了二十岁，找异性这事儿就像找工作一样开始了。当然说出来的理由是找爱情。当然为了这种找到的爱情要用结婚这种方式去证明它。这是社会文化编织出来的一种程序。几乎没有人对这种程序产生质疑。反而，被这种程序排斥在外的男人和女人急坏了，仿佛被上帝揪着头发离开了大地。这个时候的波伏娃是和所有的青春期女孩没有什么两样的，她爱上了自己的表哥。那个叫雅克的男人。雅克俊朗的外形让波伏娃很顺眼。比波伏娃大的雅克多读了几本书，这让波伏娃感到他有才华。雅克还是疼爱波伏娃的，这让波伏娃获得了她那个时候所需要的温暖。波伏娃几乎是想和雅克结婚的，有的时候她因想雅克而哭湿了枕巾。当然，雅克还是慢慢露出了他的弱点，他根本就禁不住生活的弱小打击，一次考试的失败就能够让他自暴自弃。雅克精神上的残败还是露出来了。很快地，波伏娃就丧失了从雅克身上得来的怦然心动。最终的结果是，雅克娶了另一位女人，过着心灰意冷的婚姻生活。他游手好闲，将财产任意挥霍，被妻子扫地出门。没有一个亲人愿意接纳他。他就有点钱就去买酒，然后酩酊大醉。二十年后，雅克的形象跟个要饭的差不多，四十六岁的时候死于营养不良。

雅克毕竟是波伏娃第一次情欲对象，这个情欲对象被我们特殊地称为初恋。初恋的模样真是好看，仿佛天生是用来被歌颂的。我想这肯定不是因为初恋真实意义上的情爱质地，而是它在肉体生命中情爱的登场次序。它命定地排在一个人情感生活的第一次上，就像我们看奥林匹克运动会，各国运动员粉墨登场，排在第一个的某个国家的队伍总会引起世界上最多人的关注，留下最深的印象。这绝不是说这支队伍就是绝色的，只不过它占领了数学序位中的那个第“一”。

初恋为什么是容易破损的？心理学家修德克尔总结了这样一个状态：恋爱发动状态。这个状态极度地容易出现在初恋的前期。如果没有毛病，青春期的少男少女都会自发地启动自己“恋爱发动状态”的心理准备，一旦达到这种心理的临界点，只要外部稍加刺激，情欲便会一触即发，一泻千里。还有心理学家认为，初恋为什么容易破损，来源于生理的早熟总是先于精神的成熟，因而肉体的欲望与精神上的爱不能同时燃烧。当精神成长与理性觉醒后，肉体的欲望可能受到抑制而平缓了。天才的波伏娃都没能逃脱得了肉体先于精神的早熟，大量的凡人更加难于摆脱得了这等宿命。于是，这个世界上有大量的处女被歌颂着，大量的初恋被当事者永远记挂着，仿佛它原本就是珍贵的。当然，更多的初恋前赴后继地美丽的肥皂泡一样破损了或者正在破损着，把这个世界搅拌得五光十色。

扎扎的死让波伏娃有了某种意义上的精神上的复活。扎扎的第一次爱情是被自己的父母给拆散的，他们认为自己的女儿应该找到更加与她般配的男人。扎扎的第二次感情是一次真心投入的爱情，情人是一个叫梅洛的才子。扎扎与梅洛一见钟情。扎扎的这次情感同样遭到了父母的排斥，原因是他们私下里调查梅洛是一个私生子。这可是有损于门面的事情。他们强行地拆散了这对爱着的情侣。扎扎精神失常了，有一天一丝不挂地走出家门。扎扎的父母想起来不再阻挡女儿爱情的时候，扎扎已经病入膏肓。扎扎是死于爱情的。这么一个有个性的聪颖女子竟然也能死于这种叫爱情的东西。在被别人圈定的情爱程序里面，爱情这么轻易地就能杀死一个好女人。扎扎的脆弱竟然比她曾经的坚强更加确凿无疑。这让波伏娃对传统的爱情观产生了极大的反思。她看到了私欲导致之下的情爱有着怎样致命的力量。她下定决心不再看重传统的道德和爱情观。她要活出自己。她说，扎扎的死，让她获得了自由。

现在该请出我们的男主角萨特先生出场了。这是个写出了《存在与虚无》《词语》《恶心》等名动世界的存在主义代表作的大师，曾经拒绝领取诺贝尔文学奖的大哲学家。他的哲学体系已经永远地载入了人类文化的哲学史系之中。比他的思想成就更令人惊讶的，则是萨特和波伏娃惊世骇俗的爱情。

萨特十五个月大小的时候就没有了父亲。母亲后来又改嫁了。这让萨特有了不那么温情的童年，也对萨特的人生观和爱情观的形成埋下了伏笔。好在萨特是绝顶聪明的，读书让他尝到了甜头。还有写作。他一个劲儿地写下去也觉得不累。萨特的聪明使得他有实力考进有名的巴黎高校，这是全球精英教育的典范学校，每年只招收二百来名学生，而报名的却有四万多个。这所古老的学院至今在世界上焕发着名贵的气息。在这个学校里，萨特和其他两个“死党”交流密集，谈哲学，谈人生。那两个人也是大才子，一个叫尼赞，一个叫马厄。萨特长得矮，个子一米五八，左眼斜视。马厄右眼也不好，和萨特的左眼对称着倾斜。挺逗的。萨特有过几次成功之后又失败了的情色韵事。波伏娃恰好也在这所学校学习。相貌清秀体态雅好的波伏娃最初是看不好萨特的，虽然萨特的才华她早有听闻。波伏娃最先认识的是尼赞，她和尼赞的交流十分通畅。波伏娃是在萨特的房间里见到萨特的，在场的还有尼赞。这个历史性的相见，成就了人类史上独一无二的爱情的初次相见，却是以波伏娃的心不在焉为开头的。

这大约才是真实爱情的撞见方式。以我几十年来的人生经验，几十年的所见所闻，我以为，生命意义上真实的爱情大抵不是以人为的方式介绍得来的，爱情也绝难成为精心策划斟酌的产物。那样出来的更多的是婚姻，是男女关系。爱情是撞上的，大抵在毫无防备的当事者中间。上帝这一次也做了一次故意的安排，让人类史上聪慧至极年龄合适的一男一女，在如此紧密的物理距离里面生活，以便让他和她的撞上得以达成。这真是奇迹。上帝的这次安排其实是别具匠心的，他老人家不仅需要一次人类罕见爱情的可贵登场，更重要的是让一颗头颅和另一个头颅可贵地相遇。我一直以为，正是波伏娃头颅里面装着的硕大精神力量和萨特头颅里面装着的硕大精神力量的不竭撞击，才最大限度地支撑了他俩传奇爱情的延绵不绝。

写出这一段文字，我笑了。我抒情了。有人说，人在美妙得无法言说的东西面前，或者在讶异得令自己发呆的东西面前，就要抒情了。

萨特的出现第一次让波伏娃感到了在智慧方面的低人一等。她总是争不过他。当然是一些哲学上的重大问题，还有学业上的难题。有一次他们吵了起来，当然还是萨特赢了。这却让两个人都觉得对手的杰出和彼此智慧方面的旗鼓相当。然后的一次考试中，萨特第一，波伏娃第二。萨特相貌的丑陋，他的眼斜，他的比自己矮小，外加抽烟酗酒，都不重要了。像波伏娃这样的女人是怎么可能抵挡得了智慧的袭击呢。对于一个对精神的要求无比确凿的女人来说，被一个男人智慧的袭击所衍生出来的爱情倾情是最重要的一种倾情。于是他俩好了。他们不停地约会。约会的好感觉让下次的约会不停地来临。他们的感觉不停地变得更好。为了诉说这样的好感觉，他们每天都要通信。他们隐约地感到，这样的一种两人关系将会是永恒的。当然，这其实也是被若干年后的事实成就了的一种永恒。我想，和所有的恋人一样，当时他们这样的表达，也有着很大程度上海誓山盟的成分。我一点也不讨厌热恋中男人和女人发烧时的海誓山盟。我还以为，没有海誓山盟的爱情一点也配不上爱情原本的质地。热恋中的海誓山盟当然不是用来实践的，而是用来表达两人当下的激情的。除了海誓山盟，还有什么能和把生命拿出去的恋情相匹配？当然，把说过的海誓山盟当成诺言去实现，这样的男人和女人就不聪明了。就痛了。就混乱了。不聪明的人总会活出痛苦和混乱来的，这有什么好奇怪的。

好到一定程度的男人和女人是要走入婚姻的。几乎所有的人都在这么做。可是，萨特和波伏娃竟然同时是两个不喜欢用结婚这种东西证明自己感情的人。这个世界上是有一些人也不喜欢用结婚这种东西证明自己的感情的。因为结婚和爱情在本质上是两个太不一样的概念，根本就是风马牛不相及。爱情是那么属于生命内里的东西，怎么能用现实性那么强的婚姻去证明它呢。但是，即使是不相信婚姻的人，也大抵地跟着走向了婚姻。其实他们走向的是一种力量强大的世俗文化。大多数人根本没有力量抵抗得了这种世俗文化。是在萨特和波伏娃看完电影后去散步的路上，萨特突发奇想地对波伏娃说，我们签定个为期两年的协议吧，在这两年中，用我们都愿意的最亲密的方式一同消磨这几年，然后我们可以两地分居几年，然后在其他地方，国外，可能的地方，或多或少，或长或短地再一起生活一段时间。这可以让我们彼此永不陌生，谁也不用徒劳地企求对方的帮助，但，没有任何力量可以割断这条连接我们俩的纽带。而且，我们决不能将这断断续续的同居生活庸俗地视为一种义务或者习惯，要不惜一切代价阻止它向这方面堕落。随后，他俩还互相约定：双方之间不互相欺骗，也不互相隐瞒。双方所遭遇的偶然爱情也一定要向对方如实汇报。他们都渴望爱情，却都害怕在一棵树上吊死。

不喜欢用结婚的方式拴住自己的爱情，我想最重要的原因还是萨特和波伏娃对于"性"这个活跃因素的了解和悟透。当然是普遍人性当中的具有花心特点的那个最能作野的"性"。萨特和波伏娃都是天才，天才当然也是人，是人就有人性。花心是普遍的人性里面的特征，这是在世上有点沧桑的正常人都能得出的结论。他们俩的天才部分是用不着向俗人那样试着去证明自己的爱情或许是天底下最不混乱的，然后再必然地被过后的日子证明这种想法只是天方夜谭。在情色之中，大量的男人和女人是容易这样想的：人类都是花心的，可我们的爱情质地可以例外地好到不花心的。假如这个世界上有一对男人和女人是不花心的，那就应该是我们了。当然，这种自信心是有利于让自己心花怒放的。可毕竟这只是一种美好地骗过自己的方式。我当然不是说世界上绝对地没有专一的爱情。可是，专一的爱情大抵是以克制住自己为代价的。是要牺牲掉人性中的那种自由的。自由原本是生命中多么宝贵的东西呵。而且，有的时候当事者所呈现的那种专一，不知道是否只是悬浮于世界的肉眼表面之上。还有一系列其他方面的原因，比如就是没有遇得上惊动了自己灵魂的异性呢。

哲学家周国平说过性行为、爱情和婚姻这些两性关系的三种形式及其难以调和的矛盾性质。它们是和人性的三个层面相对应的：性行为是人的生物性；婚姻是人的社会性；爱情是人的精神性。生物性是一个基础，如果没有性，爱情和婚姻都谈不上，都不可能产生，都没有存在的理由。这是它们的一个共同的生理基础。但是，性、爱情、婚姻又是三个不同的东西。性是肉体生活，遵循快乐原则；爱情是精神生活，遵循理想原则；婚姻是社会生活，遵循的是社会原则。困难在于把这三者统一起来。周国平还说，爱情的讲究使得这三者的冲突更加严重。爱情是两性关系的最高形式，在历史上出现得最晚。在野蛮时代，大家都不讲究爱情，谁和谁发生性关系都没有关系。可如今的人们讲究爱情了，麻烦就来了。爱情是专一的，可是人的生理机能并没有因此改变，性的指向仍然可能是广泛的。这其实是人类根本无法解决得了的问题。自古以来其实从来都没有在这个问题上解决过。在央视的《百家讲坛》节目中，周国平还无可奈何地告诉大家：激情的东西只有在初恋和婚外才能得到。

二十岁的时候我参加一个读书活动，得到的奖品就是萨特的小说《理智之年》。那个小说里面的一个细节至今让我回味不已。小说的主人公叫马洛。有一天马洛在她漂亮的情人家中。他们刚干完那件事。马洛赤身裸体，两腿之间躺着垂头丧气的生殖器。马洛突然意识到，它就像个大儿子，男人终生都在为它操劳。我想，这是男人萨特借主人公之口说出的自己的一句话。这是哲学家萨特替凡俗男人萨特说出的一句话。这句话其实承载了哲学意义上的悲悯精神。这种悲悯，从一个男人性觉醒时就开始了，它一直会持续到男人用不动自己的肉身为止。

我想，萨特和波伏娃之所以选择不要婚姻，还因为他们想最大限度诚实地面对对方，面对自己。既然他们都需要在两人不可割裂的爱情基础上享受偶然的爱情，都需要两人之外的情爱激情，那么就诚实地告诉对方。我还想，即使拿到有着法律意义上的那张婚姻的纸，波伏娃也不相信婚后的萨特能不去遭遇那种与另外女人偶然的爱情。在这方面，波伏娃大抵也是不相信自己的。事实的矛盾无论怎样的不能解决，诚实地面对是比不诚实地面对要净明得多。在这样的诚实面前，把那张象征着两性法律关系的婚姻纸领回来，就显得荒谬了。这样的法律在两人的诚实面前是虚弱的，也是滑稽的。诚实是一个多么好的品性呵，凡俗的人也是知道诚实是一种好品性的。可是，我敢说，萨特与波伏娃所选择的这种诚实，是所有的诚实中最沉重的一种。这种沉重是凡俗的我们根本就承担不起的。凡俗的我们宁愿被稀里糊涂地骗过自己也不要这种沉重。我曾经看到英达做过这样的表白：最要妻子有的品质就是忠诚。让别人对自己忠诚，哪怕对方是作为妻子的那个女人，是当事者自己能决定得了的事情吗？这一个质疑，英达难道不曾追问过自己吗？在我的心中，英达是个怎样的聪明绝顶之人呵。他也在根本上有着俗人的局限。然后我又感到一种强烈的踏实感：英达都可以是俗人，在这个问题上我们比英达更俗，俗到不可耐，这又有什么奇怪的呢？

我们是亚当和夏娃的后代，我们的身体内从来没有取消过亚当与夏娃的基因。而亚当与夏娃正是因为偷吃禁果才意识到男人与女人身体奇旖的差异的，从而对此产生了难以抑制的诱惑。这诱惑和法律与文化所能给出的用来阻断它们的东西毫无关系。这诱惑自己长大着，强壮着。领悟到这些根本就不是一件困难的事情。在婚内婚外偷吃禁果，对于世上的男人和女人来说，这根本就是一件可能发生的事情。我的一个女作家朋友，一个写出了诸多深奥文字的女作家朋友，一个把男人和女人的关系洞悉到骨子里面的女作家朋友，她曾经在桌子的对面对我说：在一生这么长的时间里，她绝不相信一个男人，尤其是一个出色的男人没有外遇。我反问她，按照这样的逻辑，她的丈夫是个男人，而且是个有出息的男人，他有外遇就不是一件反常的事情的。她说，当然。我又反问她，如果她的丈夫有了外遇，她知道了后会如何处理。她想了想，说，那一定是要分手的，她不能接受这样的事实。这是一个怎样的悖论！我问她怎样解决这个悖论。她说她不去想她丈夫有没有外遇这件事。她不让自己有寻找对方外遇证据这样的心思。

这就是我们凡人的局限。我们可以把理论的东西储备到足够，足够到强大，可是，强大的只是一些理念，而不会是我们依然脆弱的心灵。我们的知识可以发育到与现代化的今天相匹配的程度，可我们的身体里面的配件和我们的古人里面的配件没有多少差异。它不与时俱进。我们的大脑那些额叶什么的还大量地停留在初级的管理方法上面，我们的生命里面因此活跃着大量的最初级的那些人性弱点。那些我们津津乐道的经验，那些高深莫测的哲人的话语，是我们用来教育别人时使用的，或者是写文章时把句子打扮得天花乱坠的。而一旦真实的危险发生在我们的身上，那些哲学的东西就像冰淇淋遇到电暖气，一会儿就融化得无影无踪了。

我其实从来没有以为波伏娃强大到取消了自己的嫉妒心。取消了嫉妒心，就等于是说，波伏娃取消了肉体的生命。天才的波伏娃同样有一个会痛的肉体，我们的肉体能痛到多么厉害，她的肉体也会痛到多么厉害。我还以为，那些令人类痛苦的因子，经历它们时波伏娃一定比我们痛得更严重。同样的事物，她比我们有着更为细密和深入的接纳能力和穿透能力。人和人的差别其实是巨大的，有的人的感知能力是以微米为计量单位的，有的人则以米为计量单位。波伏娃细密如丝的接纳能力使得那些红尘之事以多么痛的方式渗透在她的生命之中呵。但是，无论这个肉体会怎样的痛，都无法阻止性爱这个东西巨大本质的原本样式。无论你选择哪一种生活，性这些东西的本质都没有变动过一丝一毫。这才是根本的东西。这才是要命的东西。萨特的前情人是一个叫卡米耶的女人，波伏娃曾经十分醋意地强烈要求见卡米耶一面。于是萨特安排她们见面了。波伏娃不得不承认卡米耶的确生得花容月貌，风情万种。波伏娃被嫉妒心弄得很痛。谢天谢地，波伏娃生命中那些细密深入的接纳能力同样以丰淳的方式让她得以汲取伟大的智慧。这样的智慧是我们凡俗之人根本无法体味到的，我们的想象力也企及不到它们。这样的智慧足够使她改变自己生命的结构，使得再大的痛楚也伤害不了自己。是的，波伏娃把自己的智慧变成了自己的哲学。她所需要的哲学比红尘中的情色更妩媚，更庄重，也更能提供生命以能量。

上帝创作出萨特再创作出波伏娃，其实是要他们承担起另一个更重要的使命的，那就是他们共同的哲学。以哲学为使命的男人和女人，他们的世俗生活几乎是浅显得可以流淌的。他们需要衣服穿，以便冬暖夏凉。他们吃饱肚子，以便营养自己的身体。他们需要情色和爱情，于是他们做爱。必要的时候他们和别的异性做爱。萨特和波伏娃是不生活在一起的。他们各住一处，距离不远。平常的日子，他们去一家熟悉的和喜欢的咖啡屋聊天，聊的当然是一些有意思的话题。这才是他们生活中无比重要的东西。是比物质的食品更离不了的东西。是离开了就不能活的东西。我总会想象波伏娃与萨特在一起的样子。我的想象总会很恍惚，一会儿是这个样子，一会儿是那个样子。我不知道他们为什么总会在我的想象里面变动。直到有一天，我见到了一幅波伏娃和萨特的照片，是在一本书的封底上：萨特穿着一件扣子一直系到脖子上的针织衬衫，就像波伏娃几次提起的那个样子。波伏娃的头上系了一个头巾，头巾上打了个结，很像清洁房间的女仆打成的那样的结。她就那样看着他。那么自然地看着他，仿佛活着的内容之一就是这么看着他。他那么自然地被她看，仿佛活着的内容之一就是被她这么看。旁边是两个杯子，一个是萨特的，一个是波伏娃的。萨特的那只杯子半满着，波伏娃的那只杯子已经空了。从那以后，波伏娃与萨特在咖啡馆里就被我定格成这个样子了。就是他们之间谈起各自偶然的爱情，也被我想象成这个样子。我想我一定要去巴黎的，就是为了看一看波伏娃和萨特常去的咖啡馆我也要去巴黎。就是为了摸一摸把头巾打成结戴在头上像个清洁房间的女仆的波伏娃坐过的椅子我也要去巴黎。

萨特和波伏娃从认识后再也没有分开，直到萨特死亡。正是这些无比重要的东西才达成这种伟大的永恒的。我想，仅仅是他们之间男女的情色是承担不起这么伟大的永恒的。假如他们有什么最美妙的回忆，那么一定是在一间洒满阳光的屋子，里面有他和她在写作，在交谈。

有一个叫奥尔加的女人是必须提到的，因为不仅萨特和奥尔加有着那种偶然的爱情，就是波伏娃也与她有着暧昧色彩的感情。单单凭着两个伟大的哲学家同时都对这个叫奥尔加的女人有着特殊的好感，我就认定这个女人绝对有着生命中超凡的东西。奥尔加起初是波伏娃的学生，后来被萨特爱上了。讨好奥尔加，萨特使用了比当初讨好波伏娃更多的心思，可见萨特的这份偶然的爱情有着不低的品性。当波伏娃发现萨特与奥尔加相爱的时候，她感到难过。她不知道自己是为萨特爱奥尔加而难过，还是为奥尔加爱上萨特而难过。因为她既爱萨特，也爱奥尔加。波伏娃的这种感情里面肯定有那种叫作嫉妒的东西。他们三个人在一起生活了不短的时间，他们竟然是和平着的。至少是看起来和平着的。我想，如果有不和平的东西，那一定是发生在他们的内心里面，又被波伏娃和萨特使用到了他们的哲学之中。三人关系终究是一种反人性的关系，它终究还是解体了。这种他们共同创造的新型的人际关系让三个人都身心俱疲。为此，波伏娃还以此为蓝本，写出了一本叫《女宾客》的小说。波伏娃在小说中写道：所有诸如反复无常、毫不让步、极端自私这些虚假的价值观念逐渐暴露了它们的弱点，被蔑视的旧道德观念获得了胜利。小说的主人公被波伏娃使用上了自己母亲的名字：弗朗索瓦茨。小说的结尾是这样的：弗朗索瓦茨无法忍受女宾客与情人的相爱，打开煤气杀死了女宾客。这其实是一部描写情色的痛苦与嫉妒的悲剧。那个杀死了女宾客的主人公肯定是波伏娃潜意识中的另一个自己。那是一个没有在实际生活中出场的自己。那个被情爱折磨得痛不欲生的自己。那个和别的女人一样有着爱恨情仇的活生生的自己。当然，另一个真实自己却是这样的：她没有杀死奥尔加，她和奥尔加始终是好朋友。这本叫《女宾客》的书还有一个特殊的题词：献给奥尔加。一个什么样的女人，有着这样严重分裂着的人格，却又安好无损地活着。这样的分裂怎样统一在同一个女人的肉体生命里面？这个会痛的肉体生命被一种怎样超越的人格力量所支撑？这根本就不是我们俗世的人可以解释得了的。

波伏娃与一个叫博斯特的男人保持了近十年的情人关系，直到波伏娃和美国情人奥尔格伦相爱，她和博斯特才分手。这个叫博斯特的英俊的年轻的男人比波伏娃小很多。一直是“女宾客”奥尔加的情人。后来博斯特和奥尔加结婚了。证婚人是萨特和波伏娃。在我们的眼里，这么奇形怪状的男女关系竟然被他们处理得这么妥帖，这么绅士。这样复杂的故事若是落实在老百姓之中，就会被说成是乱伦了，别说嫉妒的登场，就是白刀子变成红刀子都得好几个轮回了。生命和生命的差异太大了，大得超出了我们的想象。生命对生命的理解太不一样了，像白天和夜晚那么不一样。生命对爱情的理解也太不一样了，像天使与魔鬼那么不一样。一个俗人对于自己的凡俗了解得太少了，少到连自己身上的凡俗是怎样回事儿都不知道。

比安卡和万达也是两个让萨特献出自己偶然爱情的女人。而且这两份偶然的爱情分量也是不轻的。阿莱特是晚年萨特的情人，为了这个情人的利益萨特竟然把她从法律上收养为养女。萨特与这些女人在一段时间之内，或许有着比和波伏娃之间更加浓重的情色关系，但是，波伏娃却是萨特惟一的一个从见面就没有分开过的爱人。可以这样说，除波伏娃之外的无论哪个情人，她们与萨特在精神上的链接是无论如何也比不上萨特与波伏娃的那种紧密的。我读过的一本波伏娃的传记里面是这样描述的：对萨特来说，他与每一个女人的交往，都只是一场爱情实验而已。爱上萨特的女人通常会被萨特置于观察与质疑之中，处于无所不在的语言的监控之中，像实验室里的老鼠。对萨特来说，写作是最至高无上的事，活着就是为了写作，整个世界只是他写作的材料，为了写作可以牺牲掉任何人的幸福，甚至包括自己的快乐。波伏娃也是一样，她之所以一直陪伴萨特到死，也是为了写作。萨特可以无限地满足和调动她本人的语言欲望，她在智性方面的野心和追求。她把自己变得适合于写作，以写作的眼光来要求生活。

我认识两个女作家。她们都是我的好朋友。她们两个也是好朋友。她们两个能写出有分量的文字。她们两个人不在同一个城市里，却同时爱上了一个著名诗人。著名诗人写出的那些有力诗行，足以让这些诗行在以后的岁月里继续妖娆地活下去。这两个女作家那么仰慕他。他也与她们分别有着不同程度的情色关系。我的这两个女作家朋友是在不经意的交谈中发现了对方秘密的。女作家原本是一些敏感的女人。她们对于事物细节的捕捉有着雷达一样的缜密。所以破译了两人之间秘不示人的秘密，她们根本不用太多的心思。因为我同时是她们的好朋友，我便得到了两份曲径通幽一般的女人的秘密。令我惊讶的是，我的这两位女作家朋友彼此竟然没有使用自己的嫉妒心。她们依然那么喜欢着对方，假装不知道对方那个事实上伤及了自己自尊的秘密。更让我惊讶的是她们不恨那个爱着的男人。她们甚至连知道了的这个秘密也像宝贝一样对他封存了起来。我知道了，她们之间的欣赏是建立在精神的高处的。女人与女人之间这种珍贵的精神赏悦，连看起来那么锋利如刀的自尊心都伤不着它们。连那么深的孽情也伤不着它们。这是一个发生在我身边的实实在在的事情。它帮助我更深地理解了波伏娃和萨特之间男女情色的错综复杂，以及他们对于这种错综复杂的尊重。

一些在高处的精神，就像飞机在天空中的那种飞翔。地面上那些高高低低的建筑物是伤不着这种飞翔的，就像高高低低建筑物一样竖立着的红尘往事伤不着精神在高处的人，哪怕这样的人是用会疼的肉体做成的。

波伏娃与美国作家的爱情故事也是一段美妙的传奇。美国作家叫奥尔格伦。波伏娃甚至动过和他结婚的念头，但终究是念头而已。他俩的相遇也格外有意思，像小说中的素材。那年波伏娃四十一岁。美国作家三十九岁，离异，单身着。那是波伏娃去美国讲学时发生的故事，她接受别人的采访，也采访别人。当时她在美国小有名气，被誉为最美丽的存在主义者。她在纽约讲学完毕，想去芝加哥。有一个朋友介绍她去找一位在芝加哥的知名作家，叫奥尔格伦。奥尔格伦得过普利策文学奖。到了芝加哥，波伏娃给奥尔格伦打电话。奥尔格伦听到的是一个陌生女人的声音，这女人说的虽然是他也同样使用着的英语，却是一种他听不懂的那种调子。他就说你打错了给扣电话了。波伏娃又打了一遍，又被奥尔格伦给扣了电话。幸亏第三遍电话奥尔格伦的电话没有扣掉，不然就没有这段传奇佳话了。奥尔格伦和波伏娃见面了。他与她说着对方几乎听不懂的语言，一见如故的感觉却找到了。两个人很快地好上了。奥尔格伦的深情把波伏娃的生命激情又一次唤醒。回法国后，波伏娃与奥尔格伦的信件开始像两只蝴蝶的不停纷飞，那一只飞过来，这一只又飞过去。波伏娃把奥尔格伦称为我亲爱的丈夫，有的时候也称作亲爱的鳄鱼，因为美国作家长得像只鳄鱼。奥尔格伦称波伏娃叫青蛙，因为波伏娃对他有说不完的话，像个青蛙在叫唤。波伏娃背诵美国情人给她的文字，喜欢的，赏悦的。他也被波伏娃的才华和深情所打动，感念着，惊叹着。他们忍受着异地不能相见之苦。波伏娃同样把自由的理念传达给美国情人。她写信的时候这么说：当我想到你克制自己不去找女人或者赌博，像个和尚似的生活时，我感到很内疚。千万别这样。我这是真心话。我决定告诉你，没有任何东西会损害我们的爱情，你要把多少女人带回家都行，无须告诉我。宝贝，生活别太枯燥了，我不想剥夺你最起码的东西。这个期间，波伏娃给美国情人写了大量的信。她的一生给美国情人写了三百零四封信。

奥尔格伦想娶回波伏娃做妻子，还想让她一直留在芝加哥。波伏娃不是没有这样想过。但是这些想法都变成了念头，因为法国还有萨特。有的时候她以为自己是可以放弃萨特的，真想这么做的时候却发现自己受不了。为此她拒绝了奥尔格伦。奥尔格伦是个大脾气的男人，他认识了另一个女人，还想和前妻复婚。不知他这么做是不是故意惹怒波伏娃。他们就这样聚着散着，分着合着。美国情人与前妻即将复婚的前期，波伏娃告诉他，她很庆幸他们的友谊还这样存在着。奥尔格伦激动地说：不，这不是友谊！我给你的什么时候都是爱情！奥尔格伦家的墙上贴满了波伏娃的照片、信件、书籍封面和修改过的手稿。事实上，与妻子复婚后的奥尔格伦并不快乐，不快乐的生活使他的衰老加快。十年后波伏娃又一次和奥尔格伦见面，他们平静了许多，一起去别的国家旅游。波伏娃出版自己的回忆录，把她与奥尔格伦之间的通信公之于众，奥尔格伦很不高兴，他不喜欢自己的隐私被众人观瞻。他一时气愤地把波伏娃写给他的信全部卖掉，随后又立即买了回来。奥尔格伦死的时候七十二岁。他的身边保留着的是存放了三十多年的他们通信的铁盒子。铁盒子里面还有当年波伏娃随手送给他的两朵小花，那些新鲜的小花早已成为干花。波伏娃曾去美国的墓前看过奥尔格伦。波伏娃去世的时候，她的手上还戴着奥尔格伦送给自己的一枚戒指。

这又是一段凄美的爱情故事。爱恨情仇全在里面。奥尔格伦想把爱着的女人娶回家，这多么正当。他不想再孤独地活在人世间，这多么正当。他想让婚姻证明这段感情的存在，这也多么正当。可是，波伏娃离不开萨特，这又有什么错呢。比较起来，她更舍不得与萨特伟大的感情。她当然得尊重自己。世间的男人和女人就是在没有对错的缘由里面誊写着自己的爱情故事。是故事自身在横冲直撞。横冲直撞着自个儿长大。故事自身原本就有横冲直撞的能力和成为任何结局的最大理由。

我得补充下来这样一段文字。我的一个女友看完了整篇文章后，告诉我她对于萨特与波伏娃的一种解读。她说，波伏娃之所以对萨特不离不弃，是因为在她的人生与思想之中，萨特是绝无可能被人替代的。是的。就是这种真正意义上的不可替代，它太重大了。我非常同意女友的说法，也感谢她给我的这篇文章提供了一个重要的论点。我接着想，其实萨特一生没有离得开波伏娃，也是因为没有女人可以在思想上可以将她替代。

我们很容易按照世俗的理念下定义。我们喜欢拿忠贞这个词儿去评判男女的爱情。在我们的概念中，忠贞就是一个女人对一个男人好了，就不能对另一个男人产生感情了。如果这个女人同时又对另一个男人好，这就绝不是忠贞。那么，一个女人与一个男人见面了，这个男人和这个女人从此再也没有分开，有那么多的诱惑使他们各自有着自己偶然的情欲，这些情欲一个个地消失了，这个女人和这个男人还是没有离开。这样的感情是忠贞呢？还是不忠贞？用忠贞这样的语言去照量一个人的心灵，还有比这种照量更荒诞的吗？一个人的心灵是立体的，它有着海一样的深不可测和海一样的变动不息。在这一刻和那一刻之间，我们的心灵都是不一样的。是的，只要海是起伏的，我们的心灵就是变动着的。我们有大量的念头在波动着。大海有多少的浪头在涌动，心灵就可能有多少个念头在波动。就像不会有同一个浪头是一模一样的，我们的心灵所呈现出来的感念，也不会这一刻和那一刻是一模一样的。在这个世界上还有比心灵更像大海的东西吗？而词语所给定的解释又是何等的平面，肤浅得连几颗毛毛细雨都滴不进去。如果非得有忠贞这么一回事儿，那么只有一种可能，那就是我们对自己生命的忠贞。正是这一种对自我的忠贞，才影响着我们在世界上所有的做法和看法。几年前，我就对男女之间所谓的忠贞有了一种严重的质疑。在我事关情感的词典里，我把这个词给取消了。忠贞是一个不存在的词语。是一个伪词。从来没有一个女人对一个男人的忠贞。也从来没有一个男人对一个女人的忠贞。如果我对一个男人产生了感情，我一生一世对他依恋，那不是因为我对他忠贞，而是因为我的生命需要我这么做。我的生命愿意这么做。一个男人如果对我好过复而不好，绝不是他对我不忠贞了，是他不愿意这么做了。是他听从了他自己心灵的指挥。

为了写这篇文章，我重新又打开了哲学的书籍，打开了波伏娃和萨特共同探究着的存在主义哲学。我还重新寻找了海德格尔和克尔凯戈尔。他们都是一些存在主义哲学大师。萨特说，我抵制的恰恰就是绝望，我知道我将在希望中死去，而我必须为这个希望创造一个基础。按我的理解，萨特给自己所创造的这个希望的基础就是他的存在主义哲学。世界是荒谬的，没有任何一种现成的真理占领着绝对的积极和绝对的消极。往往都是两者皆有。我非常同意哲学家张汝伦对萨特和他的存在主义的解读：存在主义的质疑是残酷的，但却绝不是绝望的。存在主义的伟大之处在于，任何对荒谬的认同都不能仅仅当作忍耐，在忍耐中必须见证人类的自由。而自由正是反抗或者说责任的前提，只有人的自由在荒诞面前被勇敢地见证，人的选择所承诺的意义才成为可能。实际上存在主义的核心问题也正是，让自由接受荒诞之考验，让无所凭靠而只有回到自身选择的个体勇敢地面对周围世界的悖谬。

存在主义的哲学其根本本质便是存在。从这自我的存在出发，人可以绝对自由地选择他所需要的本质，即可以自由地选择已有的社会价值标准或自由地创造新的价值标准来使自己成为什么人。简言之，人可以自由地选择何种生活方式。这一种选择是绝对自由的。连人生意义的选择都可以是自由的。选择是困难的，但你必须选择。选择就是选择，不选择也是一种选择。不选择是自由的，毫无理由的。有一个例子很能说明问题。二战时期一个青年人曾向萨特提出过一个问题，因为他面临两种选择，是参加抵抗运动离开自己年迈的需要照顾的母亲，还是留下来和母亲一起听任德国占领者的欺辱。无论哪种选择都会造成严重的后果。他希望萨特能给他指出一条路来。萨特说，没有一般的道德标准供你参考，你是自由的，所以你自由选择吧。

萨特和波伏娃不仅在于认真地做了如此的思考，同时又在认真地行动。这样的行动即使在这种行动必然造就的悖论之中，但是，这是他们自由选择的结果。这样的悖论因此也有着自由的性质。他们的心灵其实也在自己的这种选择中扭曲着，异化着，痛楚着，虚无着，但是，这也是一种自由选择背景之下的扭曲和异化、痛楚和虚无。因为自由，可以痛苦但无怨无悔。

看这些深奥的哲学，我很沉重，但更加清明。假如生存意味着痛苦，假如哲学的真相就是把生存的痛苦展示出来，那么我宁愿面对现实而尊重这种痛苦。正是这种我喜欢的尊重使我清明。所有的哲学都曲径通幽地告诉我们，人生就是恐惧、厌烦、忧郁和绝望。是在这样的语境中制造出自己可供取暖的光明，然后迎着光明向死而生。生命的畏惧，畏的不是这个世界之内的具体东西对个人造成的威胁，是人感到被抛到这个世界而又找不到意义和归宿时所感到的惊恐。人类都要躲到一个地方去忘掉恐惧。男人躲到酒桌上，女人躲到爱情里，哲人躲到哲学里。我十分理解为什么大智的萨特和波伏娃也要把一些精力用于男女情色之中。他们同样也要用自己自由选择的方式使自己暂时地躲避人生的畏惧。读过王跃文写的一篇关于死亡的长文，使我的这等理解更加通透。一份医学研究报告，说爱导致的心跳与死导致的心跳频率相同，王跃文因此理解了为什么欲仙就是欲死。他也理解了为什么那么多人不惜毁灭生命也要去冒险、恋爱、吸毒、挑战极限。这里面其实有一个很深的哲学问题：极乐状态就是一种自我迷失，彻底交出自己，甘心失去自我意识，由此找到人生最高快乐最高价值。这看似荒谬，却是人生真实。

波伏娃最伟大的艺术成果，是她写出了《第二性》。这是一部被称为女人的“圣经”的伟大之作。这是女人生命史上一部革命性的著作。只有波伏娃才能做得出来这种荡气回肠的关于女人生命理念的重大颠覆。这么深重的一部著作，那么疼痛的一些事关生命血肉的文字，它们怎么能与波伏娃生命与情感的真实体验有着须臾的分离呢？那种痛做出来的深。那种深做出来的痛。它们那么高耸入云地表达了一个女人生命可能抵达到怎样的一种程度。

伟大的萨特终于老迈得住进了医院。波伏娃像一个亲人那样呵护着他。萨特的晚年，肉体的生活过得并不轻松，不知一个哲学家肉体的痛楚和一个俗人肉体的痛楚是不是使用了同样的承担。有一天他对服侍他的波伏娃说，你真是一个不错的老婆。看着医院里的年轻女人，萨特就会告诉波伏娃，他想起了和那个年轻女人同样年轻的那时的她。这么一个把伟大的诺贝尔文学奖都不当回事儿的举世无双的男人，不理会婚姻，却在情感上与这样一个女人一生不离不弃。这是一种怎样的情感。怎样的深与怎样的重。红尘中的男女情色怎么可能有分量和这样的感情去对应。

七十五岁的一天，萨特离开了这个世界。那一年是1980年。

萨特永远地闭上了眼睛。波伏娃找了个机会，要求单独留在萨特身边。她准备钻进裹住萨特的被单里面躺在他身边，像几十年他们无数次做过的那种样子，再呈现最后一次。医生阻止了她。医生说，不行，当心，坏疽。直到那个时候波伏娃才知道死亡真正的来临。波伏娃还是躺在被单上睡了片刻。

六年后的一天，波伏娃也离开了这个世界。她总结自己：我一生中最成功的事情，是同萨特保持了那种关系。

人们把波伏娃与萨特葬在了一起。

我的同事知道我在写波伏娃，告诉我一定要把他对波伏娃与萨特的爱情感念写进去。他说：我们所谈论的世俗意义上的爱情是涵盖不了波伏娃和萨特的爱情的，就像一只奶瓶涵盖不了一只大缸。他还说，波伏娃与萨特是一架精神天平上的两只砝码，而这座天平从来没有倾斜过。

在这篇长文结束的时候，我想澄明一种东西。波伏娃与萨特所选择的处理感情的方式，是不可复制的，是绝无仅有的特例。就像波伏娃与萨特是人类伟大的特例一样。这样的特例不是用来在人类之中推而广之的，而是用来令我们仰望的。大众就是大众，大众过的大抵就是大众的生活。我们当中有人或许也选择了一生不结婚，或者也需要自己偶然的爱情。但这绝不意味着他们所选取的这等自由，就是波伏娃和萨特的生命中流淌着的那种自由。不是的。根本就不是这样的。波伏娃的那种自由，不是所有的人能够承担得了的。不在波伏娃的生命之中，这种自由会极度地走样的。婚姻制度确实有着种种的漏洞，有着根本无法自圆其说的东西。可是，谁还能证明一种婚姻以外的制度或者游戏能使人类的情感关系不那么漏洞百出？假如没有一定的合理性，绝大多数的世人为什么那么自动地选择了让两人感情进入婚姻？假如婚姻制度真的是合理的，这个世界上为什么又有那么多围城内外破损到难堪的故事？这只是一个被质疑着的选择题，而且将永远被质疑。波伏娃的伟大，就在于她勇敢地尊重了自己的自由，哪怕这种自由可以使自己身只影单到独一无二。是的，波伏娃的美妙，就在于她的从容和她对自己选择后的承担。还有她对人性的极度洞悉和这种洞悉之后采取的对于他人对于自己的尊重。她给我们的那种惊世骇俗，绝不是源自她自己故意而为的一种制造，而是她的人格自然发出的无可比拟无法复制的纯正光泽。她前无古人。她后无来者。

玛丽莲·梦露：一个美艳女人的陨落

你生命中的娇娜旖旎被情色取走
只为证明爱情是证据确凿的谎言
你用绝世的美艳虚构了一堆
一碰就破的时光
你这个死得不明不白的女人呵
我们至今想你　想得殚精竭虑一尘不染

有几个朋友是知道我在写这本书的。一个男作家对我说，为什么不写梦露。又有一个男同事对我说，为什么不写梦露。梦露原本不是我计划中要写的人物。她没有触动我，是因为我以为她不是我想要说的具有思想撞击力的那种女人。还有，我不想把这样的一本书弄得太香艳。有一次和写出《藏獒》的作家杨志军等几个朋友吃饭，杨志军说，一提到梦露，男人们就想到了女人。杨志军还说，男人们看女人，使用的是人的思维；女人们看女人，使用的是逻辑思维。杨志军在这个问题上眼光很狠毒。我看梦露的时候，逻辑思维被派上了用场，我还不知道呢。

再想梦露的时候，我尽量地主观地去取消逻辑思维。过多地使用逻辑思维，或许对写作的对象不公平，因为逻辑思维具有一定程度上的非客观性。梦露是一个什么样的女人呢。全世界的男人和女人在她身上使用的语言是贫乏的，弄到了最后，众口一词地只想出“性感”这么两个字。就是说，在全世界能够想得出来的女人中如果评出一个最性感的女人，那么梦露的得票差不多是第一的。把一件事情做到极致，这个人一定是一个非凡的人。性感是梦露的非凡之处。尽管这个性感最多的部分是梦露的爹妈给的，尽管梦露的性感更多的是身体性的，可是，走到人类的内心里去，身体性的东西难道不是很大程度上主宰着人类的生命能量吗？！科技的发达，使人类越来越不用费力气去打点温饱的事情了，剩余的精力都弄去学文化，想精神。可是，身体的东西所发出的生命能量，身体的东西所造成的原始冲击，一点都没有减弱。

身体的梦露，是比众多世界级的女作家女艺术家对这个世界贡献更大的女人。洁尘似乎也说过类似的话。前两天和一个挺有文化的女人说起莎乐美，她问莎乐美是谁。还有弗里达，一个发表过大量小说的老作家也是不知道她是谁的。直到看了我写的弗里达，他才知道世界上还有这么一个命运曲折得令人伤心的女画家。梦露是不用解释的。长到一定岁数，没有人会不知道梦露。

梦露具有永恒的传奇女人具有的一切：美绝的容貌。凄绝的童年。精神的病史。强烈的乱世味道。接二连三的婚姻。奢靡的男女生活。强者的玩偶。盛年的死亡。死得迷乱。死得不明不白。而且永远不明不白。这样的女人，想不成为传奇都难，想不永恒都不行。在这个活得艰难又活得细碎不堪的凡人世界之中，一些个体传奇人物的流通是毫无疑义的，命运的色彩是需要呈现的，越红艳越鬼魅便越有意味。传奇人物的升腾与疼痛是能转化为一种流通的语言的。走调是不怕的，只要跌宕就行，只要曲折就行。这就是俗世。这就是娱乐。肉体性质的娱乐更加具有盛宴的味道。梦露的香艳饲养了许多的饕餮者。何况，一个美到极致的女人其美丽本身或许是超越了娱乐的。梦露的悲惨结局招致了人们普遍的怜惜。这似乎转变成了命运的一个话题。

梦露的五官是独一无二的。其实，如果发动全世界的人来制作一个最性感的女人的脸，梦露的眼睛、鼻子和嘴巴差不多哪一样都不会被人取下来进行这个理想中性感女人的组合的。可是，我敢说，发动人类最极致的想象，弄出一张最性感的女人面孔来，也绝不会比梦露的脸更性感，更女人味，更生动。梦露的眉毛是有点往下趴的。梦露的眼睛更是空前绝后，故意地眯缝着，那故意又是不被人看得出来的，结果那眼睛的曲线上挑下弯又上挑，像两条游动着的鱼。梦露的嘴唇是厚嘟嘟的，绝不呈古典的樱桃状，上下两唇活泼地翘起，仿佛要接吻，仿佛天生就是用来接吻的。天知道这样的组合弄在一起，会组成一张怎样的女人的面孔。人类的祖氏夏娃就应该是这个模样吧。或者，人类的祖先在一代一代的审美过程中，把审美的基因遗留给了我们，我们的审美基因一下子就认得出来梦露的面孔是一张最具女人感觉的面孔。

上天制造了身体的梦露，就无需再给她添加太多的精神元素了的。如果给了一个女人太多的精神元素，是绝不会发育成身体的梦露的。于是，梦露诞生的那一刻或许就携带着她的命运走向人间，走向混乱不堪空前绝后的一个女人华丽至极又悲凉至极的命运之旅。我愿意非常不逻辑思维地以为，就算梦露为这个世界上贡献了活色生香的身体，我们也应该感谢她。

起初是一个叫诺玛的女孩，出生的时候没有父亲。或者说，连生她的母亲都不知道父亲到底是哪一个男人。诺玛是一个可怜的女孩儿——不是那个后来的梦露，虽然梦露是诺玛发育后的身体。诺玛的母亲生她的时候二十四岁，已经结过两次婚又离过两次婚。第二次离婚的时候诺玛已经跟随在这个叫格拉迪斯的女人身体里面。仅生下诺玛十二天，格拉迪斯就去上班了，她在一家影片公司干剪辑员。她没有能力养活这个小小的诺玛。诺玛不得不送给别人抚养，母亲只能定期去人家那里看望她。孤儿诺玛长大到懂点事了。别人都有父亲，她没有父亲。没有父亲的诺玛让人耻笑，笑她是私生子。诺玛不晓得私生子是怎么回事儿，但她得像其他孩子一样有个父亲。她便向前去看她的母亲要一个自己的父亲。母亲含着泪，把一张照片拿出来给她看。照片上是一张耷拉着帽子、两眼有神、流露着微笑、蓄着一副小胡子的男人。对于诺玛来说，这个男人是谁是不重要的，重要的是自己有了爸爸。有一天看电影，屏幕上一个留着小胡子的男人出现了。诺玛激动起来，她看到了自己的爸爸。银幕上的那个男人是著名的克拉克·盖博，那个在电影《乱世佳人》中演绝了男主角白瑞德的伟大演员。从此盖博就是诺玛心中的爸爸。名声大噪之后的梦露后来有机会和盖博演对手戏。梦露对盖博说了他曾经在她心中扮演的爸爸角色。盖博先是大笑起来，然后禁不住抹起了眼泪。盖博应该是被当年的小诺玛触动了恻隐之心。

梦露的父亲有好几个版本。好几个版本差不多都是出自梦露的臆想。长大后的梦露多次在真实生活中制造寻找一个臆想父亲的经历。她故意把结局弄得很惨，却多次被不同的人识破。梦露的臆想不知是出自她的不安，还是出自她的计谋，或者还有她的遗传基因。因为梦露的母系家族最引人注目的就是精神病遗传史。梦露的外曾祖父在老年的时候上吊自杀。梦露的外祖父死于一所精神病医院。外祖母也在壮年死于一所精神病院，死因是狂郁型精神病。梦露的母亲格拉迪斯也有遗传精神病史，多年被安置在一所精神病院里。

心理学有一个说法，就是天才与疯子只差一步之遥。天才与疯子有着极其相同的精神构造。学者赵鑫珊就对天才与疯子这两种极端形式的脑现象表示无比惊讶。他曾研究表示，天才与疯子近到肩碰肩手碰手脚碰脚。不知梦露银幕上的才华是否与身体内疯狂的因素被激发出来有关。依我的见解，从诺玛变成一个演员的梦露，又从演员的梦露变成一个绝世艳星的梦露，梦露使用自己身体资源的能力也是卓越的。这或许也是一种才华吧。可以肯定地说，梦露经年尤其是生命最后几年癫狂的生活，既与演艺界原本混乱不堪的生活状况有关，也与其母系基因的病理状况有关。

一个孩子在开始懂事的时候被送到陌生人家或者孤儿院，是一件极其残忍的事情。诺玛就是这种残忍事件的承担者。她曾待在洛杉矶一个孤儿院里，编号是3463。一个小孩子，肉体还有精神被圈养在一个牢笼似的建筑里，没有亲人，没有疼爱，穿破旧的衣服，只有纪律与被迫的教养。这绝不是一个孩童应该承担的。孩子们天生应该是被宠爱的，是玩乐的。诺玛因此是悲惨的。这样的童年对于其日后人格的形成是有巨大影响的。诺玛从一个陌生人家转到另一个人家，从这个孤儿院转到那个孤儿院。有一次诺玛在一个人家，当收养她的女主人对她有些仁慈，诺玛便叫这个女人妈妈。女人说，我不是你妈妈，那个来看你的女人才是你妈妈。艳星梦露曾经就是那个没有妈妈的诺玛。艳星梦露一直想找一个疼她的男人。找到了，发现不是要找的那个男人，换掉再找。就这么循环复尔，直到毁灭，不知是否与那个小小诺玛的心灵太渴望有一个家有关。

很长一段时间，诺玛由妈妈的好友格雷斯收养。这是一个喜欢电影的阿姨。她使得诺玛受到的影响，就是对于电影的迷恋。这对于日后梦露的命运走向有着太大的关联。格雷斯教导小小诺玛怎么走猫步，怎么挺胸，怎么像个女人样。格雷斯有着把诺玛培育成一个艺人的倾向。少女诺玛比其他同龄少女奇特地发育得更加完好了。格雷斯的博士丈夫一改以前对小诺玛的冷漠，贪婪的眼光从他骨碌碌滚动的眼珠子里滑出。这使得格雷斯又一次把诺玛送给他人。再后来，诺玛十六岁的时候，格雷斯就把她许配给了一个叫多尔蒂的男人。多尔蒂是一个挺厚道的二十一岁的小伙子，是个航空公司的夜班装配工。他娶诺玛，是因为诺玛好看，也因为这么做对诺玛有好处，那就是诺玛因此不用上孤儿院了。因为不用上孤儿院，诺玛十分情愿地把情感和身体献给了多尔蒂。诺玛穿上婚纱的那一年是1942年，还是一个高中生一般大的孩子。对于什么是婚姻，什么是感情，诺玛是不懂得的。不懂得当然不是诺玛的错。多尔蒂还是给了诺玛安宁的生活，给了她一个家。有那么一个阶段，这对真实意义上的少男少女度过了一段梦一样新鲜的恋爱生活。当然，梦会过去的。这是常识。梦露曾经对给自己写作传记的作家说起过这段时光。她说他们婚后的生活，就如隐居到了动物园一样。也许，这种婚姻只不过是性爱自由的一种别名罢了。她后来发现婚姻也只不过就是这么回事。她似乎更像是个未成年的孩子，已经成为别人的妻子了，却喜欢在楼下与比她小的少男少女们游戏，常常忘记了时间做饭。

按我的理解，这是梦露给自己第一次婚姻后来解体的事实做出的一种托词而已。以后的梦露，百折不挠地梦想着出人头地的梦露，即使当初她和谁结了婚也得把那个婚姻毁坏掉。

婚后的诺玛进了一家工厂，在流水线上和其他女工一样忙碌着。那是1944年底的一天，二战已经接近尾声。战地某杂志的一个记者为了配合欧洲战场的形势，鼓舞战场士兵的士气，准备拍摄几张漂亮女郎的玉照。接受拍摄任务的是一个叫戴维的小伙子。戴维是一个军用电影服务公司的部队摄影师，当时他的上司是里根上尉。里根后来成为电影演员，再后来成为美国总统。戴维恰巧去了诺玛所在的那家工厂。他把镜头对准了生产流水线中的女工们。一个背对着戴维的女孩突然扭过头来，对着他笑了起来。这个女工有一张好看的脸，眼光里尤其有一种能够打动人的东西，满脸的油污竟然也不能使这张脸变得不生动。这个好看的女工当然是诺玛。戴维让诺玛把脸洗干净，让她脱掉工作服。诺玛在镜头前显得表情轻松，风情万种。格雷斯曾经潜心其中的美育在这里显然被派上了用场。然后，一张美好的面孔通过戴维的镜头成为杂志上的封面女郎。然后，众多的杂志社通过各种方式找到了封面女郎诺玛。然后诺玛成为更多杂志的封面女郎。

诺玛成为封面女郎的这段时日，丈夫多尔蒂接到命令去了海外服役。多尔蒂在海上一个劲儿地想着美丽的妻子。他好不容易回到家，诺玛第二天却要跟着一个摄影师去外地拍照片。多尔蒂想要一个自己的孩子，却发现他和诺玛在做爱的时候她偷偷吃了避孕药。多尔蒂对诺玛说，他需要一个善于补袜子的女人，一个能替他宽衣解带的家庭妇女。诺玛天生不是当家庭妇女的。诺玛是要出人头地的。对此诺玛坚定无比。这段婚姻解体了，四年的一段婚姻。与多尔蒂分手的时日，那个叫梦露的女人诞生了。诺玛这个名字被永远地扔在了昨天。最后的诺玛对多尔蒂说，她的名字开始叫玛丽莲·梦露了。她还问多尔蒂这个新鲜名字怎么样。多尔蒂说，真棒，棒极了。说完，头也不回走掉了。从此他和梦露形同陌路人。

不仅梦露不答应当多尔蒂家的家庭妇女，我想非常多的世人也不答应梦露成为家庭妇女。梦露天生就不是去当谁的家庭妇女的。果真那样，真是可惜了那种面孔，可惜了那具走火的身段。世人当然不愿意站在一个陌生的小人物多尔蒂的立场上想事儿。银屏上少了梦露，将会少了不少色彩。按照诗人西川的说法，因为梦露的呈现，电视机都显得无比幸福。这个世界上少了梦露，男人们的身体梦幻将黯淡许多，这个世界上传奇故事的精彩程度也将失色不少。这个世界上少了梦露，女人的身体和女人的面孔将受到物质审美意义上的损失。梦露命定地就是属于这个世界的，用她美好的身体，用她破碎的感情，用她不明不白的死亡。我在这里强调了物质意义或者身体意义，不知是否又被女人审视女人的逻辑思维所支配。即使被支配，我也不是刻意的。因为是梦露，因为我是女人，我不能省略这样的前提。

梦露开始了一段艰难的生活。没有多少人认识她，没有人帮助她实现演员的梦想。钱袋子里的银子越来越少。当然了，她是宁愿饿着的，为了自己纤细的腰身，最好不要吃饭。没有比搓衣板一样更好的肚子了。她几乎一无所有，就有这么一个美色生香的肉体了。后来的一段时日，她开始让自己的身体干上了使用男人并让男人使用的工作。她越来越懂得自己的身体是个优异的资源了。我看梦露传记的时候，这一段弄得我很迷糊，因为梦露把自己的身体献给的男人太多了，一个接一个。梦露似乎和男人交朋友的方式就是把自己献给他们。我根本记不住那一个一个男人的名字，还有他们的职业。当然了，被利用的男人都有着不菲的商业价值和政治权威。梦露的身体配得上这些男人们所具有的商业价值或者政治权威。我不知道梦露是把哪一个自己当成了资源，又把哪一个自己当作了获取爱情的工具。当然了，梦露美妙的身体想迷住一个男人是容易的。有的男人仅仅被她的身体迷住，有的男人被她的身体迷住后，继而被梦露的可爱和努力迷住而离不开她。大多数男人是仅仅被她的身体迷住的。假如梦露提出了跟他们结婚的想法，他们就退出了情色这个游艺场。他们会说，跟你的身体相比，你的思想就差劲得多了。我真的希望他们说这种话的时候尽量使用委婉一些的口气或者委婉一些的句子。其中一个这样的男人弄得梦露很痛苦，因为梦露差不多是真爱上他了。那个男人一下子甩了她。那个男人跟另一个女演员结了婚。那个女演员后来也和那个男演员离婚了，几年后她成了也是演员后来变成美国总统的里根的妻子。再后来成为里根的前妻。里根总统最后的妻子叫南希。为此梦露很生那个女演员的气。

有几个男人是很对得住梦露的。

一个叫罗伯特·斯莱特泽的摄影师就是这样的男人。梦露和斯莱特泽认识的场面也很有那么一种好莱坞味道。梦露从门里匆忙地走出来，一不小心跌倒在地。梦露手里拿着的一本剪贴册里夹着的图片被撒落一地。恰巧在场的斯莱特泽就弯腰帮她捡了起来。两人开始坐在椅子上攀谈起来。梦露看到了斯莱特泽手中的那本惠特曼的《草叶集》。梦露就说自己也喜欢惠特曼。梦露还背诵了几首惠特曼的诗。然后两人坐上了斯莱特泽的破汽车沿着太平洋海岸兜风。然后两人在海边吃了晚饭。然后两人一起在海滩上散步，并在浅水中划船。然后游泳。然后两人在海滩上做爱。梦露是想利用他手中的镜头的。斯莱特泽当然有把梦露介绍给读者的能力。他还有能耐写就一手好文字，以便于专门把梦露的优点提溜出来告诉给大众。那个时候梦露穷得连饭都吃不上，斯莱特泽就多写稿子以便梦露能够穿上性感的衣服。

一个叫约翰尼·海德的男人也是很对得住梦露的。五十三岁的海德是好莱坞一个重量级人物，他有着把一个女人打造成电影明星的一切实权和金钱。海德看上梦露的时候已经得了严重的心脏病，私人医生告诉他只能再活十八个月了。在意识到生命的短暂之后，海德常感到死亡的威胁和生活的无意义。海德与妻子的感情也不好，不好到了见到她就厌倦的地步。整天活得浑浑噩噩的海德就在这个时候遇到了梦露。这个行将就木的男人竟然也被梦露激活了性欲。生命的原始力量太不可低估了，尤其是男人的这种原始力量。梦露当然是以她的鲜活激活了老旧的海德。同时激活海德的，还有梦露对于自己童年孤儿身世伤感的倾诉，还有自己得不到应有重视的情绪失落。一个美艳女人的失落也是美艳的。一个美艳女人不幸的童年也是一种美艳的际遇，它是可以换回来另外一些实惠的东西的，比如对方的同情心。把话再扯远一点，梦露在一生中无数次运用了把自己的不幸童年倾诉给各种男人和女人的独特方式。梦露几乎把它们倾销给了所有她以为的能够帮助她的人。我想她的脑子里似乎有这么一个开关。她把这个开关用得很活泛了，就像每一个家居中的水龙头被用到了好处，打开它，活水就可以很温存地抚摸使用它们的身体。梦露的水龙头打开的当然是另一些水样的东西。它们的抚摸可以让使用者的另一种情感被打湿。梦露用水龙头把海德的情感打湿，是要利用海德的权威让自己的前途开花结果的。这其实是一种交换，身体与权威的交换。海德果真把大把的银子用在了梦露的身上。她先是把梦露交给了美容院，对她进行了从头到尾的改造。美容院不仅改造了梦露的牙齿，她的头发也被弄成了看似漫不经心实则故意而为的那么一种蓬松。梦露左颊偏上的地方还被点上了那颗著名的销魂痣。梦露为了使自己更加显现出胸大腰细的美妙效果，她在这之前就动手术摘掉了自己的两根肋骨。这么一调弄，一个全新的梦露就展现在了世人的眼前。

可以说，是海德把极度性感的梦露推上了世界舞台，是海德让梦露成为世界的梦露，是海德利用权威使原本对梦露没兴趣的电影导演被迫选择了梦露。当然了，对于世界的观众，海德真是做了一件好事。梦露果真也是一个不负重望的女演员，她的演技不仅没有辜负海德的好心，也丝毫没有辜负全世界的观众。她使得全世界的男人和女人自动地成了她的影迷。她呈现了自己真实的艺术资质。不过，梦露对于海德倒没有那么厚道。海德很快就心脏病复发了。临死的时候海德想见一见梦露。梦露故意让海德找不到她。海德生气地对别人说，他从来没有见过像梦露这么残忍和自私的人。海德死后梦露似乎才想起了什么。或许她发现真正对自己好的一个男人就这么没有了，而真正对自己好的人原本如此稀罕。她在海德的棺材上哭得很实在。不知道她是在哭海德还是在哭自己。梦露因此还把药片塞进了嘴里，她不想活了。当然，药片最后被别人掏了出来，梦露没有死成。梦露想死而没有死成好多回了。大家对此不惊奇了。我们也不惊奇。梦露的生命基因中是有这种倾向的。而且，我以为，梦露的寻死不应该是为了海德的。梦露的寻死应该是因为当时她活得不快活。

对于梦露，我想世界上的男人们对她的评价应该是比世界上的女人对她的印象要好的。男人们觉得梦露的身上既有天使的味道又有荡妇的味道。男人们觉得这种味道好极了。梦露身上天使的味道来自她的天真，她一定程度上的诚实。她曾说，我们那时开始做模特的时候，出卖肉体几乎是工作的一部分，所有的女孩子都这么做。男人们拍摄所有这些性感女郎的照片，只是为了挑选样品。如果你不从，那么会有另外的二十五个女孩子来取代你。那也没有什么严重的后果，没人因为性交而得上性病。她还说，当制片人把一个女演员叫进他的办公室讨论某一角色或剧本的时候，你应该明白这意味着什么。她还说我当然和制片人睡过觉，如果我说没有，那就是撒谎。这样的率真当然也叫率真。这样的率真当然也比做了婊子再立牌坊的样子可爱。当年的克林顿差点被民众弹劾，其实不是因为他干了和莱温斯基的风流事儿，而是因为他当着全世界的面说他没干那种事。干了风流事而不撒谎的总统民众是愿意原谅他的。干了说没干就不行。就是贵为总统也得不到原谅。这就是美国人民的是非观。美国人民的是非观非常容易带动全世界人民的是非观。世界人民尤其是世界上的男人们允许梦露变坏，我想这和梦露干了事情不故意回避有关吧。

天下的女人没有不愿意让自己长成梦露那种模样的。对于精神上有着严格追求的女人也愿意。当然了，这样的女人同时还愿意保留自己精神上的质量。她们更贪婪，虽然她们不让这样的想法在市面上流通。当然了，梦露的身体是别人长不成的。上帝只把这样的好处给了一个女人。女人们是同行，同行是冤家。这也是潜规则。怜香惜玉这词儿是给男人们发明的。女人们不怎么会对自己的同胞怜香惜玉。相反，女人们不会嫉妒天才的男人。天才的男人是让男人去嫉妒的。女人们却会对男人的天才之处景仰。景仰到爱他们，景仰到伤害自己也不罢手。这是男男女女隐秘的不同之处。梦露比其他女人更会使用自己的身体资源，就会比其他的女人得到更多的实惠。没得到实惠的女人们便要小瞧她，便要逻辑思维。这也符合女人这座精密的身体机器与精神机器的运转程序。

当然了，女人身体上的智性是一种绝好的东西。智性是精神领域里面的容颜，是和女人肉体上的容颜一样迷人的东西，一个看不见一个能看见而已。有智性的女人是同意这样的观点的，毫不含糊的那种同意。一个女作家曾经和我们做过这样的游戏。她把容貌、智慧和金钱这三样宝贝拿出来，而且告诉我们这三样宝贝假设都被得到了极致的体现。她让我们每人只能选取一样宝贝，必须放弃另外两样宝贝。我和几个女朋友选择得很艰难。我们似乎不想放弃任何一样好东西，但是游戏规则不允许。结果是这样的：参与游戏的女人之中，百分之四十的女人选择了做一个绝顶智慧但没有美貌和金钱的女人。百分之四十的女人选择了做一个绝顶美貌但没有智慧没有金钱的女人。百分之二十的女人选择了做一个有钱极多但没有智慧没有美貌的女人。重要的是，没有一个女人因为选择后的结果而对自己心满意足。这就是说，智慧、美貌和金钱的同时具备才能让女人心满意足。智慧缺失的女人并不能让女人为之倾心，这也是实情。梦露绝不是一个智慧和她的美貌同样肥硕的女人。梦露让女人使用逻辑思维，也不是女人们故意而为的事情。

梦露的第二任丈夫是一个棒球队员。这个叫乔·迪·马奇奥的男人在美国大名鼎鼎极了。马奇奥是被梦露的一张海报迷住的。他想办法和梦露认识了。梦露起初是不知道棒球是怎么回事儿的。梦露还是很快地知道了棒球明星也是和她一样大名鼎鼎的。马奇奥是真爱梦露的一个男人。可是他因为太爱了就吃她的醋了。梦露和马奇奥谈上了恋爱，同样也和别的男人谈两性。这时的梦露已经不习惯只和一个男人谈谈情说说爱了。婚前马奇奥和梦露为此吵架，婚后马奇奥和梦露还为此吵架。梦露因此经常在片场上被人看到脸上有被打出来的青痕。两人吵得郁闷了，就离婚了。这场婚姻只维持了十个月。离婚后的马奇奥也放不下对梦露的痴情。他同样关注着梦露的一举一动，就是后来梦露和美国总统约翰·肯尼迪还有司法部长罗伯特·肯尼迪这两个亲兄弟同时闹绯闻的时候，马奇奥也关注着梦露。他为了保护梦露还为此安置了窃听器呢。被肯尼迪两兄弟像破抹布一样甩掉后的梦露其实是想和马奇奥复婚的，但是，她在与他复婚之前就死去了。马奇奥去认领了梦露的尸体，并主持了梦露的丧礼。他守了一动不动的梦露一个晚上。这对冤家男女，梦露活着的时候他们吵闹，现在天上人间了，不知死神让这个痴情的男人想了些什么。在此后的二十多年里，马奇奥坚持着每周三次在梦露的墓前献上一束玫瑰花，直到他去世。马奇奥死后，为梦露献花的举动成了斯莱特泽的所为。为了防止自己死后会中断这个仪式，斯莱特泽甚至在生前就预定了死后的事宜。在他死后多年，花店仍然派人去梦露的墓前给她献上玫瑰花。

这么两个在梦露死后依旧真心对她的人，真让人唏嘘。梦露在天若有灵，该安息了吧。

梦露的第三任丈夫叫阿瑟·米勒，是一个伟大的戏剧大师。梦露的美貌同样在第一时间迷住了这个戏剧大师。梦露也爱上了戏剧大师。梦露和米勒同时以为，一个天才和一个艳星应该是世间的绝配。米勒为此和老婆离了婚。梦露为米勒也操了心。米勒是一个政治舞台上的人物。他因为写了一些东西而被政府传讯。传讯这样的不愉快事妨碍了两个相恋之人的成婚。梦露便动用自己的影响力向世人发出声音。她说因为传讯这样的事情让世界上最美妙的女子耽搁了度蜜月就太不好了。果然是柳暗花明，他俩结婚了。那是梦露三十岁生日后不久的一天。米勒为妻子买了一条纯金饰带，纯金饰带上刻记了梦露的名字。梦露在结婚照片上写下了：希望，希望，希望！米勒和梦露都以为一个才子找对了一个尤物。他们被希望弄得甜蜜无比。他们的照片被放得很大放在娱乐版上，世人也以为一个尤物就该和才子相配。这才是才子佳人。

然后是什么呢？是实在的日子。实在的日子是检验婚姻是否是真理的惟一标准。实在的日子竟然检验出来了米勒和梦露的结合不是一条美妙的真理，实在的日子竟然检验出来这个婚姻是一条难看的谬误。米勒发现梦露和他的前妻是一样无聊的女子。梦露发现偶像米勒同样也会倒塌像一堆烂泥。偶像是禁不起走近去看的。偶像是用来倒塌的。她痛苦，就吃药片。药片越吃越多，痛苦也越来越难以抑制。梦露当着众人的面把米勒甩在一边，一个人登上汽车扬长而去。梦露是在演完了米勒刻意为她量身定做的一部电影后分手的。他们俩的戏也演完了。四年的又一部戏，却是闹戏。梦露死后米勒没有出席葬礼。米勒对此很平静。他说事情终究会发生的，只不过是早是晚而已。他说自己不参加葬礼是因为梦露在他心中早已死去。

梦露和美国总统约翰·肯尼迪好上的时候其实内心已经烂透了。她已经靠着吃药来维系正常的思维，不然就会发疯。美国总统迷上梦露，不过是迷上了无数个漂亮女人之一罢了。和世界上最性感的女人发生两性关系，是美国总统至上权威的一种体现，也是一个男人至上荣耀的一种体现。仅此而已。何况，变幻无常习惯于歇斯底里的梦露怎么会得到一个政客的真心呢。即使是总统先生在两性的巅峰状态下发出许诺，说要娶梦露，一个聪明的女人也不会当真的。这个世界上最不能当真的东西之一就是情话。梦露显然不是一个聪明的女子。她不仅把总统的情话当了真，还打电话把这样的话语告诉了当时的第一夫人杰奎琳，说自己将要取代她成为美国的第一夫人。杰奎琳冷静地对梦露说，那太好了，你打算什么时候搬进白宫？我这就给你挪窝，今后所有压在第一夫人肩上的重担就拜托你挑了。然后杰奎琳依然冷静。杰奎琳才是一个聪明的女人。第一夫人需要的就是这样冷静而胸襟宽阔的女人。杰奎琳懂得贵为总统的男人对自己的妻子惟一痴心的可能性太小了，就采取了冷静的姿态。这样姿态的做出比大吵大闹艰难得多，有效得多，也智慧得多。杰奎琳不仅深谙政治，还深谙男性与女性，深谙男人与女人之间的瓜葛。当梦露前去给总统的生日唱生日快乐之歌的时候，杰奎琳带着儿子到远方度假去了。杰奎琳根本不给梦露向自己宣战的机会，虽然杰奎琳也未必不痛苦。独立永远比发泄痛苦智慧。这根本就是梦露不能做到的。梦露根本不是杰奎琳的对手。

梦露“俘获”约翰·肯尼迪，其实是难以让人相信她对他仅仅是感情上的好感的。这里面掺杂了梦露多少成分的野心，我想是当今的电子计算机也难以算计出来的。世界上最有权力的人当然是一个至高无上的强者，总统的至尊已经成为这种强者的最响亮的表达。爱上这样的强者当然是一件十分容易的事情。想当第一夫人当然可以是一个女人的梦想。与总统有了肉体关系，当然是离这个梦想的实现接近了一步。可是，梦露的不聪明之处是没有能力洞悉总统大人对她的迷恋有多少成分是男人对漂亮女人本能的东西，又有多少成分是总统对于她真实的看重。梦露的不聪明之处还在于不懂得自己根本不是个政治动物。她甚至连正常的日子都过得不安生，都喧嚷不已，她哪里有第一夫人生命中巨大的承重力呢？

司法部长也就是总统的弟弟罗伯特在劝说梦露放了总统的时候也迷上了梦露。总是需要爱的梦露又一次把身体拿出来作为对于男人的依靠。梦露的身上有了罗伯特的骨肉，罗伯特也不拿她当回事儿，反而要甩了她。因为梦露的放肆乱说让总统和司法部长的政治前途遭到了威胁。原本和梦露玩一玩的兴致他们也没有了。他们像甩掉一块破烂一样甩掉了梦露。梦露因此而崩溃了。崩溃了的梦露还受到了死亡的威胁，因为她泄露了天机。全世界因此要有所变化。梦露终于死在床上。医疗机构出示的死亡证明是她吃了大量的安眠药。她是他杀的可能性也是很大的。梦露死后这么多年，对于她死因的探寻始终没有断下来。

杰奎琳说，梦露将成为永恒的传奇。杰奎琳总能说出聪明的话。这才是第一夫人的智慧。

是的，梦露的死使梦露得到了永恒。

爱伦·坡曾经说过：天底下最感人的事情，莫过于一个年轻女人的死亡。一个天底下最艳丽的女人死了，死在了怒放花期的凋谢前。世上有一个香艳的词汇叫香消玉殒，说的就是梦露这样的女人和梦露这样的死亡。死亡消灭了梦露的身体，却留住了她的永恒。

培根说：一个人有了放荡的青春，就一定会有悔恨的晚年。有一个悔恨的晚年，太容易成为梦露被瞻望的前景。梦露躲过了这样的晚年，不知是否是她的幸运。

梦露说过一句非常经典的话：没人知道我不愁吃不愁穿但不为人爱，不知快乐是什么滋味，我只求在生活中能善待他人，他人也同样善待我。我们是公平交换。我是个女人，我需要被一个男人真心去爱，同时我也会真心地爱他。我做过尝试，但这种事压根儿就没有发生过。梦露的这句话是特别真实的。梦露向男人寻求爱情的真切劲儿也是诚实的。但是，爱，与怎么爱，是两码事。梦露的活法根本就是不会爱人的那么一种活法。一切向外部世界扩张的活法，一切走向虚荣繁华的活法，都不可能得到幸福。这种活法或许可以得到名声，可以得到金钱，可以得到男女关系，甚至是狂欢的男女关系，惟独不可能得到幸福。用这样的活法去爱人也是荒谬的。再加上被梦露爱上的男人也不是一些会爱懂爱的男人。两个同样不会爱人的男人与女人，加在一起的生活肯定是混乱加上混乱。就像两个病人根本不可能为对方诊病。活得方式方法不对，看起来再繁华的东西被附着在一个人的身上也毫无用处。幸福是一种感受。只有把往外释放的力量收回来，安静地用于自己的内心，这样的力量才可能使得当事者获得安宁和幸福。一个用心活着的人都难以得到安宁和幸福。一个活在浮华乱世中的女人，上哪里把幸福这么一个大东西用心灵扛回来？！

梦露的一生像极了她生活中曾经的一个片断：片场上的灯红酒绿中，一身香艳的梦露在走动着，昂贵的服饰把梦露的身材衬托得极好，细腰下的两片肥臀扭动着，像两只丝绒床上正在闹花事的狗。所有的人尤其是男人都看掉了眼珠子。这是银幕上呈现出来的梦露。真实的梦露躯体语言的背后又是什么呢？是数小时数小时的彩排，是脚趾甲沾满了的血，是子宫恶心地在抽搐，是一下片场便被痛经折腾得立刻蹲下身子的疼痛。梦露那个子宫曾经是一个被铁器刮坏了的战场，为了取消自己与男人们寻欢作乐后的产物。这是一个残骸遍地的战场，它病理性的抽搐多像梦露一生残损的命运。

美女薄命，原本也是一种天罚。一件东西太完美了，老天或许也嫉妒，就想办法磨损她，让她衰败。美女遭难，是天道的结果，或许不该把这样的命运视为悲剧。就像最明艳的焰火，只能留下瞬间的灿烂。一股气流把梦露的裙子吹起，梦露娇羞的样子就是一团这样的焰火，她已经永恒地把自己留在了电影史上。

诗人西川曾经为梦露写了一首诗：这样一个女人被我们爱戴／这样一个女人我们允许她学坏／这样一个美丽的女人／酗酒／唱歌／叼着烟卷／这样一个女人死得不明不白。

让西川的非逻辑思维成为我这篇长文的结尾吧。

卡米尔·克洛岱尔：把爱情发育成疾病的『爱情烈士』

你的命运艳若桃花

新鲜　确凿　一如一只刚刚哭泣过的眼睛

你为爱情奉献了一生的天才　全部的青春

甚至奉献了最后一根健康的神经

爱　究竟是灵魂里结出的果子

还是寂寞撒的谎

卡米尔·克洛岱尔曾是法国雕塑大师罗丹的情人。卡米尔因为罗丹而得了精神病，在精神病院里住了三十年。这是个死于罗丹爱情的女人。台湾一个叫钟文音的女作家把卡米尔叫作爱情烈士。钟文音曾经去了巴黎，她是为了看望卡米尔而去巴黎的。她恨透了罗丹，恨透了害死这个伟大的女雕塑家的天才男人。在巴黎，钟文音几次前往曾经关住卡米尔的那一家精神病院，在卡米尔来回走过的小径上她也来回地走，喃喃自语着并且眼露悲光。其间，几个女精神病人和钟文音一样，也在这条小径上来回走动。她们用不同于正常人的眼光看着钟文音。钟文音也用不同于精神病人的眼光看着她们。精神与不精神是相对的，在钟文音与女精神病人之间，她们彼此异常着，是否也彼此病人？或者，当年的卡米尔来到这里，被取消了的正常，使得正常时期生不如死的卡米尔获得了异常世界里面的平静和死寂？对于一个疯狂于爱情的女人，死寂是否比清醒地活着稍微容易一些？钟文音在精神病院的草地上坐着，把自己的身体连同思绪一齐弄在某棵树的阴影里面。在卡米尔的亡灵面前，钟文音感到了自己的世故。她感到正是这样的世故使得自己不曾疯狂。是的，卡米尔如果像太多太多的正常人一样世故一点就好了，那样就不用去当一名爱情的烈士了。这样的烈士，死得一点也不得其所。

上个世纪末，罗丹的作品在北京展出，这原本是一个艺术的盛会。女作家林白却欲制作一个炸药包，在想象中，她已拿着炸药包去了雕塑展把它放在罗丹的展品里面，那些雕塑宝贝全部被炸飞。一个用爱情把世界上那么好的女人加害致死的男人，他留下的即使是稀世宝贝又有什么稀罕的呢？当然是想替死去的这个叫卡米尔的女人报仇。即使罗丹也已长眠地下，林白也要替卡米尔报这个仇。向死人复仇也能稍微平息一下她对于卡米尔的痛惜。这样积蓄已久的怨气，不吐出来林白自己不同意。

我看到了一些关于罗丹和他的情人卡米尔的文字。百分之九十九的写作者是怀抱着痛惜的感情的，一样的壮怀激烈，一样的怜香惜玉。看完卡米尔的传记，我也替卡米尔痛惜极了，以至于只能让自己平静几日才能坐下来写关于卡米尔的这篇文章。就在这个期间，我又读了罗丹的传记。我读到了另外一个叫罗斯的女人。罗斯也是罗丹的一个情人，是和罗丹共同生活了五十多年的情人，或者说，是一个一心一意地服侍了罗丹五十多年的女人，是被罗丹极少爱过却给了罗丹全部生命与爱情的女人。在卡米尔的传记里，罗斯是一个没有修养没有文化粗俗不堪的女人。是的，在卡米尔的传记里罗斯一出场就四十岁了，是一个中年女人了，没有姿色的中年女人。嫉妒这样的情绪已经被这个叫罗斯的女人使用了许多年。一个把嫉妒使用了许多年的女人注定了眼光里面没有了慈善，面目也没有可能顺溜到哪里去。一个被嫉妒使用许久了的中年女人，其实是一个死去了一半生命的女人。给罗丹做女人，是无法不让嫉妒这种东西在生命里面粉墨登场的。罗丹有的是使爱他的女人发扬这种东西的本事。况且，罗斯是作为一个罗丹与卡米尔爱情的阻碍者而存在的。她的存在使得卡米尔无法实现嫁给罗丹这个美好的理想。而在罗丹的传记里，罗斯是非常早就出场的，是作为罗丹的第一个心仪者出场的。年轻英俊的罗丹为了和年轻美丽的罗斯认识，为了让罗斯成为他的人体模特儿，和任何有心计的男人一样，是破费了不少心机和真情的。七十六岁的罗斯在去世前的两个星期，才和老迈的罗丹举行了婚礼。罗丹这么残忍地对待着的罗斯，她竟然还因为这纸婚约而幸福万分。可怜的罗斯！看到这里，我流泪了，为了这个叫罗斯的女人。

罗丹制造了两个女人的孽债。爱情是制造孽债的最佳选手。爱情的屋子狭窄得只能住得下一个男人和一个女人。挤进小屋的任何另外一个男人，或者一个女人，甚至仅仅挤进来另外一个男人或者女人的一些心绪，一些气息，爱情的小屋都会沉陷。它们就像挤进小屋里面的一个癌细胞。癌细胞是会发育成恶性肿瘤的。肿瘤干掉的爱情的尸体就是孽债。挤进来的那些人，以什么名义都不行，以真正爱情的名义也不行。俗世上的男人和女人的关系通常是这样的，几乎没有什么例外。罗斯和卡米尔，缺少了哪一个，都不会成就伟大的雕塑家罗丹。罗斯给了年轻的罗丹第一个工作室和生活上的关爱。卡米尔给了罗丹伟大的激情和爱情。这三个人造就了这出爱情悲喜剧的全部内容。删除了哪一个人，这出戏就不存在了，就是另外的一出戏了。

命运的力量是不是比爱情更不可一世？或者，命运是一副棋的棋盘，爱情是其中一粒非常活跃的棋子？

1864年12月8日。法兰西。一个孩子出世了，是个漂亮的小女孩，她就是卡米尔。卡米尔的父亲高兴坏了，抱着宝贝女儿到处给人看。卡米尔的母亲却不高兴，她希望出生的是一个儿子而不是女儿。这个母亲刚刚丧失了一个儿子。卡米尔的诞生丝毫不能减轻她的丧子之痛。后来，卡米尔一生和母亲心存隔阂，不知是否出于这种心理渊源。卡米尔四岁那一年，弟弟保罗出世了。再后来，他们共同的妹妹也出世了。这个妹妹是让母亲喜欢的，因为她乖巧。卡米尔是不乖巧的。在母亲眼里，卡米尔不仅不乖巧，还尽让她闹心。村子里的男孩子都没有她胆大。她很容易地就成了孩子们的首领，手里还握着一把短刀。不仅如此，卡米尔竟然还喜欢摆弄那些又脏又黑的泥团，仿佛她的手指天生就是用来抚弄它们的。那一年卡米尔才十二岁。这个十二岁的女孩子脱下外套把地下的泥土包起来扛回家去，弄脏的衣服让母亲很生气。她说要想当一个雕塑家的，而妹妹已经想着将来嫁什么样的男人了。在那个年代的法兰西，女人想当雕塑家是没有戏的，母亲很讨厌女儿这个稀奇古怪的想法和举动。幸亏父亲是支持卡米尔摆弄雕塑的，这使得孤单的女孩子有了同盟。她给保罗塑像，保罗的童稚被她拿捏得仿佛出得声来。她给老保姆塑像，我们仿佛感受到了这个老太太干瘪脸颊上闪闪放出来的目光。卡米尔十几岁时雕塑的作品就很有些味道了。真不知道小小的孩子怎么就能把生命那么内里面的东西通过这些泥巴给再现出来。这是一个天才的女孩子。

卡米尔的天才被雕塑家布歇发现了。卡米尔开始在布歇的工作室里学习。布歇已经感到对于卡米尔的天才无所适从，他觉得卡米尔应该从师于更加高级的雕塑家，那个叫罗丹的四十岁的男人。卡米尔听到过这个叫罗丹的雕塑家的一些情况，是一些不那么美妙的情况。有人说这个家伙展出的雕塑作品《青铜时代》太逼真了，应该是直接从活着的模特儿身上翻制而成的，这是一种欺骗。卡米尔对这个能欺会骗的男人很生气。布歇却说是因为罗丹雕塑的东西太逼真了，而且因为他的手法是写实的，反传统的，才惹来那么多学院派老头儿们的非议。布歇还说卡米尔的东西竟然和罗丹雕塑得一模一样，他们俩似乎有着特别接近的艺术理念。罗丹也是不愿意收女徒弟的，他不以为一个女孩子能把雕塑这门学问掌握好，况且女孩子是比较容易惹弄麻烦的。是经过布歇的再三请求罗丹才答应让卡米尔去试试看的，还是去打扫卫生的，而且只给她了五分钟时间。

第二天卡米尔被布歇带到罗丹工作室的时候，罗丹都把这件事儿忘记了，他甚至因为工作被打扰了而产生了愤怒。一回头，看到布歇身边的卡米尔，罗丹吃了一惊。他情不自禁地认为卡米尔很美。这个女孩子有着让其他女学生黯然失色的光彩。她有着一张雕塑一样完美的面孔和雕塑一般端庄的气质。罗丹问卡米尔为什么要到这儿来学习。我想这差不多是两个陌生人之间希望变得不那么陌生时的一种搭讪。"这个问题有必要问吗？布歇先生很忙，如果这儿不值得来，他就不会陪我来了，先生。"卡米尔的自信让罗丹很吃惊。罗丹又问你能做我的秘书吗，我的学生已经够多了。卡米尔说我是个雕塑家，不是个秘书，罗丹先生。罗丹说看来你没有男朋友吧。卡米尔回答说这不关你的事。罗丹一定是感到了这是一个不一样的女学生。卡米尔当然为罗丹的雕塑作品所惊讶。它们太完美了。一个干瘪得令人作呕的老太婆像前，眼泪正从卡米尔的眼睛里流了出来。她说她丑得如此的精美，这个老太太告诉我们这个世界上有比失去美貌更重要的事情。卡米尔对于其作品的透解让罗丹满意。其他的女孩子也有对待这幅作品的表达方式。她们用洒了香水的手帕捂住鼻子，边逃边喊着“天啊，太丑了，真是太丑了”。

他们开始用互相雕塑对方的方式表达着彼此的好感。以这个方式凝视着对方，理由显得特别正当。让年轻女子做自己的裸体模特，对于罗丹来说是寻常事儿。那些令罗丹成功的作品都是通过他在真实模特儿身上拿捏后转移到泥土或者大理石上的。罗丹因此也顺便有过一些风流事儿。风流韵事和爱情的感觉是不一样的，质地也是不一样的。罗丹从卡米尔身上感到了不同于其他模特儿身上的这种质地。罗丹和卡米尔之间的激情和那个秋天的夜晚一样，仿佛是一只熟透的西瓜，鼓胀得一碰就会绽开。是的，罗丹的手指以雕塑的名义一碰到卡米尔裸体的皮肤，情欲的雷鸣就炸开了。罗丹的爱情像钉子一样牢牢地钉在了卡米尔的身上。他探究到了女人肉体里面的智慧。卡米尔的身体像被掏空了的口袋，她干了一件女人生命中必得完成的重大事件。这件重大事件被她和罗丹一起完成得美妙极了。

我从留下来的卡米尔的照片中读到了这个女人一生中最迷人的笑容。这样的笑容有着被情欲扫荡过的明显印记。看这样的照片，是想不明白照片上这么美妙的女人是怎么能被日后的岁月发育成一个精神病患者的。这样的照片当然是这个时段留下的。被留下来的，还有他们合作过的或者各自的雕塑。那些泥做的东西充满了男欢女爱。还有比水到渠成的男欢女爱更健壮的东西吗？因此我们欣赏到了他们用身体和双手共同制作出来的伟大的雕塑艺术品。洁净的欢愉，洋溢出来的激情，它们被一件一件地变成了大理石，被一件一件地变成了青铜，变成了这个世界上愈来愈珍贵的艺术珍品。制作这些作品的时候，他们大约是忘了制作本身了的吧。他们大约是急迫地想把自己的感觉用泥土表达出来的吧。雕塑家真是一些幸运的人，他们可以用大理石用泥巴用青铜做着自己随心所欲的表述，把血肉之爱描述成永远静止下来的东西，把瞬间变成定格，把情感张扬得纹理清晰又欲言又止。

爱情的爆发阶段大概就是用来抒发浪漫的。我也愿意使用浪漫的调子为罗丹和卡米尔初始的爱情进行抒情性质的述说。真实的爱情原本是一剂苦药，最外面的是一层糖衣，味道绝美的那么一种糖衣。糖衣原本是一种剧毒的东西，是比毒品还有害的东西，它的功能就是让人上瘾。可是，没有一个人吃爱情这层糖衣的时候是把它当成毒药的。从书本上或者从别人的口中得知一些这种常识的人，也多会以为糖衣这种毒药的性质是隶属于别人的，自己的爱情糖衣例外地和它的滋味一样纯美。因此，爱情这层糖衣把前赴后继的男人和女人毒倒。古代的时候是这样的，现代化了的时候是这样的。而且，人类的基因一代代地延绵下来，竟然还没有进化出对于这层爱情糖衣毒性的免疫力。毒品的害处是让人的身体产生依赖的。产生依赖了的时候，差不多也就到了把这点糖衣吃完了的时候。爱情的糖衣片同样被罗丹和卡米尔拼命地咬嚼着，很快地，外面的糖衣被吮吸尽了，露出了里面真实的东西。

每个星期都有几天，罗丹把卡米尔带到任何人不知道的一个工作室。这个工作室里因此充满了艺术和男欢女爱的味道。罗丹把爱情的心血给了卡米尔，必然让另一个女人受到了冷落。而女人天生就能感受到这种东西。罗斯就感受到了这种冷落。因为罗丹回到家里的次数越来越少了，即使回到家里，也不把一个男人的热情用身体传递给罗斯。罗斯当然不是罗丹的妻子，但是他们有了一个儿子，他们的儿子仅仅比卡米尔小一岁。一种长达二三十年的男女之情，即使没有那样一纸婚约，也是有效力的。没有人不知道罗斯是罗丹的家里人。罗斯去了罗丹正常工作的工作室，罗丹把罗斯拎到门外，命令她不准再来。对罗丹的忠诚产生了怀疑的女人是有能量的，她总能想办法去解答这种怀疑。罗斯还是找到了罗丹的那个秘密的工作室。那一天，罗丹刚巧出去买点东西，卡米尔一个人待在那里。两个女人互相打量着。罗斯看到这个年轻美貌的女人手拿着凿子和扫帚，头上戴着防尘帽。这样的细节罗斯太熟识了，年轻时的自己不就是这样替罗丹卖力气和献身体的吗。卡米尔是知道这个上了年纪的女人的，她说你是罗斯。声音是哆嗦的。罗斯的声音不哆嗦却是气恼的，她说你就是那个贱货是吗。她说你千万不要以为自己已经得逞了他是有很多女人的你只是其中之一罢了。她还说你现在干的这些活儿我都干过的。她还说告诉你吧你想当罗丹夫人是没门儿的。可以想象罗斯是声嘶力竭的。起先恐惧着的卡米尔也生气了，她原本就是个血性女子。她丢下凿子和扫帚，迎上前去和罗斯扭打在了一起。罗斯被卡米尔扔在一面镜子上，镜子被砸破了，罗斯伤得不轻。卡米尔也被罗丹的一幅胸像压在了身上。

这样的场面是可以想象得出来的。两个情敌，凑在了一起，什么话不好听说什么话，气头之下出手也凶狠。这个场合下的女人，就是一些动物性的女人了。那个雕塑家的身份所能表达的文明在这个场合下派不上用场了。一个雕塑家见到情敌和一个庸俗女人见到情敌时的情绪差不多是一样的。我们在一些影视剧中很容易见识到这样的场面。

罗丹回来了。他被惊住了。地上的两个女人，他不知道该先去救谁。就在这个时候，罗斯看到了一幅罗丹制作的肖像，肖像上的裸体女人显然是卡米尔。罗斯终于瘫倒了。这个和罗丹一起生活了近三十年的女人，曾经坚强地和罗丹共同承担过那么艰苦岁月的女人，她没有尊严地哭得一塌糊涂。罗丹还是对罗斯产生了恻隐之心的。罗丹知道罗斯已经是一个需要保护的女人了。他抱起罗斯，说天哪我的好罗斯，你摔着哪里了。他说你不该到这里来的，你的心脏被弄坏了怎么办。他说没有你我是什么也办不成的，没有谁能比你更好地照料我的了。卡米尔终于也哭了。她应该是为罗丹对罗斯的态度而哭的。罗丹这时才说，你没有事儿吧，卡米尔。怎么能没事儿呢，卡米尔感到自己就是那座打碎了的雕像，被一块儿一块儿地裂成碎片。

罗斯和卡米尔都是那种想离开却离不开罗丹的那种女人。有过真爱的男人和女人应该是懂得这种感情的。罗斯是一个更加弱小的女人，只要得到了罗丹的一个拥抱，只要罗丹的一句暖和话，她就迅速地使自己对于罗丹的爱情达到饱和状态，然后把侍候罗丹这件事情做得尽心尽力。而这正是罗丹不能让罗斯受伤的原因，也是罗丹离不开罗斯的原因。罗丹当然把更多的激情使用在了卡米尔身上。这些激情同样是一些毒品，卡米尔刚要产生离开罗丹的想法，并且似乎这种想法已经坚如磐石，一旦品尝到了罗丹的激情，这些想法立刻就像空气一样消失了，那些磐石般的想法比白纸还轻飘。这个时候的罗丹已经声名远扬，前来的订单很多，罗丹的雕塑艺术和订单任务同罗丹的激情一样也离不开卡米尔，因为没有比卡米尔离罗丹的艺术手法和艺术品位更近的人了。这些年，卡米尔几乎把所有的才华都使用在和罗丹一起完成订单这件事情上了，她的才华竟然没有使用在实现自己幼年时的梦想上面。可以说，卡米尔的爱情和艺术给了罗丹活水一样的生命激情，这样的激情又像活水一样滋养了他的雕塑艺术。那些流传下来的罗丹的精品，有多少是卡米尔的心血而为，只有罗丹和卡米尔知道。她的才华远远地超出了一个女人所感悟到的艺术之美，超出了人们对一个女人的期望。她却更多地是以罗丹的情人而被人们熟知的。卡米尔从罗丹那里更多地汲取的是痛苦，这种痛苦最终使他们的爱情发育成了一种疾病。

把爱情发育成一种疾病，女人比男人更有这样的能耐。尼采说过，生命的最高目的，男人是光荣，女人是爱情。如果说社会角色像外套可以脱下或者穿上的话，那么，性别的角色或者说男人和女人的角色，却不像外套那样任意换着穿的。一个女人，就意味她拥有女人的血肉之躯，还有女人的情色特征。悲剧家埃斯库罗斯在他的剧本里，曾经借一个父亲的口气说，如果他不管他的几个女儿，她们就会为非作歹，闹出笑话。在他的眼里，女人特别容易发展这种专横的爱情行为。非常凑巧，爱情同样几乎是这个叫卡米尔的女人的全部。能够被一个绝对重要的男人所需要，并且屈服于这个男人，卡米尔就是幸福的。在心理学的意义上，屈服于别人其实就变成了别人的附属品。尽管热恋之中的卡米尔不是这样解释的，她总会把这种附属虚妄地看成是爱情的表达本身。心理学家还以为，当女人将自己变成男人的附属品时，她必须得到补偿，补偿的方式是她要将对方占为己有。卡米尔就是这样想把罗丹占为己有的。她让罗丹离开罗斯。她要让心灵那间爱情的小屋只有自己和罗丹。她反复地要求这样做。这其实是罗丹所不能完成的使命。这其实也是让罗丹很心烦的事情。罗丹不仅不能忠诚于卡米尔，必要的时候还会和别的女人男欢女爱。成龙曾经就克林顿和莱温斯基的风流事儿表达看法，他说那不过是天底下男人都会犯的一种错误嘛。天底下的男人都会犯的错，那还叫错误吗？简直就是常规行为了。类似的见解罗丹一定和卡米尔这么说过。罗丹也和罗斯这么说过。卡米尔不同意这个说法。卡米尔要的是一心一意，是独一无二。于是他们争吵，和好，再争吵，再和好。两个人的心灵开始变成了战场，战场上有越来越多男人和女人战争后的残骸。这些残骸其实是男人和女人逐渐死去的爱情的尸体。

还有恨。爱衍生出来恨是根本不成问题的。在俗世中，我几乎没有发现过一种没有掺杂着恨的爱的情绪。对这个问题我曾经很好奇，甚至为此阅读心理学方面的书籍。美国心理学家布朗曾经在《自我》这本书中提到“自我”这个概念。自我原本不仅仅是我的身体这么简单的事情，它包括物质自我、社会自我和精神自我。自我原本是无比繁荣昌盛的一些组成：我的躯体，我的孩子，我的爱人，我的宠物，我的财产，我的家乡，我的种族，我的爱好，我的感知，我的态度，我的情绪，我的兴趣，我的愿望，我的道德感……自我简直是一个庞大的家族，一种成分一旦成为自我这个家族的一员，伤害这一成分，就是伤害自我。这就是一个人为什么那么容易产生痛苦这种情绪的原因。而且，一个人拥有的越多，自我也越多，受到伤害的可能性也就越大。这就是为什么欲望太多同样会导致痛苦太多的原因，也是一个人拥有太多未必幸福就多的原因。爱情一旦形成，就成为一个女人生命中最贵重的自我，是无法忍受它受到冒犯的。受到冒犯，便要动用身体的抵御系统。恨是抵御系统派遣出来的最常规的武器。因此我们明白了，为什么恨作为爱的对立面特别容易获得自身的发展。恨其实也表现为自我与外部世界的一种关系，是自我需要保护的本能随时使爱与恨一同产生。

假如罗丹把罗斯甩掉，成全了卡米尔的爱情，是不是就是一种道德了的呢。当然了，罗斯太平凡了，和数以亿计的人一样的那种平凡，她成为爱情战场上的残兵败将，是引不起人们的关注的，晚报早报情感专栏的版面上，哪一天没有这样的女子成为情色的牺牲品？我们的报纸有一个调查，这种专栏的受欢迎程度是遥遥领先的。说明大家伙儿多么愿意知道别人身上发生的那种情色乱事。罗丹和卡米尔好事成双，世界雕塑艺术史上肯定就会留下一对男女艺术家的爱情佳话。但是，如果把罗斯也看成是一个和卡米尔一样具有生命尊严的女人，那样的结局，是不是使得这个叫罗斯的女人更加无辜？

1864年，也就是卡米尔出生的那一年，罗斯正好发育成一个亭亭少女。当年的罗斯肯定是美妙的，不然她不会在街上走着的时候就能把罗丹一下子迷住。是罗丹主动上前把这个缝衣女工拦住的，并且明显地带有情色的调子。罗丹把罗斯请到雕塑室里当模特儿，请她看电影，请她游泳，顺便把她发展成自己的情人。我看过罗丹给年轻的罗斯塑成的雕塑《宝贝》，罗斯的美丽和单纯令人疼怜。罗斯也曾经被罗丹宝贝过。罗斯和罗丹生了个儿子。战乱期间，罗丹被派当兵，罗斯在家里成为罗丹的父母和儿子的主心骨，她无怨无悔地侍候着他们。她像亲生女儿一样对待罗丹的双亲。在这个时期，是罗斯把罗丹的雕塑作品保护得毫发未损。这是一件非常细心的活计。是的，罗斯没有学问，不懂艺术，粗俗甚至无趣。可是，如果心中没有巨大的爱，她是无法做到这些的。罗丹的父亲临终前叮嘱罗丹一定要娶罗斯为妻，如果罗丹不答应，这个老人就重复着要求直到儿子答应。罗丹最终是答应了父亲的遗嘱的。在这个意义上，罗丹没有甩掉罗斯，是罗丹良心中的事情。况且生性倔强与执着是成就卡米尔事业的东西，生性倔强与执着绝不是婚姻与爱情之中的好东西，相反是一些产生破坏力的东西。罗丹应该是懂得这些的。罗丹和卡米尔成为夫妻，激情变成对付柴米油盐的东西，便也容易成为指向彼此的利器。是比较难以想象他们俩能够达成好的结局的。我想这也是罗丹始终不离开罗斯的一个原因吧。很老很老了的时候，老到几乎要死去的时候，老到他们认识了五十三年的时候，罗斯才被罗丹娶回家。罗斯因此幸福得一塌糊涂。她终于可以把罗丹的姓氏和自己的名字连在一起了。两个星期后，这个可怜的女人就死去了。同一年罗丹也死去。他们终于合葬在了一起。再也没有人间的风风雨雨是是非非了。不痛了。不委屈了。那一年是1917年。只有罗斯才有这样的隐忍。对于罗丹的爱，罗斯有着不逊于卡米尔的执着。

我们都知道，就像生物体必须做出新的组合和调整才能实现新的复杂机制一样，在这一转变过程中，如果没有新的调整就可能出现病理现象。恰恰卡米尔是一个不擅长这种调整的女人。她的才华不使用在这个思维领域。除了擅长发展自己以心相许的爱情，卡米尔干不了别的。她离开了罗丹。离开了把自己的灵魂纠缠了十几年的这个男人。她的灵魂已经支离破碎了，像是被肢解开来的一具残骸。她把自己关在一间小屋子里，不和任何人来往。她做着自己的雕塑。于是那些留在了雕塑史上的一些作品，像是尸体在流泪。有一次卡米尔是想和罗丹和好的。她去了罗丹的那个她熟悉的雕塑室。透过灯光，她却看见罗丹正和一位夫人调情。那女人看起来像是一个贵族。罗丹先生当然会用适当的男欢女爱来抚慰自己的失意。那个女人是一个公爵夫人，是个一心想把罗丹的艺术雕塑转变成自己的经济财源的女人。罗丹当然再也找不到像卡米尔一样傻地对待他的女人。卡米尔在世界上只有一个。拥有这么厉害才华的女雕塑家竟然一直是一贫如洗的。她拒绝任何来自罗丹的帮助。离开罗丹的卡米尔原本是想一心一意发展自己的雕塑艺术的，她却用更大的精力一心一意地发展了自己对罗丹的恨。她控制不了发展自己的恨的这种精力。身体和精神果然发生了病理问题。卡米尔出现了精神分裂症状。她把自己的作品给砸掉了。她连亲人都不认识了。她被家人送进了精神病院。一住就是三十年。罗丹去精神病院看卡米尔，卡米尔连他也不认识了，卡米尔让人把罗丹赶走，说这是一个想害她的人。是的，这是一个为罗丹贡献了一切的女人，尊严，才华，青春，爱情，还有最后一根健康的神经。

她竟然坚持着活下去了三十年，在我们以为的地狱里面。她的肉体竟然在人间又待下去了一万多个日子。一天一天摞加起来的散布着来苏水的日子。心灵的鲜活需要被冷酷的虚无镇压下去的日子。一些药水和针剂轮番地往她的体内灌，她活着宛若她已经死去。死去的日子才能让她的肉体一天一天苟活下去。我真的希望在那里面的她是不痛的。不如让我们代替她痛。数以百万计的心疼者，每人分担她一点点的疼，那分流出来的疼依然使我们惊心动魄。

卡米尔的母亲和妹妹竟然一次也不去精神病院去看望她。若干年后精神病院通知她们可以接卡米尔回家监护理疗，母亲和妹妹也拒绝了她。弟弟保罗是卡米尔惟一联络着的亲人。我在书上看见过卡米尔给保罗写的信，她书写一段又画上一段。她最后给保罗的字迹是歪歪斜斜的：余下的仅仅是缄默而已。她果真缄默了。永远地缄默了。她没有任何遗产留下来。最后的一刻，没有一个亲人的陪伴。她的身边只有一个冰硬的铁床和一个便壶，便壶豁着口，像代替谁在呐喊。豁口便壶呐喊的时候，时间定格在1943年10月19日。

卡米尔死后，后人依然把她和罗丹的名字放在一起。而且一提起罗丹大家就会想到卡米尔。一提起卡米尔大家就会想到罗丹。不知道卡米尔知道后会不会在那个世界上叫喊起来。有人还拍摄了一部关于她的电影，名字叫《罗丹的情人》。是那个很好的法国女演员伊莎贝拉·阿佳妮出来演卡米尔的。我喜欢阿佳妮。我想不出来还有谁能比阿佳妮演出来的卡米尔更加有味道。谢天谢地是阿佳妮，而不是别的谁。

当年那个把卡米尔介绍给罗丹的雕塑家布歇先生曾经对罗丹说，早知道卡米尔的结局是这样，他绝对不会把卡米尔送到罗丹手中的。仅仅是个假设而已。命运根本就不理睬假设。假设也丝毫不会耽搁命运按时而且准确地对某一个人下毒手。

诗人韩东说：爱情这件事，不是一件性命攸关的大事，它应该是很平常的，应该放到恰当的位置上，你越在乎它，它越要出事。不是说值不值得，而是你会不会的问题。说爱情是自私的，爱情是专一的，这都有问题。韩东真是一个在爱情问题上的聪颖者。卡米尔的智慧不往这个方面发展。这其实是一个至关重要的方向，是不会使人疯狂的方向，它值得我们把智力朝着这个方向开启，以便不使自己变得疯狂。

还想说一点看了《灵魂庄园》这个电影后的感慨：在这个世界上，在男人和女人的情色上，爱与恨都会导致毁灭，或者说，极端发展的爱与恨只可能导致毁灭，而宽恕不会。而且，只有宽恕不会导致毁灭。

张爱玲：因爱而伤神的凄美女子

你让词开花　开冷艳华丽的花
就像诗在诗人面前死一样流畅
然后你背对世界守口如瓶
仿佛守住天地之间的大秘密
心　不会白白地痛过
它已蔑视这粗糙的人世

写张爱玲总是会心虚的。王安忆对曾是同一个时期的女作家苏青和张爱玲进行过形象的描述。王安忆说，苏青是跃然于眼前的，我们好像能看得见她。她是上个世纪上海三四十年代的马路上走着的一个人，去剪衣料，买皮鞋，看牙齿，跑美容院。我们在苏青身上可以试出五十年前上海的凉热。而张爱玲却是坐在窗前看的。张爱玲是远着的，看不清她的面目，看清了也不是你想看的那一个。王安忆是个鬼才，她能把张爱玲说得这么到位。写张爱玲是冒险的，尽管这个世界上写出了那么多关于张爱玲的文字，有了那么多对于张爱玲情感世界乃至人生历程所给出的判断与结论。总觉得张爱玲还是在窗前看着的，从那一个世界往阳世里看，歪着头，有那么点看光景的味道。从那个世界往这边看的张爱玲依旧有着深刻到歹毒的眼光。看这些形形色色的人写出叫张爱玲的这个女人的一些东西。然后张爱玲发出一以贯之的沉默或者冷笑。张爱玲品牌的沉默和冷笑。张爱玲大约是不怕被误会的。神学家刘小枫曾经说过，误会是这个世界的常态，不误会才是例外呢。我还以为，就是两个人对于某一事物得出同一结果，也并不说明这两个人果真就有了天然沟通的灵犀。很可能只是两个人各自站在不同的角度恰巧推算出同一种结果罢了。很可能依然是误会。天才如张爱玲者早就透析了人与人之间的这种东西。人活着的时候活在误会里，人死了的时候再接着被误会就被误会了罢。就像我，斗胆地依然写着张爱玲，以自己浅显的世界观和阅世眼光去给她做出评判。张爱玲在窗前看着就看着罢，看这个世界上又有一个可笑的人在对于自己说三道四。我和一个女朋友早就探讨过说话和写字这个问题。我们以为这个世界上其实只是你说你的，我说我的。大家需要说话而已。上帝让人长了嘴巴，不仅是让它吞饭的，还有一个功能就是让它喋喋不休。上帝知道不让人说话，人会憋死的。

张爱玲的样子算不上是美的。在我的眼中张爱玲却是惊艳的。不是那种明星式的惊艳，娇媚的五官，皮面被上帝摆弄成洛阳牡丹那么一种粉俗，然后又被她们用各种方式扩张这种明丽的粉俗。张爱玲有着的是那种生命内里面分泌出来的冷惊艳。一个有着如此内心的女人，明晰，颖慧，苛刻，犀利，冷漠，绝望，手术刀式的洞察力，极度地爱着外表美，通俗与绝尘正弦曲线般构成生命双重的曲线，空前绝后的这么一个女人，是不会长成那种有着空洞惊艳的一张面孔的。假如张爱玲有着一张世俗意义上美人的面孔，也不会被张爱玲给弄成洛阳牡丹那么一种粉艳色彩的。按我的想象，张爱玲内里的东西会把这朵牡丹漂染成黑色的。寒凉从汗毛孔里面分泌出来。还有轻蔑。还有一些恐惧。胡兰成曾经说过张爱玲给他的惊艳感。他说，美是个观念，必定如此如彼，连对美的喜欢亦有定型的感情，必定如何如何。张爱玲却把他的这些全打翻了。他时常以为很懂得了什么叫惊艳，遇到真事，却艳亦不是那个艳法，惊亦不是那个惊法。

有一个挺著名的叫蝴蝶效应的说法。意思是北美洲的一只蝴蝶，它抖动一下翅膀翩飞起来，到了北京的结果可能就是一场龙卷风。把这个效应改版一下，说上上个世纪的七八十年代，也就是一百二三十年前的某一个日子，假如不是大名鼎鼎的李鸿章看好了落魄官差张佩伦，假如李鸿章没有一个二十三岁的闺女独守空房，而李鸿章有意把闺女许配给张佩伦，就不会有了那个叫张爱玲的女子的父亲出生的。没有了张爱玲的父亲，当然就没有了张爱玲。当然就不会在几十年后的今天，文学史上永久地留下了的张爱玲这么一个响亮的名字。李鸿章看好张佩伦这件事情就是一只历史意义上的蝴蝶，就是用来制造几十年后乃至绵长的今后女作家张爱玲这么一股龙卷风的。李鸿章当然想不了那么多，他其实只是想当好一个父亲罢了。其实，张爱玲的父亲娶了张爱玲的母亲，是另一只历史上的蝴蝶，当然也是为了形成张爱玲这股龙卷风的前提条件。这样的蝴蝶是经不起追究的，稍微一个细节的改变，张爱玲的诞生就会前功尽弃。好在历史是不能假设的。这是宿命。历史强行进入我们的视野。

张佩伦，也就是张爱玲的祖父，一个很厚道的男人。书生一个。书生往往不谙政治，自以为学富五车，慷慨陈词的能力比谁都强，却经不住真实枪炮的轰然一击。当年，历史上著名的中法之战最终以南洋水师全军覆没而告结束，在这场战争中中方领头的张佩伦不仅结束了仕途生涯，还被扔到东北流放了四年。张佩伦是因为人品不错而被李鸿章看中的。李鸿章很懂得什么样的男人能给自己的女儿李菊藕带来幸福，才使得张佩伦柳暗花明。什么时候该使用政治，什么时候不该使用政治，李鸿章玩起来贼清亮。看来厚道的人还是有好报的，比如张佩伦。张佩伦和李菊藕生下了儿子张廷重，张廷重后来又娶了女人黄逸梵，张爱玲作为他们的女儿来到了这个世界上。黄逸梵是清末南京长江水师提都黄翼升的孙女，大家闺秀一个。张廷重却不是个称职的丈夫和父亲。他是那种典型的靠吃遗产为生的富家子弟，很有挥霍的本事。黄逸梵是一个有想法的女人，时髦而且独立，见多识广，当然瞧不起自己的丈夫。两个人关系从不很好到很不好。后来离婚了。

看了张爱玲的传记我才知道张爱玲起初户口簿上的原名是叫张瑛，小名小瑛。小瑛上学的时候，出国留学一段时间回来后的母亲嫌张瑛的名字不好听，就给女儿起了一个英文名字ailing，中文译过来为烦恼。我更愿意把这个英文词条理解成忧郁。忧郁和烦恼是长相不同的两个词语。烦恼是一个长相粗糙内里浅显的东西，常被挂在擅长自扰的庸人身上。这个词如果发出声来，是唧唧喳喳的那一种。而忧郁是一个气质高贵内里丰淳的东西，它配得上被哲学家和诗人使用。它发出的气息来自生命和对于生命的质疑。这个词如果发出声来，是小提琴幽婉韵律的哪一种。洋气如黄逸梵者一定是按着忧郁这个长相给自己的女儿起名字的。这个有意味的词条译成中文读音却显得又土又俗，这也许是黄逸梵没有想到的。张爱玲后来也写文章说起自己名字的恶俗。我能理解张爱玲这个名字带给她的遗憾。一个女人其实是很看重自己的名字的，因为她要跟着自己一生。一个人到超市里买苹果，还都挑选又红又圆又没有疤痕的那一个呢。那个漂亮的苹果完全可以和漂亮的名字进行这种看似牛头不对马嘴的比拟。这件事我有所体会。假如可以自己起名，我绝对不会起“高伟”这么一个名字。我比较年轻的时候就开始在报上发表文字了，写诗，也写散文。后来还干上了编辑这一行。起初的时候，绝大多数不认识的读者总会把我当成男人。偶尔从文字中认出我是女的，也把我想象成老气横秋的那一种，中性的模样，平庸的气质，连衣裙似乎也是不配穿在身上的。这么多年了，这个其貌不扬的名字一直挂在我的皮表上，给我平庸的人生又增加了一份故意的平庸。这当然是额外的话题。有一些人是会反驳我的，笑我虚荣。他们会说名字是不重要的。这其实不是一个值得较劲的事情，说说罢了。听听国际气象组织每每给台风起的那些名字，云娜麦莎桃芝海棠什么的，哪个都能把人迷倒。正常的审美需求罢了。当然了，张爱玲出名了，出名到一定程度，名字就变得无所谓了。出名到一定程度，大俗的名字也就会被爱屋及乌地粉饰成大雅了。

张爱玲对待这个世界和对待这个世界上的人，低回而且漠然，我想很重要的是她性格使然。有一种感觉是我想和读者交流的。它或许与张爱玲的性格达成有些直接的关联。张爱玲有着并不那么愉快的童年以及少年阅历。比较而言，幼小的张爱玲不愁吃穿，却缺少亲情。她的父亲张廷重是个让人失望的男人。游手好闲，不务正业，还离不开鸦片和吗啡，还养了一个姨太太，是个妓女。母亲以出国留洋的方式表达了对于丈夫的不满。和母亲一起出国的还有姑姑张茂渊。这个姑姑是张爱玲在世上非常亲近的人，一直亲近到最后。那一年张爱玲四岁。母亲从国外回来的时候张爱玲已经十岁。母亲终究没有和父亲把日子过得平稳一些。张爱玲十三岁那年，母亲和父亲离婚了。母亲又一次远走他乡，去了法国。这些年来，知性的母亲给了张爱玲一些重要的影响，也给了她一些母爱。毕竟离多聚少。离多聚少是可以磨损哪怕是血缘的亲情的。张爱玲却和父亲结下了不可和解的仇怨。父亲很快再婚了，原本以为娶了一个大家女子，娶到家里来才发现这是一个比自己更离不开吗啡的女人。那一年张爱玲十四岁。张爱玲原本就没有和别人处好关系的俗世本领，给这么一个后妈当女儿，更不是她的强项。有一回后妈认为张爱玲眼里没有自己，就给了张爱玲一记耳光。张爱玲本能地想反击，被保姆拉开。这个后妈却大嚷着吃了亏，说张爱玲要打她，故意大着声音让张廷重听见。张廷重因此对张爱玲拳脚相加，还踢她的头。张爱玲不认识这个父亲了。她要离开这个家。张廷重更愤怒了，他拿起花瓶朝张爱玲打去。花瓶没有打中张爱玲，她的心却像地上的瓷片碎了一地。张廷重还用烟枪把前来劝架的张爱玲的姑姑也就是自己的妹妹的眼镜给打碎了。从此，张爱玲的姑姑再也没有迈进哥哥家一步。张廷重死了的时候，妹妹也不去送行，只一句知道了就完事了。张爱玲因此被父亲软禁了起来。她得了痢疾，也没有人给她治病。痢疾会死人的，张爱玲人瘦了下去，气弱了下去，一天一天死下去。保姆避开张爱玲的后妈找到张廷重。张廷重避开张爱玲的后妈弄来一些针剂，偷偷给她打了下去。不知这个男人是因为还残存了一点做父亲的人味，还是觉得女儿死在自己的手里有些不吉利。救女儿还不敢让妻子知道，由此可以确定张爱玲的这个后妈实在是个没有人性的东西。张爱玲终究活了下来。活下来的张爱玲还是逃跑了。她永远地离开了自己的父亲。

弗洛伊德的精神分析学有一个重要的论点，就是一个人，幼年的经历对于成人后性格及心理形成的重要性是异乎寻常的。成人的心理状况和当事者的很多心理材料有关。幼年时期的经历，由于它们占据了最大比例的生命留白而最容易构成一个人一生中的心理材料。这样的心理材料形成的优与劣，最容易打造出我们日后的性格倾向。我自己的经历也足够说明这一点。离开幼年许久许久了，我在夜晚做出的梦竟然大多与幼年时期的经历有关。这其实不是说幼年在我的人生中有着多么迷恋的经历，相反，我算得上是不轻易去回味幼年的，理性总会告诉我更要看重今天和未来。这是否可以说明，幼年对我的影响是不以我的认为而一直独自重要着的。幼年给了张爱玲一些什么，它们已经流进张爱玲的血脉里面。它们随着岁月的挪动而活跃着，组成其性情和气质里面重要的部分。

去香港读书的青年时期的一段经历，也使得张爱玲更加迅疾地更正年幼时一个少女容易形成的浮华人生观。这个时段，张爱玲得到了一生中重大的收获之一，那就是认识了炎樱。炎樱是一个聪明的女子。被张爱玲看中的人一定会是聪颖的，这一点毫无疑问。张爱玲手术刀子一样锋利的鉴赏水平，稍微平庸一点的女子是难以通得过这样的刀子的。炎樱一直和张爱玲好到老。大红大紫后的张爱玲，她出版的不少书籍都是炎樱设计的封面。张爱玲使用炎樱的图画时还使用了溢于言表的好心情，足见炎樱在张爱玲心中的被看重。一种超越了女人与女人微妙的通俗心理的友谊，是深游在女人内心里面的一种友谊。没有功利。超越了嫉妒。纯正的互相赏悦。精神上的一种沟通。这是女人心中最美好的一种情谊。只有这种情谊才能是长久的。香港读书期间张爱玲还看到了另外一些女子。那是一段乱世岁月，各种女子又有着各自不同的命运和形态，还有乱世背景下的一些作为。张爱玲竟然看到了比自己更加悲惨的太多女孩的命运。这样的命运加深了张爱玲眼中这个世界大的底色。从此，这个底色再也没有在张爱玲的眼中变得暖和一些。肮脏。复杂。不可理喻。张爱玲大约从这个时候就定型了对这个世界的看法了罢。

张爱玲最大的特色当然是她的天才。她也说过，在这个世界上除了发扬光大自己的天才，她不会再干其他事情。她三岁时能背唐诗。七岁时写第一部小说，竟然是一个家庭悲剧的故事。第二部小说调子也灰，是失恋女郎自杀的故事。八岁那年她写了一部乌托邦小说。九岁时练钢琴，曾产生过当音乐家的梦想。还能画画。张爱玲的处女作是一幅画作，这一点或许是诸多张迷所不了解的罢。她对于色彩音符和文字有着特殊的敏感。八个音符被她赋予了长相不同穿着异样服饰的有生命的东西。她还把它们当中的每一个赋予了诸如“珠灰”“黄昏”“婉妙”之类的不同色彩。这一些名词，似乎不是用来让人弄明白其色彩的，而是用来令人想入非非的。上中学的时候她写了作文《霸王别姬》，阅卷老师着实被吓着了，然后大加赞赏，说这篇文章与大文人郭沫若的《霸王别姬》相比较，简直可以说一声有过之无不及。赞赏自己的学生，出格一点或许也是有的，但此评语足见老师对于张爱玲文字的惊讶程度。生命是一袭华美的袍，爬满了虱子。这样的句子出自张爱玲这个十几岁的孩子。这样的句子即使出自一位白发老者，那白发老者也会因此而被称为先知的。准确到触目继而令人怆然。竟然出自一个孩子之口，让天下苍老者锥心蚀骨地佩服。翻开张爱玲的文字，这样的妙喻实在太多，随便一页就会出现这么一句。我总以为张爱玲局部句子的美妙是足以抗争得过其小说整体的。有的时候这些句子简直抢了风头，被我误以为它们是被叙述的主角。只看张爱玲的句子，就可以得到审美的全部需求。除了天才，还能说什么呢。上个世纪的四十年代，寂寞荒凉的上海文坛上，一个有着绝世才华的女作家正在进行式地横空出世，又有什么奇怪的呢。

和张爱玲的名字一起喧响起来的，是她的一部部作品。《倾城之恋》。《金锁记》。《传奇》。《白玫瑰与红玫瑰》。张爱玲是中国文学史上的异数，她一上路就是巅峰，一出手就是经典。她下笔的文字是精致的，只有中国文学的结构与语势才会打造得出的那么一种精致。细微，冷静，能够辨得出细小分贝来的那么一种文字颗粒，只有出自张爱玲这样的圣手。大师傅雷说，张爱玲利落痛快的文字是天造地设的一般，老早摆在那里，预备来叙述这些悲剧的。这样的话语出自傅雷，就值得信赖了。傅雷是一个严肃的批评家，罕见的那种严肃。一种语言被誉为天造地设地与所描绘的语境严丝合缝，足见张爱玲的文字已打造得怎样的严谨与怎样的合适。我总能从张爱玲看似平静的叙述中感觉出绝望来。即使在这个温暖如春的有着热暖的冬天的家里，穿着薄衫，冷战依然从我的身体里渗出来，使我的身体颤动了三下。是从骨头里面传达出来的一种冷。这实在是一种越早知道越有益处的绝望，它足以让自己对于人生的想法不至于太多地耽搁在浮世的喧嚣之中，不至于让自己太久地沉溺于虚假的繁华之中。我还以为，从事物的真相出发而不是从胖大的虚拟之境出发去看待人生与自己，是格外值得努力去做的事情，哪怕这种真实可以提醒我们闻到血腥。真实永远比假虚有意义一千倍。张爱玲笔下的人物，实在是一些和我们一样的小市民，一样的小坏小奸小花招小心眼小算计小阴郁小计谋。他们给我们带来了生命中连皮带肉的那么一种纠葛与牵连，还有对于自己的审视。也正是与我们生命息息相关的这么一种亲和与贴近，张爱玲才被那么多大群小众们所赏悦。

现在要提到张爱玲的爱情了。是该让胡兰成出场的时候了。我看了不少张爱玲与胡兰成的爱情版本，胡兰成基本上是作为一个反角出现的。一开始就像是个反角。一开始就像是一种预谋。认识张爱玲的时候使用的是计谋，勾引张爱玲的过程中使用的是计谋。我想大家是通过张爱玲与胡兰成的爱情悲剧这个结论去做这么一种推论的。在张爱玲的情事中说到胡兰成，真的很难不把他描写成一个丑角。因为我们无条件地站在张爱玲的立场上，受到重创的张爱玲的立场上。其实，我是这么认为的，张爱玲和胡兰成的悲剧在刚开始的时候就注定了。胡兰成真的不是一个可以被张爱玲这样的女人托付的男人。胡兰成能成为哪一种女人的依托，我还真的想不出来。他终究不是一个可以被信赖的作为丈夫那个人的选手。这是一道前提就被规定为错误的数学题，没有可能推出正确的结果。胡兰成算得上是个天才，是又坏又有情商的那种天才。这种坏却是聪明如张爱玲这样的女人所抵制不了的，又憨厚又细心又正直的好人反而会被这种坏性情的男人打得落花流水。我说的当然是男女的情色领域。这个男人不坏女人不爱的奇怪领域。

大家差不多认为是胡兰成发现了张爱玲才引起这段文坛著名的情事的。其实在胡兰成知晓张爱玲之前，胡兰成已经用他的文字打动了这个才女的。能打动得了这个才女的文字实在是不一般的文字，胡兰成确实是个写就一手漂亮文章的才子。抗战前期，胡兰成经常对时局发表看法，不遗余力地鼓吹亲日思想，因此还被当局监禁过几十天。胡兰成由此却引起了汪精卫的注意。汪精卫把胡兰成发展成为自己的机要秘书，让胡兰成在自己主办的亲日报纸中任主笔。胡兰成的文笔同样引起了不喜欢政治的张爱玲的注视，并且对他大为钦佩。得知胡兰成被关押，张爱玲曾邀请同是女作家的苏青陪同专程赴胡兰成的关押地南京，还想着找出营救他的办法。这真是一个爱才而不谙政治的女子，而且此举对于张爱玲来说算得上是石破天惊的举动。当然了，张爱玲没能把胡兰成救得出来。胡兰成也并不知晓发生了这档子被才女牵挂着的幸福事件。

同是服膺胡兰成同样不关心政治的苏青把刊有张爱玲文章的《天地》杂志寄给胡兰成。苏青的这个举动因此被几乎所有的张迷理解为这对才子才女相识的契机。胡兰成曾经在文中写道，初读张爱玲的文字，才看到一二节，不觉身子坐直起来，细细地把它读了一遍又一遍。张爱玲的才华轻易地就把阅览无数的这个才子给震住了。我想，杂志上张爱玲的照片也让胡兰成感到比较舒服的吧，不然胡兰成不会主动向苏青要了张爱玲的地址，亲自上门拜访。果真如苏青向胡兰成所说的，张爱玲不会给拜访者以机会的。胡兰成又是格外自信的，他把自己的名字和电话号码写出来放在门洞里，请求张爱玲能够会见他。然后不等张爱玲回话，胡兰成就走了。把自己放低，这在一个有才华的男人身上显得是一个美好的品质。这个品质放在胡兰成身上，我们就不容易这么评价他了，就容易把他说成是有心计的了。因为是胡兰成，我们就会把他的这个举动说成是欲擒故纵的伎俩。孤傲的张爱玲果然动了凡心，这个凡心或许早就是暗自驿动着的了，胡兰成的来临让这种驿动启动起来。张爱玲竟然在第三天的午后打电话给了胡兰成，并说要亲自去拜访他。胡兰成是有妻子的。这不妨碍那天他和张爱玲说了五个钟头的话。有些人一直猜测他们之间说了些什么话。其实，说一些什么样的话是没有意义的。有意义的是两个人彼此对上了眼光。加上两个人都不是凡人，肚子里面的好东西有的是，都是一些可以碰撞得出来妖娆火花的有能量的东西。我的一个作家女朋友和他的作家男朋友也是有这么一段类似的交往，都是在互相赏悦的前提下假装去交流什么的。女朋友前去和男朋友交流的时候我是暗地里笑着的。我说这其实是一种相亲。我还祝愿她相亲成功。果然相亲成功了。当然了，后来这事儿也像太多男女情事一样自取灭亡了，不过这个情事死得不算难看，像是安乐死。

再说张爱玲与胡兰成。我想，当初两个才子才女的大脑同样和凡人一样分泌了那种叫力比多的东西。力比多真是个奇妙的东西，它们在天才身上和凡人身上一样管用。那个写出了天才作品的张爱玲一下子显出了和她笔下的小人物一样凡俗的特质。她被爱情弄晕了。重新掀到张爱玲传记的这一个页码，我看到书页的空白处被我写下了两行这样的字迹：一个恋爱中的女人和一个政治中的男人一样，智商会出现变数。这是我第一次读这本传记的时候写下来的感想。我第二遍读它的时候没有产生这个灵感。幸亏我把它当时用笔记下来了。我比较喜欢当时的这个灵感。我是这么想象的：那一个场景，两个互相被吸引的男人和女人第一次见面能聊些什么，胡兰成和张爱玲就聊了些什么。孔雀的开屏能烂漫到什么程度，张爱玲的才思就开屏到了什么程度。一个被崇拜着的男人对着崇拜着他的女人看似内敛实则炫耀着什么，胡兰成就看似内敛实则炫耀着什么。用满不在乎的口气表达自己的处变不惊，胡兰成当然有这样的资格还有这样的资质。这其实正常极了，恋爱中的所有男人和女人都是这么过来的。恋爱中的男人和女人的举动其实是天方夜谭，而后来彼此看着不顺眼的部分才是正常的。这是我从一个哲学家那里得到的。天方夜谭的美景总会惹人走下去。张爱玲和胡兰成果真这么走下去了。他们那么容易就会见一次面。见一次面他们就会对对方的才华深入地了解一番。我想张爱玲是应该把曾去南京为胡兰成想办法解救出来的事情告诉他的。我还想，胡兰成的那颗很难驿动的真心应该是动了一下的。一个不带任何功利色彩的女子天真的崇尚之心，是会使任何一颗没有彻底死掉的肉心真实地悸动着的。胡兰成的那颗心也应该是经过世态之凉热的。它是懂得真心的珍贵的。他们恋爱了。胡兰成毕竟比张爱玲大了十五岁。一个经过了太多情事的男人当然在恋爱中有着太多的历练。胡兰成掌握张爱玲果真易如反掌。张爱玲在给胡兰成喜欢的一张照片后面写上这样的字：见到他，她变得很低很低，低到尘埃里，但她心里是欢喜的，从尘埃里开出花朵来。张爱玲对这段情缘留下了很多的情话。她说，因为懂得，所以慈悲。她还说，你怎么那么聪明，上海话是敲敲头顶，脚底板亦会响。她还说，你的人是真的吗？你和我在一起是真的吗？张爱玲痴情一如她笔下陷入情网的普通女子，在书中她却往往把她们的情事后果设计得狼狈不堪。胡兰成当然也被张爱玲口中奇智的那些比喻而震惊。他与妻子离了婚。然后他写下了“愿使岁月静好，现世安稳”这样的字迹，表达他和张爱玲的婚约。

岁月静好，现世安稳。我至今没有见着比这八个字更好地表达感情的遣词造句。它们有款有型。它们典雅庄重。它们贵族气十足——精神上和物质上的贵族气息。它们也像是天造地设的一句话，早就等在那里用来表达人间最静美的感情诞生的。这话被胡兰成说了出来。我愿意为这句话对胡兰成表示敬意。

但是，终究没能岁月静好，终究没能现世安稳。胡兰成给予张爱玲的婚姻岁月，不仅不静好，却是动而乱的。胡兰成给予张爱玲的现世不仅不安稳，却是伤而衰的。张爱玲不在乎胡兰成的汉奸身份，对于他的人却是怜惜的。按她的话，是恨不得把他包包起，像个香袋儿，密密的针线缝缝好，放在衣箱藏藏好。她还表达：他一人坐在沙发上，房里有金粉金沙深埋的宁静，外面风雨琳琅，漫山遍野都是今天。真是万分的不舍。

这种不舍，张爱玲在尘世上只对胡兰成产生过。

张爱玲不幸被自己的作品所种下的谶言击中。她这朵红玫瑰果真在被娶回家后变成了一摊蚊子血。婚后的第三个月，胡兰成就在他工作的所在地武汉与一个叫周训德的十七岁的小护士好上了。回到上海后胡兰成居然把周训德的存在告诉了张爱玲。不久日本投降，逃亡中的胡兰成去了温州，胡兰成又勾搭上了一个叫范秀美的女人，并与她以夫妻的名义同居一室。张爱玲从上海辗转打听到胡兰成藏身的地方。张爱玲应该是因为想念而来看胡兰成的。我以为，此行张爱玲还想和胡兰成解决私情问题。她不想和小护士周训德共享一个丈夫，她要胡兰成做出选择。这个时候张爱玲还不知道那个叫范秀美的女人的存在。胡兰成见到来武汉的张爱玲，是很不高兴的。他把张爱玲安排在宾馆里，晚上不和她一起睡。他的托词是害怕警察来查夜，实则是回到范秀美身边。张爱玲因为不知道有范秀美的存在还心情不错，他对胡兰成说，我一路上想着这里是你走过的，及在船上望得见温州城了，想你就在那里，这温州城就像含有宝珠在放光。不知胡兰成听后想了些什么。想象当中胡兰成的那颗由特殊成分制造的心灵是不会怎么被打动的，万一被打动了一下，也比眨眼还快地就过去了。几年前我去温州旅游，一路上我也是想着张爱玲的这句话的。一路上打探着哪里留下了张爱玲的足迹，把有水的地方想象成张爱玲的船只走过的地方。因为那地方走过了张爱玲，果真似有宝珠在放光。我自己的心在疼。我的心也替着张爱玲疼。范秀美竟然跟着胡兰成去了张爱玲所住的宾馆。张爱玲起初是不知道什么的，她还和他俩一起逛街，聊得也起劲。她还夸奖范秀美生得美。张爱玲真是弱智到了比得上她笔下的任何一个人物。她竟然分辨不清胡兰成和范秀美的关系。终究还是被看出来了。是在张爱玲给范秀美画肖像的时候。画着画着她哭了。因为她从范秀美身上满眼看出了胡兰成的影像。张爱玲还和胡兰成与范秀美一起去了范秀美的家里做客。张爱玲被说成是胡兰成的妹妹。张爱玲竟然和他们一起把这个荒唐游戏配合得挺不错。这个时候的张爱玲，哪里还是拿着笔冷眼看世界看俗世情色的那个张爱玲呢?

胡兰成终究没想放弃小周和范秀美当中的任何一个。他还用好口才对张爱玲说他不能对不起任何人。张爱玲对胡兰成说：你到底不肯。我想过，我倘使不得不离开你，亦不寻短见，亦不能再爱别人，我将只是萎谢了。

回到上海，张爱玲还是为胡兰成寄钱。胡兰成用起张爱玲的钱来从来都是不迟疑的。我是这么以为的，张爱玲已经认清了胡兰成的真实面目，她是不要这样朝三暮四的男人的。政治上的东西她可以不过问，爱情的原则还是要讲究的。只是她投入到对胡兰成的感情中太深了，就像快速运动着的旋转器根本停不下来。惯性使然罢了。还有一个比喻，好比剧毒的癌细胞渗入到了她婚姻的肌体中，死亡是确定了的，只是不能马上死去罢了。就像物理性的旋转器克服惯性终于停止了下来，就像绝症的肌体存活了一点时间终将死亡，张爱玲终于还是向胡兰成摊牌了，是在胡兰成再次来信以为可以夸耀自己轻佻的举动的时候。张爱玲回信说，我觉得要渐渐地不认识你了。不认识一个曾经付出过巨大真心的男人，对于一个女人来说，是一个痛楚的过程，一个疗伤的过程，一个戒毒的过程。对于一个女人来说，毒品有多么难戒，一个爱过的男人就有多么难戒，哪怕这个男人伤害了她。我们从电视上看到了戒毒者生不如死的身体举动。一个戒了爱情之毒的女人生不如死的挣扎是在内心里面罢了。

张爱玲和胡兰成离婚了。他们俩之间其实没有可能有第二种结局。尽管张爱玲曾写出这样关于情缘的话：没有早一步，也没有晚一步，碰上了，就说，你也在这里。其实，没有早一步没有晚一步，与那个碰到的人达成的说不定是孽缘。孽缘毁了不少天才的女人。卡米尔被罗丹毁掉了，她在疯人院里待了三十年。普拉斯被休斯毁掉了，她把自己的嘴巴伸进了煤气管儿。谢烨被顾城毁掉了，她被顾城砍掉了脑袋。张爱玲毕竟还不是可以被男人毁疯的那一种女人。不知胡兰成毁掉了张爱玲一些什么东西。我们只是知道，世界在张爱玲心中那个原本沉重的底色，愈来愈加深了它的颜色。

我的一个男同事曾经跟我说起过张爱玲和胡兰成。他说假若他是胡兰成，张爱玲这样的女子也是不能要的。你想想，胡兰成刚想说一些深刻些的东西，以满足自己的虚荣心，张爱玲接着就把比他所想的更加深刻的东西给说出来了。这让胡兰成多么无趣。这种无趣发生得长久了，就出事了。胡兰成在周训德和范秀美那边是多么得意呵，她们跟听天书一样听他吹牛，她们像崇拜天神一样崇拜自己，那感觉多安全。男人们或许并不需要一个才女当成自己的老婆。这也是现世为数不少的男人的择偶标准。才女用来当成男人的红颜知己是有意思的。把才女发展成自己的老婆，对于男人来说或许是不划算的，这样的结果会耽搁了男人虚荣心的发挥。老婆是用来烧饭洗衣看孩子的。烧饭洗衣看孩子基本上不是才女的强项。才女是用来发挥自己天才的那种女人，才女不能把男人的肉身侍候得好。我不知道有多少男人把这个观点当成实话。我也不知道假如这是句实话，它是不是太难听。哪一句实话不是难听的呢。

张爱玲是把自己第一次的男欢女爱之情给了胡兰成。这个时候的张爱玲不懂得婚姻的本质。女人经过岁月的千锤百炼，女人经过阅男无数，足够大的时候，足够老的时候，才知道一个疼惜自己的男人才是值得去托付的。年轻的时候女人不懂得这些。年轻的时候老实的男人是被才女们不屑一顾的。一个女友曾经对我谈起她对幼小女儿未来的向往。她说她只想让女儿在未来被一个对她好的男人领回家去。其他的是次要的。我笑了。她的女儿谈恋爱的时候才不会这么想呢。她的女儿要找对眼光的，模样好的有钱的能拿得住她的。一代一代的女人都是这么走过来的。对于张爱玲，老实而有才华的男人是不被她看中的，一直是这样的。与胡兰成离婚后，挺著名的导演桑弧被别人认为与她是挺合适的一对。张爱玲与桑弧也多次合作过。张爱玲很坚定地摇头了。内向而厚道的桑弧不是张爱玲来电的那种男人，这种男人有才华也不行。

我从来没有见过比张爱玲更入世同时又更超脱的女人。她爱美到了狂热的程度。开文代会，在清一色的穿戴着列宁服的灰色服饰中，只有她穿着袅娜的旗袍，外面披着白色毛线勾勒而成的镂空小衫。她才不怕与别人不同呢。她喜欢让人赏心悦目。她喜欢与众不同。她一直是爱钱的，即使小的时候她从父亲的软禁中逃跑出来，乘上黄包车的时候还没有忘记跟车夫讨价还价。跟好友炎樱吃饭，也是钱财分得清楚的。她只对胡兰成大方过。有一个前提是这样的：张爱玲站在比绝大多数人更高的地方看到了她自己眼中人生的风景。我们不知道那种风景是什么样子的。我们只是从理论上推算着，那样的风景既美妙无比又恐惧异常。没有眼光看到这种风景的人，当然是根据自己的视野对她论说的了。说她的性格，说她的俗性。王安忆有过这样的洞见。她说，张爱玲对于现世的爱好是出于对人生的恐惧。她对世界的看法是虚无的。张爱玲曾说过长的是磨难短的是人生。于是这短促的人生中，不如将它安在短视的快乐里，掐头去尾，因头尾两段是与长的磨难接在一起的。只看鼻子底下的一点享受，做人才有了信心。张爱玲在领略虚无人生的同时，她又是富于感官的，享乐主义的，这便解救了她。是的，没有享乐的东西对于张爱玲的解救，以张爱玲的敏感与厌世，她是没有什么理由活得下去的。洁尘也说过，一些自以为聪明的女人认为张爱玲是可以模仿的，这样的女人学了张爱玲就会彻底地抛弃了原本还有的那一点天真，变得非常世故。洁尘以为学张爱玲还不如学三毛学琼瑶安全。三毛是虚荣的，但还浪漫。琼瑶虽然幼稚但还视爱情为生命的首要，总还是有些诗情。那个把诗情彻底消解后的张爱玲是不可仿造的，女人学了，从根本上就走味了。洁尘的见地真是一针见血。是的，凡俗女人够不到张爱玲阅世的高处，是学不着张爱玲什么的。而一个女人果真抵达了张爱玲阅世的高处，她还用得着向谁学习什么吗？

中年以后的张爱玲去了美国。她住在麦克道威尔文艺营之中。这是一座由四十多所房舍构成的屋宇，包括艺术家工作室图书馆宿舍什么的。三十五岁的张爱玲在这里结识了六十五岁的赖雅。赖雅是德裔美国作家，在当地有些成就。他曾做过战地记者，后来成为自由撰稿人。早年的时候与前妻结婚，结婚的最大收获就是化验出了赖雅不是一个适宜于待在家室里面的男人。当年他父亲曾给他一笔钱作为结婚贺礼，希望他能用这笔钱把新房子摆弄一下。赖雅却去了纽约最豪华的酒店把那笔钱花了个精光。赖雅女权主义的前妻当然和他分了手。按我们中国人来形容，赖雅真是个性情中人。张爱玲爱上了这个性情中人，是出乎我们意料的。因为我们以为张爱玲应该寻找一个能够让我们感到相匹配的男人。这个男人不仅年龄大，身体又不好，因为中风住过院，还没有钱。我们纷纷猜测张爱玲为什么能够重新走进让她害怕了的婚姻。惟一能够解释得了的就是和赖雅结婚是能够使得张爱玲留在美国。张爱玲也不出来解释一番她结婚的动机，是动了感情还是功利所为。我们只好猜测。反正猜测对了错了都不犯法，还多少能满足我们的偷窥欲。张爱玲是在有了身孕后才与赖雅摊牌的。她去了远方找到正在外面的赖雅。她问赖雅，她怀孕了，他是个什么态度。这样的细节又像是张爱玲笔下的小市民。在男女之情方面她非常奇怪地一点不比她们洒脱。倒像是赖雅把张爱玲从孤苦无依之中解救出来，赐给了她婚姻。赖雅却不要张爱玲肚子里面自己的后代。他甚至把那个孩子称之为“东西”。张爱玲去做了人工流产。她从此再也没有自己的孩子。

张爱玲开始了养活这个男人的生活。不仅从精神上还有物质上。张爱玲真是从来没有在男人身上享过物质方面的福气。越来越弱的赖雅在婚后两个月又犯了一次中风。张爱玲这个一辈子没有侍候过别人的女子，却在美国侍候一个称得上老人的异国人。法律上这个异国人是她的丈夫。他们共同生活了十一年。有相当长的时间张爱玲承担着保姆和看护者的双重角色。赖雅对妻子却是相当依赖的。他果真是个老人了，想做性情中人也没有力气了。张爱玲三十八岁生日那一天，赖雅陪着妻子一起步行去邮局寄信。秋天的光景正好，落叶翻飞起来，情调不错。晚饭后他们俩又一起去看了一场电影。那部据说叫《刻不容缓》的片子让张爱玲看得很开心。她甚至告诉赖雅，这是她三十八年以来最开心的日子。我特别愿意相信张爱玲与赖雅的婚姻里面有着情感的成分。我还愿意相信在某些时候它们还是浓重的。不然，才女张爱玲真是太令人心疼了。赖雅是在张爱玲的服侍下死去的。赖雅在去世两年之前就瘫痪了，大小便失禁。真不知道张爱玲这个原本只会发展自己天才的女人是怎么可能为赖雅挖屎端尿的。

有一个作家曾经分析了张爱玲嫁给赖雅的原因。他说，张爱玲从离开祖国的那一天起，在乘船远足的那一瞬间，她就已经不再是中国大红大紫的那个女作家了。现在这个叫张爱玲的人，只是一个仅仅想生活下去的普通女人，一个褪去了繁华名声，平凡得只是没有安全感的中年女人了。一个普通的中年女人嫁给了一个大她不少的美国作家，或许就不是一件多么值得大惊小怪的事情。

是不是，还有孤独？

张爱玲的晚年生活是这样的：总是一个人度过。极少交朋友，真正意义上的离群索居。她一生中所能列出来的朋友只有几个。她极少打电话，只与几个朋友保持着通信联系。她一个月才从信箱里取出一次邮件。她也从来不旅游。她不运动，吃饭也不讲究，基本上是一些方便食品。她把遗嘱托付给一个邻居，而这个邻居只与她见过两次面。这么想来，她确实无人可以托付了。她的好友夏志清评价她的时候用了一个词：绝世凄凉。有一个台湾女记者发现了她，为了采写到第一手资料，索性当她的邻居住了下来。张爱玲发现了女记者，一个晚上她偷偷地搬家了。是的，她一生孤独，晚年更孤独。1995年9月8日那一天，房东发现她已经去世了。张爱玲死去的时候，躺在简陋房间中惟一一张行军床上，身下垫着一床蓝色毯子。她出奇的瘦。脸色却是安详的。

真真正正干干净净地走人了。

关于张爱玲的晚年，我听到最多的是一些叹息，说张爱玲是多么的孤独。说张爱玲这么一种活法是多么的凄凉。我非常不同意这些人的见解。在我的心中，这是一些特别不能消停下来的人对于一个孤独的自由者的叹息。他们把自己的不能消停使用在了张爱玲的身上，并在那里看到了自己对于这种孤独的不适宜。在这个世界上，存在一种不孤独的人生吗？况且，置身于人群中，就是不孤独了吗？我以为，这种孤独的生活是张爱玲自己选择的。她从来不曾后悔过。她根本就不会和别人掺和在一起过日子。那样的日子对于她来说是一种惩罚。我还想，没有比孤独的日子更适合于张爱玲了。她原本就是取消了热闹的人，她为此获得了绝对的自由。钱钟书曾经说过这样的话：无友一身轻。这同样是不能被绝大多数庸人所能理解的。说这话的时候，钱钟书大约就没想过需要求得庸人的理解罢。我年轻的时候特别喜欢到处交朋友，还用文字把这个感觉写下来到处发表。后来不了。因为使用交朋友的心情收获到的却是一些滑稽的面孔。十次有九次是这样的。这倒不是说别人不好。这是因为人与人原本就是难以相处的。我自己在一些人眼里同样也是一张滑稽的面孔。一点都不奇怪。后来喜欢王小妮的一句话：现在不认识的人，就不打算去认识了。是的，一个人就能活得好，一个人就能产生喜悦，这才是做人的大境界。

英国人类学性学家爱理斯说：对外部活动的限制有助于幸福的获得，甚至可以说是人类幸福的必然条件。社会成员之间的互相适应和社会对其成员的制约，都意味着社会的规模越大，越令人乏味。只有独自一人时，才是自己；倘若不喜欢独处，他便不热爱自由。只有当他孤独无依时，才是自由的。对于独居，是欢迎、忍耐还是逃避，要由个人价值的大小来定。当一个人独处时，可怜的人体验到的是他的全部不幸，而聪明人喜欢的却是独居的高尚伟大。如果一个人在自然禀赋中居于较高的地位，他感到寂寞冷落是必然的。作为一般规则，一个人的社交性格与他的理智才能几乎成反比，说某某人不善社交也就等于说他是一位伟大的天才。

说张爱玲一生悲凉，这样的人也大有人在。可是，哲学意义上的悲凉谁能躲得过去呢。这是作为人都会被分配给的一种活着的大背景，是衰老和死亡平分给每个人的一种东西。这或许是唯物主义哲学的一种副产品，唯物主义终究让我们对于死亡洒脱不起来。

王小慧：让自己发光的女人

爱人走了　你就在剩下的时间里

把爱过的人再爱一遍

爱人走了　把光也拿走

你就学会了让自己发光

你这个用照相机摄取了圣餐的上帝之女呵

出窍的灵魂一再地出窍

王小慧是双子座。一个比较有名的德国星相学家分析过王小慧的星相：深夜诞生的双子星，从东方看上去是晨星，从西方看上去它又是夜星。这果真有点像王小慧这些年来的生活，在两个时空之间，在两种文化之间穿行。据说，双子座的人永远有两个自我，两个侧面，两重性格。

把星相学拿来分析人，对我而言大抵是一种娱乐。某月某日至某月某日之间就是同一种星相的人。按照这样的推算，那么这一个时段的人都应该被赋予了一样的性格，一样的情致，一样的命运。与王小慧同年同月出生的女人，都应该成为摄影艺术家。这听起来就不是那么回事儿。王小慧之所以成为王小慧，我是这么理解的：都说机遇这东西是赐予有准备的人，那么，在还不知道机遇是什么东西的时候，王小慧就是一个积极的准备者。她天生就有一颗敏感的心灵，对未知的东西有一种活跃的尝试。王小慧这么做，其实并不是为了所谓的“准备”的，汲取新鲜的知识就是使命，她只能遵从这样的使命。遵从这样的使命，王小慧一点也不用刻意或者用力。用一句很俗的歌词，就像老鼠爱大米。机遇碰到这样的女人，是连找都不用去找的。它与她在注定的时段，一下子就会合了。即使错过了第一个时段，那么机遇总会在第二个时段或者第三个时段碰到她。至于双子座的人有两个自我，两个侧面，两重性格，这不错。可谁不是有两个自我两个侧面两重性格呢。这和双子座无关。

王小慧究竟没能成为一个躲得过惨烈命运的女人。她的命运和墨西哥著名女画家弗里达·卡洛有些相似。都遇到了车祸。都从看起来必死无疑的车祸中活了下来，然后被迫认领了另外一颗凌驾于血肉之上的心灵。还有惨烈的爱情。依恋中破损的爱情是惨烈的。厮杀中的爱情是惨烈的。一颗原本柔弱的女人的心，依然敏感着。活下去，本能地活下去。在没有能力活下去的条件下活下去。竟也真的活下来了。一颗肉长的心竟也真的能经得住魔鬼的蹂躏。然后，她们执着于自己的艺术，成为聪颖的女艺术家。王小慧果真被外国人称为“中国的弗里达”。

王小慧是一个很美很美的女人。一个看一眼注定要记住她的女人。在这个世界上美女不少，像章子怡，像周迅。她们一出现，面孔便会先声夺人地让你记住。她们天生就是那种把身体和面孔输送到银幕上的女人，为了让观者赏心悦目。王小慧的美不同于这种美。王小慧当然不缺乏美丽的面孔。但是，一种比面孔更显著的美丽是从生命的内里制造出来的。王小慧的惊艳是从生命里面往外散发出来的。你的眼睛接触她，你必能接住这种惊艳。是“与众不同”这个词儿自个儿发出了声音。是优雅。是诗韵。是灵性。是气质。是智情。是才艺。它们是能渗出来的。像春天的土地上渗出来小草。这样的面孔是不能被输送到银幕上的。那样是一种浪费。娱乐界的星星是人造的。艺术界的星辰就是星辰，是天上的事情。王小慧不能造就。她独一无二。她比一些女艺术家多了女性特有的优雅，还有惊人的女人味。这样的面孔就该从上帝那里领受更沉重更坚韧更卓越的任务，以便配得上它所承担的使命。有一种幽，很清的幽。有一种妖，很冶的妖。还有一点苦，像底色那样，从她的生命中渗出来。其实，命运还没有换算成一些大事找到王小慧的时候，这种凄苦的底色就镶嵌在她的面孔中了。这种底色上凄苦的东西第一眼就已被我认出。虽然她是一个似乎永远笑着的女人。这一点让我很是惊异。

上个世纪的80年代初，同济大学。建筑系。二年级。一个男青年和一个女青年认识了。男的叫俞霖。女的叫王小慧。他们分别是两个班的学生。两个班级各抽出一名学生去进修德语。准备一年后选拔出一名学生派往维也纳艺术学院学习。被选中的两个学生是俞霖和王小慧。俞霖是被当时的系主任称为"不可多得的人才"，后来学院的院长也说过"像他这样的人才七八年才会出一个"。王小慧依然是因为优秀被选中。男青年和女青年，情窦初开时分，一个英俊一个漂亮。重要的是优秀。都爱笑。每天在一起学习功课。恋爱上了。这多么自然，金童玉女。天生的搭配。后来他们俩谁也没有去成维也纳。另外一个没通过选拔的人去了。这种事儿江湖上挺多，没什么好交代的。没意思交代。依然留下好的结果，俞霖和王小慧好得很深。他们在一起学习得那么开心。即使没有很多时间花前月下。即使他们把时间都用在了学习和设计上。

1986年，他们得到了公费出国的机会。俞霖和王小慧已经读完研究生。在出国的前夕，他们领取了结婚证。依然是没来得及和家人亲友庆贺一下。我想他们是不看中那些形式上的东西的。他们有力量不要这些。运载他们的飞机在法兰克福机场停下。走下飞机，对于这两个初次出国的年轻人来说，一切都显得那么新鲜和令人惊讶。然而下一刻的任务还是分手。他们分别在不同的地方学习。王小慧要去慕尼黑。那个时候他们还没有电话，只有地址。他俩约定互相写信。他们约好了圣诞节相会——是在两个月之后。俞霖在飞机上就开始了给心爱的妻子写信了。新婚的分离，有点凄凉，当然也甜蜜，因为心中有爱，很浓的爱。王小慧一个人留在慕尼黑，张大的眼睛如饥似渴，看着这陌生而新奇的世界。她每天拍许多照片，记许多日记。圣诞节时分他们相见了。他们分享了真正的蜜月。异国他乡，没有优越的居住条件。不重要的。每晚天将黑时，他们会点燃蜡烛，彼此的内心已被照得优雅。打开音响，就那么坐在温暖的壁炉边，一坐就是几个小时。腼腆的俞霖不好意思用中文直接说出“我爱你”，就看着她的眼睛，用德文说。“Ich liebe Dich”（我爱你）。说完了一遍再说一遍。就这样。像所有的女人一样，王小慧对这样的句子百听不厌。

那一个阶段，俞霖和王小慧分手再相聚，相聚再分手。独自一人的时候他和她单独地学习和进取。在一起的时候他和她就在相爱中学习和进取。他们不富裕。买瓶醋都要计算一下，因为买瓶好一点的醋要花费两个人一个月的工资总和。穷似乎不干扰他们的幸福。穷这种事情其实不干扰内心充沛的人和两个真正懂爱的人的幸福。穷最容易让哲学意义上的穷人变得更穷。可让一个哲学意义上的穷人有了大把的钱，他依旧是一个变不成富人的穷人。这是另外的话题。他们拿出有限的金钱买胶卷。外出旅游。看好的建筑。他们画画。有的时候两人你一笔我一笔同画一幅画。他们走向世界的荒凉和世界的辽阔。内心的疆界也在扩展中。一年的时间很快地过去了。他们公费学习的时间到头了。俞霖已经争取到了博士奖学金，可以继续留在德国。王小慧面临着去与留的问题。俞霖表达如果王小慧要回国，他一定和她一起走。在没有把留下这个问题办妥当的情况下，回到祖国的可能性变得很大了。

这个时候，掌管王小慧命运的那个东西想活动活动筋骨了。命运这东西偶然的行动，都会成为小小的个体人类的庞然大物般的必然。

安斯佳是一个必得和读者交代的人物。一个德国的演员，他有一双忧郁的眼睛。很蓝。蓝得近乎绿。给人一种秋天的湖水里透出浮游植物的微绿色又反射着天光的感觉。明澈。深不可测。

安斯佳是王小慧认识的一个有思想的德国朋友。他们能谈得来，喜欢在一起谈艺术，谈哲学，谈人生。他们可以谈得很深，很透。他们并没有十分频繁地接触。这不妨碍安斯佳深深地爱上了王小慧。王小慧知道安斯佳喜欢自己。但她不能给他爱。她有俞霖。她明确地告诉了安斯佳的这种不可能。安斯佳却是一个把自己爱的理想经营得和大多数人不一样的男人。他是一个把生活和艺术联结得很近的人。我们知道中国的梁山伯与祝英台的故事，知道外国的罗密欧与朱丽叶的故事。故事中的主人公深深地浸润于爱，为爱不在乎生命，使我们惊叹。为什么惊叹？就是因为凡庸的我们不会那么做。爱重要，活下去也重要，后者似乎更重要。现代人的理念真的是这样的，没有什么不好意思。我们因此而感到了自己变得成熟，变得安全。安斯佳和大多数的我们不一样。他是一个真正的罗密欧。我想，当年一定有一个像安斯佳这样的人物出现过，被作家们写在了剧本里，变成了罗密欧。

安斯佳为王小慧自杀了。

出事那天安斯佳去找王小慧。带着厚厚一叠诗稿和许多剧照，还有几盘他朗诵会的录音带以及一张他画的画。那是一张不大的画在一张厚卡纸上的抽象画。画的反面用铅笔写了几乎辨认不清的淡淡的一行字：我的唇永远达不到你的，它们之间有着沉重的距离。

安斯佳是去王小慧所居住的留学生楼告别的。他从来没有来过这里。他是从别人那里打听着去的。当时俞霖正在帮王小慧收拾东西，本来就不大的宿舍里堆满了已经打包好的纸箱。王小慧正在外面接受记者的采访，没有在家。俞霖让安斯佳等一会儿。他们漫无目的地闲聊着。俞霖告诉安斯佳，他会跟着王小慧一起回国，他不会为一个博士学位而与王小慧分离。他忍受不了，也不值得。安斯佳很少说话。沉默了许久，他问了俞霖一句话。他说你很爱她，是吗？是。俞霖回答起来没加思索。此后安斯佳显得坐立不安。他走到窗前向外看去。那窗子正对着宿舍楼和大路的入口。俞霖以为安斯佳等得焦急，去看看王小慧是否回来，并未特别在意安斯佳的举动。天很热，窗子是打开的。安斯佳从窗前的写字台上跳了下去。跳得毫不迟疑。俞霖还没有反应过来。一切已经成为事实。那诗稿仍然放在写字台上。

王小慧的拒绝造成了安斯佳的死亡。王小慧不能不拒绝。什么是对。什么是错。没有对没有错。依然是受伤了。受伤到死。这就是人间的情事。情事的迷乱。

安斯佳曾经对王小慧说过，他这一生中只碰到过三个他爱的女人，都曾让他失望。王小慧是他碰到的第四个让他心仪的女人。王小慧让他觉得是现实与想象同样美好的一个人。这种内在与外在、现实与理想的统一之人他没有遇到过。这种感情，在他生命中只出现过一次。虽然他知道王小慧不能给他以回报，但王小慧帮助他实现了这个梦。王小慧要回中国。安斯佳表示要到中国去。王小慧问他在中国语言不通他怎么演戏。安斯佳说只要能经常看见王小慧他就满足了。他并不企求更多。因为他尊重她。王小慧还是拒绝了他。

我感到了事实的残酷。残酷给了我喘气都困难的感觉。写到这里我只能走到窗前，看着漆黑的窗外。看着头顶上的星星。多么好的一个男人。因为找到了自己心中的梦。那三个他爱过的女人，因为在爱中发现她们都不是他的梦，他获得了安全的生存。她们没有触到他的心。心不疼，就离死很远。梦找到了。梦与现实那么融洽，却要了这个男人的命。人活着是寻找梦的。不管我们承不承认，都在这么做着。有些人不承认，也是因为因寻梦的困难而做出刻意的拒绝。拒绝习惯了，这拒绝的举动当事者都不知道了。另一种拒绝是因为想要得更坚决，很苦的坚决，苦到要用拒绝藏起来，假装不需要它。安斯佳终于找到了他梦中的女人。千辛万苦。我们知道。这么重大的事情发生在一个人的身上，是何等的不易。何等的恩惠。可这梦不是他的。这梦却是在他的心灵中发生的。依然不是他的。心疼了。这就离死很近了。王小慧的美好要了安斯佳的命。这命安斯佳给得那么情愿。这是怎么回事?

当下，心理学知识越来越多地变成文字赶到我们的报刊上。一个人自杀了，为情，或者为别的，我们因此多了一种疑问：当事者是不是患了抑郁症。一种思维定势。安斯佳的死，曾经在第一时间也被我将其和抑郁症联系在一起来着。我很快地不去这么想了。我不想以我所固化的世俗理念去分析一些特别的人。徐志摩曾说：在爱中，人的心理是最复杂的，说是最不合理的可以，说是最合理的也可以。徐志摩是和安斯佳同样的人。在爱中。因为他们有一颗比旁人太过敏感的心。有一颗澄澈的心。心因澄澈而脆弱。因美而固执。那其中的大美因为我们不具备而容易对其说三道四。我不想在安斯佳面前是一个饶舌的人。我对他报以深深的理解。为美而死是他的命运。这个世界因此有了凄美的爱情。这个世界有了那么多难看得要命的庸俗的男女关系。漫山遍野。层出不穷。安斯佳用生命给出了这样凄美的爱情，他多么勇敢。想起他的时候我必须仰起头。虽然我不会像他那么做。我胆小。我想苟活。是的，人生有那么多死的可能，病死是因无可奈何。老死未必有意义。一些战争，一些纷争，一些谋杀，夺人性命，也难说死得其所。为爱而死的人，为什么就得被说成是不合理或者轻率了呢?对宗教有所信仰的安斯佳一定是提前去了天堂。既然天堂是美好的，死亡对于他来说也就不是那么可怕了。纯粹，到了一定的时候，是与死很近的。这是一种宿命。

大多数人是没有机会体验这种真正的爱的。没有内心承载的那种美与敏感。大多数人的心被很厚的茧包裹着，没有破茧的能力。这厚茧也因此救助了他们。被厚茧包裹着的心是没有资格去对另外一种敏感的心灵说三道四的，虽然这个世界上充斥着这种说三道四。我对于那些清醒而勇敢地自绝的人一直充满着敬畏。人有那样的自由。那是一种大的勇敢。一种大的自由。虽然真正伟大的激情在这个消费时代是容易被嗤之以鼻的。当然了，我这么说并不是否定承载爱的伤害而选择勇敢活下去的人。这样的结果更多地顺应了寻常人的生命与心理成长轨迹。我只想说，不是所有的人都是一种命运，不是所有的勇敢都只有一个模式。这是世界总能让我们出人意料的夺目之处。

王小慧深深地自责自己。王小慧当然也把内心的这份情感珍重地埋藏好。这是一种和男女情爱有区别的一种情愫。它同样值得一辈子珍重。多年以后，王小慧拍摄了电影《燃尽的蓝蜡烛》，就是来纪念安斯佳的。蓝蜡烛的那种蓝，就是安斯佳眼睛的色彩。

安斯佳的家人是多么好呵。他们没有一句责备王小慧的话。他们反而邀请王小慧参加安斯佳的葬礼。他们给她讲安斯佳的往事，给她放安斯佳所创作的歌曲听。安斯佳的姐姐还把手插进王小慧的手中。再大的凄苦，两个女人一起承担。我很感动。他们没有把王小慧当成杀人犯。这事儿出在我们这里，把王小慧当成杀人犯是寻常的。神说：他自由了，我们还在受着禁锢。他在阳光中，我们在阴影里。他在天堂，我们在尘世。我信。

俞霖是多么的好呵。在这样的情感纠葛之中，他呵护着王小慧。他一直做着不让她受伤害的事情。

安斯佳的死不仅构成王小慧生命中的情感事件，还在客观上改变了王小慧和俞霖的命运。因为葬礼。也因为安斯佳死时俞霖的在场，警察需要他的配合。他们错过了回国的时机。他们因此留在了德国。

这也是命运。掌管王小慧命运的那个东西总会在一些时候活动一下筋骨。掌管那么多寻常人之命运者似乎不会给这些寻常之人弄出太大的动静，至少不会下手那么狠地频繁弄出一些人生的生离死别来。掌管王小慧命运的那个东西不会老实一些，总会弄出一些大动静。这一次命运的准星又狠狠地盯住了王小慧和俞霖。目光险恶，心怀叵测。

是在王小慧差不多走出了安斯佳造成的心理障碍的时候。是俞霖在德国建筑界获取优异成绩的时候。是在俞霖和王小慧不停地出版摄影之书的时候。他们的事业进展得那么顺利。这是不令我们惊奇的回报，一对艺术家卖力气耕耘后的一种回报。是在俞霖与王小慧的天空上看起来春光明媚的时候。

这是对于王小慧来说铭心刻骨的一天。1991年10月31日。德国的圣灵降临节。有点像中国的清明节。人们要到公墓去为死去的亲人扫墓。接下来是周末，很多人利用这个延长了的周末外出旅行。俞霖和王小慧约好了在纽伦堡碰头。然后一起去布拉格，为完成两个人合作的一本摄影书。那一天高速公路特别拥挤，俞霖便选了走一条国道。后来才知道这是一条被称为死亡之路的国道，它已经发生过不少车祸。一路上，他们说着笑着，俞霖还放着他最喜欢的歌剧《阿依达》，并跟着音乐哼唱着。当他们超车的时候，一辆福特车迎面急速驶来，三辆车撞到了一起，那辆福特车被甩出二十五米以外，他们的车则旋转了九十度角被挤成了一堆废铁。当然这些都是事后王小慧听说的，她在瞬间就没有了意识。

王小慧醒来的时候多处受伤。严重的脑震荡。鼻骨粉碎。两条肋骨撞断。从颈椎到腰椎至尾骨都有严重的挫伤。俞霖伤得更严重，除了各种外伤，内脏也被撞得大出血。送至医院的时候已经离开人间。

王小慧是一个命大的女人。可是，要这种命大有什么用。我敢说，当听到心爱的俞霖死去的时候，她一定不希望自己是这种命大的女人。换了我也不会。解脱了的一定是俞霖。被生命惩治着的一定是王小慧。这么短的时间内，两个爱她的男人都被使用了消失。在生命还年轻的阶段，消失或者说死亡，差不多还是一种词语性质的东西，还不会这么直接地用来真实地伤害一个女人。我说的是寻常的命运。消失的逼近差不多跟着的是一个生命年龄的递进。一种越来越近的真实。一种面孔越来越清晰的影像。一个人的心灵就是这么被消失这个词逼老了的。一个很文明的说法叫作沧桑。其实我们并不愿意接受这个叫沧桑的东西。我们不得不接受。是这个叫沧桑的东西非得塞给我们。塞进我们身体的每一个细胞。沧桑是鲜活生命的尸体。一具有生命疼感的尸体。王小慧在年纪轻轻的时候就这么直接地和消失这个东西亲密接触了。真实得不和你商量，还告诉你这不是梦。下肢还没有知觉的王小慧怎么去把自己和俞霖的消失联系在一起的呢？全身疼痛得不能动弹，差不多花容被毁的一个爱美女人，已经够不幸的了，再怎样去接受一个天大的不幸。我无法想象。这样的命大有什么好要的。什么叫受得了。

爱的人消失了。爱没有了。身体被绑在担架上。任何一种创伤都是一种死亡。三个死亡使用加法一起来迫害王小慧。王小慧应该死去多少回。

终究还是活下来了。谢天谢地，下肢还有知觉。面容没有毁掉。还可以活蹦乱跳。我说的是时间过后肉伤抚平之后的王小慧的事情。我不愿意描述剧痛裹挟在王小慧生命其中的事情。我无能为力。恐惧。悲伤。绝望。我不相信哪一个词语是可以复述那样一种感情的。叔本华曾经说过悲伤的人和目睹悲伤的人的区别，如同被杀的人的感受和看着那个人被杀的感受。太不一样了。我知道，王小慧已经不是原先的那个王小慧了。死亡已经把那个女人的心灵给换掉了。换成后的这个女人的内心有了我们无法获得的东西。诗人说过，打击你的力量就是你的力量。

我还想平静地描述一下其中的一些细节。医院中的王小慧一直在胡乱地写着。不能低头看。头被吊着。字就那么叠加在一起。不重要。写本身是重要的。身体内的东西需要宣泄。钢笔可以代她哭喊。俞霖火化的头一天晚上，王小慧在一张宣纸上用嘴唇做了一百个吻印。嘴干裂着。手术后的鼻伤还痛着。依旧把口红涂上。把吻印弄得鲜红。血流了出来。就让血把宣纸染红。像活着的俞霖看到王小慧嘴唇时的样子。王小慧在树下烧了她和俞霖的血衣。还有她与俞霖的妈妈写给俞霖的信。

信中有一张王小慧微笑的照片。王小慧的祈祷与微笑一定与那缕青烟一起被送到了俞霖那里。王小慧相信。我相信。

心理学家曾经用南瓜做过一种实验。一只南瓜在开始生长的时候，就在它的身体上面加上重量。这个南瓜在生长途中，它身体上的重量一直在不停地加重，其分量保持在大抵不至于把南瓜压坏为宜。到了最后，这个南瓜承担的重量无比巨大，大到令人吃惊的程度。大到几乎一个人都难以承担的地步。切开这个承担了负重长大起来的南瓜，它里面的内容也已坚硬如铁，用刀子割都难以割碎它。而那些在生长中没有经过负重的压迫的南瓜，其里面的内容柔软无比，适合于做我们肠胃里面细腻的食物。

这个时候的王小慧，其生命的硬度就如同这个坚硬如铁的南瓜。对于生命负重的极度承担，已经使得王小慧的心灵有了巨大的支撑能力。王小慧就是被上帝取来做实验的那只南瓜一样的女人。也许，上帝让王小慧承担命运的破损，就是为了成就王小慧巨大的心灵能力。

王小慧以后坚定不移的摄影生涯一定是从这个时候奠定下来的。她一直求学的是建筑业。她也热爱建筑学。但她更热爱摄影。发自骨子里面的那种热爱。这样的热爱曾经让她恍惚，不知道该不该持久地使用庞大的精力对摄影艺术热爱下去，却耽搁了正规的建筑学业。现在不用恍惚了。现在有了坚硬如铁的提醒。俞霖的生命提醒了她。安斯佳的消失提醒了她。自己身体的死里逃生提醒了她。爱了，就不再心猿意马，因为不像我们以为的有那么多的时机在未来等候自己。消失的事情可以随时发生，对准你，也对准我。车祸后的王小慧还在病床上，刚刚有了一点力气，就用照相机对准自己变形了的脸，不好看的脸，破损的脸，按下快门，摄下了自拍照。在转院治疗的车上，她也拿相机自个儿给自己照相。我看过这些照片。脸肿大得不像个女人，白色的医疗绷带打叉交织在她的脸上，像是一个死刑符号。还有旁边的一些医疗器械，独自发着金属的寒光，那种丝毫没有了原先靓华气息的胖大的脸，在它们的映衬下表达着王小慧从死亡边缘逃离的恐怖代价。这是一件真正的痛苦的艺术品。这是一种哲学意义上向死而生的生存宣言。是王小慧对于存在的追问与质疑。后来，王小慧成了摄影艺术家，这些照片被广泛关注。有评论家评论，它们是摄影史上最真实的自拍作品。王小慧再也没有放下她的照相机，她一支笔用来写日记，一款照相机也用来写日记。她把后者叫作视觉日记。后来她出了一本让我们百读不厌的书：《我的视觉日记》。

我就是从《我的视觉日记》中认识王小慧的。吸引我的是王小慧的人生与爱情传奇，还有她沉静着的思索。一个真正艺术家的内心世界里面的奇峰异景。还有她所选取的真正自由的生活。精神高空里面驰骋着的生活。虽然这样的生活同样给了她真实的寂寞。其实寂寞是逃不了的，对谁都如此。是生活的底色，是上天的旨意。喧闹中的生活更加容易生产寂寞。王小慧其实是有着资深女作家的写作资质的。《我的视觉日记》原本是一本多么美妙的书呵。好的文字，好的思想。当然了，她更加有能力直逼自己摄影艺术的高峰。从此我再也没有停下来对于她的关注，还有对于她的仰视。

王小慧放弃了一切东西，选择一只背包，包里有相机，有胶卷。然后世界各地地跑。当然了，那个时候数码相机还没有普及。王小慧用的还只能是胶卷。王小慧一个人跑，过去俞霖总是对此不放心，怕她一个人害怕。现在没有俞霖了，没有爱的叮嘱了。她选择了不害怕。没人照顾了也不害怕。真正的独立起来。她感到比过去的自己能干了。没有了俞霖的陪伴，她就一个人去布拉格，一个人把原本和俞霖一起合作的摄影画册干出来。她把照相机当成自己的另一双眼睛，一双敏感的眼睛，一双超现实的眼睛，一双能够在寻常景物中发现美的眼睛。她能够把无名的东西弄出梦一般的意境，像达利的绘画作品。那些风景摄影又有着莫奈的印象派风格。她拍各种女人，摩托车上的女人、妓女、政界女人。不是正襟危坐的那一种，而是生活常态中的一个瞬间。游动着的生活中一个突然的截面。生动。梦幻。绝不媚俗。她拍街上的女乞丐。年轻的女乞丐。她把女乞丐眼睛里面的空洞拍摄得近在咫尺。令人想到一位作家所描述的“她活着为了等待死亡”这么一种寒冷。这些面孔中所表现出来的人性令她感兴趣。观看王小慧的摄影作品，我总能想起艺术家保尔·克利的一句话：你不要从一个想法出发来画画，你要让一个想法自己到你的画里来。王小慧的摄影就是逐渐地达到了随心所欲的这种境界。她的镜头不仅承担了观察这个世界的责任，而且还承担了思考的责任。一个担当着哲学家、文化学家和社会学家的摄影家，这是王小慧被世界摄影界广泛认可的智性前提。

我在王小慧的作品里读到了作品中的性别。它们是母性的，是雌性的。我想表达的是王小慧作品里面那种优雅的激情。它们有着男艺术家们难以抵达的光芒。柔软中的刚毅。坚韧中的轻缓品质。它们是有形体的，男人的目光照顾不过来的那么一种形体。一种质地上的形体。一种女性的视野女性的身体中自然散发出来的那么一种定格。男人的作品中或许可以有另外的一种光芒。但是，女人独有的这种光芒出自的是上帝隐秘的恩准。

她是努力的。这样的努力不是她对于自己的逼迫，而是自己的宿命。她常常累得吃着饭就睡着了，洗着洗着照片就躺在了地板上。不过我真的不觉得这种累是对于她的伤害。她累得愉悦，因为艺术的东西使她着迷并且幸福。艺术世界里巨大的神秘的快感是我们庸俗的人难以体尝的。她为了拍摄一组花开的照片，几乎到了夜不能寐的地步。她常常在夜里拍花。夜深人静时她常感觉到这些花的灵魂在活着。花用它自己独特的视觉语言讲述它们的故事，展示它们的存在。王小慧就用各种角度，各种时段把花的故事定格给我们看。她把花的姿态、神情、性格与特征弄给我们看。她拍摄的花不仅有形有色，更重要的是还有声有韵有灵有性。

冯骥才这样评价过摄影家王小慧：她不是用眼睛看世界，而是用心来看世界。一旦看到，她便心跳了。绝不清晰的思辨，却是一阵情绪的波澜。在她的相机里，所有连动的机械部件，都由她来牵动，镜头上也布满过敏的神经。当神经颤抖起来，她便揿动快门。这些对美好瞬间的珍爱，不期而遇的欢愉，构成一种低调的人生，一种又苦又美的心境，一种抓住感动了她的事物便牢牢不放而刻骨铭心的气质。这是好的作品，其实也是她自己。

现在，已经成为世界级摄影艺术家的王小慧依然游走着。有朋友说王小慧像芭蕾舞剧《红菱艳》中的女主人公，而她觉得自己更像穿上魔鞋的小木克。男孩小木克得到了仙女送给他的魔鞋，他很高兴能跑得很快很远，他好奇地张大眼睛看着沿途美丽风景。他跑呵跑呵，实在跑不动了，想停下来休息，但那魔鞋不让他停，就这样他虽然精疲力竭但仍然不断地奔跑。一直奔跑着的王小慧不用我们担心。人其实是跑不累的。人闲着才会真累。一直跑着的王小慧多么地骄人呵。她比我们见到了更多世界上的鬼魅的风景。她内心睁开的那双眼睛更是张合得耀眼，耀眼得让我们感到奢侈甚至嫉妒。

如今，年过半百的王小慧依然活跃在世界摄影艺坛，相机像是她身体的一个部件，从未与她疏离。漂亮而优雅的王小慧后来似乎有过情感的经历。虽然没有成功。她一直想达成自己的母亲梦。她渴望有自己的孩子。在她的自传中，她曾写出了对待感情的一种迷茫，一种痛苦。她没有做出一种具体的交代。看起来，有过俞霖与安斯佳的王小慧，对于情感的事情有了那么一种顺其自然的超然。我们希望王小慧能有一个安宁的家庭。我们真心祝福她。但是，我们更希望王小慧能在她所酷爱的摄影艺术上得到更多的滋养。她是那种不缺少爱的女人。她心中的爱是超越狭隘的个体范畴的。上帝选择了王小慧作为优雅的艺术家，或许得向她索取一些代价的。那就是不让她把女性的心灵束缚在浅显的世俗层面。

王小慧是幸福的。王小慧说，幸福是一种使二者平衡的游戏：我们已有的和我们想要的，即愿望和可能性之间的。一种平衡的游戏。有心理学家说出幸福的衡量标准：幸福的人是一个有远大目标同时不忘记自己是生活在现在的人；一个选对自己的才能和可能性有挑战性的人；一个对自己的成绩和社会承认感到骄傲的人；一个自尊自爱自由和自信的人；一个有社会交往也能享受人际关系的人；一个乐于助人并接受帮助的人；一个知道自己能承受痛苦和挫折的人；一个能从日常生活小事上感到乐趣的人；一个有爱的能力的人。

王小慧说，看到这些，她真觉得自己很接近于一个幸福的人了。

我想补充一点旁人难以企及的一种幸福感受：她用自己的人格和魅力，用她的美貌，她的才华，得到了普遍的尊重。并且，这尊重发自尊重者的内心。

卡米拉：为王子种下爱情之毒的睿智女人

想起你这个不美的女人

我就想在干净的纸上写下这些词句——

干净　忍耐　明亮　宽大　丰饶　智慧

明亮的笑容　还有　天鹅绒一般的痛苦

成为千古绝唱的不是王子和公主的情事

而是你们这对老旧情人的爱情

写卡米拉是若干年前的事情。那个时候，卡米拉与查尔斯的恋爱关系还不是那么被世界人民所接受。美丽的戴安娜和她的新男友死于重大车祸不久，人们的积怨还投放在查尔斯和卡米拉身上。历史小说般曲折惨烈的进程让查尔斯和卡米拉进入了万劫不复的境地。可是，卡米拉和查尔斯还是顽强地相爱着，没有什么东西可以将他们俩分得开来。写卡米拉的时候，卡米拉与查尔斯能不能走向婚姻还是个未知数。对我来说，卡米拉与查尔斯有没有走向婚姻是不重要的，重要的是他们俩真实的爱情，是那么一种世界上顶级的压力都没有压碎的爱情。这样的爱情深深地感染了我。我写了这种被感染了的爱情。那个时候我写道：若干年后，查尔斯与卡米拉的爱情故事将被后人誉为近几个世纪以来最伟大的爱情。说他们是人类历史上最伟大的爱情之一也未尝不可。他们将永远被传颂。查尔斯与卡米拉离开了这个人世之后，他们的爱情将被后人搬上银幕。一次又一次。查尔斯和卡米拉，他们俩就像是一个豆荚里的两颗豆子，彼此相爱，十分相像。

查尔斯和卡米拉结婚的时候，女友给我打来电话说，非常可惜，我写卡米拉的那篇文章没有早点发出来。女友指的是查尔斯和卡米拉这对苦恋的鸳鸯终于有了美好的结局，我当时文字的走向和这个美好的结局有着非常美好的契合，而我那篇预言一样的文章这么滞后地见诸铅字，总归是一种遗憾。对我来说，这真的没有什么。比起这个世界上存在着的这么一种有劲的爱情，比起这么有劲的爱情有了这么一种可爱的结局，我的一篇滞后见诸铅字的文字又有什么遗憾的呢。

查尔斯王子一生中有两个版本的情事：查尔斯和戴安娜；查尔斯和卡米拉。无论是查尔斯和戴安娜的故事，还是查尔斯和卡米拉的故事，都构成了这个世界上最迷离最弯曲最刚性的悲剧。这样的悲剧足够和莎士比亚的悲剧相比。历史史诗般地选择了查尔斯，史诗般地选择了查尔斯一生的经历，让这个温文尔雅的男人承担了这个世界上最复杂最离奇最绝望最温情又是最痛苦最绝唱的爱情。查尔斯将永远被后人记住，被世界上各个角落的人记住。一代一代又一代。王子历来是产生故事的，王子和爱情故事彼此成为背景。若干年后，查尔斯是哪届王子可能很快就被后人忘却了，或者只成为王子爱情故事的时代背景材料。可是，查尔斯的爱情却被岁月留了下来，将为千古传唱。

查尔斯一生中有两个重要的女人，戴安娜和卡米拉。现在可以这样说了，是查尔斯的两任妻子。前妻和现妻。几年前我是这么写的："卡米拉和查尔斯的故事还在进行中，我们暂时还不能预测。但是，这个故事终有一个结局，再过若干年，时间就会告诉我们谜底。"如今，时间已经驶过，谜底已经显现：卡米拉成了查尔斯的妻子。戴安娜美丽迷人，美得足够承担得起王妃的威仪。卡米拉相貌平平，离过婚，年龄比查尔斯还大。比起戴安娜，卡米拉可以说是又老又丑。戴安娜却把爱情输给了卡米拉。输得片甲不留。戴安娜在爱情上从来没有赢过卡米拉。戴安娜曾经为此对友人说，她怎么能输给这样的一个女人？真是见了鬼，她又老又不美，没风度，还有头皮屑。输给这样一个不美的女人真让天人一般美丽的戴安娜感到屈辱。是的，在世人眼里，爱情应该和年轻和貌美离得更近。可是，真正的爱情不是那么回事儿。爱不爱一个人，只有身体知道。查尔斯的身体只认识卡米拉。查尔斯自己也管不住自己。他的身体想认识谁，他说了不算。戴安娜的身体离查尔斯很近，她和他的身体被法律认可在同一张床上。查尔斯却不认识戴安娜的身体。戴安娜的身体是多么美妙，可是，查尔斯的爱情不住在这个美妙的身体里。真正的爱情和美妙的身体不产生直接的关系。

最初我是在关于戴安娜的传记里认识卡米拉的。这样的传记都是为了说戴安娜了不起的。通常地，卡米拉被说成是妖魔一样的女人，是她夺走了戴安娜和查尔斯的爱情。说戴安娜，当然不能不说卡米拉。都是这样的。戴安娜后来出车祸香消玉殒了，这样的结局更加让人痛恨卡米拉。人们从来都是同情弱者的，更何况作为弱者的戴安娜美得令人绝望，她最后的命运也悲惨得让人绝望。直到现在，有的英国老百姓还是不能够接受卡米拉。在卡米拉与查尔斯结婚的当天，就有英国的老百姓去了戴安娜的墓前，把鲜花和泪水洒落下来。这些年过去了，逝者长已矣。英国老百姓是宽容的，他们逐渐地可以容忍查尔斯和卡米拉结婚了，可是依然有不少人不能容忍卡米拉成为英国的王妃。他们在感情上不能够接受这个女人。只要戴安娜还活在他们的记忆里，卡米拉当王妃就没那么容易。

当年戴安娜一出现，这个光彩照人的女人就被英国人承认了，他们觉得这样绝世的女人天生就是来做他们未来的王妃的。可是，所有的英国人共同的愿望，也抵不过查尔斯一个人的愿望。在这个角度上，查尔斯是一个男人，他只代表他自己。肉体的自己。灵魂的自己。爱哪一个女人，这个男人的身体知道。查尔斯王子的身份也抵不过这个男人的身体里真正的爱情。抛开王子的身份，查尔斯是一个最忠实于自己爱情的男人。这样的一个肉身的男人再加上王子的身份，就构成了查尔斯一生爱情的悲喜剧。

戴安娜是不幸的。戴安娜的不幸就在于她不该嫁给查尔斯。她那么美丽。她那么单纯。她还是善良的。她的美丽有足够的可能让她过上美好的日子。戴安娜的不幸还在于她不知道只有美丽是远远不够承担得起查尔斯的爱情和深幽的王室的女主人的。承担得起查尔斯和深幽的王室生活的，更需要智慧。而这样的智慧是戴安娜所欠缺的。戴安娜又是无辜的。她嫁给查尔斯的时候才只有十九岁，还是一个孩子。而且，那个时候查尔斯已经有了深爱着的卡米拉。戴安娜又是那样的涉世未深，她不怎么爱读书，连高中的学业都没有完成。这之前她只是在幼儿园里做过孩子王。这样的女人也没有什么过错。戴安娜完全有可能嫁给一个普通一些的男子，去疼她，爱她，过散发着人间烟火的日子，生有哭有闹的孩子。查尔斯是一个博学的绅士，他尊贵的家庭足够有条件使他得到最优秀的教育。戴安娜只有一个可能才能使得她和查尔斯有较好的未来，那就是她能从情感上替代查尔斯心目中的卡米拉。我想，查尔斯其实也这么希望着的。他也存在着侥幸，以为戴安娜可以有能量和自己的人生风雨同舟。

戴安娜原本是和查尔斯没有缘分的，这原本不是戴安娜的错。戴安娜天生就没有义务非得和查尔斯琴瑟相谐。重要的是，能不能做到这些她自己说得不算。可是，这一点戴安娜和查尔斯都不知道。这一点或许只有神知道。戴安娜竟然还和查尔斯举行了一个童话一样隆重和瞩目的婚礼。他们的结合受到前所未有的祝福。受到全世界数以十亿计人们的祝福。他们还留下了彼此的誓言：互爱、忠实、珍惜。王子与公主的誓言比真理似乎还令人相信。可是，所有的誓言都是用文字做成的，所有的誓言都是从嘴巴里说出的。假如男人的誓言与女人的誓言没有怀孕，没有诞生那么一个叫“爱情”的孩子，那么这样的誓言就是一堆比纸花还乏味的东西。一个巨大的悲剧其实就是从这个看起来祥和至极的喜悦中萌芽的。它具有种子的性质。却是一个类似于癌细胞的种子。这样恶性的东西从不被肉眼看见。全世界的祝福声也无法抑制这个癌细胞一样种子的发育与成熟。是的，所有失败的爱情，都是选择的错误。可是，错误的开始，却是以看起来祥和的情境展现。世上太多的男女情事都是这样的，王子的婚姻也未能免俗。

现在我要说一说卡米拉和查尔斯的爱情了。说这个爱情之前，我要和读者做一个交代，就是先把“是”与“非”的评判从这个情感故事中剔除出去。因为卡米拉是个第三者。第三者是一个不容易让人体谅的人物。我要说的又是别人的故事。别人故事中的第三者从来又是一个造就故事的活跃因素。这样的第三者永远只对故事中的当事人有巨大的伤害。是的，长久以来，我们一直不希望绝美的戴安娜受到伤害。从世人知道戴安娜的那天起，戴安娜就是一个明星式的人物了。明星是一个符号，这个符号牵扯了一些人自己的喜怒和哀乐。从某种意义上讲，符号式的明星都不代表肉身的明星了，他或者她有了社会性的意义。世人的感情一直是偏向明星和美人的，尤其是偏向悲剧中的明星和美人。这个故事中的第三者容易使我们产生不好的情感倾向。在这个故事中，卡米拉似乎从来是一个不讨好的人物。所以，在这里我要把这种倾向剔除出去。因为卡米拉也是一个独立而独特的女人。她当然也有捍卫自己爱情的本能。

那是1970年6月，一个典型的英国式夏天。刚刚还艳阳高照，转眼间就起了狂风，下了大雨。二十二岁的查尔斯正在赛马场上作为赛马比赛的选手。天气的变幻使王子沮丧。这个时候一个女孩走来，向王子搭腔。女孩不够漂亮，却有一种说不出来的气质。女孩自然，开朗，不像别的女孩那样对王子有一种后天建立起来的羞怯。这使得查尔斯很高兴。这个女孩就是年轻的卡米拉。这个时候的卡米拉二十三岁，比王子大了一岁。他们竟然谈得那么投机。他想说什么，她立刻就有了跟上这个话题的见解。这种见解和王子的想法很合拍。两个人的爱好竟然也是一致的。广博，深入，丝丝入扣，像是下棋找到了对手。那一些日子，查尔斯和卡米拉总愿意找时间待在一起。乡村生活、骑马、打猎、歌剧。两人总能找到可心的话题和玩法。查尔斯不可抑制地爱上了卡米拉。

作为王子的查尔斯当然有自己梦想中的爱情，这样的梦想一开始绝不会降落到卡米拉这样的女人身上。王子的梦想依然是和女人的美丽、女人的风情有关。观众也喜欢看王子和美丽的公主相好。所有的童话故事里面都是王子逮住了美丽绝伦的公主，然后把她弄回家。可是，查尔斯遇到了卡米拉。在慢慢地相处中，查尔斯见识了卡米拉的智慧和旷达。王子才知道自己终究想要的是一个什么样的女人。卡米拉的独特足够颠覆王子最初的梦想。这样的颠覆让查尔斯也始料不及。爱情就是这么产生了。不知不觉的。美好的。真正有质量的爱情差不多都是具备这样的质地的，它基本上不是因制造而产生的。它带有天意（查尔斯和戴安娜的爱情是被制造的爱情，所以它具备破损的性质）。它在不知情的境况下诞生而发展。查尔斯和卡米拉有太多的相似太多的吻合。他们都喜欢大自然里面的东西。他们都喜欢运动。他们会为同样的一件事开怀大笑。查尔斯有一个忧郁的童年，卡米拉的善解人意可以使查尔斯的忧郁绽放出轻柔的小花。查尔斯在卡米拉那里找到了一把钥匙，这把钥匙竟然吻合到把查尔斯那幽暗而严密的心灵打开。从来没有另外一个人能让查尔斯感到活着的美好。外表华美而尊贵的王室也没有让查尔斯感到活着的美好。是的，爱情就是这样的，就是严密的锁遇到了打开它的钥匙。就是一条经线的一点找到了与之相交的一条纬线的那一点。它具有惟一的性质。达成它们太难了，基本上属于天意。

查尔斯选择的爱人必须是处女。这是王室里面的规矩。认识了王子的卡米拉不是处女。卡米拉不仅不是处女，还有另外的男朋友，一个叫安德鲁的男人。重要的是卡米拉根本就不是想成为王妃的那种女子。卡米拉要的是一份自由的生活。卡米拉只想做一个平常的贤妻良母。对于聪颖的卡米拉，是知道王室里那种看起来尊贵的母仪实际上所要承受的巨大的现实重量的，她不想奢侈地要下它们。卡米拉曾经对自己的好友说过这样的话：我为什么要生活在鱼池里呢？查尔斯曾经几次向卡米拉求过婚。卡米拉拒绝了这样的求婚。而且，在查尔斯一次时间较长的出海远航之中，卡米拉和安德鲁结了婚。查尔斯为此难过极了。可是，查尔斯心爱的卡米拉毕竟已经成为别人的妻子。

试着与别的女人谈情说爱，是查尔斯在与卡米拉结婚无望的情况下进行的。查尔斯与几个漂亮的女人谈情说爱，显得像模像样的。可是没有谁能像卡米拉那样走进查尔斯的心里。这有什么难理解的。一千次的男女关系也没有一次爱情有意思。一千次的男女关系抵不过一次真正爱情的一点皮毛。

把戴安娜介绍给查尔斯，并且让戴安娜变成查尔斯的妻子，是卡米拉犯下的一个重大错误，或者说是卡米拉和查尔斯共同犯下的一个重大错误。虽然这个重大错误的前因是美好的：卡米拉想让查尔斯过上正常的生活，想让盼望中的英国人民有一个未来的王妃。用“物色”这个词语来表达戴安娜之于查尔斯的婚姻，大约是妥帖的。被“物色”来的爱情，更是显得荒诞。可戴安娜果真是这么被卡米拉介绍给查尔斯的。比起其他女子来，戴安娜最具备未来王妃的条件：美丽的容貌，修长的身材，优雅的气质，贵族的血统，年轻，是个处女。戴安娜是那么的单纯，不懂得什么叫性生活，连与男人接吻的事情都没有干过。卡米拉认为查尔斯要的应该就是这样的女人。不轻浮，不复杂。这样的女人或许不会给王子带来太多麻烦。查尔斯第一次约见戴安娜，似乎也被这个美好的女子迷住了。朴素的戴安娜对查尔斯说起了一年前在查尔斯的叔叔的葬礼上的一些事情。她说，当查尔斯走在送葬的队伍之中时，看上去是那样的悲痛，那是她所看到的最令人伤心的一幕，她的心在为他滴血。戴安娜还以为那太不公平了，查尔斯当时好孤独，应该有一个关心照顾他的人才是。查尔斯为戴安娜的体恤感动了。他以为戴安娜的内心里面比自己以为的戴安娜有着更为丰富的东西。

戴安娜，一个初中毕业后去了幼儿园的年轻教师，就这么一下子成为举世瞩目的王妃式的人物。

其实，在这场看起来很美的婚礼举行之前，查尔斯与戴安娜就有了很混乱的矛盾。戴安娜发现了查尔斯与卡米拉有着非常不寻常的亲密。有诸多的细节表达着查尔斯与卡米拉这样的亲密。还有一周就要举行婚礼了，戴安娜在查尔斯的私人办公室里发现了查尔斯准备送给卡米拉的小金手镯，手镯上印着卡米拉与查尔斯爱称的头一个字母。戴安娜含泪问查尔斯为什么送这种不合适的礼物。查尔斯说这不过是向老朋友表示感谢之情的小礼物，有什么值得大惊小怪的。戴安娜以发脾气的方式表达自己的不满。一种频繁的发作，使得查尔斯认为戴安娜有心理障碍。查尔斯与戴安娜的矛盾越来越多，以至于两个人都对这样的婚姻有所动摇。可是，为时已晚，全世界人民都在等着看他们的百年好合了。对于即将举行的婚礼，查尔斯曾对友人说：我将犯下一个不可饶恕的错误。戴安娜的姐姐也对戴安娜说：真不幸，你现在无人不知了，太迟了。婚礼那一天，卡米拉被戴安娜拒绝出席庆典仪式。戴安娜以拒绝让卡米拉庆贺婚礼的方式表达了自己的愤怒。

可以说，戴安娜越是神经质地注意着查尔斯与卡米拉的关系，就越使得查尔斯的心往卡米拉那边移动。卡米拉当然不是存心和戴安娜过不去的那种女人，她是真诚地祝愿查尔斯与戴安娜婚姻美满的。但是，让卡米拉断掉与查尔斯的情谊，也是办不到的。与查尔斯深入的情谊，已经成为卡米拉生命中的一部分。断掉这样的情谊，查尔斯也做不到。这样的情谊，同样成为查尔斯心灵里面的事件。查尔斯和卡米拉原本是想把两个人的关系控制在亲密友情的范围之中的。他们决定像不越雷池那样不越过两个人身体的性爱。可是，那时的戴安娜还不足二十岁。让一个不足二十岁的女子接受丈夫与另外一个女人的浓重关系，肯定也是一种苛求。一个不足二十岁的女人，在情爱的课堂上也就是小学阶段低年级的水平。一个女人懂得隐忍，懂得客观地冷静地处理生活中发生在自己情爱事件中的不忠，这是情爱课堂上相当于研究生水准的课程。具备这种课业的女人，除了罕见的天才（当然是情爱领域里面的天才），再就是悟性极高的女人在驶过了情爱的万水千山之后抵达了的一种境界。具备这种悟性的女人原本就是极度少数的。在驶过这样的万水千山之前或者还在万水千山的行进之中，女人们都是难以具备这样的一种境界的。我的一个女友，非常善良和聪颖的女友，非常贤妻良母的女友，正是没有具备这样的逾越能力，在三十岁的时候投海自杀了，投海之前的一个时段，女友已经神思恍惚。况且，戴安娜原本就不是一个超常的学生，无论是普通的学业上还是人生情爱的学业上。这样的结果怎么让她弱小的心灵承担得下这种负重？她得用吵架、自虐、暴饮暴食的方式对付别人和对付自己，以使自己活得下去。她甚至用和别的男人相好的方式报复查尔斯对自己的不忠。天知道，这些小打小闹足以使情爱领域里面的混乱局面走向更加深入的混乱。这样的结果使得查尔斯更加离不开卡米拉。这样的方式更加使得查尔斯懂得了卡米拉的好。查尔斯与卡米拉顾不上他们原先的那种不越雷池的约定了。他们又开始走向彼此的身体。查尔斯躲在卡米拉的情爱里面以抵挡这个世界和混乱的婚姻给自己造成的伤害。

贵为王子的查尔斯遇到的问题原本就比平常的人要多。查尔斯需要一个可心的妻子和他一起分担这一切。戴安娜给不了查尔斯这些分担。戴安娜只能给查尔斯增添一些不好的情绪。这样的结果最重要的原因，是查尔斯和戴安娜不合适。卡米拉却有力量给王子出主意。卡米拉总是有分寸地帮助查尔斯解决问题。卡米拉一定是一个储备了很多智慧的人，这样的智慧不仅仅是指书本上的学识，它还包括了解决生活中实际问题的能力。所以，在查尔斯需要得到帮助的时候，或者是说在查尔斯需要交流的时候，她可以从容地从她的储备中拿出各种各样的好东西，使查尔斯的精神得到妥帖的安抚。男人与女人精神上妥帖的交流，当然是彼此间肉体妥帖交流的最好前奏。这样双重的妥帖，才足够有力量使男人和女人成为一个不可分割的整体。这样的整体是任何外力都无法折断的。这样双重的妥帖不是每一个男人或者女人能够遇得到的，太多太多的人一辈子也没有遇到。因此，太多太多的人不相信爱情。太多太多的人只能拿出一种解释，说男女相吸靠的是一种体内分泌的叫什么“胺”的荷尔蒙的东西。这样的解释居然已经被科学所验证。这也是对头的，这样的逻辑符合男女大众的情感真实。不然的话，凡俗间不能承受的生命之轻或者之重的情感体验，怎样才能说得通。没有爱情做垫底的所谓男女情缘，分开就分开了，当事的男人和女人轻易得就像得了一场流行性感冒。当事的双方不是不想疼，而是疼不起来。生命原本的交融肤浅得可以流淌，怎么能引起疼痛呢。红尘男女的疼与痛大多不是因为真正质地的爱情而源起，而是由于不知情归何处而产生。在我们的周围，那些所谓的“爱情”贫弱到足够因为一句闲话、一丝嫉妒的情绪产生而撕打，而夭折。死得难堪之至。或者因为彼此变得无话可说而得了冷漠的绝症。最终死于这个绝症。可是，我们看到了，真正的爱情可以比一个王子的身份还贵重。真正的爱情可以承受得起整个国家的民众所投下的冷酷话语与表情。真正的爱情可以承受得了一国未来之君职位可能的丢失。真正的爱情遇到了，就不能够再分得开。分开了，爱情中的男人与女人就失去了肉身的意义，精神的意义。在真正的爱情面前，王子的身份是能够称量出来的，它远远没有真正的爱情无价。

神学家和哲学家刘小枫曾在《沉重的肉身》中说到人生的误会这个问题。刘小枫认为：人们期待生命中幸福的相遇，而一生中遇到的大多是误会。生活是由无数偶然的、千差万别的欲望聚合起来，幸福的相遇——相契的欲望个体的相遇是这种聚合中的例外，误会倒是常态。误会就是不该相遇的却相遇了，本来想要遇到一个人，却遇到了另外一个他（她），该归罪谁呢？个体欲望的实现需要一个对象性的你，一旦我的个体欲望把一个他（她）的个体欲望认作是我需要的你，误会就出现了。在我的生命想象的欲望中你与他（她）的错置，就是人生误会。除了我的欲望想象的自我误解，人们无法为人生误会找出归罪者，也无处提出起诉。人生误会既不是由神安排的，也不是人的理性出错，而是我的个体欲望在纷乱的生活中的自我迷失。有人喜欢用缘分来解释幸福的相遇，这也无异于把个体欲望的偶然相遇解释成一个隐匿的世界理性的安排。人生误会令人对缘分的说法只能苦笑：不幸的相遇也是缘分？

现在我们明白了，查尔斯遇到戴安娜，是一种误会。这种误会是一种常态。生活基本上是由这么一种性质的误会组成的。这种误会不是查尔斯的理性出了问题，也不是神的安排。这种误会同样不是戴安娜的理性出了问题。这种误会是查尔斯与戴安娜各自的个体欲望在纷乱生活中的自我迷失。这种误会根本就没有归罪者，也无处起诉。这种误会大量地发生在寻常百姓的生活之中。这种误会同样发生在王子之中。刘小枫同时为这种误会的救赎指出了一条道路。他以为这种误会惟一的救赎之路，就是彼此的谅解。谅解自己偶然的过错，谅解造成误会的彼与此。这种谅解大约不是与琐碎的肉身平视的视线所能完成的。它需要把自我遭受的不义和不幸或自我的过错导致的不幸转交给上帝的爱，这爱是上帝为了承负世人不能承负的苦楚在自我牺牲中付出的。人自身并不具有谅解和赦免的能力，只有在上帝的爱中，人才获得了谅解和赦免人为的和自然的伤害的能力。我以为，人的卑琐的狭窄的视线和上帝的爱接通，这是一种大的逾越，是一种大的心胸才能够获得的一种爱。这样博大之爱的获得是极少数人经过心灵的千山万壑之后才可能抵达的。我以为，这样的爱甚至有太多太多的人不能够有理解的能力。

戴安娜年轻得没有获得这种救赎别人和救赎自己的力量。于是，混乱产生了，内心的混乱导致了外在的混乱。戴安娜有没有可能获得这种救赎的力量，命运没有给了我们解读它的答案。命运给出的答案是这样的：戴安娜在没有获得这种救赎的力量之前，上帝就取走了她硕美的生命。那是一次车祸。全世界最著名的一次车祸。与查尔斯离婚后的戴安娜和那个新接触的富豪男友，一起完成了在尘世上最后一次肉体最彻底的破损，灵魂一起回到了天上。

在我的心中，查尔斯与卡米拉的相遇就是这么一种偶然的相遇。这么一种可遇不可求的偶然。是例外，绝不是常态。这是查尔斯与卡米拉的幸运。查尔斯的这种幸运程度或许不逊于他的肉身偶然地成为王子的那种幸运。假如查尔斯没有遇见卡米拉，查尔斯和戴安娜的悲剧或许不会发生得这么惨烈。当然了，这是一些命运的东西。上天的手笔在人间那么一划拉，人间当然就被造就了这么一个比任何小说都曲折离奇的故事。

和戴安娜的感情破裂后，查尔斯当着全英国电视观众的面坦率地说，他当然是抱着美好的念头和戴安娜永结同好的。他说，他还不至于傻到这种程度，带着离婚的念头走进婚姻。他说，他不是一个愤世嫉俗的人。他说，为了挽救这次婚姻，他尽了最大的努力，做了力所能及的一切，然而，不幸仍然发生了。他说，戴安娜也不希望看到这种事情的发生，结局之所以会是这样，并不是因为双方没有努力，而是因为这本身就是难以避免的。他说，这事情本身带有很大的悲剧性，遇到这种事情，想躲也躲不掉。

这一些我全相信。即使贵为王子，对于爱情与婚姻，他也和我们老百姓一样，需要用后来的日子去检验去实践的。这真是庸俗不堪。王子的婚姻也是一双鞋子，只是这双鞋子看起来是世界上最华美的一双鞋子罢了，这双鞋子足够有世界上最贵的造价。世界上所有的稀世珍宝都可以镶嵌在这双鞋子上面。只是它们只能镶嵌在鞋子的外部。是在受观赏的部位。可是，这双华美的鞋子里的脚感到合不合适，只有鞋子的主人知道。这是爱情的逻辑。王子的婚姻同样也遵从这个逻辑。戴安娜的一生，足够教会我们知道什么是叫“命运”的那个东西。戴安娜还用她娇美的生命，亲自打碎世上最美的童话给我们看。它们是一堆血肉模糊的东西。

身为同一个肉身的王子查尔斯，在戴安娜的立场上来看，是一个花心的不负责任的丈夫，这样的丈夫毁了戴安娜这个女人的正常的生活，乃至于顺着命运线路的视角之下，查尔斯毁了戴安娜的生命。世界上有这么可恨的男人吗？在卡米拉的立场上看，查尔斯却是一个忠贞的、可敬的、视爱情重比江山的痴情男人。这个男人原本是可以阅尽太多漂亮的聪明的女人的春色的。可是，这个男人却只在一个又老又不美的女人身上驻扎自己的爱情。一心一意又专心致志。世界上还有这么可爱的男人吗?

在生活中，我们是多么的容易替别人下结论。我们见到了一个男人与女人的情事，好的结局或者不好结局的情事，我们就按照那些结局给出的既定思路下一些简单的结论。这个男人是个混蛋，是个色魔。或者这个女人是个可怜的人，是个受害者。可是，还有比一个男人和一个女人混在一起所造成的复杂性更为难以言说的东西吗?在所有城市的报纸上，到处都是一些倾诉男女情事的文字。一些红男一些绿女一些痴男一些怨女说了些什么，一些编辑记者就记下了什么。然后再煞有介事地找那个城市有名的心理学家分析。分析的条文都是教科书上的，像是发作了什么病症就往那种病上扣。然后再被更多的读者津津乐道。可是，谁能告诉我们那些关键性的如同本质的东西发生在病理的男女情事中的哪一个环节?

我想把查尔斯和卡米拉的一段被偷录下来的电话录音拿出来给大家看看。这段话诞生于1989年12月18日。是属于查尔斯和他的情人卡米拉的私人情话。它们当时被狗仔队弄来了，用来扩大媒体的动静。用来产生经济效益。用来使社会热闹一番。用来满足人们的窥视欲。

查尔斯：争取打电话给你?

卡米拉：是的，如果行的话。爱你，亲爱的。

查尔斯：晚安，亲爱的，上帝保佑你。

卡米拉：我爱你，我为你骄傲。

查尔斯：我也为你骄傲。

卡米拉：别傻了，我又没有做过什么。

查尔斯：你做了。

卡米拉：我没做什么。

查尔斯：你最大的成就就是爱我。

卡米拉：呵，亲爱的，那比从椅子上跌下来还容易。

查尔斯：可你忍受了一切侮辱、折磨和诽谤。

卡米拉：呵，亲爱的，别傻了，我愿意为你忍受一切，那就是爱情，是爱情的力量。晚安。

查尔斯：晚安。

卡米拉：挂了。

查尔斯：我挂了。

卡米拉：再见。

查尔斯：挂了。

卡米拉：挂吧。

查尔斯：晚安。

卡米拉：我揿钮了。

查尔斯：我也揿钮了。

……

那个时候，查尔斯和卡米拉相识已达十七年，而且为圈内的朋友们所共知。无论道德与否，毫无疑问，查尔斯与卡米拉深深地爱着对方。

在这个问题上，卡米拉承受了常人难以承受的责难，但她从不替自己辩解一句。这样的力量只能从她和查尔斯的爱情之中分泌出来。查尔斯也为此承担了一切。他要面对两个与戴安娜所生的儿子，而他们的生母与查尔斯的情人卡米拉又是多么的敌对。念及生母的命运，这两个王子怎么能在心里盛得下卡米拉？查尔斯还要面对皇室里整体的诘难。有一次，卡米拉的父亲——一个年届八旬的老人要求在白金汉宫与查尔斯见面。老人迷惑而悲哀的声调中，夹杂着难以抑制的愤懑。他说他女儿的一生就这样给毁了，这全都是查尔斯的错。面对这一切，查尔斯挺过来了。这样的力量也只能从他和卡米拉的爱情之中分泌出来。

卡米拉说，她不想成为王妃，除了查尔斯的配偶外，她对任何角色都不感兴趣。这样的境界只有卡米拉这样的人才能够拥有。这样的话语也配得上卡米拉的智慧。查尔斯也说：卡米拉是我惟一深爱的女人，我从来没有像爱卡米拉那样爱过任何一个人。没有卡米拉，查尔斯就不能活下去。查尔斯还说，如果国王是我的天职，那么卡米拉就是我的主宰。查尔斯是一个勇敢的人，他一直在争取着，争取着爱情与江山同在。是的，爱情从来都是有毒的，对于查尔斯来说，卡米拉就是一种毒品，使查尔斯上瘾而无法戒掉。查尔斯一离开卡米拉，他就会丧失正常的思维。抛开外在的王位，查尔斯是一个多么专情的肉身的男人，他多么专情地沉浸在卡米拉所分泌的有“毒”的爱情里面。一种多么迷人的沉浸。用一生来完成的一种沉浸。可是，如果爱情没有毒，那还是爱情吗！是的，现在，越来越多的人，英国人，世界各地的人，都开始为这个世界上的这样一份爱情所感动。有一年5月的一天，原先一直不接受卡米拉的英国女王主动邀请卡米拉参加她登基五十周年的庆祝音乐会，卡米拉也被邀请居入英国王室，住进去世不久的王太后曾经的卧室。那个时候查尔斯与卡米拉还没有结婚，这是查尔斯向卡米拉所能表达的最大的爱意。被英国首相布莱尔任命了的下任英国宗教首领——坎特伯雷大主教罗恩·威廉斯向两个相爱的人表示，他愿意届时为他们主持结婚仪式。布莱尔也表示，如果女王向他征求意见，他将对查尔斯和卡米拉的婚姻表示鼓励。一个英国王室的工作人员友好地透露，他看见查尔斯和卡米拉两个人在一间并不严密的房子里做爱。他们俩就像一对熟知许久的亲人，那么无遮无拦，就像一对平常的情人那么随意而亲密。

这两天待在网上看石康的博客。石康天天写一些有关情爱的文章，放在博客上与读者共享。有一篇文章，石康说了真恋爱与假恋爱的一些内容，还说了为了使自己在投入的爱情之中不受伤，当事者应该如何去做。他写道："为了我们不紧张，我们要远离那些邪恶的人，更多是因为我们要有效率的生活。邪恶在本质上是一种深刻的肤浅与狭隘，那是我们必须要警惕的东西，但我们必须要懂得一点点邪恶才行，不然我们就总是被控制者，求助者，等待奇迹者，哭泣者，抱怨者，弱者。我们的爱欲是有限的，我们对于那些对我们漠不关心的人必须是不关心的。在欲望之爱中，你若是懂得，那就要坚持一点：每一次付出必须赢得回报，打出的电话必须打回来，一件礼物必须换来另一件，一次帮助必须转回到你自己身上，一种欲望必须勾起相同的欲望，不然，游戏就立刻终止，再往下人就落入陷阱，你可以开辟新战场，但游戏规则是同样的，若是你总是接不到回应，你应明白了，你并不适合玩这种游戏，如同你不会下棋却非下一样，总是输有什么意思？别那么偏执，人生还有别的东西，干吗非沉迷在欲望之中呢？”石康的文字吸引了大量的读者，不少人似乎恍然大悟。看他们的跟帖，知道了他们要好好听石康的话，下定决心排除万难不再做一个爱情中的受伤者。

石康说的是大量的尘世中的红男绿女的情爱防御方式。如果我们没有与上帝仁爱的视线接通，选择这样的防御方式或许是有用的。可是，我敢说，这样的方式和真正的爱情毫无关系。这样的防御说的是尘世间的男女关系。男女关系是性别不同就可以做得出来的。这是动物性极强的一种关系。我还敢说，用这样的方式去对待别人，对待两性关系，根本就会以无聊的方式作为结局。最好的结局也就是情色的安乐死。情爱终究不是一种商品的买卖，你看我一眼的分量有几分，我疼你一把的分量就应该是几分。情感的交往终究不可以作为一种游戏猜。

我把石康的文章用邮件的方式传给了一个很有思想的女友也鸣。也鸣当天就给我回复了邮件。她说：“关于爱情，关于爱情的防御，这曾经是我多么喜爱的题目啊。如果在十几年前读到它，一定是要和最好的朋友连夜讨论的。看来，我是真的丧失了爱情的能力了。竟然异常冷静地读，读完，然后，有点发木，然后想，这些破事值得这么费神吗，值得花这么大的力气吗？！人，真的奇怪极了。在一个时刻能够使你发出极光的事物，竟然在下一个时刻完全暗淡了，暗淡得连惆怅都没有了……研究学习再好的人，也不知道下一时刻自己会有什么样的知觉和感想。真是难过。”读了也鸣的文字，我有些木然。关于爱情，我们被一些什么样的东西，被一些流经过的什么样的岁月改变了当时的热忱？是一些什么样的心路历程让我们连惆怅它的心思都没有了？

关于爱情和对于爱情的防御，我想还有一种方式比石康的表达更为高级一些。那就是我付出了自己的感情，和爱着的人对我的回报没有特别对等的关系。我爱着的人如果没有相应的回报，或许有着更为复杂的原因。我爱着的人有理由不爱我。我爱着的人有着不爱我的自由。我是应该怀着一颗隐忍的心去关注爱着的人的。在沉默中痛楚着自己或许是一种爱的命运。我愿意在爱的隐忍之中不把恨与冷漠挖掘出来。这其实是我多年来一直期望自己向其靠拢着的一种思维方式。我愿意拿这种思维方式作为对于自己内心边界拓展的某种努力。

不美的卡米拉为什么能够这么久远地得到查尔斯的真心？就是因为卡米拉是一个爱的天才。她是一个善解人意的女人，智慧的女人。她懂得克制自己的忧伤。她不给查尔斯添乱。她不给查尔斯增加压力。天知道卡米拉曾经承受了多么大的委屈。全英国人民的愤怒曾经一股脑地压在卡米拉这个女人的身上，她竟然一句委屈的话语都没有发泄出来。查尔斯曾经试着选择离开卡米拉作为迎合英国大众和英国王室的方式，卡米拉没有一句怨言地远离着查尔斯。卡米拉爱查尔斯，愿意为他受任何的苦难。卡米拉难道不是个会受伤的女人？不是的。卡米拉的作为告诉了我们这么一种情爱理念：爱的意志比生命的受伤更有力量。

查尔斯和卡米拉结婚了。王子和王妃过上幸福的生活了。这大抵是童话故事的最后一句话。这又有什么呢。我相信查尔斯与卡米拉就是过上了他们可能抵达的幸福的生活。他们干一些彼此愉快的事情，有了合法的保证。他们为一些偶尔不同的理念而争吵，以至于脸红脖子粗，这又有什么呢？这样的小图景怎么能够抵得过那些三五十年的苦恋！为什么不把这样的图景看作是有趣的人间烟火？当然，还会有一些不好听的传闻从英国传遍全世界。这是文字的功能之一，也是大众传媒的需求之一。曾经就有文字说卡米拉得了肺癌，病因是和卡米拉吸烟有关。这样的传闻起源于卡米拉曾经秘密前往一家超市，急切地向店员表示要购买大量石榴。为什么要这么多的石榴？店员分析开来了，说这是因为石榴中富含维生素C之类的抗氧化剂，而抗氧化剂的使用对于治疗癌症和心脏病有很好的辅助疗效。这么一推理，内幕人士得出卡米拉得了癌症，又有什么好奇怪的呢？

几年前，我的这篇文章的结尾是这样的：卡米拉最终能成为什么，王后，或者王妃，对卡米拉本人是不重要的。重要的是，谁也不能决定卡米拉与查尔斯不是彼此情人。连万能的上帝也不能够。连死神也做不了这个决定了。不管时间迁徙到了什么地方，不管验证岁月的数字被时光的手掀启到了哪一个章页，查尔斯和卡米拉都是永恒的情人。他们是我所见到的最幸福的人。是的，查尔斯与卡米拉，他们是一条豆荚里的两颗豆子，彼此相爱，十分相像。他们互相崇拜，一直互相崇拜到地老天荒。

如今，我的文章有了这样的结尾：卡米拉最终和查尔斯待在了一起。一个不美的女人和一个不英俊了的男人，一个老旧的女人和一个老旧的男人，他们终于可以合理而且合法地生活在了一起了。他们终于给彼此的深爱一个合适的位置。我从照片上看到了老了的卡米拉和老了的查尔斯的面孔，真实而且自然的笑容是那么轻易地流露出来，像月光那么自然地倾泻在温情的土地上。我感到查尔斯和卡米拉有着那么一种老旧的般配。一种令人舒服的合适。我其实早就不对人间的幸福胡乱地下定义了，可我愿意相信查尔斯与卡米拉的笑容表达的就是人间的幸福。我还愿意再重复一遍我所使用过的那个比喻：他们像一条豆荚里面的两颗豆子，彼此相爱，十分相像。

普拉斯：用诗歌与死亡接吻的女诗人

你专吃爱情　专吃披头散发的痛苦

你专吃冷酷开的花　像吃一只冰淇淋

你专吃孤独　一直吃到听得见它的怒吼

死亡因此而舒展起来　舒展得活色生香

你果真把死亡含在口里　像含着那缕轻盈的煤气

你果真吃掉死亡如同吃掉自己

在我的认知中，男人与女人最浪漫的相遇是由这么两对人创造的：普拉斯和休斯、圣埃克苏佩里和苏萝。普拉斯是天才的女诗人，休斯是天才的男诗人。圣埃克苏佩里是写出了《小王子》的天才飞行家。苏萝原本也是个女作家，她有着中美洲般茂密的文思。成为圣埃克苏佩里的妻子后她的才华完全被他的天才罩住。她自愿这么做。普拉斯与休斯是在剑桥大学举办的一个文学派对上认识的。他当众吻了她。她当众咬破了他的嘴唇。她的齿痕留在他的嘴唇上。鲜血流了出来。多么晕眩的快感。休斯把普拉斯的发带弄下来，说，这个东西从此就归我保留了。四个月后，普拉斯就成了休斯的妻子。圣埃克苏佩里见到苏萝后就行施了勾引她的行动。圣埃克苏佩里把苏萝挟持到他所驾驶的飞机上。他向她求婚。他说如果苏萝不同意同他结婚就双双坠机。哪一个女人能拒绝得了这种浪漫的举动，更何况行使这个举动的是一位天才？

这样的开头我们其实只有在电影上或者小说里才能有幸看得到的。我们会感谢电影或者小说的制造者给我们弄出了我们的血液里一直隐秘着的难以实现的激情。这样的开头十有八九后面跟着的是一个美绝或者凄绝的爱情故事。男女主人公的感情很好。比好还好。故事曲折，或者故事优美，或者好到凄美。变成庸俗的或者杀人的婚姻是我们最想不到的一种结局。可是，普拉斯与休斯的爱情、圣埃克苏佩里与苏萝的爱情是失败的。非常非常失败。普拉斯死于自杀，死的时候三十一岁。圣埃克苏佩里是一个唐璜式的男人，他伤害苏萝犹如镰刀伤害树苗。圣埃克苏佩里死于坠机。留下幽怨的却也是始终走不出对圣埃克苏佩里至情至爱的苏萝。被情戕害又被情笼罩永不苏醒的苏萝。

这么优异的男人和女人，这么神话的爱情开始，竟也在时光中发育成难看的情事，死得极度难看的情事。现实果真是个厉害的词语，是个大词。我们对现实的估量多么容易犯下小孩子解析微积分一般的错误呵。或者说，爱情和一开始是不是童话无关？爱情的收成和是不是天才的男人和女人的合作耕种无关？

普拉斯是个对众多女人产生奇异影响的女诗人。她是美国自白派女诗人中最杰出的代表人物。在我的眼里，普拉斯是一个从未被别的女诗人超越的女诗人。前无古人，基本上也后无来者。她用文字分行出来的死亡，比任何一种形而上或者形而下的死亡更真实，也更直觉。她能把死亡做得惟妙惟肖。她用这样一些意象制作着死亡这个东西：人皮灯罩、裹尸布、夜晚、深渊、坟穴、黑衣、地狱、阴府、犹太亚麻布。她有能耐把这些意象安排在最合适的地方，让它们和左邻右舍的词语珠联璧合地扭动着句子的舞蹈，仿佛杨丽萍扭动着杰出的腰肢。用杨丽萍的腰肢舞蹈出死亡，那死亡因而有着诡秘的模样，仿佛聊斋故事里面的美人，披头散发又妖冶迷离。长久以来，我一直被这样的句子迷住。她的诗句是经得起重读的。每一遍都新鲜如初，像新鲜的血液永远鲜红。我第一次读普拉斯诗歌的时候正值二十岁，是一个多愁善感的年龄，正在为一些不知什么叫愁的东西而着迷地发愁，为一些没能力弄出感觉的东西拼命地挤兑感觉。普拉斯的诗句给了我最大的迎合。那个时候我其实不知道死亡是怎么回事。我就和死亡这个词发生关系，和有着杨丽萍的腰肢般鬼魅的死亡诗句发生关系。我被这样的死亡弄得神魂颠倒，整夜不睡，一个晚上可以写出六首诗歌。每一首都模仿着这种面孔的死亡。现在想来，那个时候我用了二十年专心致志长出来的身体，已经发育到要找一件事情做的时候了。我找到了诗歌。二十岁的时候其实是完全不会活的时候，就找一些和自己一样不在世上活着的感觉去作为这种挣扎的支撑，用诗歌的形式给这种感觉找一种艺术上的根据。我敢说我国著名女诗人翟永明也是普拉斯的着迷者。她写的成名作《女人》系列，散发着的就是从普拉斯那里取得的鬼魅。唐亚平也是。陆忆敏也是。鲁西西也是。很多很多的中国女诗人都受到了普拉斯的影响。

剑桥相遇之后普拉斯与休斯陷入了热恋。普拉斯给母亲的信是这么写的：他是一个睿智的诗人。我已经极端地坠入爱情。我遇到了世界上最强壮的男人。高大健硕的亚当。他有着神一般雷电的声音。我年轻的时候读到这句话的时候，真心实意地替普拉斯高兴。我以为普拉斯因此可以成为世界上最幸福的女人。被天才所爱，和天才结婚，这是多么重大的事件呵。一个女人可以达成被一双深邃的眼睛凝视着的一生，胜过世间的一切恩宠。如今再一次读到这封信，我发出了声音。我说这女人完了。这个女人在写这封信的时候已经开始走向完蛋的道路。假如休斯不是天才，是一个平庸的男人，或者智商不高的男人，她完蛋的程度还不至于这么彻底。休斯是个天才，是个年纪轻轻就享受到极高荣誉的大诗人。休斯何止仅是个天才，休斯还是个美男子。他有着枪手一般的气质。他霸道得像食肉动物。他天生不是为某一个具体的女人所出生的。他自己都不肯这么做。他知道自己的杰出。他不费吹灰之力就能吸引大量女人。面对这样的男人，惟一一种摆脱死亡命运的可能，就是这个女人是那种刚性智慧的具备者。这个女人拥有一种能把剧毒转变成智慧的能力，变成人生的一种哲学实验，就像波伏娃之于萨特。普拉斯不是这样的女人，普拉斯的智慧是用来把自己的生命扯进深渊的鬼魅的那一种，是那种发出迷人尖叫声的那一种，而不是发出浑厚声音的那一种。智慧是不分优劣的。这两种智慧都令我们仰视，可是，普拉斯的这种智慧能够让她比其他的女人更加卓越地疯狂掉，更加杰出地靠拢死亡。

他们一定拥有过很幸福的一段生活。他们有了自己的孩子。他们手拉手眼盯眼地在智慧的领地享乐。现实的青面獠牙差不多是一点一点露出来的。日子在继续。与诗歌无关的现实生活那一部分弄得两个人很忙。小小的孩子与可爱无关的那一部分弄得两个人很忙。休斯是个天才。天才不适宜干洗尿布擦桌子之类的活的。普拉斯也是个天才。普拉斯是个天才也得干这些必得有人干的妇女的家务活。家务活一定会磨损普拉斯这样天才女人心性的。就有了摩擦。就有了隔阂。摩擦与隔阂发生在寻常老百姓身上也就发生了。寻常老百姓的身体和心灵都皮糙肉厚，这样的琐事伤害他们的程度轻。天才忍受这样的伤害能力差。天才把能力都用到发挥自己的天才上面去了。天才还有发挥这种能力的能力。重要的是，休斯开始和另外的女人有所接触。不管那种接触是否具备暧昧的性质。普拉斯都受不了。第一次接触这样的伤心事，对于普拉斯来说，就像皮肉接受刀子的划割。理智的出现是没有用的。理智的出现无力得就像刀子要求皮肉不痛。皮肉的痛其实是一种生理的必然。普拉斯采用了暴力的手法。普拉斯把休斯写作的手稿给扔进大火里了。一气之下普拉斯还把肚子里的孩子打掉。普拉斯用这样的方式喊疼。休斯肯定不喜欢这样的方式。普拉斯的疼不发生在休斯身上。所有当事者的疼都不发生在另外一个人身上，哪怕另外的这个人是当事者疼痛的制造者。这是铁律。

1961年夏天，普拉斯和休斯把自己的一处房子租给了加拿大诗人戴维·韦维尔和他的妻子阿西亚。这两对诗人夫妻有了一些接触。1962年1月，普拉斯生下了儿子。生下儿子的普拉斯患上了产后忧郁症。这个当儿，普拉斯发现了休斯与女诗人阿西亚的私情。有一天阿西亚打电话给休斯，尽管她把嗓音掩饰着，普拉斯还是弄明白了那是她的声音。普拉斯生气地把电话线从墙上硬扯了下来。她抱起儿子去了朋友家，一夜未归。第二天回到家，普拉斯把休斯的作品扔进了火中。普拉斯也把自己的一部小说扔进了火中。这部小说是对于丈夫休斯的赞美诗。

然后就是分居。然后就是普拉斯一个人带着两个孩子过。冬天的屋子很凉。冰冷的那种凉。普拉斯的心更凉。荒蛮的那种凉。这凉来自她自己的失败。其实，这样的失败是她自己以为的。其实，男人与女人的事情原本没有什么失败。分开了，根本就不表明失败。这样的道理其实如今的下岗职工都能弄明白。普拉斯的智慧无论如何也不朝着这个方向走。她只往心疼那个方向走。她过人的智慧天才地加大着这种疼，持续着这种疼。那个时候普拉斯还年轻。普拉斯的心灵还没有发育到能够辨别真正的失败是什么的时候。天才使她极度敏感。敏感使她不允许失败。敏感还使她不允许自己能够承受出乎意料的情感意外。这个时候她写诗。写了大量的诗。死亡性质的诗。死亡的质地被她侍弄得那么好。因为她的心灵充满了死亡的味道。她写道：死/是一门艺术/和其他的艺术一样/我要使之分外精彩。她写道：没有一部分残存/没有一根脚趾，一根手指，而且耗尽/完全耗尽了，在烈阳的炙烧中，在/自古代教堂延伸至今的污点里/还有什么补救之道。她写道：我是个含笑的女人，我才三十岁/像猫一样可以死九次。

普拉斯其实是想包容休斯的。面对休斯的花心，普拉斯曾在日记中写道：不要骂他，不要唠叨，他喜欢怎样就怎样。我想她是用了力气使自己不去为此伤痛的。一个天才同样也会犯错误的。普拉斯在这个问题上犯了两个错误。一个是她以为她的包容能拴住休斯的心，使休斯改变。另一个错误是她以为自己能够改变成为一个宽容的人。其实，这是一个所有的人最初都得去犯下的错误。我们和某个人接触。我们和某个人恋爱。我们感到了不合适。我们在心里说，不要紧的，以后我们可以取得改变对方的能耐。其实，这是一个天大的误会。人和人之间，恋人和恋人之间，一开始存在的不合适始终存在，至死存在。恋人身上我们以为能够改正的毛病，绝对无法改变。以友谊的名义不行，以爱情的名义也没有用。一个人只能改变自己对于别人言行的态度。一个人自己其实也不能改变自己。这就是为什么誓言基本是一种谎言的原因。这就是誓言不值钱的原因。不是不想改变自己，而是不能改变自己。不是不想履行誓言，而是没有能力履行誓言。休斯唐璜式的多情，是因为休斯原本是个多情的人。天才可以使这种多情行使起来极度方便。普拉斯是个不能够宽容的人，极端的人，是因为这样的性格原本出自生命。是基因决定的。人不能改变基因。

1963年2月11日，普拉斯终于采取用身体践行自己的死亡了。她请好了新的女佣。在女佣到来的几个小时前，普拉斯走到楼上孩子们的卧室。她放下两杯牛奶，一碟面包，一块黄油。她回到了厨房。她用毛巾死死地堵住了门窗的缝隙，打开煤气，把自己的嘴唇对准了喷射而出的气体。原本用来接吻的嘴唇，就这样用来接吻了死亡。

我们不知道普拉斯在这个时候想了些什么。那两个孩子成了没有娘的孤儿，在这个阴森的世界上怎么活？我们不知道普拉斯想没想这些。还有，普拉斯是否感到了做人的委屈。还有，她的头脑里贮存了那么多卓越的诗句，即使是死亡的诗句，她自己把它们截留了。她不想再与任何人分享了。

普拉斯终将成为被刺伤的人。这是她的宿命。她一个人会死于孤独。她与另一个平庸的男人生活，她会死于那个男人的平庸。她与休斯接触在一起，她当然就会死于休斯的杰出。有没有一种可能可以免于普拉斯的一死？在我对于普拉斯尽可能丰富的阅读中，我没有找到这种答案。她在八岁的时候死掉父亲，死亡的影子就开始了对于她的跟随。她十几岁的时候就被送进医院，接受精神病理的治疗。医生对她使用了骇人的电击疗法。后来她写了小说《钟形罩》。钟形罩是指医院里面浸泡死婴的大玻璃瓶。这个把同一面孔给予所有人的世界，在普拉斯的眼中，一直就是这么一个令人窒息的大瓶子。在她眼里，每一个独立的人都成了蜷缩在瓶中僵硬的婴孩。即使事情坏到果真如此，也是因为这个世界原本就是这样的，它并没有特意弄出吓人的模样来威吓某一个人。普拉斯是一个倾心于死亡的天才。死亡是她的周期性练习。她来到这个世界上，是为了给我们制造举世无双的那些诗句的。那些诗句将会永恒地流传下去，因为它们的伟大。上个世纪的80年代，美国把普利策奖颁给了普拉斯和她的诗歌。其实，普利策奖这样的荣誉也是配不上普拉斯的诗歌的。那些天才的句子，什么样人为的奖项能够和它们匹配呢。

我曾经在一篇文章中读到普拉斯的另一种内心愿望。她要求自己：“不要饮酒过度；要行为贞洁，不要卖身求荣；与人交往要友善，更要克制感情；努力丰富自己的内心生活；不要信口开河瞎表态；不要把烦恼告诉他人；要忍受难控制的背后闲话；不要怠慢他人；要尽量避开不良的处世作风；不要在其他人面前批评任何人；不要既和加里约会，又和哈米什约会；当有必要时，要恬淡寡欲，专心写作。”这完全是一个和写出了魔鬼诗句及狂野日记的普拉斯相反的一个女人，也和用行动行使出来的那一个自己大相径庭。普拉斯肯定是一个内心分裂的女人。内心分裂的人是很多的，普拉斯的内心分裂比特别多的人都严重。她应该是知道生活中怎么做是不痛苦的。她其实也想让自己免于痛苦。可是，她内心中疯狂而鬼魅的那部分不能答应她做理性中要求的那个自己。她在这么做与那么做之间一定有着水火不相容的心灵纠葛。其实，内心分裂到一定程度，是足以让一个人变得疯狂的。我不知道普拉斯那些空前绝后的诗句，里面有多少成分是因为她的内心分裂，有多少是因为她的爱情破损。

美国著名的五位自白派诗人大都有着不同程度的精神疾病。其中三位以戏剧性的方式自杀身亡。他们的人格与性情都有过激之处。这与他们的才华并不矛盾。也许，特别灿烂的才华是一把双刃剑，既能让当事者的精神发出耀眼的天才光芒，又会使当事者的精神因灼热而变成灰烬。历史上这样的例子不少。苏格拉底曾说，美将人带往智慧，也将人带往激情和痛苦的深渊。

我曾经对于天才与死亡的如此贴近备感震惊。为此我从哲学里面寻找答案。精神分析学家弗洛伊德的观念让我信服。弗洛伊德说，每个人都有生本能和死本能。生本能不仅包括不受禁律制约的性本能，还有自我保护本能。生本能的目的和任务就是把生命物质微粒广泛地结合起来，从而保存生命。死本能是一种遵守强迫重复原则的本能。它以施虐狂为代表。它的任务是把有机的生命带回无机生命的状态。作为一个指向外部世界和内部有机体的破坏本能，死本能从两个方面来实现。一种是向外指向某些事物。如战争，斗殴，争抢。二是向内指向自身，如自虐，自杀，自残。我现在明白了，太多太多向外扩张的人们的作为，实则是死本能的一种呈现。那些战争。那些枪击。那些不服气。那些抡拳使棒。即使是用总统的名义，也是人类的一种死本能使然。对于绝大多数人来说，生本能还是比死本能更加强烈。所以，大多数人还是没有选择自杀结束自己，虽然过得也不好。一些人，特别是一些天才，他们的死本能却是大于生本能的。他们的求死的本能远大于正常人。天才们通常是不干那些抡拳使棒的勾当的。天才们倾心于精神的高地。天才们于是更多地选择了自杀。

男女不同的幻想行为，也是造成女人们容易死于天才的一个因子。弗洛伊德说，幻想只发生在愿望得不到满足的人身上。这些愿望在女性身上主要是性欲，在男性身上就是性与野心的双重欲望。现在明白了，为什么女人们是那么一种倾心于爱情的奇怪动物。按照心理学的提示，人倾心于什么便要死于什么。女人们把倾心之物几乎全部押在了情欲上面，当然要死于情欲。男人们更多的是倾心于野心的一种动物。野心的实现顺便可以收获女人的芳心。狂热的野心只能被实现在天才身上。凡庸的男人连怎么活好都是个问题。硕大野心被实现的天才，顺便就俘获了特别美好特别众多的女人。

遭遇天才是普拉斯死亡的加剧因素。天才的男人是一种有杀伤力的怪物，尤其能够迫害对智慧着迷对艺术着迷的女人。这样的女人原本是多么的好呵，女人中稀有的那么一种品种。这样的女人一经被天才的目光所笼罩，立刻就产生了一种犹如地球被太阳照耀上了的光电反应。被天才罩住的女人以为获取了奔向金字塔的灿烂之旅，其实这样女人同时还领取了一份通往地狱的通行证。天才通常不是那种专情的男人，就像太阳的存在不仅仅为了照耀地球。女作家江红这样比喻女人之于天才：就如一串一串地系在印第安人腰间的头盖骨。

休斯的第二任妻子，也就是那个加拿大女诗人阿西亚，最终选择了和普拉斯一样的结局。阿西亚死亡的方式都和普拉斯一样的。更惨烈的是，她还以这样的方式杀害了她和休斯共同生育的四岁的女儿。

天才与女人的关系是血腥的。

女诗人翟永明曾经是一个普拉斯诗歌的迷恋者。翟永明是一个被人惊为妖精的女人，一个中国罕见的妖精女人，能写出普拉斯味道的一些诗歌。她是个波希米亚味道浓烈的女人。她在成都开了一家白夜酒吧。她因为自己的诗歌和自己的味道，使得白夜酒吧成为中国文人骚客的一个文化客栈。林白曾经尖叫着对翟永明喊，你这个妖精。你是中国第一妖呵。翟永明在写普拉斯诗歌的那种年龄，我从照片上看到过她的样子。和普拉斯同类型的那么一种惶惑和不安从她的眼神里流泻出来。是一些死亡的气息。翟永明曾经的死亡气息和翟永明诗歌里透露出来的气息是一样的。后来，翟永明的诗歌气息改变了。它们不普拉斯了。改变了气息的翟永明的诗歌或许不如她以前的诗歌有艺术性，可是，重要的是，跟随着改变了的，还有翟永明的眼神。这两天刚读到了洁尘写翟永明的文章，洁尘惊叹于翟永明的永远不老，还有她眼睛里面越来越沉静越来越清明的神韵。沉静和清明使一个女人智慧而不老。我想翟永明是一个渡过了普拉斯死亡诗域的女人。渡过了这种诗域的女人，她的生命有可能走向更大的辽阔。

鲁西西也是一个和死亡擦肩而过的女诗人。十几年前，鲁西西有了一些人生的困境。诗艺没有突破。爱情破产。死亡借着这个女人的虚弱像一只迷人的猫咪靠近了鲁西西。这只猫咪以温存的方式夜以继日地对她进行走向深渊的劝导。弗洛伊德的生本能起作用了。鲁西西选择了读书。她读鲁迅。她读普拉斯。可是，鲁迅的尖利没有拯救鲁西西的绝望，反而让她更绝望。普拉斯的诗歌更加便利地把她向死亡的深渊拉近。鲁西西几乎做好了一切跟着普拉斯而去的准备。在这个时候，鲁西西的生本能接触到了另外一个契机。她找到了自己的宗教。她找到了自己的那个祂。她是在精神上与自己的神产生沟通的。这样的神明一点一点地把她从死神手中拉回。如今的鲁西西是一个活得安静的女诗人。她能够写出充满天籁之声的诗句了。她写道：我最爱吃青春，爱情，和诗歌／我就是靠吃这些东西长大的／我每天吃，不管身边有没有陪伴／我每天吃，但还是老了，孤独，胃口败坏了／但是今天，当我把这一切都挪开／把吃进内里的全部掏出来／这些我极度喜爱的东西／我看我从此不吃，能不能活下去／我活过来了，居然活得很好／我活得很好就像我从来没有吃过它们。后来鲁西西又写了那一种我无比喜欢的名叫《喜悦》的诗歌：喜悦漫过我的双肩，我的双肩就动了一下／喜悦漫过我的颈项，我的腰，它们像两姐妹／将相向的目标变为舞步／喜悦漫过我的手臂，它们动得如此轻盈／喜悦漫过我的腿，我的膝，我这里有伤啊／但是现在被医治／喜悦漫过我的脚尖，脚背，脚后跟／它们克制着，不蹦，也不跳／只是微微亲近了一下左边／又亲近了一下右边／这时，喜悦又回过头来，从头到脚／喜悦像霓虹灯，把我变成蓝色，紫色，朱红色。普拉斯的诗歌是有毒的，但是，不能指望她能救出一个不想活的女人。另外的东西救了女诗人鲁西西。救活鲁西西的东西是我如今没有弄明白的。但是，我希望自己是一个向大东西靠近的女人。我希望自己是一个灵魂越来越向清明与安静靠近的女人。

我在年轻的时候是诅咒休斯的。我使用了非常歹毒的句子，学着普拉斯的口气。民众们也是这么做的。在普拉斯的墓碑上，刻在上面的休斯的名字被愤怒的人们剐得一干二净。休斯把它补好后，又被民众的怒火舔了个精光。休斯的名字刻上了六次，民众的愤怒就使用了六次。这个把好女人害死了的男人，没有资格把名字弄在普拉斯安宁的墓地上。他本该千刀万剐。他活该倒霉。他的名字不配待在这里。他活着都罪有余辜。知道这样的消息，我开心极了。我替墓地下面的普拉斯大笑。但是，我在长大之后，这样极端的愤慨被我小心地使用了。我学着越来越不对男女感情的事情下结论。我不知道哪里是对的，哪里是错的。我不知道死亡的一方是否一定就是被迫害的一方。我不知道活下来的躯体是否就是苟活。我放弃寻找答案。因为没有答案。

普拉斯死后，几十年间，休斯一言不发。他是个天才。他知道怎么做是恰当的。女权主义者们从来不放过休斯，就连他开一个诗歌朗诵会也会被民众叫骂。骂他是杀人犯。他被围得水泄不通，以便于骂他时方便。大家烧他的手稿。休斯沉默着，罐头里面的沙丁鱼一样沉默。在给友人的信中，休斯写道：我知道我的沉默似乎认可每一种谴责和胡思乱想。总的来说，我喜欢如此。让自己被拽到斗牛场，被撩拨被刺杀，被逼说出我与普拉斯生活在一起的每一个细节，以供千万个文学教授和研究生做更高级的消遣品，不是我所喜欢的。因为在这样的情况下，他们除了怀有低级趣味的好奇之外，什么感觉不到，不管他们如何道貌岸然，假装专注于宗教信仰般的文字批评和对理论的虔诚。他们的好奇心属于土里土气性质的。

直到1997年，老迈的休斯得了癌症。他知道自己活在世上的日子不多了，就出版了一本叫作《生日札记》的书。在这本札记中他用诗歌的形式和普拉斯进行对话，对她倾诉。他说他这是在做脱光衣服成为赤子那样的对话。在札记中，休斯道出了普拉斯过激的行为是如何威胁着他们之间的爱情以及她自己的生命的。这是一种无奈。一种爱莫能助。休斯诗歌的调子悲怆又凄凉，与普拉斯的死亡一样让人流眼泪。

“你的诗歌像一座黑暗城市的中心/你的小说、你的故事、你的日记、你的信件，是这个/庞大城市的郊区 / 你被成堆的喧嚣包围。你一直站着/你的脸，在绿色或橘红色灯光之下/是一片印度荒漠，狂野而不知所措 / 而后你看见我在车中，望着你/我知道你在想：我应该认识他吗 / 我知道你在皱眉我知道你在努力/去回忆——或者努力去忘记。”这是晚年休斯为普拉斯写下的一首诗。这首诗没有被收集在《生日札记》之中，不知休斯为什么不把它收集进去。隔了这么远的距离，岁月的距离，生与死的距离，休斯还是洞悉这样的情伤对于普拉斯的伤害的。那伤害仿佛毫未消遁。忏悔、思念和愁怨都不能抵消的那么一种不消遁，成为祭品的那么一种不消遁。

如今，休斯也已去了另外一个世界。普拉斯插号去了的那个世界。我不知道在那个世界里普拉斯愿不愿意和休斯相见。假如两个人不期而遇的时候，普拉斯会给休斯一种什么样的脸色呢？这么复杂的情感，天堂里有没有一种特别的处理它们的方式？这两个举世无双的天才怨侣的肉体在尘世上已经灰飞烟灭。世人只能找来演员拿他们曾经的血肉故事编一段爱情传奇。可是，世间没有一个人能够诠释得了普拉斯。没有人能传达得出普拉斯那周身散发着美国味的女人的生命。没有一个女人能够假装得出普拉斯的眼神。十分之一都没有可能。没有一个人能够懂得普拉斯曾经的血泪与那些杀人如麻的诗行。迷乱而肤浅的尘世上，留下的不过是好莱坞梦工厂制造的一出娱乐大片而已。

杰奎琳：不可超越的第一夫人

你的痛苦正在变成一朵妖娆的罂粟
它曾经伤及你的血肉与脏腑
它也灌溉了你的骨骼与精神
你身体里面所有的铁
足够打磨出一枚上好的钉子
把你和深深的智慧装订在一起

我对政治不感兴趣。我的这种想法当然对于政治的影响力毫发未损。看看这个世界上那些前往政治舞台上赶场的人是怎样的前赴后继，头破了血流了也依然血脉偾张，就知道了现实生活中政治是多么重要的一个场所。对于政治的寡淡纯粹属于个人兴趣罢了，就像诸多的人对于寡淡生活的鄙弃也属于个人兴趣一样。没有什么可争议的。那些政治舞台上的女人因此也和我的想象力毫无关系。比如美国前第一夫人希拉里，比如曾走红世界政治舞台的黑人赖斯。是政治舞台上的明星效果顺便让我知道了她们。知道了希拉里的厉害，还有她的总统老公克林顿给她制造的麻烦。知道她差点儿成为美国的第一位女总统。知道了赖斯这个黑人女子是有能耐跨越种族歧视的，她也有登上政治巅峰的可能性。还有一系列政治上的女人，一种舞台效果的那么一种知道。知道了也就知道了罢。可是，我对杰奎琳是侧目的。这个当年美国的第一夫人，肯尼迪总统的太太，是那么有力量地吸引了我。

其实，是杰奎琳这个女人卓著的魅力让我着了迷，而不是她所依存的壮大的政治环境。政治只不过是使杰奎琳这个卓越生命散发出光彩的背景材料。连政治这么乏味这么冷漠这么血腥的地方都能让杰奎琳产生出活跃而美妙的气息来，这个女人真是了得。在这样一个男人几乎缺不了女人总统几乎缺不了总统夫人的世界里，一个政治女人的出现，就像河流淌着水那么正常又那么容易地被流逝。我们看到了一些女人在政治舞台上扮演了道具的角色。政治舞台上的权力角色有多著名，与之相关的这些女人所扮演的道具角色就有多著名。杰奎琳不是这样的。杰奎琳自身就是耀眼的河流。自然的河流。独一无二的河流。我行我素的河流。漂亮的河流。深邃的河流。如果杰奎琳扮演的总统夫人的角色也算得上是一个道具，那么，这个道具竟然使得使用它的那段历史惊艳无比。美国有总统的历史有多久，美国有总统夫人的历史几乎就有多久。对我来说，杰奎琳是最具光彩的美国总统夫人。

几天前，一个美国的朋友发来邮件，和我探讨有关完整人格魅力的问题。她说，是智商、情商、慧商、魅商构成了人的四大人格因素。她还说，智商至多只能解释一个人成功因素的20%，其他的80%来源于其他因素。情商主要强调的是一个人把握自己情绪和意志的能力，比如自我激励，百折不挠；控制冲动，延迟享受；调适情绪，不易烦恼；善解人意，充满希望。慧商即佛教所说的慧根，即酷爱思考的人。一般的人把思考作为负担，而有慧根的人却视思考为生命；慧商的具备和生活所施予的压力无关，和生命本身与思考的关系有关。所以，慧商不是简单地可以后天培养的。魅商来自一个人的外表和容貌，来自一个人的气质和风度，来自一个人的性格和内涵，来自一个人的人格智慧。以前我只对智商和情商比较关注，可是，仅仅是智商和情商解释不了我对诸多人的一些认识。我是在对慧商和魅商有所了解之后才对人格魅力形成完整的认识的。我也一下子明白了为什么同是美国总统夫人的诸多女性与杰奎琳给我留下的印象不同的缘由。杰奎琳是一个具备了智商、情商、慧商和魅商的女人，而且，她的每一种商数都那么高拔。她有着比电影明星还靓丽的外貌。单纯美丽的女人在这个世界上有的是，那么多的电影明星，都有着花枝招展的美貌。可是，电影明星们缺少的是杰奎琳的气质和智慧，还有那种压得住第一夫人这个位子的鬼魅、惊艳和内在的镇定。

在这个世界上，我从来没有见识过比杰奎琳拥有的更多的女人：美貌、特权、财富、荣誉、风流韵事、艺术情趣。她的一生嫁给了两个男人：一个是美利坚合众国的总统约翰·肯尼迪；一个是当时的世界首富希腊船王奥纳西斯。权力的巅峰和财富的巅峰。一个女人活着的时候占领了它们。有的时候我们是需要把世界作为一种对应性的东西的，不然我们太容易活得没有证据。假如人世间是一个名利场，那么这个女人是这个世界上占领得最多的一个；假如人世间是一个舞台，那么这个女人是当仁不让的第一女主角；假如人世间是一场游戏，这个女人是在这个世界上玩得最刺激又最醒目的一个。对我来说，重要的是这个占有者另外有着自身生命中的笃定和从容不迫，另外有着不为名利场与人生舞台所左右的自己心灵中的内定角色。

1929年7月的一天，杰奎琳来到了这个世界上。杰奎琳长得像自己的父亲——那个叫杰克的男人。杰克风流成性，他果真没有浪费掉他夺人的面貌，利用它来最大实惠地勾引女人。他因为长得较黑被人叫作黑杰克。和父亲一样，杰奎琳的眼睛深而且大。两只眼睛的间距稍有点宽，却深不可测。嘴唇上翘，显得漂亮又天生倔强。杰奎琳的母亲珍妮特苗条精瘦，算得上是漂亮的。珍妮特家风严谨，性情古板，有极强的野心和追求完美的个性，是个典型的上流女子。这个女子不幸被黑杰克的风流和不羁所迷住，据说所有被他那双黑眼睛盯过的女人都会自愿跳到他的床上。没有办法的，这个世界上就是有一种男人，他们玩女人，赌博，向人借钱，可是就是有漂亮的女人无法控制自己被这种男人迷惑。这种事情至今还在发生。珍妮特就是这样的女人。杰奎琳五岁那一年，黑杰克来看珍妮特的一场骑术比赛，来看比赛的还有珍妮特的高尔夫球伙伴。第二天，珍妮特看到纽约《新闻日报》刊出的照片后才发现，当她对着照相机微笑的时候，她丈夫竟然同她的高尔夫球伙伴在她背后手拉着手调情。这样的夫妻大约是做不长久的。几年后，黑杰克和珍妮特离了婚。这场婚姻留下了两个可爱的孩子：杰奎琳和她的妹妹李。她们漂亮，聪颖，气质雅丽。

这个破碎了的家庭给了杰奎琳贵族的教育，还给了她早熟的性格。风流成性的黑杰克也没有给女儿的未来以虚妄的憧憬。他以切肤的经验告诫小小的杰奎琳，所有的男人都是卑鄙之徒，所以不能相信任何男人。我想我是弄不明白这句话对于杰奎琳真实的效果的。我今天算是知晓了，对于一个活生生的生命来说，一切语言的教育和文字的教育都是徒劳的，真实的教育是真实的日子对于这个鲜活生命走过时的裹挟，仿佛刀子划过苹果，使苹果流出汁液来。尤其是女人的爱情。前些年看女演员孙俪的一个访谈节目。因为目睹了母亲的忍耐和父亲对于母亲的伤害，还有父母离异后的母亲的不易，还没有谈过恋爱的二十岁出头的漂亮孙俪说自己是不结婚的。说自己不相信男人。孙俪显得很坚决。我想，孙俪还没有遇到她生命中的男人罢了。男人和女人真正的两情相悦都不是设计的，是遇上的。有那么一点物理学上的布朗运动的味道。张爱玲曾经这么表达过它们：原来你也在这里，没有早一步，没有晚一步。张爱玲与胡兰成那场爱情的结果是失败的，是伤害了她的生命的，但是，谁也不能否认，爱情相遇的本身却是惊心动魄的。是的，即使是真实地射入男人女人生命中的爱情，也无法保证它能够发育成一颗丰淳的爱情果实。假如它发育成一种孽果，我们真的不需要吃惊。男人和女人对于爱情的需要却是潜意识里面的，是祖先们通过基因传递给我们的。正常情况下，我们的肉体生命以本能的发育完善来迎接男女之情的到来。我们这么做着的时候或许我们自身还不知道。在这一点上，我们的身体总会比我们的心灵更早地知道。孙俪在没有遇到他的爱情的时候嘴硬也是正常的。况且，一个没有享用过爱情的癫狂的女人，那种生活又有什么值得夸耀得呢。哪怕这种爱情的癫狂给当事者带来的是无尽的伤情。而且，没有在爱情的伤害和磨砺中挺拔着活过来的女人，生命中怎么可能积累下来坚挺地对付强硬生活的能耐呢。

我写这篇文章的时候是在几年前。那个时候孙俪还没有遇到她的真命王子邓超。我上面的一些结论也是在不知邓超是谁的情况下得出来的。如今，几年过去，孙俪就以甜蜜的恋情修改了自己那个不相信男人的誓言，反而觉得邓超给她的爱情美妙透顶。孙俪这么快就以自己的行动验证了我当时的某种判断。这其实也没有什么好奇怪的，爱情的魔力就是这么霸道。

在最好的贵族学校里面读书，受过优良的芭蕾舞和交际舞训练，醉心于浪漫主义文学作品，读拜伦和王尔德的文字，加上过人的美貌和聪颖，杰奎琳成长中的每一步都是那么扎实，没有错过任何好的东西。她在穿着上特立独行，绝不跟随当时所谓的大众时尚，却有着自己精致的时尚品位。她的每一项功课都是A等。她定力好，情绪不大起大落，显得成熟。同学们之间做一种游戏，说的是理想中的自己是什么样子时，几乎所有的女同学都愿意让自己变成杰奎琳。在一些有着“未来志愿”栏目之类的报表上，杰奎琳填上自己的愿望：绝不当家庭主妇。其实，小年轻人不当家庭主妇的愿望是正常的，十个有九个小女人不会把自己的未来和当家庭主妇联系在一起罢。清高和优越如杰奎琳者当然不会选择当家庭主妇的。

美国是一个有着自己传统的国家，他们每四年选举一次总统，每两年选举一次国会议员，也每年给一位新加入社交场所的姑娘戴上皇后的桂冠。杰奎琳十八岁那年，也就是1947年，她因为自己的出色而被选为社交场所的皇后。按我的理解，这种选拔皇后的活动类似于如今世界各地的选美活动。当然不只是外貌上的美，还有智慧和风度的美。之后不久的一天，在《时装》杂志社举办的每年一届的巴黎大奖赛的征文比赛中，杰奎琳又力拔头筹。我读过杰奎琳不足二十岁时的这篇大作，被她的自嘲和幽默所感染。现在我摘录一段给大家听听：敝人身高五英尺七英寸，棕色头发，方正脸庞，两只不幸的眼睛相距遥远。为配一副适合我鼻梁的鼻架宽大的眼镜得花去我三个星期的时间。生就一副难以令人激动的身材，但若服装选择得当，尚能显得苗条。可以聊以自慰的是，当我不时走出家门的时候，颇有一种潦倒的巴黎人的味道，可惜母亲常常追出门来提醒我，左脚的长袜已经开线，或者外套右上角的纽扣就要掉了。我深知，这都是“不可饶恕的罪”。

学者周国平曾经说过这样一句话：天有多高，人的差别就有多大。想起了杰奎琳，就感到这句话真是到位。天知道人和人是平等的这句话害了多少人。人和人生来就是不一样的。假如所有的人都用尽了自个儿的天分，也还是不一样的。况且，能不能使用自己的努力，这本身就是自己生命中被造物内设了的东西，几乎就不是一个人的后天能决定的。天有多大，人与人之间的不一样就有多大。活着活着弄清楚这句话的人还算得上是个明白人。有些人一辈子不明白人与人的差别，所以一辈子愤世嫉俗，从未平静地活过，和谁都较劲，像野蛮而且可怜的动物。

杰奎琳长大后说，要嫁就嫁给有钱人。这样观念的产生是因为杰奎琳是一个有魅力的女人，她比任何人都知道自身的价值。要嫁就嫁给有钱人，这样的观念如今在世界上任何一个角落都普及极了，也正常极了。一个女人没有嫁给有钱的人或者有权的人，一是因为自己没有嫁给这样人的条件，没有长成杰奎琳那种好看的样子，或者没有杰奎琳那样的学识；二是没有碰得到那样的男人就潦草地把自己嫁出去了；三是连婚姻是什么都不知道的时候，或者对爱情是什么的概念混乱到一团糨糊却自以为是的时候就被自己嫁人的想法给弄出去了。这样的事情在年轻人当中有着巨大的比例在发生，而且永远在继续发生。虽然有钱有权的爱情并不和幸福画等号，可是，谁会傻到直接把贫穷的爱情和幸福画上等号呢。当然了，杰奎琳说要嫁就嫁有钱人，说长大不当家庭主妇这类的话，被一些人用来证明杰奎琳从小就有着和别人不一样的梦想。尤其是一些传记作家，把它们用来当成杰奎琳后来成就她自己的原始基石。这容易成为传记作家的思维定势。我是这么理解的：人人都有雄心大志。人人都曾和杰奎琳一样，把自己的梦想画得又圆又鲜艳。不一样的是绝大多数女人没有杰奎琳这样的资质。没有实现这种梦想的实力。幸亏为数不少的女人尚会在无聊而严酷的生活中及时而且痛楚地校正了自己梦想的方向，她们果真还有能力把现实与梦想的差别分得清楚一些。对于一个没有资质实现梦想却一个劲儿向梦想的境况进军的女人，像堂·吉诃德，我们倾向于把她们嘲笑成是虚荣心强，或者心比天高命比纸薄。而对于杰奎琳，尤其是我们知晓了她瑰丽而且睿智的一生，我们会很情愿地不把爱慕虚荣之类的定义转送给她了。我们愿意用档次更高的说法来表达她。我曾经这么写过梦露：因为她是梦露，我们允许她学坏。是否可以接着这么说：因为她是杰奎琳，我们允许她虚荣。

这是一个资格问题。一个人活着，有了成就，有了钱，就获得了一种行为的资格。比如福柯，这个写了《性经验史》的男人。他一生性乱无数，最后死于艾滋病。可是因为他的成就，我们愿意把他混乱的性史说成是性文化的实践者，他死于艾滋病我们也没有多么诋毁他。换了一个普通的男人，如果像福柯一样乱性，我们就会说他是流氓，是作死。比如李碧华，这个才女，写出了《青蛇》《霸王别姬》等小说被大导演们搬上银屏。李碧华说自己的择偶条件：大丈夫不可一日无权，小丈夫不可一日无钱。李碧华说自己最大的愿望：不劳而获，财色兼收，醉生梦死。李碧华说自己想要的快乐人生：七分饱，三分醉，十足收成，过上等生活，付中等劳力，享下等情欲。这样的话语如果是一个普通女子说出，我们会恶狠狠地批评她：想死吧。我们还会不屑地拿斜眼瞟她，笑话她有神经病。可是说这些话的是李碧华，我们竟然觉得这真是一个率真得可爱的女子，活得真实且底气十足。

杰奎琳一直是没有断下来结识男人的。这多么正常。像花开，像叶展。杰奎琳倒是像她父亲告诫的那样，没有和男人投下真心。我以为她这么做的动因也断然不是受了黑杰克话语的影响，而是她碰到的那些男人没有质量抵达她海拔极高的芳心部位。毕业以后的杰奎琳干上了报社记者这个行当。华盛顿先驱时报。记者这活我干过，干过十几年，而且正在干着。有的时候我甚至能想象杰奎琳干记者时的忙碌样子，或者为想出一个话题来所花费的神情。杰奎琳编出一些稀奇古怪的问题和她的读者做游戏。这事儿我也干过，而且正在干着。杰奎琳所编造的稀奇古怪的问题中，有一个和当时正走红的玛丽莲·梦露有关。她问道：如果你约会玛丽莲·梦露，你将和她谈些什么。杰奎琳肯定无法想象，就在若干年后，就是这个梦露给杰奎琳造成了很大的麻烦；就是这个梦露和自己的丈夫有染，而且正是梦露在这场有染的游戏中死得不明不白。这当然是后话。

就在干记者的时候，杰奎琳和一个叫奥波林斯基的白俄王子谈恋爱。这个王子很有名，年龄却不小，有六十多岁，足以当杰奎琳的祖父了。黑杰克不高兴了，他找到杰奎琳，告诉她仅仅拥有美貌和智慧、财富是不行的，还要拥有荣誉。杰奎琳这么顶撞了黑杰克：那你那些情妇年轻得只有你女儿的年纪，你又怎么解释呢。后来杰奎琳又和一个她的崇拜者谈上了恋爱。这个叫赫斯蒂德的小伙子有着英俊的面孔，性格像他的肩膀一样厚道而且可靠。一开始的时候杰奎琳以为找到了一个可以让自己的身体依傍的臂膀。这种可爱的想法使得杰奎琳决定嫁给他。她和他甚至订了婚。她的手指上戴上了他给的订婚戒指。这个结果使得赫斯蒂德无比晕眩。订婚后的杰奎琳把自己异常狂热地投入到自己的新闻工作之中，她好像无暇与赫斯蒂德有更多的时间谈情说爱。赫斯蒂德约她的时候她总是说自己忙。童话作家郑渊洁曾说过这样的话：假如一个人对你说自己很忙，那就意味着你对他来说是不重要的。聪明的话语放在什么时间和什么场合都是聪明的。聪明的郑渊洁的这句话放在几十年前同样显得很聪明。是否可以这样解释当时杰奎琳的心理状态：她对赫斯蒂德的爱情的强烈程度还远远不够。杰奎琳曾经对女友说，她不喜欢那些所谓的无可挑剔的男人，她讨厌他们。当她看到一个模特儿式的男人时，过不了三分钟，她就讨厌了。她喜欢那些鼻子有些奇形怪状、耳朵长成两瓣、牙齿参差不齐的男人，她也喜欢那些个子矮小、干瘪清瘦或肥头大耳的男人，她对他们的惟一要求就是聪明机灵。现在我们明白了，那个叫赫斯蒂德的小伙子在杰奎琳的心中缺少的就是聪明灵活。况且，杰奎琳的妈妈在一个偶然机会调查了赫斯蒂德的收入情况，惊讶地发现他的年薪只有1.7万美元。这样的收入是无法维持一个体面的家庭生活的。一个看起来无可挑剔的年轻人如果缺少了有权有势这么一种现实或者这么一种生命趋向，对杰奎琳来说是致命的。杰奎琳终于把他给她戴在手上的订婚戒指褪了下来，一声不响地放在了赫斯蒂德的上衣口袋里。

和赫斯蒂德的分手，还有一个原因，就是杰奎琳认识了一个叫约翰·肯尼迪的男人。这个男人比杰奎琳大十二岁。年龄大一些是不重要的，重要的是这个男人有着符合杰奎琳内心愿望的聪明机灵。岂止是一般的聪明机灵，简直是灵敏透顶。而且这个聪明的男人竟然是那么的仪表堂堂，虽然有些放浪形骸。年轻的肯尼迪却干着大事业，正在进行竞选，争取当上马萨诸塞州的参议员。对于一个魅力十足的人，放浪形骸竟然也是组成其魅力的一部分。一个缺少放浪形骸的男人或许是缺少魅力的人。男女情爱这个不正常的领域，果真存在着一些不正常的恋爱伦理。这真是没有办法。在这个领域，浪子总能活得珠圆玉润。黑杰克是这样的。肯尼迪是这样的。而且，肯尼迪这样的男人，其梦想早就像一颗性欲旺盛的种子，种进了通向至高权力的一片肥沃子宫。这个时候肯尼迪和杰奎琳还不知道，几多年后，这粒种子竟然发育出了自己的果实，那果实像新鲜出生的男孩一样有着洪亮的嗓音，向世界宣布了自己的巅峰身份。

三十四岁的肯尼迪见到二十二岁的杰奎琳时，早已阅女无数，而且是个不折不扣的风流公子。肯尼迪依然感受到了来自杰奎琳身上的超凡脱俗与知性之美。他感到杰奎琳比自己所遇到的其他年轻女子更有头脑，对生活目的有深厚的意识，而不只会炫耀自己的美丽。他头脑的计算机系统中顽强地储存下了杰奎琳的影像。但是，肯尼迪是个有着强烈的政治野心的人物。他从来不把和一个女人正当而且专一地谈恋爱当成正事。他喜欢同时控制不少的女人，他愿意看着她们一个个对自己不可自拔的样子。这个样子让他充分享受自己做男人的魅力。况且，他当时的人生目标是放在自己的竞选当中，也没有精力倒出时间来长久地和一个女人专心谈恋爱。

杰奎琳把自己手上的戒指褪掉后，开始了她一生中真正意义上的第一次狩猎。她绝不要错过这个叫肯尼迪的优秀男人。她开始与肯尼迪约会。与肯尼迪在一起，杰奎琳不是没有觉察到一种危险感，一种风险意识，一种前途未卜的征兆。她甚至想到自己会因此而深受其害。知道肯尼迪为人的人也反复地告诫杰奎琳，说肯尼迪是多么的朝秦暮楚。说他是多么的自私自利。他们还告诉她，肯尼迪会是一个好情人，跟他玩玩会很惬意，但是跟他成家就显然不是件惬意的事情了。对于这些，杰奎琳比其他的人更清楚地了解肯尼迪。她知道这个男人的身上有着作为丈夫的致命的东西。她曾对一个女友说，肯尼迪将会对她的一生有深刻的使人烦恼的影响。然而，肯尼迪身上那种机智诙谐、能言善辩和永不疲倦的生命活力深深地感染了杰奎琳。有那么一点可以让杰奎琳放心，那就是和肯尼迪生活在一起，肯定不会平庸一生。对杰奎琳来说，不平庸地度过一生，胜过其他的一切。而且，她已是身不由己了。她已经义无反顾。我还以为，肯尼迪迷住其他女人的那些东西同样迷住了杰奎琳。这是性爱领域的一些东西，深陷其中的女人往往只能意会不能言说。爱情就是这样的东西，非理性的东西。一种理性过分介入的东西在根本上是不称为爱情的。爱情就是力比多比理性更早地介入身体的一种东西。这一次杰奎琳尝到了爱情的魅力和不可自拔。深陷情网之中的杰奎琳也没有把自己的尊严完全丧失掉，她甚至懂得如何调理恋爱中对方的心理情绪。或许，黑杰克的一些劝导在这个时候产生了影响。黑杰克曾经对杰奎琳说，不要给予男人太多，要有所保留，要使男人觉得可望而不可即。聪明的杰奎琳有意地不守约或拒绝肯尼迪的邀请，她不打招呼就离开所在的城市。这果真让桀骜的肯尼迪的虚荣心受到伤害，增加了他的不安全感。肯尼迪更加产生了征服这个不驯服女人的欲望，要把她弄到手。而这正是杰奎琳所要的效果。

1953年1月，三十五岁的肯尼迪竞选成功，成为参议院年轻的议员之一。这一年，艾森豪威尔当选美国第34任总统。肯尼迪参议员邀请杰奎琳作为自己的伴侣出席了新总统的就职典礼仪式和舞会。肯尼迪似乎也迷迷糊糊地和杰奎琳的关系超过了他和其他任何女人的关系。肯尼迪家族是个在政治上有着近乎一致想法的家族，对于这个家族的人来说，他们必须是一号人物，做第二人物都意味着失败。肯尼迪将来要去竞选总统，是这个家族意念之中顺理成章的事情。这个时候，保持单身形象对肯尼迪这位如日中天的政治家来说会产生不利的影响的。要知道，在美国，一个从政之士是否具有一个稳定和谐的家庭，直接影响着选民们对其品质的看法。这个因素促使着肯尼迪产生了缔结一个家庭的愿望。就在这一年，肯尼迪娶回了杰奎琳。婚礼是奢华的。蜜月看起来是美妙的。想一睹新娘新郎风采的人太多了，警察不得不用绳子把这些人围住。婚礼的隆重程度超过了这个城市以往的任何一次婚礼。

在观者眼中，一场规模宏大的风花雪月的故事开始了，王子和他的公主过上了幸福的生活。神话故事都是这么说的。观众是神话故事的最忠实的信服者。观众们过着普通的生活，普通到没有惊喜，而生活和心灵是需要惊喜的，不然，凡俗的生活怎么让人忍受。那就在想象中忍受吧。想象和想象中的惊喜是从神话中传达过来的。观众自身的生活产生不了神话，就从王子和公主身上产生神话吧。这就是一般人的思维定势。有的时候，观众甚至愿意上这种想象力的当。

过日子是个动词，这个动词好像是留给老百姓用的。过日子没有多少想象力可言。其实，时光流过谁，谁都是在以日子的方式度过。杰奎琳和肯尼迪也是在过日子。对此我们常常忘了罢了。杰奎琳开始为肯尼迪生儿育女。第一个女儿出生之后就死去了。杰奎琳剖腹生产这个女儿的时候，肯尼迪还在游船上和别人游乐。对于肯尼迪这种男人，这个时候身边有没有女人还真无法说清楚。这个女儿死去三天的时候肯尼迪才知道这个噩耗。那还是个没有手机的年代。其实，生孩子和生下死去了孩子，这样肉体的痛楚和心灵的悲痛在所有的女人身上都是一样的，这样的疼痛同样准时地抵达在杰奎琳身上，一点没有走样。民众们大可不必因为她是杰奎琳而大抒其情。之后，杰奎琳又生下了卡洛琳和小肯尼迪两个孩子。一女一男。过日子之后的杰奎琳领教的另一件事情，就是知晓了她与肯尼迪家族的格格不入。这是一个政治家庭，一切为了政治和权力而生存。一个知性的率性的独立的女人，要把自己的生命像面团那样放在已经做好的模型里面，才能做到和这个特殊家庭的合拍的。只有杰奎琳才会明白，为了一定程度地与肯尼迪家族合拍，她得把自己生命中多少重要的东西连皮带肉地剔除掉。她必须习惯于永无休止的压力，还必须学会在这些压力下从容自若地生活。这样的日子一般智商的人根本会过得乱七八糟，随时可能被崩溃掉。过日子后的杰奎琳领教的另一件事情，就是比预想的花心更广大地明晓了肯尼迪对于其他女人的情事。即使在蜜月里，肯尼迪也没有停止过与稍有点姿色的女人调情。尽管对此杰奎琳早有心理防备，但果真让她生吞活剥地承担这种事情，肯定是一种难为。这种事情，我想不起来对哪个女人不是一种难为，对哪个女人不是一种伤害。

太多的女人是难以承担这种伤害的。几多年后，这种性质的伤害发生到了英国美女戴安娜身上。戴安娜嫁给的那个叫查尔斯的王子比起肯尼迪来在性事上严谨多了，查尔斯只与那个又老又不美的卡米拉有恋爱关系，戴安娜就无法容忍得下去。戴安娜为此差点疯掉，还得了厌食症。戴安娜为了报复查尔斯也和别的男人勾搭，可这一切都不能令戴安娜减少痛苦。戴安娜的闹腾使得自己的命运变成了一个悲剧。戴安娜和查尔斯以离婚为结局。更大的悲剧是离婚后的戴安娜在车祸中殒命。杰奎琳若是戴安娜，发疯十次都是有机会的。或者，割脉一百次的机会都不难取得。但是，杰奎琳不仅没有疯狂，而且似乎是镇静的。这当然不是说对于丈夫的花心所造成的伤害没使她疼。不是这样的。刀子划过肌肤，不疼是不可能的。疼却是没有用的。吆喝是没有用的。重要的是，杰奎琳有忍痛的能力。更重要的是，杰奎琳有着洞悉人性尤其是男性世界的一种能力。这种能力肯定是一种智慧，而且是一种极高的智慧。前两天看了一本书，《戴安娜和杰奎琳》。戴安娜和杰奎琳都是美女，都是嫁给了自己的国家第一豪门的女子，都热爱时尚，都遇到了花心丈夫，作者就以为这是两个有很多共同点的女人。在我的心里，这是两个根本上不同的女人，质地上的不同，心灵上的不同，智慧上的不同，命运结局上的不同。一些看似共同的经历刀子一样穿过这两个美女的心，刀子穿过之后，两个人都变得与以往不同了。一个更加坚强，一个更加破损。两个女人不一样的结局，怎么会和两个人生命的质地没有关系呢?

这个世界上有那么多的文化信条在等着解释男人们为什么总是花心的。这样的解释给了男人们的花心一些可以原谅的理由。这些信条说，对于男人，分享责任的观念或许已经渗透进了大脑中枢，至于远在下半身的生殖腺，它就更管不了。这些信条说，我们的老祖宗们就是花心的，他们把花心的基因一代代地传递给了男人们。男人们根本没有力量和自己的基因抗衡。这使得男人们有机会把责任推到生理结构上，认为一切该怪大自然的设计有问题，怪不得他们的任性妄为。是的，科技在发展，这个世界上的一切似乎都在突飞猛进，人可以脱离地球而登上太空去游览。生殖器却并未朝着美好的方向发展，它们仍保留在动物的水准上。因此，性爱在本质上也与动物无异。这使得我们或许不能不向这样的观念妥协：要使性本能适宜于文明的要求几乎是不可能的。米兰·昆德拉还把男人的爱分成为叙事型和抒情型两种。叙事型的男人不存在什么主义和理想，他们能爱所有的女人，而抒情型的男人则在众多的女性中，不断地寻找理想的女人。

仅仅用一种声讨的语气说这个问题是无力的。如果这是一种真正而确凿的现实，怎么办?

肯尼迪碰巧在性爱上是一个昆德拉所说的叙事型男人。这也是他的父亲老肯尼迪的染色体中的东西。老肯尼迪的风流韵事也从未断过。老肯尼迪甚至当着自己妻子的面津津乐道地讲述被自己征服过的女人。最重要的是没有什么力量能把肯尼迪转变成一个昆德拉所言的抒情性的男人。肯尼迪风流不断，或许并不说明他不爱杰奎琳。他只是个把性与爱分得开的人。把性与爱分开来看，是叙事型男人的特点。杰奎琳是一个聪明的女人，知道现实的人性是无法撼动的。既然不能改变现实，那么就改变对于现实的态度。杰奎琳竟然把肯尼迪的风流性格忍下来了。按我的理解，忍得下来这种事情的女人有两种可能：一是对这个男人不那么在乎了，另外一种是当事的女人超越了自我的小爱，把爱一个人当作是自个儿生命中的事情，爱他，连他的错误也给予尊重。我想，杰奎琳一开始是介于这两种可能之间的那么一个女人吧。她原本就有着独立于任何人的个人意志，哪怕这个人是自己的丈夫。当然，对肯尼迪一定程度的爱是刻琢在杰奎琳骨头里面的，爱过的女人是难以去掉爱这个东西的。

一个女人，永远不可能既得到无限的风光又得到无限的安宁。没有这回事儿。一个女人选择了一个优异而风流的男人，一定同时也选择了跟着这个男人所可能发生的一系列风险，包括生命的风险和爱情上的风险。拿经济学论调来做一个比喻，这有点像投资，投注越大风险也就越大。当然了，如果一个女人选择了一个安稳的男人，同时也就丧失了生命中的风光和风光中的满足。鱼与熊掌，永远不可兼得。杰奎琳一开始就懂得了选择中的不可兼得。她要的是在时代旋涡中的重要角色。她要为这种选择付出一些代价。这代价之一就是在爱中的受伤。在爱的受伤中接受伤痕的历练，而不是反复咏叹自己的伤口。杰奎琳选择了这样的活法。一旦选择了这种活法的女人，大约已经储备了一些生命力量去经受命运的风浪。生活原本是复杂的，肉体的本质就是伤痕累累。从来就没有一种想象中的生活。只能活在想象中的女人，根本无法获得力量活在真实的刀枪剑戟的生活之中。

杰奎琳的父亲黑杰克也是一个叙事型的男人。黑杰克死后，杰奎琳操持丧事。为了找到一张父亲完美的遗像，杰奎琳甚至去找了父亲的几个昔日情妇。她终于从父亲过去的一个情妇那里找到了一张十分清晰而且庄重的正面照片。她非常感谢这个女人为父亲保留了这样一张照片。举行葬礼那一天，黑杰克昔日的情妇们差不多都来了，一共八个，她们穿黑衣，披黑纱。这肯定也算得上是人间温情之一种吧。哎，男女情事，怎么说它好呢。

几年后，肯尼迪当选为美国总统。这是一个庞大的系统工程。这个工程完成得很出色。杰奎琳在这个工程中作出了不可替代的奉献。为丈夫的事业卖力气是杰奎琳的责任。她在尽责任的时候顺便展现了自己的魅力和才华、美丽和人格。这些品格她展现得令人感到十分舒服。她在不同的国家讲着不同国家的语言。流利、通畅、措辞雅致。有许多选民是愿意让杰奎琳当白宫第一女人而投给肯尼迪一票的。谁不愿意让一个最有分量的女人成为自己国家的第一夫人呢。

一些人总会认为杰奎琳把优雅的时尚气息传达给了她的国家还有代表着她的国家的白宫。这当然是事实。那些日子，杰奎琳的穿着成为美国女人乃至世界各地女人们的模仿对象。杰奎琳比任何明星都有着时尚的号召力，做到这些对她来说简直轻如鸿毛。而且，仅仅对于自己的民众产生这么外在的影响，对于杰奎琳来说是太轻微了的。她有着比产生外在的影响更加倔强和儒雅的生命质地。我以为，杰奎琳对美国人民的美好贡献是另外一些更有品位的东西。

白宫远远不是杰奎琳想象中的样子，它那么破旧，缺乏生气，更缺乏艺术气息。杰奎琳决心要把白宫变成世界上最有吸引力的博物馆。她穿上破旧的衣服钻进灰尘厚积的地下室、木工房和贮藏室，找遍了白宫的几十间房屋。她发掘出来那么多在时间中蒙尘着的真正的历史宝藏。她使用了她的优雅和人格魅力，使得美国一公民将收藏已久的富兰克林的珍贵肖像画捐赠给白宫。白宫博物馆的建成，为美国增添了厚重而高雅的文化和精神气息。在重修白宫的过程中，杰奎琳还有一个伟大的举措，那就是扩充了白宫图书馆。就是这个看起来不足百斤的小巧女子，让白宫这座政治上的处所飘逸出无以论价的艺术气息。

肯尼迪正是在这样的日子里重新打量自己的妻子的。杰奎琳在民众当中好的口碑和影响力甚至让肯尼迪产生了嫉妒。一种更加深重的爱也在这个桀骜不驯的男人心中产生。这种爱产生于对于她的仰视。有人甚至以为白宫的生活使肯尼迪和杰奎琳第二次相爱。我一直暗暗地喜欢肯尼迪嫉妒杰奎琳的样子。尽管是想象中的样子。包括他对杰奎琳在情爱当中产生的嫉妒。有一次杰奎琳和妹妹李受到世界首富希腊船王奥纳西斯的邀请，要她们共去游览希腊各处岛屿，并决定将他的那艘世界上最豪华的克丽丝蒂娜游艇及其全体工作人员一起交给她们姐妹俩全权支配。肯尼迪知道后，很不高兴。媒体传出来的原因是出于政治上的考虑而使肯尼迪不高兴的，因为这个希腊船王不仅浪荡，和美国做生意的时候还用手腕大赚了美国人的钱财。我私下里想让肯尼迪不高兴的原因最主要的是他产生了强烈的嫉妒心。因为希腊船王有其自身的魅力，正独身，而且对杰奎琳早就垂涎三尺。这样的敏感肯尼迪比任何人都最先获知。肯尼迪怕自己的老婆被船王勾引去。杰奎琳去希腊的愿望很坚决。肯尼迪竟然给她跪了下来，希望她别去。其实，我觉得肯尼迪的这个样子挺率真的，有些可爱。这个场合，像所有过日子的夫妻一样，有比较动人的家常感。这个时候，是一个吃醋的丈夫在向他的妻子求情，而不是一个尊贵的总统在向第一夫人求情。这个时候的肯尼迪很像一个有血肉的生命中的男人，而不是那个专业性很强的政治动物。杰奎琳最终还是去了希腊。她原本就是一个在温情中不缺乏主见的女人。我想这一举动还有一些对花心丈夫报复的快感在里面。

若干年后，杰奎琳果然嫁给了这个希腊船王，当然是在肯尼迪遇刺之后。这又是后话。

梦露之死轰动了整个世界。梦露的死亡和当时的总统、杰奎琳的丈夫肯尼迪有着永远说不明白的瓜葛。直到今天，梦露是否死于肯尼迪和他的政治也没有定论。猜测还在继续，并且永远将在继续中。肯尼迪是个对漂亮女人感兴趣的男人，他又贵为美国总统，几乎可以得到他想要的一切女人。梦露是一个绝世美女，有着很合肯尼迪心意的丰乳肥臀魔鬼身材。梦露恰巧又是一个喜欢有权势的男人，有着征服最强势男人的狂野之心。这样的一男一女凑在一起，就像最馋的猫碰到了最新鲜的鱼。梦露肯定曾经把肯尼迪迷得神魂颠倒。梦露被肯尼迪弄得更加神魂颠倒。再加上肯尼迪的权势了得，以至于梦露幻想着有一天取代杰奎琳充当第一夫人。想迎娶梦露，这话肯尼迪或许说过。在两人被情欲弄得神志不清的时候说过的罢。梦露竟然单纯到把这话给记住了，并且还想把它实践下去。其实，对于把政治看得比生命还重要的肯尼迪，怎么能让梦露成为自己的妻子呢。况且，女人一直是肯尼迪生活中的调味品，从来不是肯尼迪的主食。梦露这种女人单纯到连这点都弄不明白，能有什么伎俩和资格待在第一夫人的贵座上呢。梦露竟然打电话给杰奎琳，说肯尼迪要娶她。这么做的时候梦露肯定是神志不清醒的。这也可以理解，因为恋爱中的女人原本就是神志不清醒。杰奎琳却是个清醒的女人。杰奎琳厉害到很少办不清醒的事情。尤其是这些年的磨砺，这个女人已经百炼成钢。面对晕糊的梦露，杰奎琳似乎并不吃惊，也不特别气愤，反倒很平静地回答："我可以和肯尼迪离婚，但是，假如你和他结婚就得住进白宫来，如果你还没有准备好公开住进白宫，我也就可以就此忘掉你刚才说的话。" 肯尼迪生日那天，梦露做了最生猛的打扮，要给亲爱的总统先生献歌。这么做的另一个目的是向总统的妻子杰奎琳宣战。她想以自己的珠光宝气来压倒杰奎琳的晚礼服。可是，杰奎琳根本不给梦露向自己宣战的机会。在那一天的一大早，她就带着孩子到弗吉尼亚度假去了。只有杰奎琳才能盛得下这样的雅量。我们还能想得出来比杰奎琳的举动更有力量的另一种较量吗?

当然是一种伤害。杰奎琳的公众地位有多尊贵，这种伤害就有多严重。这伤害一是来自自己的男人，二是来自众目睽睽之下的压力。还有自尊。杰奎琳的内心没有发疯。杰奎琳的外在没有发疯。她以自己的尊贵疗自己内心中血肉模糊的伤口。她已经有能力为自己疗伤。

梦露哪里知道，一个人稍有点晕乎，根本无法有气量在第一夫人的位子上待下去的。当然了，如果梦露懂得这一点，她就不是梦露了。梦露最终因为自己的晕乎送掉了自己的性命。她竟然敢于把男女之事和吓人的政治掺和在一起。她和肯尼迪这么重要的政治男人有肉体关系本身就是危险的游戏。她不仅和肯尼迪好，还和肯尼迪的弟弟罗伯特好。她一个劲儿地要挟肯尼迪娶她，如果不娶她，她就要把她和他俩的秘密透露给全世界。这个女人太不懂得政治了。真是无知者无畏。不懂得政治的女人还非得和最权贵的政治男人较劲，哪怕是较情色之劲，也是不要命的。梦露果真死了。官方消息说是梦露死于吃了一大些安眠药，是自杀。天知道梦露是怎么死的。梦露之死版本多得是。所有的版本都和肯尼迪兄弟俩的色情有关。

有一本书还把杰奎琳和梦露放在一起做类比，说她们两个有那么多的相同。都是战后美国最受人瞩目的女性偶像，有着相同的爱好，喜欢时尚和闲谈，都喜欢有着超凡魅力的男人，都喜欢夏奈尔和夏奈尔的香水。其实，这些相同是多么的轻浅。梦露美得那么外在，没有人比她有着更香艳的肉体。这是梦露的过人之处。杰奎琳却是那么高雅，高雅得令人仰望。两个人的命运走向最能说明两个人内在生命质地的不同。梦露不是无缘无故地死去，死得不明不白。杰奎琳不是无缘无故地活得洒脱，哪怕丈夫像公牛一样放荡也活得洒脱，哪怕这种洒脱里面搅拌着痛楚。这痛楚却是生命的味道，是所有活着的人生命的底色。

人类的历史一定在1963年的11月22日这一天哭泣过。因为暴力。因为血腥。因为那一天，美丽的杰奎琳给了人类的忧伤一个最真实的注释。这一天，美国总统肯尼迪和他的妻子杰奎琳去德克萨斯州。有人向肯尼迪射出了仇恨的子弹。罪恶的人和罪恶的子弹。肯尼迪这个尊贵的生命顷刻没有了。子弹不仅毁灭了生命，还毁灭了生命中的尊贵。就是这么简单。一切像是电影中的片断。一个无比热爱着自己的总统和第一夫人的美国民众拿着摄像机在拍摄。他不知道自己的机器记录下了这么残忍的历史镜头：肯尼迪坐在敞开了玻璃窗户汽车的右方，身穿红色套装头戴红色帽子的杰奎琳坐在肯尼迪的左侧。笑容那么自然地开放在他们的脸上，像花朵待在绿叶里面。肯尼迪中第一枪时，杰奎琳往后靠到了椅背上，呆呆地看着丈夫，足足有七秒钟没有反应。七秒钟后，杰奎琳的第一个反应是惊慌地弹跳起来，朝着汽车的后部躲避。训练有素的特工人员和当地警察都处于措手不及的状态，他们眼睁睁地看着几颗子弹射向自己的保护目标而又无法阻止。杰奎琳看着倒下的肯尼迪，不相信这是事实，但这却又是事实。她陡然爆发出无限悲伤的呼喊：我的上帝，他们干的什么，我的上帝，他们杀死了肯尼迪，他们杀死了我的丈夫。是的，一眨眼之间，一个国家失去了总统。一个妻子失去了丈夫。一个家庭失去了儿子。一些孩子失去了父亲。

在一些画报上，我看到了参加肯尼迪葬礼的杰奎琳悲恸的表情。这种表情其实是无法用任何词语去形容的。这表情就是悲伤本身。假如绝望有长相的话，它一定就是这个长相。我从来没有在一部电影中看到过这样真实的表情。数以千计的电影。中国的和外国的电影。茫然。悲恸。绝望。忧伤。我不相信一个演员能够做得出来杰奎琳脸上的那种东西。

政治上的流光溢彩原本只是露出来的冰山一角。躲在冰山下面的是阴森的东西。血腥。恐怖。杀戮。明争暗斗。笑里藏刀。肯尼迪却像飞蛾扑火一样痴迷于政治。肯尼迪家族的基因中有着极度探险的因子。政治就是一种探险。肯尼迪死于谋杀。五年后肯尼迪的弟弟罗伯特同样因竞选总统而遇刺身亡。若干年后，肯尼迪与杰奎琳的儿子小约翰死于自驾飞机失事。政治不总是好玩的。

从总统夫人变成了总统的遗孀。从第一夫人变成了一介凡人。一个弱小的女人要带大两个幼小的孩子。生活一下子交给了杰奎琳这么样的一些现实。铁板钉钉。有一个阶段杰奎琳只穿寡妇的黑纱。我想那时她处于对自己的疗伤之中。杰奎琳注定是能从任何险境中走过来的人，哪怕是死亡的险境。阳光，甚至爱情都从一个深深的黑夜过后露出脸来。她懂得不能让自己在太多的阴郁中丧失得太久。

1968年，杰奎琳和世界首富、希腊船王考虑婚事了。总之，他们相爱了。他们什么时候好上的，这不是个问题。如果是个问题也仅仅是个比较能够满足公众猎奇心的问题。退一万步讲，肯尼迪可以和众多的女人相好，杰奎琳为什么不可以和希腊船王相好？可是在美国，这绝对是一个比地震还大的事件。对于杰奎琳，美国人民几乎把她作为一种象征看待，这种象征是需要她永远同英雄的肯尼迪的幽灵生活在一起的。当身材短小、体态臃肿、年龄大杰奎琳二十九岁可做她父亲的希腊船王果真要和肯尼迪联系在一起的时候，美国人民的神话破灭了。他们说，肯尼迪又死了一次。他们说，我们的记忆里曾经有过一个英俊的王子，但和他睡在一张床上的是一个不顾廉耻的妖婆，她让她的人民蒙上了再也洗刷不净的羞辱。他们说，她应该嫁给安德烈这样的作家，而她却与一个海盗私奔。

说实在的，杰奎琳和这个老船王结婚，我也感到一些不得劲儿。我甚至不知道杰奎琳是不是真的爱她。尽管杰奎琳这样表示过：当我的生活充满阴影和悲伤的时候，是奥纳西斯挽救了我，他对我恩重如山。他把我带进了幸福和爱的世界，我们共同度过了许多美好的时光，我将感激不尽，永生难忘。这事儿我反复琢磨过。希腊船王娶了任何一个女人，年轻的或者不年轻的，美丽的或者聪明的，我们或许都不会感到吃惊。为什么船王娶了杰奎琳就让我们感到不得劲儿了呢？我想这含藏着我们对于杰奎琳的疼爱在里面。疼爱这个人，我们就希望杰奎琳能嫁一个和她相匹配的人。可是杰奎琳和谁相匹配，还真不是我们能说得算数的。这事儿只有杰奎琳自己知道。我们不能因为杰奎琳嫁给一个有钱人就启动自己潜意识中的道德家把什儿。我尊重杰奎琳的选择。我以为杰奎琳应该和谁好，和杰奎琳愿意跟谁好，这是毫无相关的事情。和奥纳西斯结婚，杰奎琳肯定有自己的理由。杰奎琳愿意嫁给有钱人，那是她的自由。世界头号富翁愿意娶杰奎琳，说明杰奎琳有魅力。杰奎琳愿意大把大把地花船王的钱，船王愿意把自己大把大把的钱让杰奎琳花，那都是人家的事情。动不动就和道德联系在一起的想法是穷酸的，是狭隘的。杰奎琳当然在美国人民巨大的压力面前徘徊过。她终于选择了她自己想要的生活。她不再属于谁。她只属于她自己。对于她真实的生命来说，她自己当然比一个虚妄的国家重要。她甚至不属于死去的肯尼迪。她也不属于神话。一个海市蜃楼的神话其实并不比一天真实的日子重要。杰奎琳的生命渡到了这个境界。也许，杰奎琳需要的是安宁，是躲开现实。还有什么比得上爱琴海上一个闪烁着微光的岛屿和一艘世界上最舒适的游艇更能让她自由自在。穿越美国人民密集的语言炸弹，杰奎琳依然我行我素而且毫发未损。果真是杰奎琳。

过想要的生活，精神的生活、物质的生活、然后爱谁谁。哪怕违背所有人的心意、不用假装的东西违背自己的内心、过有灵魂的生活，也不拒绝享乐、不委屈自己。在我的心里，真实的杰奎琳比一个被神话烘托出来的杰奎琳更有魅力。只有内心强大的人才敢于把做自己这件事儿做得这么有劲。

尽管杰奎琳与奥纳西斯的婚姻生活并不怎么美妙，杰奎琳和奥纳西斯的女儿克丽丝蒂娜相处得很不好，我也以为，我们依然不应该倒过头去指责杰奎琳的选择。命运怎么走动，那是命运自己的事情。在这个问题上，所有的人都是渺小的。和自己选择的日子和平相处，或者和命运给定的日子和平相处，在苦难中获得磨砺，不把人生的苦难白白地浪费掉，把它们化解成迎接明天的能量，这是人类活着的最佳出路。何况，美好的婚姻无异于一次彩票中大奖。一桩平常婚姻的诞生有如一个平淡日子的诞生。有什么值得大惊小怪呢，即使这个婚姻的缔结者是杰奎琳。

我们看到，杰奎琳以更加镇静的方式在日子中招展。她果然没有浪费掉任何一种活着的滋味，包括烦恼和苦难。

奥纳西斯死后，杰奎琳又一次做出了让人震动的选择，她去了一家出版社工作，一周工作四天，年薪一万美元。杰奎琳成了职场中人。这个时候的杰奎琳，既不是美国的第一夫人，也不是世界首富之妻。杰奎琳真正地成了她自己。这是一种轮回。回到宁静的生活之中，杰奎琳的胸中早已千山万壑。这个时候的杰奎琳五十岁，她依然年轻，时尚，虽然看起来眼角上有了点皱纹。这个时候的杰奎琳不看重权势和金钱，是她的心灵之舟驶进了这样的水域，那么的顺其自然。我想，这个时候的杰奎琳比谁都懂得什么叫淡泊名与利。因为她像品尝一只苹果一样品尝过最体面的名与最富足的利。深深地抵达。再返回。然后不再馋它们。这是一个波澜壮阔地活过的女人，然后再回归心灵的宁静。我常听人说要淡泊名利。现在似乎什么样的人都敢于说这种话。一个打游戏机最在行的人也反复地说过这句话。这种人再不强迫自己淡泊名利还不要把自己弄得住精神病院？听这话的时候我常常会偷偷地笑。一个不知名与利为何物的人怎么去淡泊它们呢。早些时候我也敢于说这种话，现在不说了。说出了自己笑话自己。因为这些好东西我没有。

晚年的杰奎琳找到了自己的心上人。他和杰奎琳同龄。一个叫莫里斯的宁静男人。莫里斯爱读书，好旅游，喜欢歌剧和其他艺术，乐于在大自然中享乐。在杰奎琳眼里，莫里斯精神饱满，活泼而且逗人喜爱。杰奎琳终于抵达了她喜爱的艺术生活。她和他手拉手，深居简出。当然，这是我的想象。我愿意主观地这样想象一次。我愿意再犯一次想象的错误。我愿意相信杰奎琳安宁于普通人的生活之中。安宁，是个重要的词语。对于经历过尘世的千山万壑的杰奎琳来说，它是一个和灵魂靠得最近的词语。

1994年，杰奎琳在平静中离开了这个对她进行过千锤百炼的世界。一切的荣光和美丽都随风而去了，连同她最后选择的宁静。历史却把这个女人的名字留下来，让活着的人继续品评她的传奇与美丽。

张曼玉：风华绝代的狐美女人

如今你像热爱窗前的阳光一样
也热爱暗夜投射到心中的阴影
而过去你只爱自己的幸福
在黑暗里你不是沉默
你是听到了更重要的声音
因而你成为越老越金贵的狐美女人

有一次作家何立伟在文章中说，张曼玉是女人，你们也是女人吗？文章是有前因后果的。何立伟想表达的是女人和女人是不一样的，他的语气是平和的。说女人和女人不一样，把张曼玉拿出来这么一说，还真是让人服气。从统计学上讲，这个世界上有一半是女人。从生物学上讲，雌性的人都是女人。粗声大气的面孔扁平的性情乖戾的相貌难看的女人是有的。更多的是平常的被上帝的刻刀雕琢上岁月印记的慢慢变老着的女人。一直漂亮着而且越老越漂亮被岁月打磨得越来越圆润的女人当然也有，譬如张曼玉。张曼玉只有一个。这个叫张曼玉的女人却有能耐把“女人”这个词语提升到一个令人仰望的高度。她使“女人”的生命变得盈动，变得曼妙而且丰饶，把“女人”这幅活着的生命画卷涂染得端庄而且大气。张曼玉的存在，提示了女人与女人之间可能存在的巨大的质地差异，譬如九寨沟神话一般的绿水与泥巴地里积存下来的一汪浑浊死水。

张曼玉绝不是作为最初的一个炫目美女而被人们记住的。起初的张曼玉不过是一个港姐亚军。这个世界上选美成了一件娱乐事，选美时弄出几个皮面好看的女人来根本不是件疑难事情，每年都有好几起这样的娱乐事件。那些冠军亚军季军的头衔是早就等在那里了的，等着前赴后继的女人来填充这样的角色。美女被成批推而广之的娱乐时代，差不多也是美女大规模被迅速遗忘的时代，就像一种烧开水用的简易用品热得快，电源一拔下来，那家伙冷却的速度照样飞快。当年同张曼玉一同被选上的冠军美女和季军美女，连叫什么名字都被遗忘了，更何况她们的今夕何夕。况且娱乐界的美女多半不是让别人当成精神事件来记录的，差不多是让人用于休闲神经的。身体是需要娱乐的，美女们能够使娱乐的色泽炫彩一些罢了。美女的确是能够打动我们的，那也不过是打动了我们动物性很强的某根神经。这根神经是我们的老祖宗一代代繁衍而进入我们生命的基因中，我们被无师自通地知道哪张面孔是美女哪张面孔是丑女。美女当然有着让我们羡慕的一面，比如比别人有机会把面孔暴露在电视机里和报纸上，时间长了就成了熟面孔了，就有人气了，就可以大把大把地挣钱了。美女的另一个好处是可以打发自恋的需要。一个人的出名是最过瘾的自恋，出名是最能藏拙的自恋。这样的美女果真不少，如今娱乐市场的通畅为她们的旺盛提供了保障。美女们还有一个优势就是容易交往上男人，君子好逑的正是美女。被人所爱是女人价位的超值体验。但是，一个美女要让我们的精神神经为之惊悚，那就不是一个娱乐事件了。这个美女也绝不仅仅是凭借她面孔的美丽就能有如此能量的，她一定有着超越于美貌的巨大的生命力量的。

在我的心中，张曼玉的美好早已超越了娱乐事件，她的美好在于她对于人生诸多事件的超越和练达。她的心理素养和她对于生命的复杂性的坚忍与善意。没有一个这种质地的美女的桂冠可以预先被设置，被预先等在那里让别人选拔。这样的美女更不可能批量生产。是张曼玉自身的生命发育到这个高海拔上的，她生命的能量使她抵达了这样的高度。她一点一点地进入了我们的视线。没有一丝刻意的味道，也没有权威使我们的目光就范。一个自动地进入我们精神目光的女人是一个美好的女人。张曼玉越来越成为一个美好的女人。张曼玉当然是一个美女，而且是一个越老越美的女人。张曼玉面孔上的美丽使得她生命的美好取消了任何遗憾。我的一个女友曾经说过美好女人的标准，那就是一个女人同时得具备才与情。当然是卓越的才。当然是在才的资质上溢动着的女人的浓重韵情。这种韵情是不能缺少美貌的，更不能缺少的是美貌之上的来自女人内部的生命的丰韵。不年轻以后了的张曼玉，就是这种把才与情结合得珠联璧合的稀有女人。

祖籍上海。诞生于香港。后来移民英国。张曼玉的成长历程也与众不同。1964年9月的一天，张曼玉像任何一个刚出生的女孩一样来到了这个世界上。八岁那年，张曼玉就随家人移居英国，定居英格兰东南部的肯特城。她的父亲在香港经营港货进出口生意，家境殷实。

小小的张曼玉却面临了一个重大的困境，那就是父母的离异。张曼玉后来一直跟着母亲和姐姐生活，三个女人相依为命。张曼玉母亲的命是苦的，她从小就是一个被父母遗弃了的女孩，后来她嫁给了一个男人，又被这个男人遗弃。这个男人当然是张曼玉的父亲。不幸的家境可以使一个女孩子变得悲观，也可以使一个女孩子变得早熟。张曼玉差不多领教了这种不幸带给她的两种结果。好在张曼玉不是一个乖戾的女孩，不会把这种悲观和早熟携持到生命的偏执地带。

张曼玉八岁那年随父母去了英国。这个有着东方面孔的女孩在一群英国孩子面前，就像一个外星人。在伦敦的学校里，她是惟一的黑头发、黄皮肤的东方人，所有的孩子都用手指着她，仿佛她有什么奇特的东西。她说那一段生活真是不忍回忆，两种文化两种环境的不同使她一点也找不到生存的根基。那是一种漂泊。身体的漂泊。心灵的漂泊。有一个阶段，她坐上飞机就会哭，以至于让乘务人员认为她是疯子。在英国读完小学和中学后，迫于家中的生计，她没有继续升学，而是跑到伦敦一家小书店当收银员。伦敦陈旧的街道和缓慢的生活，还有书店老板对这个黄肤色黑头发小姑娘的歧视，组成了这个花季时段的小姑娘青春的底色。她活着好像没有活着。张曼玉只在这个小书店干了一年。对于一个少女的青春，这种经历肯定是一种残酷。可对于后来成为演员的张曼玉，它们或许在恰当的时候为之提供了一种打量生活的真实目光。在一些镜头前，后来的张曼玉能长久的保持着一种木然的表情，能够演活不同的角色，或许正是来源于那些不堪的阅历赋予她的细腻与敏感，像腐殖质，换回的是呼之欲出的生命营养和微量元素。

1980年，也就是张曼玉16岁那年，她与母亲回到香港。原本是陪母亲回香港探亲来的，张曼玉娇好的容貌却使得星探眼亮。星探的推荐使张曼玉拍了不少广告，拍广告的经历使得张曼玉产生了一种对于银屏世界的向往。漂亮女孩想当炫美的明星，简直就像物质的自由落体那么简单。像许多女孩子一样，参加选美是走向演艺界的第一步。张曼玉当上了港姐的亚军。当上港姐的美女顺便也就领取了当演艺明星的通行证。通常都是这样的。张曼玉紧接着拍了几部电影。张曼玉那个时候真是单纯，脸蛋光滑，有点婴儿肥，笑起来特别无邪，像出水芙蓉，还露出嘴里可爱的兔牙。看起来当上演员的惊喜抵过了几年前她有过的挫败感。

那个时候的张曼玉正处于对未来有着特别期待的年华。叔本华曾经说过："我们在年轻的时候，静坐在我们的生活前面，就像小孩静坐在尚未拉开的舞台帷幕前一样，对即将上演的一切，充满了幸福和热情的期待。幸运的是，我们实际上并不知道将会发生什么。对那些确实会发生什么的人来说，孩子们就像那些天真的罪犯一样，被判处的并不是死罪而是继续活着，但他们自己还不知道等待着的惩罚将是什么。"年轻张曼玉披挂着羞矜笑容的面孔，一下子就让我想起了叔本华的这段话。那张脸那么甜美，那么单纯，在她的脑海中，真实的生活是华美的大幕后面那一场场比幕更华美的大戏，它们因被殷切地期待而有着比远方的图画更完美的心理效果。是的，我们都曾经是这个时候的男青年或者女青年，生活就是悬挂在远方的一幅画。这幅画那么光滑，充满了鬼魅的色彩和销魂的魅力。我们的体内因此积蓄了大干什么一场的念头和力气。惊人的事业和举世无双的爱情，它们怎么会不钟情于对之有着饱含热望的年轻的自己呢。这么一想就想愉快地大声叫唤。生活的这幅远方的油画其实是禁不住走近去瞧的，走近它，就像走近这幅油画，那上面什么图案也没有，只有乱七八糟的一堆毫无价值的色团，像我们身体的神经一样杂乱无章又敏感无比，并且一触即疼。看清这幅生活之画时我们的生命已被岁月耗费掉了太多太多。

女作家亦舒曾经对年轻的张曼玉做过这样的评价：美则美矣，毫无灵魂。评判一个影坛新人，这话说谁大约都不会出错。出了名的女作家习惯于使用这种居高临下的姿态。女作家本人连同读者也容易忽略这种居高临下的姿态，反而容易把这种姿态视为有思想的表达。那时候的张曼玉确实容易给女作家和读者提供这种视角，她是那么不谙世事。是的，张曼玉就是凭着那种毫无灵魂的美丽，生产着毫无悬念的电影，似乎她亦将毫无悬念地昙花一现。张曼玉早期的银幕形象，确实是一些疯疯癫癫嬉笑逗乐的小女孩。她原本就是一个上镜的女孩子。她被选拔为港姐的同时，还被评为“最上镜小姐”。上镜吸引观众也就是导演要她完成的任务和目的。那个时候的张曼玉的确完成不了其他更多的任务。一些不好听却是真实的评价肯定是让张曼玉不好受的，她其实是渴望成为一名有实力有演技的艺术家的。当时她这么表达自己的时候，却被别人当成了小女孩的痴心梦想，以至于让执导她电影的那个导演笑得岔了气。

生活的这幅油画其实就是这么一点一点在张曼玉的眼中由远方向近处推进的。生活的这幅油画由于一点一点地向前移动还是泄露了它原本杂乱无章的秉性。这样的过程是伴随着张曼玉的演艺事业和情色生活而双重展开。尤其是张曼玉的情色生活，爱神丘比特对这个越老越出色的美女实在是不够厚道。

起初是和其他数以百计的女演员一样，张曼玉混杂在她们其间，看不出来她有什么过人之处。日子千篇一律地过着，假装这一天与那一天仿佛没有什么不同。她过她的，我们过我们的，各司生活之职。后来就在不经意间发现张曼玉这个女演员有了令我们心动的地方。对我来说，对张曼玉张大嘴巴是从看了电影《青蛇》那一天开始的。这是一个根据经典剧目《白蛇传》改编的电影，情节和主题都被做了挺娱乐的颠覆。里面的青蛇成了第一女主角。青蛇是由张曼玉饰演。白蛇由王祖贤饰演。王祖贤也是个大美女，以至于美到让歌手齐秦人到中老年还不能忘怀。齐秦与王祖贤年轻时谈过很深的恋爱，两人又分又合的，很是折腾了一阵子。王祖贤曾经为一个富商而离开了齐秦。后来和富商离开了，王祖贤又想到了齐秦。齐秦竟也用胸怀接纳了这个不容易原谅的女人。除了爱，还能用什么来解释？前两天齐秦在北京召开演唱会，唱着的那首歌大概让他想起了当初的情境，齐秦竟然在台上落泪了，接着说这歌让他想到了早就与他分离了的王祖贤。这真是齐秦的珍贵之处。齐秦也是个非常之人，一个女人能让他如此留恋，这个女人当然厉害。看过《青蛇》，我敢说张曼玉的样子比王祖贤更厉害。张曼玉让我感到厉害如王祖贤的女人在她面前是逊色的。王祖贤与张曼玉同台演出，大约是王祖贤的不幸。就像当年的跳水高手高敏，世界上同她一起比赛的跳水女子们根本就是一种不幸，因为高敏是不可超越的。我现在也想不出来谁能让这个小青蛇比张曼玉的小青蛇更能让我心动不已。那是个精灵，身体和目光连同每一根骨头，都性感得要命。是真实的性感，一点也不邪恶。那青蛇真是绝无仅有，那么风流，那么灵动，那么鬼里鬼气又娇卓含羞，爱的眼神和恨的眼神都妖精到骨髓里，碰得到她的人想躲得开是不可能的。蛇的目光和蛇的身段，张曼玉让蛇成精。因为张曼玉的出场，哪个男人被这蛇所勾引，我都确信不疑。我想我要是个男人，大抵也会要定这个媚到骨头里面的女人，哪怕她是个妖蛇。那个时候什么哲学什么心理学什么生物学，这些被我备战备荒一样储备下来的精神食粮，用于抵御这个世界上男女情色的，肯定一点用途也没有。

曾经和一个男作家谈起过张曼玉。男作家说，张曼玉的一颦一笑都是惊心动魄的，尤其是在一个男人的视角里面，这样的女人是经典的。男作家还说，张曼玉的前世一定是一只狐狸。他还说一般的狐狸转世是变不回张曼玉的，一定是一只超豪华的狐狸。我说那就是狐狸精了。说起张曼玉的风情万种，还真得让我们认定人真有转世这么一回事儿。不然，张曼玉为何能狐媚成这等样子是说不清的。其实，张曼玉的容貌算不得倾国倾城，可是张曼玉的生命中有着比倾国倾城更重要的东西，这些东西反而是看起来倾国倾城的女人所没能有的。

那条狐美的小青蛇是1992年的张曼玉。1992年的张曼玉已经在生命中完成了几段铭心刻骨的恋爱。几次恋爱留给张曼玉的，依然是看起来艳丽无比的外表，内伤却在生命的筋骨中留存下来了。女人活着活着总会发生这样的内伤，这样的内伤总会通过女人变化了的眼神传达出来。这样的眼神是故意不了的。被改变了的当然还有女人生命的内里。连同她们对于这个世界的重新的打量。

1987年女明星与男导演尔冬升相遇，一个是美丽的港姐一个是倜傥风流的才子。他们俩凑在一起，就是一对璧人组合在一起。张曼玉一直是表达着自己对于爱情的喜欢的。多年后尊为影后的张曼玉也从未掩饰自己对于爱情的喜欢。那个时候张曼玉就希望和尔冬升结婚，为她生两个孩子。她认为女人最大的事业是爱情。为了爱情牺牲演艺事业根本就不是问题。当时两个人看起来大有走进婚姻之架势的。在接受记者采访的时候，张曼玉会是一副陶醉在爱情幸福中的小女人之状。尔冬升教她演戏，教她简单自然的生活品位，让她由花瓶演员开始抽芽成长，终于茁壮。1989年，她在《不脱袜的女人》中夺得金马奖影后时，台上的张曼玉一个劲儿地说，一定要感谢他，是他教会自己许多道理。

其实一个女人能成为影后，多半原因是出自这个女人生命中的悟性。一个不可造化的女人被谁点化也是没有用处的。当然，一个有悟性的女人没被识马的伯乐碰到也就被社会的大舞台埋没了，这也是可能的。张曼玉与尔冬升，这对千里马与伯乐，伯乐识别了千里马，千里马没有辜负伯乐的培育，在演艺界比翼双飞，在情爱上却好了又分分了又好。终于有一天，分手之后不再回头。爱情在更多时候并不比优异的事业更好操持。爱情是不可以分析的，别人的爱情尤其不可分析，虽然分析别人的爱情是我们的强项。分析起别人蚀骨穿肺的爱情来我们一点也不疼。我们甚至可以胡说八道，没有人向我们的胡说八道收税。胡说八道还给了我们快感。我不说张曼玉和尔冬升的爱情之是之非。我们只是知道分手后张曼玉的自行车库里，摆着一辆一辆高档山地车，那是她生日时冬尔升送的礼物。她好长时间不去碰它们。它们独自待在角落里，像乱了的心。我们还知道，分手后的张曼玉和尔冬升没有相互的指责，更没有相互揭短挖苦。十几年后的今天，尔冬升成了知名导演，影史上留下了自己的位置。一些影坛盛事的会场上，尔冬升容易作为资深之人排坐在前面，十足一个中年发福男人，当年的风流倜傥早已绝迹。张曼玉却像飞得更高的鸟儿，在国际影坛上展翼，而且张曼玉越老越漂亮。

爱情最容易成为女人的最重要事业，千百万的女人承前辟后地想这么做着。假如爱情真的可以轻易地达成，女人们真的愿意做爱情可爱的囚徒。连张曼玉这种足有力量成就自己事业的女人也是这么想的。可惜爱情不是那么好惹的东西，女人太难以把握这东西。我想对于男人也一样。爱情成为男人的惶惑之事也根本不是难事儿。女人们被逼着不把爱情当成最重要的东西了，女人们被逼着把爱情当成身外之物了。这么做其实是违背女人天性的，女人因此人生不再完美而假装完满，嘴巴像鸭子嘴那么硬。

与尔冬升分手四年后的1993年，张曼玉又有了新的恋情。这个男人是一个美术指导，张曼玉与这个美术指导疯狂地驶入了爱河。张曼玉那么爱他，喊他“死猪”。“死猪”也爱张曼玉，喊她“死鱼”。他们好的时候应该是有意思的，死猪和死鱼地呼应着，浪漫是有的。可是这个“死猪”却是个卑鄙的家伙。说他卑鄙不是因为他和张曼玉分了手，而是在两人分手后他把张曼玉写给他的情书卖给了国外杂志。想想看，张曼玉把爱情交给的竟然是这样的家伙。识别了这一个事实，受伤的肯定是张曼玉。恋情的丧失已经是一件令人神伤的事情了，知道自己献出的爱情的不值更加令人焚心。

张曼玉就是在这个当口接拍电影《阮玲玉》的。我们看到了里面的张曼玉再也不是那个出水芙蓉的女孩子。出水芙蓉当然有着出水芙蓉的美好，可比起张曼玉后来的丁香一样素静而且沉重的忧郁美，出水芙蓉的美就显得有些轻飘了。张曼玉的生命一定是被岁月的手重新组合了，被挪动了筋挪动了骨，不然张曼玉不会把这么深入骨髓的优雅与从灵魂里出来的忧伤演示给我们看。阮玲玉是个让人心疼的女人。阮玲玉亲手把自己的生命给折断了，她对自己下了毒手。背后对她下毒手的是两个被她爱过的男人和可畏的人言。阮玲玉的敏感承担不了人性的这种坏和人言的这种坏。这么一种活着毋宁死去。张曼玉正是在这样的片场上听到"死猪"把自己的情书换成银子的。她当场蹲下来饮泣。满大街上叫卖着张曼玉的情书被贱卖的新闻，张曼玉感到自己的生命被那个悲劣的男人和满街的人言贱卖。阮玲玉死于人言可畏，人言的大嘴正吞张着让张曼玉品尝到了它吞噬起人来的贪婪与可畏。银屏上的阮玲玉就这样和现实中的张曼玉有着骨肉相连的心灵境遇。没有这么一种生命相通的两个女人，是不会从相隔几十年的岁月距离中在观众心中完美汇合的。张曼玉一定是和阮玲玉一样，用不足百斤的肉身体味了生命的低谷和高潮所能创造出的人生落差的最大吞吐量。从阮玲玉中出来的张曼玉却是和阮玲玉不一样的，她选择了坚定地承担自己。我们看到了剧中人阮玲玉的痛，那其实也正是张曼玉自身的痛。那痛从几十年前的一个女人的肉身转嫁到当今另一个女人的肉身，一点没有走样。张曼玉复活了阮玲玉。她因此夺得了柏林影后。有人问影后张曼玉，说你希望半个世纪后有人记得你吗。张曼玉说，我觉得半个世纪后有没有人记得我并不重要，但是如果有人真的记得我，却是跟阮玲玉不同的。

阮玲玉死于情伤和人言可畏，她的死去便成了恒久的故事令后人疼怜。张曼玉穿越情伤和人言可畏仿佛穿越荆棘，她的活下去使女人的生命化蛹成蝶。这只叫张曼玉的蛹依然选择了不宣泄而去默默化成蝶的。

医治情伤的最有效疗法，当然是让新的爱情来接替旧有的爱情。两年过后，新的爱情果真来拍张曼玉的肩膀。张曼玉这样曼妙的女子当然不缺人爱。这回爱上张曼玉的男人是房地产商人，叫宋学祺。张曼玉的可爱之处在于她总能用新鲜的自己投入爱情。她大约深深地爱着这个叫宋学祺的男人，有一个阶段，媒体上两次道出张曼玉要隐退以便嫁做这个宋姓商人妇。或者说张曼玉太需要有一段属于自己的婚姻了。她还愿意要个自己的孩子。她要这样的形式帮助自己成全自己作为女人的完整过程。爱情一定是以娇好的容貌开始的，以至于张曼玉愿意为情郎做出太多事情。在宋学祺经济困难的时候张曼玉拿出来自己的一千万港元积蓄，作为对其公司的资金周转。一个女人如此的举动，是胜得过一千句我爱你之类的表白的。可张曼玉又一次的遇人不淑。不到两年，张曼玉的这笔钱就血本无归。破产之后这个宋姓男子竟然在人间蒸发了。后来这个男人娶了另一个富商女子为妻。

真不知道为什么上帝总把属于张曼玉的爱神之箭制造得如此不负责任。

对于花边新闻，对于名人男女情事的失意，传媒像馋猫嗅到鱼腥一样地来胃口。一个影后遭遇情骗和财骗，可是娱乐界的鲍鱼一样价格昂贵的大餐，用来大烧大炒是少不了的。那一个时段，什么样的标题都敢于出现在报纸上。什么“张曼玉遭遇薄情郎，人财两空”，什么“张曼玉被骗色又被骗钱”，文章一篇比一篇煽情，标题一个比一个乍眼。可以想象，心已破碎的张曼玉只能像可怜的小猫一样躲在自家的一隅，一个人舔着自己的心中正在汩汩流血的伤口。

写出《生为女人》的美国女作家艾德里安娜·里奇曾经写道：“我真的一直在探询这样一个问题，那就是妇女是不是真的不能开始并最终通过身体思考，将那曾经被非常残忍地肢解下来的身体重新组合起来。”是的，对于这个世界的变故和它呈现的不安全感，女人的身体和灵魂之间必将产生令人震惊的暴力革命。这种革命的结果是女人的身体被非常残忍地肢解下来，重新组合成新的身体。这样的革命是发生在女人生命的内部的，像地震，女人的外表或许可以异常平静，甚至是在面具一样的笑容下面隆重举行。这是一场重大的手术，医生是岁月。岁月是女人最在行的内科手术医生，它把女人肉身肢解下来，重新做着适合于存活下去的肉体与骨骼之组合。这样的手术是长久的，是不停地肢解和不停地调换着的。载体是女人的身体。肉体做成的身体。喊疼的不是女人的嘴，而是女人的心。心是不会发声的，而疼痛丝毫未减。女人就是这样一天天活了下来，直到变成了肉身与筋骨完全不一样了的自己。女人即使如此伤筋动骨也不能保证自己能不能在这个世界上不痛地活下去。

上帝造人的时候是按照生物学的逻辑简单地建造的。像是人的一个雏形。这个雏形有着异常华美的外壳，艳丽胜似罂粟。这时的女人以一张毫无皱纹的脸和一张毫无灵魂的面孔出现。而女人想在这个世界上理性地存活下去，沿着上帝给予的肉身纹路发育成长是完全不够的。那是一具充满了欲望的肉体，充满了肤浅的叫喊。上帝给了女人很多感情，女人却不会使用它们。世界复杂着而身体单薄着。大地丰饶着而身体纤瘦着。这样的身体必将迎来一场又一场比地震还猛劲的分裂，像大地咧着嘴叫唤。女人是必将被再造的。不能有再造能力的女人差不多都会被送进了精神病院。不能有再造能力的女人即使住在了自己的家里，也像个一天比一天枯老的动物，在一个黄昏一个黄昏的暗淡之中衰草一样败落下去，没有了丝毫女人的灵动。这样的女人活着仿佛死去。这样的女人活着仿佛女人的尸体。

是的，除了疼痛，女人没有另外一种再造自己的方式。肉体的被肢解有多痛，女人的心灵就有多痛。

依旧是不把破碎的心提溜给大家看。依旧是不寻求众人的慰藉。对于情事的挫败，张曼玉却将审视的目光对准自己。她写道：过去我有很多次恋爱经验，可是到头来都不欢而散，有时候我想自己的问题也很大。每一次拍拖，我都恨不得二十四小时，日日夜夜都和对方黏在一起。我和朋友去玩，他也一定要陪在身边；就算他和死党一起，也不能撇下我。当时这种全部拥有和分享的心态，对我来说是理所当然的事，但却像两个人拉着一条橡皮筋，愈拉愈紧。矛盾、嫉妒、冲突也蜂拥而至，渐渐把大家逼到死角，分手是必然的事。

将审视的目光对准外部世界，对准另外的人，这是世人特别容易通用的东西。正是这种东西的通用才使得原本混乱的世界更加混乱。而一个女人懂得将审视的目光对准自己，是这个女人的生命走向有序的开始，是这个女人走向通达之途的开始。

上个世纪末，陈可辛导演的电影《甜蜜蜜》给出我们一个本色的女主角李翘。给出这个活生生李翘的当然是演员张曼玉。还是那张熟悉的面孔，还是那脸熟悉的笑容，这样的面孔和笑容却是不一样的了。我们一眼就可以辨认出来，这是一张经过再造的女人身体焕发出来的面孔和笑容。只有这样的女人才能真正演活一个角色，才能用身体移动出像故事中的李翘那样丰饶的故事。这个时候的张曼玉彻底地从一个花瓶演员蜕变成天后级的影后人物。这是一个获得了诸多国内国际大奖的影片。张曼玉的事业与生命都已化蛹成蝶。

我以为，在中国的女演员中，这等生命经过再造而且再造得比较出色的女人，张曼玉算一个，巩俐算一个。风光无限的章子怡和赵薇、周迅，她们或者在再造之中，或者再造得不完全。岁月还没有给她们足够吃苦的机会。她们还没有消化苦难的能力。她们诉诸的苦多半还是一些皮肉之苦，那苦还难以伤及内心。她们能不能成为化蛹成蝶的女人，完全得看她们造化的能力。

不因爱情的破损而使向往爱情之心破损，不知道这样的信念最终会给张曼玉一个怎样的回报。

一个法国导演，叫阿萨亚斯，因为成为张曼玉的老公而被我们记住。这是一个电影世家中走出来的男人，在法国有些名望。他们在威尼斯一见钟情。他们热恋了。很快地，阿萨亚斯向张曼玉求婚。张曼玉答应了他的求婚。张曼玉结婚的时候简单极了，只穿了一件无袖的白衣服，还有一条大方的裤子。这是一场没有婚纱的婚礼。如此简单的婚礼绝不表达两个人对于自己婚姻的不敬重。这也是我尊敬张曼玉的原因之一。我从来没有欣赏过那些过于张扬的婚礼。婚姻其实从来都不是别人的事儿，和别人的热闹毫无关系。正因为婚姻是严肃的是庄重的，婚礼是不应该被弄成那么一种喧哗那么一种杂乱之态的。而且，我从来不以为一个人应该有那么多的朋友。一个朋友很多的人总让我感到可疑。那样的人太没有独处能力了，那些所谓朋友的质量也多是被大大稀释了的。问题是明摆着的，一个人哪里有精力交往那么多的朋友？一些熟人而已。而熟人是多么没有意思的一些人。让一大帮熟人来参加自己的婚礼是多么无聊的事情。熟人原本也不是真心愿意参加你的婚礼的，你结婚和别人有何干系？一个国际影后，这么简洁地处理自己的婚礼，只请了十几个亲朋好友，甚至连婚纱都没披，真是让我从心里敬重。只有内心淡泊者才能做得出这等事情。只有心中自有宇宙者才能不去主动制造人为的聒噪。

我愿意相信上帝真的给了张曼玉一段幸福的时光。我愿意相信嫁作人妇的张曼玉在法国的生活有着普通人的简单和幸福。那个时候她像其他女人一样煮饭和洗衣。当媒体问及婚姻幸福的秘诀时，张曼玉回答，没有秘诀，只有全心全意四个字，尤其是感情，你不管是三年还是五年，全心全意才不会负自己负别人。是的，婚姻不靠秘诀而靠用心。在那一个阶段，我曾经以为张曼玉是世界上最幸福的女人，因为我喜欢她爱情幸福。我其实是不那么容易相信当事者喊出来的恋爱幸福的。我早就过了听信别人的年龄。尤其是对男欢女爱，那么容易变动，像活泼的化学物质。但是我曾经愿意为张曼玉例外地相信一次。我愿意为张曼玉放弃心中的那一份对于情色的疑惑。是的，一个再高贵的女人，事业再顶级的女人，如果缺少爱情的圆满，那么她离幸福是遥远的。那些独身女人再吆喝自己幸福，也像是吹着气球给自己打气。她只能骗骗自己而已。

这段著名的跨国婚姻也仅仅行进了四年。我们知道的就是这样的结果。尽管对于娱乐界婚事的变动我早就心存不惊，张曼玉的婚变还是让我小小地惊讶了一下。当然，也就是一下而已。这样的结果使我对内心早已形成的东西再增加了一次巩固，比如对童话爱情的质疑。比如对爱情秘诀的质疑。说出来的分手理由是没有意思的，尽管媒体总要给出这样的理由。心不再像亲人那样勾连着了。一个人的疼不再被另一个人感应着了。这就是理由。我们看到了张曼玉烫炸了她的短发。她让每一根头发都被仪器炸曲。她的那颗心是否也需要雷电的轰鸣？

作家刘亮程曾经在散文《一块石头》中写道：“我知道我内心的寒冷与荒凉。日复一日我面对着自己的孤独，沉默无语。我的孤独比我更强大。内心深处的荒雪中，有我积攒三十年的一垛柴火，是我积攒下过冬的，我的冬天远未到达。我需要寒冷，就像我的荒凉需要那块石头。没有它，我的荒凉是不完整的。”这是我看到的最孤独最寒冷的文字，也是我看到的最有劲的文字。我见过刘亮程，他也是我见过的最有劲的人，虽然他比谁都显得沉默，虽然他的身体绝不高大威猛。我从来没有见过一个人如此沉静地要求着完整自己的荒凉。也许，荒凉是命定的，不完整的荒凉对于再造一个人来说是不够的。是的，一个人的冬天远未到达。一个人的荒凉远未完整。我现在也学着让自己一点一点地积蓄力量，以便迎接自己远未完整的不断来临的荒凉。张曼玉的荒凉也远未完整吗？或者说，没有这样心灵的再次破损，她的荒凉就不算完整吗？是的，我在心中愿意这么去想，这样的经历是为了成全张曼玉生命中完整的荒凉的。上帝让其卓越，必先使其荒凉。这或许正是上帝给张曼玉的礼物。

我们欣喜地看到从荒凉的爱情废墟中走出来两个明亮的人。张曼玉和她的前夫阿萨亚斯。从爱情的废墟中手拉手走到戛纳电影节上，两个人的心里度过了怎样的路程我们是无法洞悉得到的。而两个分手后的人把分手后的故事打造得如此美好，美好得让人想流眼泪。为心灵和心灵的美好流眼泪。我愿意。

在张曼玉和阿萨亚斯还没有分手的时候，阿萨亚斯就为妻子张曼玉量身打造了一部叫《清洁》的电影。张曼玉饰演其中的女主角。离婚后，张曼玉与阿萨亚斯抛却了个人恩怨，依然开始了对于《清洁》的合作。在电影中张曼玉是一个沦入污秽后又自身清洁的女人。从污秽走向清洁，说的其实是女人生命的再造过程。是打碎了上帝简单规划的女人之身，肢解肉身然后重新组合的那么一种生命再造过程。然后才可能完成女人自身的清洁。阿萨亚斯说，他在创造这部电影的时候脑子里想着的就是张曼玉。在他的心中，张曼玉其实就是一个完成了自身清洁的女人。张曼玉果真把这个从污秽到清洁的女人完成得那么好。这样的路途其实早已被张曼玉自身用生命一步步走过，留下一路泪水和血水。在电影中再走一遍，她走得异常像自己。张曼玉也因此走向了戛纳影后的宝座。上台领奖的时候，张曼玉真诚地感谢前夫阿萨亚斯给她这个机会，她说在她合作过的所有的导演中，阿萨亚斯是惟一一个真正懂得她的人，完全了解她的人，和他在一起工作，她可以非常放松，全身心地投入。张曼玉还说，从阿萨亚斯那里，她学到了很多让自己终身受益的东西，为人处事的方式和对待生活的态度，他是她人生里很重要的一个人。

两个如此高看对方的人，男人和女人，张曼玉和阿萨亚斯，竟也没有将爱情进行到底，竟也将爱情破损给我们看。爱情的不可捉摸真是令人唏嘘。除了唏嘘，我们还能做什么呢？

阿萨亚斯同样是多么好的一个男人呵，虽然他没有给足张曼玉完整的爱情。

这篇文章的原稿是被我如此定义阿萨亚斯这个男人的。我把文章第一时间用伊妹儿发给一个对这些文章比较关注的女作家朋友也鸣看时，她对这个环节提出了疑义。也鸣第二天就给我发来了伊妹儿，说出了她的看法。也鸣不认为阿萨亚斯没有给足张曼玉完整的爱情。也鸣问何为完整？以时间分？以一生分？维持一生的还是爱情吗？她说她向来以为，真正的爱情一定是燃烧的，有燃点的，燃点越高，爱情的质量越高，也同时意味着它的短暂。那种长久的，温和的，一直发出淡淡火焰的是爱情的一种，但如果时间过于长久，一定是要转化的，一定是要有化学反应的，那就是亲情了，就是亲人的感觉了。

我同意朋友的观点。以这种观点去看待张曼玉的爱情，她是了无遗憾的了。拥有过爱情，质地很高的那种爱情，燃点很高的那种爱情，这样的女人都是真正活过的。一个女人连一次燃点很高的爱情都没有过，那才是真正贫穷的女人呢。

张曼玉还在用她的热切对待着自己生命中的爱情。对此张曼玉从不掩饰。张曼玉多么可爱呵，她不讲假话。假装自己不需要爱情，对于一个国际影星来讲或许算得上是一个策略的。这一点虚伪张曼玉也用不着。这是一个需要爱情的女人。上帝或许是以为这个叫张曼玉的女人在人世间得到的太多了，太圆满了，就故意把她的婚姻与爱情制造得麻烦一些。有的时候上帝得使用一下自己的公平。这么一个好女人，需要在这个世界上发育出一个好男人来与她相称。然后相爱。时机或许未到。张曼玉，请先一个人在孤独的人世间美丽着，请使用一点耐心。

莎乐美：令极品男人情伤的自由女神

自由是你身体里面最尊贵的神

那些高锐得没有来得及被人类说出的话语

你像一只追逐浪花的蝴蝶一样

跟上它们　并用智慧说出它们

你这个有劲的女人呵　让我不停地问

这颗深不可测的灵魂究竟是从哪里来的

知道《圣经》中有一个莎乐美。后来还知道了有一个艺术家莎乐美。看一些外国艺术家的传记或者文章，里面经常谈到他们看歌剧或者芭蕾舞《莎乐美》之类的回忆，就弄不明白这究竟是哪一个莎乐美。直到看了莎乐美的回忆录《在性与爱之间挣扎》，才知道了艺术家的莎乐美是不和戏剧沾边的。艺术家的莎乐美不属于娱乐和神话。艺术家的莎乐美的名字是和尼采、里尔克和弗洛伊德联系在一起的。尼采向她求婚几次都被她拒绝了。小她十五岁的里尔克一直迷恋着她，最后被甩的人竟然是里尔克。中老年的时候莎乐美师从于心理分析大师弗洛伊德，成为弗洛伊德信任与交流的朋友。弗洛伊德的工作室里放着的一张镜框里面的照片就是莎乐美。

在写莎乐美以前写了一些女艺术家，普拉斯、卡米尔、弗里达、费雯·丽，还刚刚读完了毕加索和他的几个女人们的故事。她们死的死，伤的伤，死里逃生的几个活得也郁闷，甚至生不如死，都是这个叫天才男人害的。就连最彻底的女权主义者波伏娃，也一生没有从萨特的生命中疏离。她不得不使自己妥协，容忍萨特对于其他女人的兴趣与性趣。在我知道的天才之中，只有画家达利一生只忠实于自己的妻子加拉。达利视加拉为生命。达利与加拉因此给予了对方罕见的幸福人生。他们是幸福的另类。写完了她们，我郁闷极了。在情爱这个战场上，女人们真是天才手下的残兵败将。女人特别容易从天才的情爱中争取来破损的权利。身体与心灵的破损。即使这个女人本身是个天才也不容易幸免。我不能问这是为什么。这其实已经不是一个可以去质疑的事情。生活中大量的平凡女人不也是被大量的平凡男人搅和得心灵的战场一片狼藉吗。

莎乐美不同于任何一种女人。一想到孤傲的尼采为她着迷，着迷到骂她；一想到卓绝的里尔克为她倾倒得不能自已；一想到划时代的弗洛伊德长久而真挚的对她的好感，就足以感叹莎乐美的天才。艺术上的天才。哲学上的天才。她得天才到什么程度才能够得到上帝的造山运动中得以诞生的这几个人类罕见骄子的青睐呀。在情感领域，莎乐美从来不是一个主动进攻的女人。相反，是这些伟大的男人迷恋她到了情不自禁。让这些大师痴迷着的，绝不仅仅是这个女人足以让他们仰起敬畏目光的智慧的部分，她的身上一定还散发着珠光宝气的色情气息。这种气息浓烈得让男人致命。莎乐美最严重的天才部分是她的独立。这是比她艺术上的天才部分更加令人惊讶的东西。莎乐美强烈地只属于她自己。属于她自己的自由。男人们是她的身外之物。天才也不能例外。就像男天才有力量使得女人忧伤到为他们殒命一样，莎乐美也有力量使得男人为她殒命。那个叫保罗的哲学家就因此命令自己的身体从悬崖上落下去。如果得不到她的爱，保罗是愿意去死的。还有莎乐美的丈夫，那个杰出的语言学家和高明的医生，他竟然能够听凭莎乐美与她结婚而不与他做爱的荒唐要求而娶了她。几十年他们果真如此。真是天方夜谭。写莎乐美对我来说是一件大快身心的事情。莎乐美的精神太值得我去仰视了。即使这种精神是学不来的，我认为知道世界上曾经真实地存在过这么一个女人，这么一个有着过人力量用来支撑自己精神的独立的女人，也足够让自己试着把生命中一些讨厌的多余的力比多从身体中挪出去，然后像扔垃圾一样把它们扔到楼下去。

她的名字叫露·安德烈亚斯·莎乐美。安德烈亚斯是她结婚后加上的丈夫的姓氏。莎乐美的父亲是俄国的一名大将军，她是父亲的掌上明珠。她1861年出生。莎乐美从小就是个具有反叛精神的女孩。悍猛的父亲和她的三个哥哥对莎乐美的世界观造成影响。莎乐美的初恋是一位牧师。这位四十三岁的名叫吉洛的男人有着沉静的面孔。他风度极好。十七岁的莎乐美为吉洛布道的样子所沉迷。他像《圣经》里面的先知那样被莎乐美所神往。莎乐美第一个念头是这样的：现在所有的孤独都结束了，他就是我要找的那个人，我必须和他说话。莎乐美于是经常坐在吉洛的面前，听他布道，听他字字珠玑一样的教诲。那个时候莎乐美像爱父亲爱上帝一样爱着这位牧师。吉洛惊异于这个女学生颖慧的天性，她竟能准确无误地领会原本并不那么容易掌握的宗教旨意。莎乐美刚刚成熟的身体像春天的果实一样把吉洛弄晕。牧师不仅对莎乐美表达了感情，还向莎乐美的父亲谈了想和她结婚的愿望。莎乐美的妈妈对牧师说，你害了我的女儿。牧师回答，我想对这个孩子负责。莎乐美终究还是拒绝了他。当然，有许多因素可以被她拿来当借口，其中之一是他们之间的年龄差距。他已经结婚了，而且是跟莎乐美差不多年纪的两个孩子的父亲。后来莎乐美回忆说，这其实都不是主要的。主要的是她产生了迷惑与清醒之间的情绪差距。莎乐美说，我必须跟随他，他是那么伟大，但他把我的心思想歪了，竟至于向我求婚。直到最后，牧师在莎乐美的心中依然是其童年时代的上帝形象的一个副本，一个亡魂。当莎乐美确切地发现她不能把自己的爱付诸任何一个男人时，她开始明白了上帝在他心中的地位。她因此逃离了他。她对牧师的感情是神圣的，世俗中的东西一旦出现就在心中亵渎了这种神圣。

1880年秋天，莎乐美离开故土俄罗斯，去了瑞士的苏黎世求学。宗教。哲学。语言学。艺术史。莎乐美像鱼跃进了大海。1882年，莎乐美在罗马遇到了哲学家保罗·雷。当时的莎乐美二十一岁，保罗三十二岁。保罗是犹太人，是尼采的好友。保罗对人生充满了悲观的调子，却是一个善根很深的男人。莎乐美深深地激发出了保罗的爱欲。保罗向莎乐美求婚。莎乐美拒绝了保罗的求婚。莎乐美说，我是来学习的，不是来结婚的。那个时候，牧师的影子还没有从莎乐美的心中消匿。她感情的大门是关闭着的。莎乐美没有拒绝保罗对于她的呵护。她把保罗当成哥哥。她和保罗住在一起，既不是我们想象的那种爱情也不是同居。是一种友谊。他们的居所来源于莎乐美的一个梦：书房里满是书籍和鲜花，她和他在一起快乐地学习。书房的两边是两间卧室，他们在两间卧室之间可以来回走动。就像两个同事，一起喜悦而认真地工作。保罗把尼采邀请来的时候，历史上的一个瞬间定格了。后来莎乐美、尼采和保罗组成的三人同盟在哲学史上广为人知，这个传奇就是从这一瞬间开始的。

尼采见到莎乐美的第一句话就是：我们是从哪颗星球上一起掉到这里的。三个人过了一段愉快的生活。那种快乐是哲学家们独有的。我们无法体悟。那一个阶段，莎乐美每天能与尼采谈话十个小时。尼采曾说，他在那个夏季所做的最愉快的事就是同莎乐美交流。他们在智慧及趣味方面有着最深层次的沟通。这使他们之间成为相得益彰的谈话者。尼采后来也对别人讲，他还是第一次遇到莎乐美那样一个能从自己的经验中提取大量客观看法的人。麻烦却也跟着来了。尼采爱上了莎乐美。尼采第一眼见到她时就爱上了。在爱中，尼采并不是一个体面的人，他请求保罗放了莎乐美。他还向莎乐美求婚。莎乐美对尼采说，她反对一般意义上的婚姻。保罗也对莎乐美与尼采的亲近很恼怒。这种僵持正在形成中。有一次尼采提议，三个人合照一张相。尼采抱着一种好玩的心态，亲自动手，布置小马车，甚至想出了用丁香的枝叶装饰出一根马鞭。这张照片我看过。有点夸张。有点好玩。看起来天才们也有把精神头腾出来搞弄点玩乐的时候。不过，从这张照片也可看出尼采对于莎乐美的深情。这是一张后来十分有名的画：尼采与保罗站在马车前，手扶马车把手，并着肩，目光看着远方。莎乐美坐在马车上，右手拿着马鞭。马鞭被莎乐美停在中央，鞭杆与垂直下去的鞭子形成一个差不多六十度的锐角。这是一幅有些夸张的照片。它却表达着当时著名的三人同盟的华彩十分。在我看来，这张照片还表达着一种看似完美友善情感的难以达成。因为马车前面真实的路途并不那么美妙。尽管三个人都有着好好过下去的愿望，变化还是形成了。尼采的一些行动影响了莎乐美。尼采让她少想着保罗。让莎乐美感到诧异的是，尼采竟然认为这种招数会起作用。尼采的举动损坏了自己与莎乐美与保罗的友谊。失恋使尼采失去了理智，他写信给莎乐美，说了一些很过头的话。他说莎乐美有着猫似的自私自利。他说莎乐美的自私使得她没有爱的能力。他说莎乐美信奉的某些东西是他最厌恶的，它比某些恶更糟。这些信被保罗给藏了起来，莎乐美是很久以后才知道的。善良的保罗不想让莎乐美因此受伤害。

尼采的做法和他的性格是相符的。在优雅的举止背后，尼采其实有一颗狂暴的心。尼采后来举世闻名的文字也因袭着其内心的狂野而造就。诗性的和理性的力量在他身上结合得非常紧密。尼采天才的力量正是表现在这些东西上。是精神与沮丧的战斗促使他取得了极高的成就。但是，这样的战斗也最终使得尼采焚毁了自己。被莎乐美伤透了心的尼采又失去了保罗的友谊。尼采离开了他们。很快地，尼采写出了那本他的巅峰之作《查拉斯图拉如是说》。他还写了那句著名的诗：回到女人身边去/别忘了带上你的鞭子。有人这样描述莎乐美：她是一位具有非凡能力的缪斯，男人们在与这位女性的交往中受孕，与她邂逅几个月后，就能为这个世界产下一个精神的新生儿。是不是可以这么说，举世无双的《查拉斯图拉如是说》就是尼采的精神与莎乐美邂逅后“受孕”产下的新生儿，虽然尼采的身心受到了刺激。几年后，尼采精神崩溃。一个曾经敏锐如雷达的灵魂变得麻木，只能待在精神病院里。莎乐美写下了一本关于尼采的书《弗里德里希·尼采及其著作》。这是她对尼采最好的纪念。非常可惜，曾经强大的尼采听不到莎乐美内心的声音了。

莎乐美最终没有选择尼采作为她的伴侣。我非常同意《三联生活周刊》的主编朱伟对此事的个人见解。朱伟曾经撰文说，其实作为一个女人，莎乐美不过是也希望同时获得一个理想男人的两极：一个能呵护他的兄长与一个能挑逗她情欲燃烧的伙伴；一种在摇篮边安宁的抚摸与一种在风中颠荡的快感。对于后一种男人的危险，莎乐美其实有本能的恐惧。在保罗与尼采这两个男人之中，莎乐美选择了保罗，其实是因为她更需要安全。

莎乐美与男人的交往中其实从来没有发挥性别上的能动性。她所规划的三人同盟于她而言是适宜的。竟然是男人们出了问题。保罗和尼采都没有能力在这种同盟中管理好自己的欲望。虽然他们以为他们有管理好自己欲望的能力。他们在内心中产生了辗和轧。尤其是尼采。性与爱的迷离在这种碾轧中把这样一种乌邦托性质的梦境打乱。或者说，乌托邦原本就是用来被损坏的。保罗和莎乐美一直保持了友谊。他们同居在一起。五年。没有爱情没有婚姻的一种同居。这不是我们能懂得的一种同居。在这个世界上我们不能懂得的事情很多，尤其是天才们身上发生的事情。我们不懂，是因为天才们不可复制。是因为我们的目光没有可能达到那另一片高远的天光。天才们的经历是一种另类经历，他们原本就不打算让俗人理解。他们毫不在乎我们的理解或者不理解。我们只能对于这些的事例惊讶。然后像我这样描述。胡乱地评判。我们还能做什么呢。

我读了五本有关莎乐美的书籍。按我的理解，莎乐美与保罗的深厚关系和交往时间是远远地大于莎乐美和尼采之间的亲密的。所有的传记都把莎乐美和尼采的情话大加渲染。因为尼采是一个大名人。尼采是一个举世无双的哲学家。莎乐美与尼采那一段不长的交往，耀眼得像雷与电在天空中碰撞，产生的火光成为这个世界恒久的风景，在世界艺术的博物馆中成为珍贵的藏品。那个叫保罗的男人其实对莎乐美用情极深用情极久。保罗与莎乐美所完成的内心碰撞其实更加曲径通幽。保罗没能成为世界级的大艺术家，所以在莎乐美的传奇中，保罗没能承担应有的和更加绚烂的历史回应。

保罗和莎乐美同居五年后，另一个男人出现了。这个叫安德烈亚斯的男人竟然向莎乐美求婚成功。保罗因此而黯然神伤。他爱莎乐美已经习惯了。他不习惯没有莎乐美的生活。即使莎乐美不给他爱情和婚姻。保罗选择了离去。那一天晚上他很晚才离开莎乐美。几分钟后保罗又折了回来。他说外面下大雨，出门是不理智的。过了一阵子，他又走了，然后又回来，只是要拿一本书。最后他还是转身走了。莎乐美这时发现，桌灯的光亮下是一张她孩提时代的小照片。这是她曾经送给保罗的。照片外面裹着一张纸，上面写着这样的几个字：求求你，不要寻找我。然后保罗再也没回来。几年后，保罗坠崖死去了。那是一座他和莎乐美曾经一起度过美好时光的山。没人知道保罗是自杀还是无意间的失足。保罗是莎乐美心中内疚最深的男人，也是对莎乐美用情极深的男人。他大概觉得没有莎乐美的日子是不值得过的，是一些连死亡也不如的日子。

安德烈亚斯和莎乐美的婚姻，我稍后要描述。我先用文字请出另一位伟大的艺术家里尔克。里尔克与莎乐美有着更加复杂更加伤感更加杰出更加迷乱的情感纠葛。

里尔克是先读到莎乐美那些聪明智慧的文字的。它们预先把二十一岁的里尔克折服。然后里尔克以一个文学青年的名义给莎乐美写信。信中有大量的溢美之言。还有这个文学青年写的诗。那时已经三十六岁了的莎乐美是不在乎这些溢美之词的。她原本就不是个稀罕这些东西的女人。那些诗也没有让莎乐美产生太多的好感。她不喜欢里面油腻的成分。一个二十一岁的年轻人写出的东西有些咬文嚼字，这是被上帝允许的。上帝允许年轻人犯任何错误。有一天莎乐美的一个朋友介绍她与里尔克认识了。很快地，莎乐美从里尔克的文字里知道了眼前这个青年就是跟自己通过信的年轻人。这一次里尔克被莎乐美的美貌和高贵气质所折服。里尔克最初给莎乐美的印象，是一个年轻人本身的素质，而不是来自日后大诗人的气质。那个时候的里尔克绅士风度十足，具有控制自己把握局面凛然不可侵犯的气度。他给莎乐美写诗，情很真意很足，虽然还达不到技艺上的娴熟。莎乐美还是被里尔克的青春活力和生命里隐约着的天才光亮所感染。她和里尔克相爱了。他们俩用情极深地相爱了三年。里尔克写诗道：挖去我的眼睛，我仍能看见你/堵住我的耳朵，我仍能听见你/没有脚，我能够走到你身旁/没有嘴，我还是能祈求你/折断我的双臂，我将拥抱你/用我的心，像用手一样/箝住我的心，我的脑不会停息/你放火烧我的脑子/我仍将托付你，用我的血液。莎乐美也曾这样表达里尔克和她的交融：在我们心中，不是两个一半在寻求合二为一，而是一个惊异的完整的整体在另一个不可思议的完整的整体中发现了自己。她们共同度过的时日就像一只杯子，装满了要让对方留下好印象的欲望。那都是非常热闹而又隆重的节日。

莎乐美开始和里尔克生活在一起，把自己的一切都交给了对方。里尔克是非常幸运的，因为她的确得到了莎乐美艺术上一针见血的指点。莎乐美发现了里尔克追求艺术完美的同时，付出了内心和谐的代价。这其实是危险的。心智早已成熟的莎乐美知道这种危险是源于里尔克跟生活的敌对心态。他的才华被用来对那些几乎无法表达的东西做出抒情性的表达，目的是要通过自己诗歌的威力说出那些无法说出的东西。到最后，在他作为一个人的内心的发展和作为一个诗人的才华的展开之间，存在着相互抵牾的情况。她知道里尔克既需要艺术，又需要人格的全面发展。天才的里尔克在莎乐美的指点下，开始学习简单的东西。学得慢。学得很难。他变得会表达质朴的东西。他就是这样一点一点地克服了他的文字中花哨的部分。沉重的生活真实的血肉一点一点进驻到了他的诗歌之中。

我曾经读过里尔克的那本《给一个青年诗人的十封信》。那个时候里尔克刚刚二十三四岁，差不多是和莎乐美交往甚密的日子。我被里尔克过人的智慧和对于爱的深层感触而震惊。我只能用震惊这两个字来表达。一本薄薄的书，却沉。很长时间我的包里都放着这本书。读过许多遍之后，再拿起它来依然新鲜如初。我承认，至今拿起这本书来，我依然能从中有所收益。他说，凡是将来有一天许多人或能实现的事，现在寂寞的人已经可以起始准备了，用他比较确切的双手来建造。所以，你要爱你的寂寞，负担它那以悠扬的怨诉给你引来的痛苦。他说：如果有一种不安，像光与云影似的掠过你的行为与一切工作，你不要恐惧，那是有些事在你身边发生了；那是生活没有忘记你，它把你握在手中，它永不会让你失落。我当时就想，一个二十三四岁的年轻人，他是从哪里得到的这么多天才的思考呢。是的，只能是天才。这么一个天才人物，这么一个对生活有着深厚底蕴的诗人，却深情地而不是修辞地把敬畏的目光投放到莎乐美身上，真诚地感谢她带给他的人性光芒和精神高地。莎乐美得具备怎样的好东西呢？而且，一个生命正值早晨最俊美时段的年轻人，吸引女人犹如磁铁吸引铁屑，却把爱情奉献给一个大他十五岁的女人。这个女人该是散发着如何珍贵的光束呢？他们一起去了俄罗斯。他们一起去见巴尔扎克。他们留下了很多值得回味的足迹。还有往事。还有性。三年后，莎乐美还是离开了里尔克。按我的理解，是里尔克对于莎乐美的依赖限制了莎乐美的自由。正是里尔克的百般温存让自已离开莎乐美的。莎乐美对自由有着绝对严格的需求。莎乐美对里尔克的疏离使用得还算委婉，她一点一点地把自己的身体从里尔克那里抽离而出。里尔克还是悲伤得难以自持。他看起来也很绝望。他在短时间内和一个女人结婚了。这个女人是雕塑家罗丹的学生。里尔克的婚姻并不幸福。里尔克的举动是草率的。但是，此后的三十年，里尔克与莎乐美一直保持着通信关系。他们用这种方式关爱着对方，直到里尔克死亡。天才的里尔克死的时候才四十九岁。这样的爱情是催人泪下的。这样的友谊也让人流眼泪。只有伟大的艺术家才有能力超越过去的恩怨，达成伟大的友谊。

莎乐美最终离开了里尔克，后人有着不少的说法。我非常愿意把朱伟的说法拿来和大家一起分享。朱伟说，在与一个男人交往疲惫后会踏上与另一个人的旅途，这是1902年莎乐美遗弃里尔克的最庸常解释。朱伟相信莎乐美为“不堪重负”而要重觅回自由的解释背后，更多是对里尔克持续的“甜食”的恐惧与厌倦。疲惫是疯狂必然的代价，第二次俄罗斯之旅她更深入直面了他的灵魂，在腻倦中，莎乐美会清晰感觉到亲密距离中的黑暗。

莎乐美是一个忠于自己记忆的人。她不是一个忠于任何人的女人。即使面对一个比自己小十五岁的天才，她也从不在爱情方面输掉自己。曾经听到台湾时事评论家和节目主持人陈文茜的一席话。她说自己不一定有能力与别的男人长久相爱，但她很有能力和别人分手，不论是她负人还是人负她。李敖曾经夸奖陈文茜是他所见到的最聪明的女人。我想，莎乐美就是这样一个有能力和别人分手的人。她比陈文茜更加有意味，她总是让自己负男人。我以为，无论是尼采，还是里尔克，还是保罗，莎乐美最终是没有爱上他们的。莎乐美是一个对爱情要求极高的女人。她不妥协。没有，就空着。就不要。自由比残损的爱重要。尼采专横固执。里尔克甜腻软弱。保罗忧郁温顺。他们不是莎乐美心目中的爱人。恋爱的时候，男人和女人看起来像是万花筒里面的图案，变幻如梦，美得心颤。其实，那不过是几粒毫不惊艳的石子造成的视觉效果。莎乐美有能力审视到爱情的万花筒内里的东西。她有能力与他们分离。绝不拖泥带水。而且，艺术上的天才绝不表明就是情爱上的天才。一个人，具备承担婚姻的天才和他所具备的艺术天才的成分并不是重合的。莎乐美的内心像X光线一样透视得了这样的规则，而大多数女人总会在这一点上迷瞪糊涂。

顺便说一说俗世中的爱情。一些爱情似乎出现了，像是万花筒里面迷离而多情的画面。或者说，男人女人一开始愿望美好地接触了。一把钥匙企图打开一把锁的情色运动开始了。可是，太多的情况是钥匙打不开锁。多一点或者少一点，锁和钥匙就不能沟通。爱情就是这样不肯轻易地被沟通。蒙田说，人是由一小块一小块组成的。在爱情这个问题上，我们不知道哪一些小块的沟通起到销魂的作用，哪一些小块的碰触能够让人分泌情感的力比多，还有，得有多少个小块的融洽才能达成男人与女人情感的融洽。女人们经常忘了至关重要的一点，那就是她自己的心里有一个魔，算不上鬼或者算得上鬼的一个魔，是这个魔在搅动着女人的心。女人们的情欲需要男人，于是这个男人被这个魔打上了高尚的或者爱情的烙印。这倒不是说爱情不是个好东西。这倒不是说情欲是个不值钱的东西。我是说上帝原本没有给情事的后事安排一些好的结局。十有八九是这样的。一个女人一生中没有遇到真正的爱情，其实正常得就像石头不会发出声音。真正有质量的情事是稀罕的。不稀罕的情事败事有余。女人们通常不会这么想。女人们总是想着华美的艳事一定会在某一个旮旯里等着自己呢。爱情是一场病。必得发作的一场病。癫狂。坠落。痛不欲生。思维混乱。爱情发育成死亡是一件特别通顺的途径。我的一个女友沉浸于一场多病之恋中八年。一场不那么允许发生在光明正大之中的恋情，或者原本就是一场误会的畸恋。她在这个角斗场中弄坏了情绪，然后弄坏了身体，沾上了一些病，不得不经常上医院。她身体上的器官终于没能承担得了她的坏情绪对于它们的迫害。她在读了莎乐美之后对我说，如果早读到莎乐美，她一定不会把自己的身体捣弄得那么惨。几年来，她一直把声讨的声音抛向了那个他。莎乐美终于让她懂得了把质疑的利器对准自己。

轮到说一说莎乐美的婚姻了。这是一段不可思议的婚姻。差不多也是空前绝后。有那么一点萨特和波伏娃的味道。独立。未曾被疏离。使用了四十多年的时间。当然莎乐美比波伏娃多出了婚姻。

1886年夏日。莎乐美二十五岁，已经是一个很有名的女艺术家。有一天，莎乐美的家里来了一位不速之客。一个个子不高但体魄健壮的男人。肩膀宽。头发黑。眼睛有神。浓密的络腮胡子挂满了嘴巴。莎乐美第一眼见他就想起了自己的父亲。这个男人和父亲散发着同样质地的智慧。这个男人自报姓名，叫弗里德里希·卡尔·安德烈亚斯。安德烈亚斯是一个有备而来的求婚者，她下决心要让莎乐美成为自己的妻子。实际上，从第一眼看到安德烈亚斯，莎乐美同样产生了奇异的感觉。这个男人让莎乐美产生了特殊的心理感念。这是一个医术高明的男人，常能使人死里回生。他还能听得懂动物的声音。他试着和动物对话的样子真是迷人。同时他还是一位东西方文化的酷爱者，是个语言天才。能够勇敢地迷上莎乐美的男人都是一些天才，平庸的男人是连产生想法都不敢的。平庸的男人知道自己是不配的。莎乐美原本是不考虑自己的婚姻的。她低估了安德烈亚斯的意志。她答应了安德烈亚斯的求婚。她同时提出了一些必得让安德烈亚斯遵守的条件，否则她不答应他的求婚。那个时候莎乐美还和保罗紧密着，不是爱情的那种紧密，像亲人那样的紧密。莎乐美让安德烈亚斯答应他们的婚姻不能破坏她和保罗的这种紧密友谊。同时安德烈亚斯还不能要求与莎乐美过性生活。倔强的安德烈亚斯竟然同意了。也许，安德烈亚斯的求婚太迫切了，他想先把婚事办完了再说。他想口头上的语言不能抵挡实际上的行动的。有一天晚上，莎乐美和安德烈亚斯面对面坐着。安德烈亚斯把手中拿着的小刀直刺向自己的胸膛。莎乐美惊愕地把他送到了医院。幸亏安德烈亚斯没有把自己置于死地。不知道安德烈亚斯那样做，是否在向莎乐美表达自己对于那个不合理婚约的抗议。我还偷偷地以为，懂得人体医学的安德烈亚斯是知道那插向自己肉体的一刀在哪一个部位是不致命的。他或许故意选择了不致命的那一刀。幸运的是，安德烈亚斯绝不仅是一个只有冒险精神胆大不怕死的男人，他还是一个有学问有胸襟有爱心的男人。莎乐美和安德烈亚斯举行了婚礼。婚礼的主持人是被莎乐美邀请而来的吉洛牧师。吉洛牧师和安德烈亚斯在婚礼上都非常激动。但是，这两个男人激动的内容是不一样的。吉洛牧师当天就离开了莎乐美。莎乐美事后才知道她这么做是伤害了吉洛牧师的。吉洛愿意自己是那个站在莎乐美身边给她戴上婚戒的男人。

莎乐美曾说，她在生活中不遵循什么原则，她追寻的是更加美妙的东西。莎乐美的这个原则和婚姻所带给她的东西是不吻合的。虽然她和安德烈亚斯度过了几年安宁的生活。莎乐美是不能让任何东西破坏了她所向往的自由的。哪怕这个东西是以法律的条文所规定的。她开始走出家门，进入艺术界和文学界。她还碰到了一个真正打动了她身体的男人。从莎乐美的传记中知道那个叫泽梅克的是第一个和她产生性爱生活的男人。他比莎乐美小七岁。这是一个在社交场合总会变成焦点的男人。泽梅克是他的绰号，意思是“大地般的男人”。这样的绰号表达的既是他的外表还是他的性格。他是个资深的内科医生。莎乐美在与泽梅克的热恋中知道了真正女人的身体意味是怎样的。他们一起去旅游。莎乐美怀上了泽梅克的孩子。深爱着莎乐美的泽梅克想与莎乐美结婚，他甚至准备前去找安德烈亚斯交涉这件事。莎乐美阻止了泽梅克的行为。她知道安德烈亚斯绝不会和她离婚。莎乐美和泽梅克的孩子终究也没有出世。他们的这种关系维持了十二年。断断续续地联系着。莎乐美和里尔克相爱的时候也没有忘记泽梅克。有了烦心事莎乐美会去找泽梅克聊天。

我对莎乐美的丈夫安德烈亚斯有着特别的好奇心。这样的好奇心源于他例外的和超脱的情怀。如果不是一颗特别的心灵，一个男人是不能在这么一种非常的婚姻环境中活着的。他和莎乐美达成了和平共处却也各自独立的条约。像萨特和波伏娃两人那样，独立，又相恋，互不干涉。一对行将崩溃的男女关系竟然奇迹地好了起来。以后莎乐美和安德烈亚斯越来越好。莎乐美还请来了一个叫玛丽的女人，她让玛丽照顾这个家庭，更让玛丽照顾安德烈亚斯。安德烈亚斯和这个叫玛丽的女人生了两个孩子。儿子出生后死去了。女儿叫小玛丽，一直被莎乐美疼爱着。小玛丽一直陪伴莎乐美到老。

我年轻的时候是不懂得波伏娃的选择的。那是个喜欢下结论的年龄。对于不懂的事情也敢于下结论。像一个井里的青蛙大胆而又可笑地对着它头顶上的那片天说三道四。如今不那么想了。如今我对波伏娃充满了理解和敬佩。还有这个叫安德烈亚斯的男人。我以为，天才的男人和女人之所以比凡夫俗子承担一些意想不到的经历，是因为他们比凡人要有更大的包容性。他们不仅需要容得下自己的生活，还要容得下自己内心中所有的矛盾和欲求。莎乐美曾经说过她眼中的天才。她说这样的天才通常源于一个人内心的戏剧性。惟尽其最大的努力，才能使对立得以调和，从而达到内心的安宁。我想这是安德烈亚斯给予莎乐美的感慨吧。我还以为，一个敢于爱着而且具有爱的能力的人，不是那种把别人的生活用力地施加到自己的私欲生活中的人。一个具有爱的能力的人是那种给对方压力最小的人。具有包容心的爱情是从削减自己的可能性开始的。安德烈亚斯就是一个有这种爱的能力的男人。他的胸怀打动了最具独立精神的莎乐美。莎乐美日复一日地增加了对于安德烈亚斯的依恋之情。他们一起生活了四十三年。安德烈亚斯去世后，莎乐美一直以自己的方式纪念着他。

婚姻形成制度的那一刻起就产生了它的局限性。任何一种婚姻制度都有它的缺陷。一夫一妻是这样的。一夫多妻是这样的。无婚乱性是这样的。情爱源自内心。内心是没有疆界的。内心的内容是变幻的。把无边界的情爱内容用有形的制度去约束，牴牾的产生是必然的。我当然不是说婚姻是不好的。不被制度束缚的两性关系会更加乱套。男女私情，是一个人的生命中最难于操持的重大事情。我一直以为，这个世界上情感世界的错乱比之这个世界上看得见的物质上的军事上的错乱更加严重。它们不是以肉眼看得见的发生而已。这些天才人物是一些超越了制度缺陷的人。对于自己自由的尊重，对于他人自由的尊重，源自天才的天才之处。但是，把天才们的处事之道拿来要求凡人们去模仿，同样是一件荒诞的事情。凡人们看不见内心深处更加重要的深景。天才们干天才们的事情。凡人们干凡人们的事情。天才不可复制，也独一无二，甚至空前绝后。凡人们看着他们，只有惊讶的份罢了。

莎乐美的自传中没有出现泽梅克的名字。虽然这是一个给了她肉体之爱的男人，但仅仅也是如此罢了。莎乐美看起来是没有把泽梅克这个男人当成生命中很重大的事件去回顾的。肉欲与精神之恋毕竟还是有质的区别的。尤其是对于莎乐美这样一个把精神看得无与伦比的女人。而安德烈亚斯，无论他是否拥有了莎乐美的灵魂与肉体，他的姓氏永远地和莎乐美的名字排列在一起。制度还是以界定的方式把莎乐美这个不属于任何男人的女人变成露·安德烈亚斯·莎乐美，变成了历史上的露·安德烈亚斯·莎乐美。

莎乐美在五十岁的时候认识了弗洛伊德。五十岁的莎乐美依然把生活的重新开始当成簇新的内容去行动的。她决定从师于心理学大师弗洛伊德学习精神分析的学问。那个时候五十五岁的弗洛伊德正处于生命的巅峰时期。他外表讲究。他目光炯亮。一把灰白的胡子被修剪得整齐而优雅。他对人类心理活动的揭示达到了人类前所未有的深度。他研究人类的梦境。他挖掘出了人类的潜意识。这样的发现是革命性的，就像爱迪生把电从人类的黑暗之中释放出来。当时弗洛伊德的革命性举动还没有被众人所肯定。说他离经叛道的也大有人在。萨乐美却以她天才的鉴赏能力感知到了弗洛伊德的伟大。她以非凡的领悟力支持着弗洛伊德的伟大创举。莎乐美从弗洛伊德的学生变成弗洛伊德哲学的同道研究者。她非凡的见解给了弗洛伊德有益的思索火光。被弗洛伊德赏识的不仅是莎乐美的博学与多才，还有她的善解人意。莎乐美内在的优雅和与生俱来的高贵更让弗洛伊德所铭记。莎乐美后来还和弗洛伊德的妻子成为好朋友。弗洛伊德私人诊所里摆放着一张莎乐美的照片，足见弗洛伊德对于她的珍惜与尊敬。

女权主义特别愿意提及莎乐美。我不喜欢女权主义这个称呼。从没有喜欢过。女权主义总会给我一种叫嚷着向谁要什么东西那么一种感觉。要什么呢。一个人若是精神上有足够的分量，是根本不会向谁索取什么的。一个女人的内在质量，和她在什么地方和她处在什么地位无关。我想莎乐美从来没有刻意地向这个世界索取什么的。她却是懂得去拒绝什么的一个女人。她只是把活着的内容呈现给我们，和女权毫无关系。她的强大也不是追求女权的结果。一个女人的被尊重，绝不是女权的要求所能达成的。莎乐美留给我们的回味是她作为个体女人的独立与博大。

诸情皆备，诸情皆可弃。这是莎乐美让我永远回味的精神品质；这也是莎乐美留给我的一个精彩的恬淡而讶异的精神背影。

弗里达·卡洛：被命运谋杀了的女画家

在你身体里面生根发芽的新伤口旧伤口
假装和春天一样美
你用画布对付它们
五颜六色们也疼得跟着叫喊起来
你这个疤痕体质的女人呐
连你灵魂上面的疤痕也新鲜欲滴

林白曾经知道两个女画家，一个是卡洛，一个是弗里达。后来，林白知道了卡洛就是弗里达。她就是墨西哥近代最伟大的女艺术家。林白喜欢卡洛这个名字，不喜欢弗里达这个名字。因为“弗里达”成为好莱坞一部电影的名字。林白不喜欢好莱坞弄出的《弗里达》，她喜欢作为艺术家的卡洛。她是一个死去了的女人。她是一个死去了以后才有了很响名声的女人，而且，她的名声将更加响亮。林白说，墨西哥离好莱坞有多远，《弗里达》离卡洛就有多远。林白的表达多么准确——即使再漂亮的演员，再有名的演员，长相再相近的演员，她怎么可能把弗里达再现出来？这个世界上又有谁能把弗里达再现出来呢？

读《弗里达》的传记之前，我不可能想象出这个世界上生存过这样一个女人。是不忍心想象。不忍心知道。一个女艺术家似乎可以承担一切吓人的命运。艺术家似乎可以仅仅成为一个符号，一个概念，用来被世人仰视。可是，艺术家背后的那个叫弗里达的女人，肉身的女人，承担得了这么一种吓人的命运，直让人想哭。

先是看到弗里达的一幅画的。当时不知道画者是谁。画的是一头小鹿，小鹿的面孔却是一张女人的面孔。这女人的两道眉毛很浓，而且奇怪地连在一起。小鹿头上的角好看地伸向天空。小鹿的身上插着九支箭。这九支箭从各个角度与小鹿的身体垂直，暗红的血从箭头与小鹿的身体接触点流出。血液从肉体里渗透出来的样子像一枚枚的红十字。这花样的十字动感十足，泪滴一样在涌动。画面上那张女人的面孔却是安宁的。一种被生活谋杀之后的安宁，却比谋杀更恐怖。这幅画给了我猛烈的视觉冲击。当时我就想，这一定是一个女画家的作品。这还应该是她的一幅自画像。一个正在被生活谋杀之中的女人的自画像。

便怎么也不忘这幅画了。

有一次看一本书，《野兽之美》，里面刊出了配合这本书所设置的一些图画，图画里面就有这幅鹿身人面画。我在那个时候起知道了这头小鹿的作者是弗里达。知道了这头小鹿是弗里达。知道了这个被生活谋杀了的女人是弗里达。弗里达便成了我要寻找的女人。终于，我找到了《弗里达》的传记。这本三百多页的书，展览着一个女人的千疮百孔。

弗里达这样表达了她自己：我一生有两次不幸，一次是被街车重创；另一次是遇见里维拉。里维拉是她的丈夫。

弗里达是一位非常美丽的女人。那些真实的照片可以证明。她长得极有特点。她的头发很长。眼睛是很特别的棕栗色。在她的自画像上，她的眉毛总是格外的醒目。它们连在一起，像是乌鸦的两扇翅膀。如果什么可以成为弗里达的标志的话，那一定是她的眉毛。她美得极有内容。她的美里居住着很多词汇：纯正、忧郁、迷惑、坚定、敏感、放肆、桀骜、脱俗。她特别爱美。无论是在街上、画布间、病床上，她的头发都被梳理得一丝不苟。她总是穿华美的衣裳。花朵永远在她的头上盛开。

1907年，弗里达出生于墨西哥。弗里达六岁的时候，患上了小儿麻痹症，她的右腿终身瘦弱、软弱无力。她在房间里养了九个月的病。弗里达曾经是自我迷恋和开朗外向的。可是，六岁那年，上帝就用疾病收回了她的天真烂漫，收回了她做梦的天性。小小的女孩，就深刻地意识到内心世界的白日梦与外部世界是极不一致的了。有一张照片，是弗里达麻痹症康复后与家人的合影——弗里达与家人离得远远的，脸色是忧郁的，她独自站在一丛灌木后，好像要躲进去。

少女时代，墨西哥著名的壁画家里维拉成为弗里达的偶像。她对同学说：我的目标是为里维拉生一个孩子，有一天我会把这个想法告诉他的。多梦的少女时代，伟大的艺术家当然是她们的偶像。里维拉成为弗里达的偶像，太顺理成章了。她自己也从来没有当真过。像弗里达这般聪颖的女孩子没有偶像，那倒是显得不正常了。她怎么能想到，后来她果真成为里维拉妻子了呢？那个时候，她正与学校里一个英俊的男同学谈情说爱。谈得热火朝天。那个男同学叫阿莱詹德罗。有一天，弗里达与阿莱詹德罗到街上去，她不知道，惨烈的命运正张着罗网，准备着逮她呢。那是1925年9月17日的傍晚时候。弗里达十八岁的一天。那辆公共汽车已经快满座了，弗里达与阿莱詹德罗在车的后部找到了座位。先前他们上的是另一辆车，但由于弗里达丢失了一把小阳伞，想下车去找，他们俩就上了那辆将要出事的车。什么叫鬼使神差？这就是了。这个时候，一辆开得很慢的电车对着公共汽车冲过来。电车一点也没有刹车的意思，好像是故意要制造一次车祸。电车撞在了公共汽车的中央，慢慢地将公共汽车掀翻。在电车的铁杆中间，扶手断裂并插入了弗里达的身体。铁条从她身体的一侧刺入从另一侧穿出来。车祸中她的衣服被撕开了，车上的某个人，也许是一位漆房子的人，他带着一袋金粉。袋子破了，金粉洒满了弗里达正在流血的身体。这一瞬仿佛已经对弗里达的一生做出了诠释：她注定千疮百孔，却美得惊人。

阿莱詹德罗却几乎安然无恙。

现在可以肯定了：命运的尖刀是狠狠地对准弗里达的。是有所准备的。

弗里达腰围处的脊椎断了三处。她的锁骨断了，还有第三和第四根肋骨也断了。右腿有十一处碎裂，右脚脱臼。左肩脱位，骨盆有三个地方破碎。那根铁条在她腹部的高度刺入体内，从左侧刺入并穿过了她的阴道。“我失去了贞操！”她说。没有人以为弗里达能够活下来。但是，她活下来了。在这里我不想描述她在这个活下来的过程吃了多少苦头——这样的苦头还用得着我描述吗？或者说，我能描述得下来吗？文字能表达出那么一种疼痛吗？我只想说说结果。三个月后，弗里达的病情奇迹般地好转了。谢天谢地，她还能走路了。还能逛街。这期间，那个叫阿莱詹德罗的男人没给她多少安慰，几乎不去看她。倒是她给他写了一大堆信。她爱他。他原本也是爱她的。在弗里达痛苦无比的这段时光，阿莱詹德罗的做法令人遗憾。弗里达出院了，自由了。他们俩分分合合了一段时间。再后来，阿莱詹德罗没有和弗里达告别就离开了墨西哥去了欧洲。他说去陪婶婶看病。这话我们听起来都觉得是借口。是不是借口，我们都替弗里达不值。当然了，情感的事外人是说不清的。外人的掺和也不高明。但是，从感情上，我们是不愿意让命运多舛的弗里达再受苦了。

现在想来，上帝没有把弗里达收回，一定有自己的目的。上帝总是选中一些人，拿他们的心灵与身体做实验，往死里整他们，迫害他们，造炼狱给他们住。反反复复。给他们身体的伤口和心灵的伤口上安上拉链，随意地开开合合，一次次袒露他们的皮开肉绽……就是为了看看肉体做的人能有什么样的坚持；他们使用了什么样的东西作为这种坚持。这样的人到人间来是为了留下他们的名字，让凡人在人间苟活的时候，能接住他们耀眼的光芒，而使得这种苟活有点意义，有点力量。上帝当然是有歉意的。便把他们叫作天使。弗里达就是上帝选中的这么一个天使。她到人间，是下凡来的。她必须历经磨难才能完成上帝的使命。她活了四十七岁。时针早已定好，到点必将回归。这么想，我就可以释然了。不然，怎么能接受弗里达没完没了接受惩罚的事实：车祸以后至离世的二十九年间，她一共接受了三十二次外科手术，有一次整整一年躺在床上不能动弹；三次流产；穿过几十件皮革、石膏或钢丝做成的支撑脊柱的胸衣；她最终的瘫痪；还有，她的千疮百孔的爱情。

上帝这么折腾弗里达，就是要向她索取她的画作的。

病体把弗里达固定在病床上，她开始画画。起初是为了消遣，后来是为了重铸自己的生活。她用画笔画出自己的自传。那一幅幅自画像，画出的都是她的人生况味。她说，只要补好我千疮百孔的身体，我就能作画。画布挽救了她。她反过来把病痛和死亡当猎物。她逮住了它们，并把它们画在纸上。纸上便满是触目惊心的病痛和死亡。充满了叫喊。独一无二的叫喊。身体的，还有心灵的。

她的爱情是她传奇人生的一部分。不可分割。她果真成了里维拉的妻子。里维拉长得又肥又大，体重二百六十多斤。弗里达小巧玲珑，体重不足一百斤。他们俩待在一起，就像大象和鸽子。我看过弗里达和里维拉的合影照片。在我看来，里维拉是配不上弗里达的。但是，里维拉肯定是一个有魅力的男人。一个艺术家。他是一个好色之徒。艺术家好色是有另外的叫法的，那叫有生命的激情。平常的男人好色就是好色了。可是，这一点或许正吸引了美貌而心气极高的弗里达。一个艺术家肯定有他的过人之处。他们天生就能吸引女人的。女人是他们事业之外最实用的闲适之处。女人的身体是他们营造情调的居所。里维拉正是这样的艺术家。他在征服女人方面毫无困难。他虽然长相丑陋，但他吸引女人如同磁铁吸引铁屑那样方便自然。弗里达不得不承认，里维拉更大的吸引力是他那富有魅力的性格。他富有幽默感。他可以变得很温柔和多情。对于女人，艺术家的温柔和其他男人的温柔产生的效果是不一样的。艺术家的温柔是一种了得的多情。还有，他非常有名。名人本身就有一种光芒，它能使女人产生犹如去观光金字塔那样的向往。

里维拉与弗里达都是个性极强的人，都是那种由内部的自我所支配的人，这样的结合当然能撞击出巨大的情感火花。他们的确相爱了，相爱过，甚至谁也离不开谁。但是，再猛烈的爱情也不能改变里维拉是一个花花公子这个事实。他天生就不是哪一个人的丈夫。他永远不会成为哪一个女人的丈夫。他和他的模特好。这对弗里达打击很大。让弗里达不能忍受的是，里维拉竟然和弗里达的亲妹妹做爱。于是他们分分合合。吵架。分居。离婚。复婚。弗里达也和其他的男人相好。甚至她还和同性相好。和弗里达好过的男人，最有名的是托洛茨基。她们俩短暂地好过。这段情感在旁人眼里很有争议。她为了报复里维拉。她同样也是一个极需要激情极需要挥霍的女人。她有过于旺盛的情欲。他们的结合，在同时代人看来，是狮子的结合。他们的名字是墨西哥国家财富的两枚硬币。他们的一切都表达了那个国度所拥有的一种热烈和一种激情一种风景一种谈资。有一点可以肯定，那就是无论里维拉和多少女人好过，无论弗里达和多少男人好过，他们的内心里都把彼此放在第一的位置上。里维拉曾说：当我爱一个女人的时候，我总想伤害她，弗里达是我卑鄙人格的最大受害者。是的，里维拉一生都在用花事实践着这句话。弗里达一生都是这句话的承担者。她的不幸在于她爱他太深。爱得多深，伤害就有多重。

弗里达一直希望为里维拉生个孩子。但是，车祸的后遗症使她不能生育。她多次流产。她为她的孩子画了一张画。名叫《亨特·福特医院》。画中的弗里达赤裸着躺在医院的病床上，鲜红的血在往床单上流淌。一大颗泪珠淌过她的面颊。她的肚皮因怀孕而肿胀。她的手放在鼓起的肚皮上，拿着六根血管一样的红色带子，每根带子的末端都飘浮着象征她流产后的情感的东西。其一是胎儿，连接它与弗里达的带子代表脐带。这胎儿有男性的生殖器。她希望是个男孩。

弗里达于是绘画。这是她活下去的惟一手段。她说：我没病，我只是坏掉了。但只要我能画，我就是快乐的。但是，比之于人生的痛苦，这快乐显得多么短暂。比做爱的快感还短暂。痛苦赋予了她的画笔更大的张力。在狂放恣肆的色彩背后，有着异常微密的笔触，把自己内里的纤细与脆弱赤裸裸地展现出来。弗里达的画被后人归结为超现实主义。可是，弗里达说，我只是画我眼中呈现的东西。它们的一点一滴都不会被我错过。她还说，我绘制自己的画像，因为我经常都是孤单的，因为我知道我自己。她企图用画笔来淹没她的痛，可是，她的痛却在这画布的海洋中学会了游泳，而且成了游泳高手。

我想说，对于弗里达的理解，有没有读过她的画是非常不同的。这是我看过一些弗里达的画后想说的一句话。描述弗里达的画是无力的。那些内里的痛苦与张扬，语言的确太显乏力了。但是，我还是忍不住想在这里描述一下弗里达的画。我想说一说那一幅名叫《稍稍掐了几下》的画。这幅画取材于一则新闻报道，报上描述了一个喝醉的男人将其女友扔在床上并刺了二十几刀；在法庭上他却辩护自己无罪——我只是稍稍掐了她几下！在弗里达的画中，显现在我们眼前的是一幅谋杀的场景：杀人者，手中拿着一把带血的匕首，赫然站立于死了的受害者边上。那女人手脚张开地躺在床上，赤裸的肌体上布满了血淋淋的伤口，犹如从十字架上下来的基督。那女人的一只胳膊松散地下垂，那只流着血的手掌向我们张开着。鲜血从她的指尖流出来溅到黄绿色的地板上……这幅画给了我极端的视觉冲击，仿佛身临其境。弗里达曾对一个好友解释这幅画：她非常同情那个被谋杀了的女人，她自己也几乎要被生活谋杀了。

是的，生活一直用日子的钝刀向弗里达进行谋杀，它似乎没有用什么力气，也没能显现出过于醒目的杀机。它就像画中的那个男人说的那样，只是“稍稍掐了几下”。我敢说，这样的画面足够直抵每一个观者的内心——日复一日的生活中，我们的心灵为什么变得越来越沉重？谁把我们的青春抹去？轻易得如同抹去一个多余的标点符号？谁把我们的日子一页一页地偷走？谁把我们的爱情变得陈旧如同风把桌上的饭菜变凉？它们那么轻易就得手，如同“稍稍掐了几下”。日复一日的生活，我们的头顶上难道没有那一只看不见的手掌吗？我们那么容易地面目全非，不停地死去，肉体，还有心灵。它只是对我们“稍稍掐了几下”。

我还要说一说弗里达的另一幅画。《破裂的脊柱》。画中许多钉子插入身体，使痛苦具有一种鲜活的效果。一道像地震裂口一样的裂缝将她的躯干分开，开裂的两边由钢质矫形胸衣固定在一起。我看到如果没有那件钢质胸衣的话，弗里达的感情肯定会迸裂出去。一根有裂缝的铁柱子插进了弗里达躯干内部原本脊椎破裂的地方。从股部直插到头部。一个卷曲的柱头支撑着她的下颏。胸衣上白色的带子强调了弗里达裸露的乳房那优美的童贞。这样的美乳使她身体上从头到尾的开裂变得触目……此时此刻，我不是在解读一个艺术家的艺术作品，而是在与尘世上和我一样活着的一个女人共同承受一种真实的苦难。这样的苦难逼迫着这样的女人重新构建她的灵魂，把它们换成钢筋铁骨。

曾在网上看过一篇关于弗里达的文章。一个女作家反复追问如果有来世，弗里达能不能用自己极光一样的艺术人生换回另外一个平常女人的平常生活。我想，这个女作家一定是在想象中经过了弗里达的疼痛，经过了一种想象的炼狱之后才忍不住提出这样的一种假设。是女作家把艺术家的弗里达还原成肉身的女人之后提出的一种假设。可是，生活永远没有假设。生活是一次性的消费。但是，我敢肯定，弗里达的艺术造诣绝不是一次严重的车祸就能成就的。她原来就是一个灵魂鬼魅的女人。灾难只是把这种原本就放射光芒的造诣推向一种极致的辉煌。

让我略感宽慰的是，弗里达是在经历了人生还算华丽的一幕之后才离世的。尽管这华丽原本属于生活外围的东西。1953年4月，弗里达在自己的国家举办了第一次重要的画展。当时她的健康状况非常糟糕，无人指望画家本人会出席这次画展。晚上八点，奇迹出现了——当墨西哥城的当代艺术馆的门向公众敞开之时，一辆医院的救护车开来了——弗里达穿着自己最喜爱的民族服装，被人用担架抬到了一张四根帐柱的床上。这床是提前一天摆进画展厅里的。床上还挂着里维拉的照片。一个龇牙咧嘴的犹大骷髅贴于床顶。用纸做的。它们脸朝下，好像在看着弗里达。三个稍小的犹大从床顶挂下来摇晃着。二百多位朋友和仰慕者把弗里达的床围成了圈，大家与她一起唱起墨西哥民歌。弗里达的到来使得她的画展变成了一次个人情感的展示。这正是她所喜欢的表演——多彩的、奇异的、人文的、有点病态的。这与她的艺术中的自我展示也相当吻合。她对众人说：“请注意，这是一具活的尸体！”

画展过后不久，弗里达离世了。她肉身的痛苦也离世了。她的确太累了，该歇歇了。上帝认为该把她收回了。1954年7月13日。谢天谢地。她的遗言是这样的：我希望死是令人愉快的，并且我希望永不再来！

弗里达的痛苦以另外疼痛的方式留给了世人。这种痛苦越来越变成一种光芒的东西。它变得可以抚摸。抚摸尘世上渺小的我们的灵魂。随着时光的推移，作为艺术家的弗里达越来越展现出了她的光芒，她的风头甚至超过了作为墨西哥壁画三杰之一的丈夫里维拉。她的画被罗浮宫收藏。1977年，墨西哥政府将美术宫里最大最著名的画廊用来举办一个弗里达的回顾展。那些宏大的展厅里挂满了弗里达的各种生活照片，而且都是放大了的照片。现在，弗里达的故居已经成为"弗里达·卡洛博物馆"。她和里维拉居住过的屋子外面写着这样的字——弗里达和里维拉曾生活于此。弗里达的传奇也被好莱坞拍成了电影。电影获得了极好的效应。

我是在2003年7月13日完成这篇文章的。是弗里达离世四十九周年的日子。我喜欢在这一天完成它们。我喜欢这种巧合。

弗里达爱过的丈夫里维拉在1955年娶了下一任妻子。这一段文字是我最后加进这篇文章里的。起初我把它们写进文章中的。又把它们划掉了。最后，我还是决定把它们加进去。弗里达不知道这种事情了。我们知道了也就知道了罢。

邓肯：颠覆世俗的现代舞女神

美在红尘之中流逝掉的一切
你用更美呈现给我们
你沉静下来的舞姿仿佛一朵装睡的花
那花束多像一朵有款有型的漂泊
而爱情的风依然轻易地吹疼了你
直让人慨叹霞光这么灿烂究竟是为了什么

我是在写了赫本、梦露、费雯·丽之后才想动笔写邓肯的。一个痴迷文字的女友打电话给我，说如果赫本、嘉宝和费雯·丽是作为天使被我写的，那么邓肯就应该作为女神去描述。女友是一个把精神生活看得无比重大的人，很久以前她读了邓肯，邓肯革命性的舞蹈人生让她惊叹不已。当然，邓肯一生破碎而巨大的爱情悲剧也让她叹息。前些日子，一个男作家看了我写的赫本、梦露、费雯·丽，他还把这些文字让他的一个男同事看了。事后他们交流起来。他们说，这世上哪有什么天使，都是一些庸凡得要命的人。他的那个男同事还说，女人们看问题真是偏执。这或许又是一篇偏执的文字。连真理都是相对的，何况文字。女人往往是站在女人的视角中说女人，说她们的艺术，说她们的爱情。正是因为这个世界上没有天使，世上罕见的几个华美的女人，她们生命中华美的部分才给我们创建了红尘中的天使形象、女神形象，不然，人生的粗糙是多么的令人寒战。男人们当然也会站在他们的视角上说女人，当然也会创造出另外的偏执。两种偏执映衬起来，或许能使同一个问题显得全面一些。即使是上帝，他老人家果真就能把无比复杂的男人与女人，把无比复杂的男人与女人的纠结说得到位吗?

对于邓肯的初步了解，是通过读了诸多别人写她的文字。邓肯对于现代舞蹈的创建，她的先驱者与革命者的现代舞王地位，是所有了解她的人的共识。必然说到的还有她延绵不断的爱情。在情事上，她依然是一个革命者。她像换床单一样地换男人。她放纵自己的情欲。她不间断地在男人们身上游戏。她同时被这种放纵所累，被这种游戏所游戏。一地的破碎。一地的爱情的尸体。死去的爱情一个比一个难堪。比地狱还冷的刀似乎插在它们身上。这样恐怖的景象是在当事者邓肯的心中用什么也抹不去的。它们竟然吓不着她。或者说，即使这么恐惧的景象吓着了她，可是，她依然敢于再去尝试新的男人。她对于他们的需要至少是大于他们已经给她造成了的恐怖的。

我是在看了邓肯自己写的自传之后才开始重新审视她的情爱路程的。邓肯或许就是为了爱情与艺术而降生的。她们同时要被邓肯的生命所经营。艺术与爱情就是邓肯精神的粮食，是同时必得需要的那种粮食。没有了哪一样，她的精神都得饿死。邓肯的自传写得那么老实，她描写内心的文字也很老实。就算是她连绵的情事，她所表达的自己的感受也是老实的。当然了，老实的东西并不一定就是格外深刻的东西，也不一定就是合乎逻辑的东西。邓肯的文字所表达的情事部分，尤其是她对于她所爱的男人所做出的某些辜负的举动，往往被她找到足够行得通的理由。这当然是受了邓肯作为生物人的立场所限。是一些老实的描写，顺便暴露了她一生中情事悲剧的必然性。

我心中的邓肯是由若干部分组成的：一个吉普赛人般倔强生长的童年。一张圣母般优雅的脸。一副修长而匀称的身段。一种天人合一的肢体语言。一腔革命性永远停不下来的激情。一颗对于男人永不间断地迷恋与寻求的心灵。她把这些生命的元素只用来干了两件事：艺术与爱情。在她的一生之中，这样的境况反复出现：爱情总是试图毁灭她的艺术，而艺术总是紧急召唤使爱情悲剧性地结束。她的爱情与艺术从未真正的交融，她的爱情与艺术从未停止过肉搏。像拳台上的拳击手，相互具有拳王泰森那样发达的四肢，还有泰森那样狰狞的面孔。

艺术境界中的邓肯当然是一个女神。她是一个天生的颠覆者。她一定是带着上帝的使命来颠覆既往世纪的舞蹈理念的。上帝说，我要全新的舞蹈，于是，有了邓肯的舞蹈。20世纪欧美的舞台上，一直被芭蕾舞所统治。世人眼中的美已经固定在了那双尖尖的穿着舞鞋的脚上。这样的理念像血液流淌在血管里。把美的舞姿重新演示给世人的，当然是邓肯，是绝世的邓肯。对于生命之中的美感，邓肯有一种隐蔽的激情，就像谍报员注视着密码，就像考古学家面对着废墟里的岁月。邓肯的美是来表达自由的，邓肯的美表达的是对于美的觉醒。这样的颠覆当然得需要一种异常艰难的完成，像把簇新的血液重新灌注入世人的血管里。我的女友所说的邓肯与赫本的区别，女神与天使的区别，就是这样的区别。天使是上帝的造化，更多的是一种呈现，而女神首先是一个革命者。女神要有力量颠覆整个世界的理念。这是一种什么样的力量呵。这种力量的对手是全世界固若金汤的一种文化，是数以亿计的人类叠加起来的一种理念。这样的力量太玄妙了，它玄妙得超出了我们的想象。它只能属于上天的赋予。身陷世俗的我们是难以理解一个生活在舞蹈的节律与生命的律动之中的人的。没有人能像邓肯那样，与造物主如此亲近。她是太阳神的女儿。

于是，20世纪的欧美舞台上，披着薄如蝉翼的舞衣，邓肯赤足在跳舞。她从这一个国家跳到那一个国家。这个角落跳到那个角落。邓肯的舞姿多半是即兴创造的，随着音乐的起伏，随着诗歌的韵致，邓肯起舞起来的身体随意而优美。邓肯是不喜欢芭蕾舞之局限的，它那么墨守成规，把生命的激情僵冻在狭窄的舞鞋里。邓肯要用身体把自己说出来。邓肯的舞姿就是这样一种诉说。邓肯的舞姿就是要完成一种文化上的逾越。她和她的身体一起拒绝任何约束。她和她的身体表达的是一种女人身体的本能愿望。当然，这样的本能与这样的表达都是美的。美得令人震动。邓肯的身体在舞台上舞动，她把心灵安置其中，不守成规，超越了肉欲，更超越了众人的观赏，成为一种对于人类心灵的阅读。邓肯把舞蹈做成了一个对生命的完整概念。邓肯的舞蹈之所以得到整个世界的肯定，是因为她的舞姿暗合了20世纪初西方正萌芽着的多个层面的进步思想，包括现代化的理念与女性的解放。她述说着人与自己的和谐。人与社会中他人的和谐，人与宇宙的和谐，因而，邓肯的舞蹈是一种政治，是一种宗教。她的舞姿与当时日益标准化、一致化、机械化和物质化的社会态势相对抗，是一种文化上的改革，是一种以身体实践解放的独立宣言。

邓肯是一个视金钱如粪土的人。她的母亲就是一个这样的人。她的母亲对于房屋，对于器具，对于财产，有一种超然的鄙视之心。邓肯说，她一生之中从未穿戴过珠玉，就是因为母亲做了榜样。她说这些东西是桎梏。这样的理念也可以解释邓肯一生中的诸多事情。她自己花钱建舞蹈学校。她给数百名小学员交学费，提供食物。她后来成为艺术家中挣钱最多的人之一，可是，她从未对花钱形成计划。她疯狂地花掉它们。她的一生中挣了三亿帝国马克，最后她却债台高筑。如果有人企图教会邓肯过节俭的日子，等于企图教会一头棕熊骑一辆自行车。这是因为，邓肯的心里装的是艺术，是爱情。只这两样东西就把它占得满满的。惠特曼一直是邓肯的崇拜偶像。每每遇到困惑，或者是好心情来临，惠特曼的《草叶集》就会被邓肯翻阅。

邓肯是作为一个有快乐有疼痛的肉身来承担舞蹈女神的使命的。重要的是，对于这样的角色，邓肯是不知道的。她一定是在不自觉之中去完成这一切的。她做这些的时候或许还不知道什么是女性解放。她只是一心一意地表达着她的天性。她因此一个人承担了那么深重的孤独，是一种先驱者的孤独。这样的孤独是我们体验不到的。我们同样体验不到的，还有先驱者的幸福。但是，支撑这样的孤独与快乐的，是一个女人的肉身。那么热的笑，那么冷的痛。承担它们都是艰巨的。我愿意用这样的角度去重新思考邓肯的爱情历程。或许，这样我就能开导自己多一些理解邓肯自虐一样的对于爱情的寻求了。上帝用使用女神一样的力量来使用邓肯的智慧，邓肯却要用自己的肉身去帮助心灵完成这样的使命。她的肉身太需要支撑了。她的肉身选择了男人作为这种支撑。这样的选择与上帝的另一个规则相违背。那个规则就是俗男俗女之间爱情的规则。

在自传里，邓肯述说了一连串与之有情爱瓜葛的男人。她的一生足迹遍及二十多个国家，她总会遇到各种优秀的男人。他们多是些艺术家、画家、音乐家、成功者。如果邓肯的一生是一个国度的疆土，这些男人便像一个个城市差不多填满了这个国度。就像每一个城市有各自的特点一样，邓肯与每一个男人的爱情也奏成不同的声色。这些声色都是以优雅的或美好的音乐做前奏。然后就是比魔鬼的声音还难听的结束曲。邓肯是一个否定婚姻的人。她与两个男人生下了两个孩子。一个女孩，一个男孩。这一举动，在20世纪初期是惊世骇俗的。邓肯的情爱与邓肯的舞蹈一样，充满了颠覆世俗的力量。如今的人们对于这样的举动已经有了足够的宽容，可是，当时的邓肯承担了太多的白眼。还有一点共同之处，就是邓肯更多地占据着被这些男人抛弃的角色。我不知道邓肯对于自己的这种失败是怎么想的。在传记中，邓肯当然表示了这种失败的情绪。她说男人的不是。她说爱情的不稳定性。她说爱情对于艺术的破坏。她总是刚刚发誓不再投入任何男人的怀抱，不再为他们牵情，可是第二天，她或许就会找到一个新的男人，然后开始崭新的爱情。重要的是，她对新的爱情又开始了很有力度的投入。按照医学的逻辑，人们的肌体受到病毒的侵害后是会产生对这种病毒的抗体的。可是，邓肯爱情的肌体从不产生抗体。她的免疫系统似乎从不工作。她总是前赴后继地去接受爱情这种病毒的感染。一次一次地让爱情发育成同一种疾病。

斯坦尼斯拉夫斯基是俄国著名的戏剧家。邓肯与他有过闪电般的爱情。但是，斯坦尼斯拉夫斯基是一个已婚者，他根本不想动摇自己的家庭。很快地，他对邓肯说，他们家里的小孩还在等着他回去教功课呢。就这样结束了与邓肯的一段情事。对于一个成功的男人，躁动之后的稳定比一段风流情事更重要。或许重要得多。这没有什么可说的。这当然是我想的。邓肯不是这么想的。邓肯对这样的男人存有抱怨。多年后，邓肯竟将这段话说与斯坦尼斯拉夫斯基的夫人。那夫人说，他正是像这样的人，他把人生看得非常之重。

天才的戏剧导演克雷格是邓肯的另一个情人。他们的关系维持了两年。邓肯很快与他有了孩子。一个漂亮的女儿。忆及恋之初，邓肯写道：这不是一个青年向着一个女郎求爱，而是两个心灵的会合。邓肯心灵纯正的抒情并不妨碍这两颗心只会合了一会儿。邓肯听到了克雷格的质疑。他说，你怎么不停止呢。你怎么还要到舞台上去动手动脚呢。你怎么不留在家里替我削铅笔呢。邓肯只好拿着行李走开。邓肯怎么会让自己的舞蹈停止下来专心地陪伴一个男人呢。这一点邓肯根本做不到。

邓肯总是学不会让自己身边男人的那个角色空下来。情色关系不断地失败一方面使邓肯对男人深感厌倦，一方面她又那么需要他们。这篇文字初稿的时候，我说邓肯这样的情欲对于我来说显得匪夷所思，我不准备去懂得邓肯的这种情欲，以及这种情欲的泛滥。我说就算我懂得了它们，邓肯的这种举动也丝毫不具备形成对于我的示范。我的女友，也就是把邓肯视为女神的那个女友，她不同意我的这个说法。看完了通篇的文章，她说她对我的这个说法持保留意见。她说人性的需求与复杂或许比我的表述要迷乱许多。我和女友在电话里为此产生过争执。我拿出刚学到的心理学知识对女友说事。人为什么容易陷入爱河?因为现实是难以承受的，沉浸在自己的幻想里是逃避现实的一种方法，而进入男女情色关系是人生最美丽的幻想。当事者热情的性格往往会创造爱情故事，陷入爱河让当事者避开了压力以及现实生活带来的物质感。最重要的是，喜欢陷入爱河者其身体里有大量的激情，而激情的挥霍最适宜的方式就是使用于恋爱之中。恋爱狂的个性中大都有不稳定的因素，而且他们下意识地渴望超越爱情。他们总想表现出自己是情场高手，但恰恰相反，不停地陷入爱河正是他们拒绝爱情的表现。他们不愿意或者说不会维系深入持久的爱情。是的，除了生存的本能，生命的个体还有融合的本能，这种融合的能力使得我们在亲人和朋友及家庭中得到情感的支持。经常陷入爱河的人缺少的恰恰是这种情感的支持。而在现实生活中，这种感情的支持却是极度重要的。人在这个世界上活得越久，越会知道真实情感支持的获得比什么都重要。因为人那么脆弱，支撑人性这种脆弱的不是我们年轻时以为的那些外在的东西，比如金钱，比如美貌，比如地位。支撑人性这种脆弱的，是来自人心的温暖。而温暖只能来自真正的爱情，真正的友谊。经常陷入爱河的人不停地谈恋爱，就是想填补这个空缺。然而，真爱往往是天意，是难求的。即使上天果真给了我们一段真正美好的爱情，支撑起它走下去，也需要双方悉心的经营，这种经营是有其完美而艰难的学识体系的，当然不是成为教科书中变成文字的那一种，是心的把握，是奉献，是爱，是善，是智慧层面里头的那种真。不停地陷入爱河的人陷入的往往是情感的依赖。这种状态会阻碍当事者人格的发展，让其陷入更深的孤独。

再后来，大抵是2006年底，我在同一时段同时看了法国美女苏菲·玛索和德国美女罗密·施奈德的传记。两个超级的美女。同样的绝世。十四岁的苏菲饰演了《初吻》之后，苏菲就成了“法国制造”，她与法国的一些奢侈品牌一样被当作法兰西的标签，成为那个国度的宝贝。苏菲在《勇敢的心》中的表演，让全世界的人领略到了什么样的女人才算得上是“惊为天人”。苏菲在爱情上有着自己的主张。她与大她二十六岁的导演安德烈相爱，爱得义无反顾。苏菲和安德烈有了孩子。他们在一起合作了多部有质量的电影。十八年之后，他们分手了。很快地，苏菲与美国制片人吉姆相好，并有了爱情的结晶，一个与苏菲一样美丽的女儿。苏菲传记的最后部分表达的是苏菲与吉姆和谐得令人向往的爱情生活。让这么一种结局作为其传记的尾声，真让人舒坦。可是，就在上一期——也就是2007年4月初的《三联生活周刊》上，我却读到了另外的一些关于苏菲的情爱内容——苏菲与吉姆分手了，顶替吉姆的是一个叫克里斯托弗的大帅哥。这些男人都是美到炫目的极品男人呵，可苏菲有力量甩掉他们，让他们在红尘中饰演被遗弃的角色。爱情破损，苏菲的面孔依然没有破损，或者说她有能力从破损的情色之中把自己解救出来，重新发育成一个簇新而健康的自己。罗密却是一个让情爱把自己弄到破损的女人。这个为整个世界奉献了《茜茜公主》电影系列的绝色美女，把自己的初恋献给了阿兰·德龙，然后义无反顾地把幸福和爱情都给了这个饰演了佐罗的极品男人，给得片甲不留。与阿兰·德龙相识四年后，阿兰·德龙移情于另外的女人。罗密的精神气儿整个地被抽空了。罗密再也没有从以后的岁月中把自己解救出来。按说，岁月的流逝有着使一切的破损康复过来的能力。可是，这样的东西在罗密身上是没有用处的。她把自己的身体整个儿地浸泡在过去的恋情中。在以后的岁月中她做足了这件事。她试图和别的男人相好，甚至与他们结婚，为的是将自己拔出来。可是没成。罗密在四十多岁的时候就死于心醉。心醉于她与阿兰·德龙曾经美好到极致的恋情。

现在我是明白了，对于情色之事，这个世界上存在着两种不同的女人。一种是苏菲式的，一种是罗密式的。有一些女人，她们的情感神经天然地就被缔造得坚韧，以便在这个世界上发生情色政变的时候得以安全地救出自己。后天的情感教育又固化了她们的那种坚韧，使得她们的生命在破损的情事之中也不至于破损。苏菲就是这样的女人。可是，罗密不是这样的女人。罗密天生就是那等被上帝把情感神经缔造得纤弱而敏感的女人，这样的女人根本不能从破损的爱情中走得出来。这样的女人接受再多的情感教育也没有用。这样的女人其受伤的身体根本不配合所有强硬的理念。这样的女人只能有一种可能使自己的生命避免破损，那就是有好运碰到一个一生中爱她的呵护她的男人，而这个男人又是她的至爱。在情事上遇到这等好运，几乎等于在六合彩中碰到大奖。于是，罗密的生命就命定地走向了破损。

我是在读了苏菲和罗密之后又想起邓肯的命运的。邓肯纤弱的身体何尝不是那种用来在情色之中破损的呵，在破损中疼痛，在疼痛中死去，大抵是邓肯的爱情命运。日本作家村上龙曾经在他的书《男人都是消费品》中说，所有倒霉的人都是缺乏才能的人，没有才能的人没有资格追求爱情。他还说，世界是严酷的，人人都有一两个伤口，有的好了有的没有，现在这个时候，那些心灵滋润的家伙都是感觉迟钝的家伙。是的，按照村上龙的逻辑，邓肯根本就不是一个有爱的才华的女人，而她的生命又是那样需要男人爱情的灌溉。所以，爱情从来想不起来用和煦的方式去滋润这个可怜又可悲的女人。我重新开始思考女友曾经对我于邓肯的看法提出的保留意见。

与天才戏剧导演克雷格分手后，皮姆立刻顶替了邓肯身边这个男人的位置。皮姆是一个相貌好的大顽童，他没有思想，游手好闲。他只是邓肯的崇拜者。对于邓肯，这或许就够了，她照样拿出时间和精力来和他私奔。邓肯和皮姆入住一家旅馆，他们想开一间客房。保守的老房东就是不相信他们是夫妻。老房东将他们生生地隔离，整个夜晚坐在他们中间监视着他们的动静。这真是有趣。这样的趣事或许能增加邓肯对于一种冒险与刺激的体验。一旦她沉浸于肉欲，她与对方的关系就被自己幻想成美妙无比的东西，万分诗意的东西。对方的肉体连同思想都会被她幻化地进入与自己天人合一一般的境地。每一次都是这样的。我是这么理解的，邓肯生命中的艺术的成分总会在这个场合粉墨登场。而她的生命中，这样的成分浓密得像热带雨林。邓肯喜欢把纯粹的欢乐艺术化。这样的时刻，她绝不会让自己的理性出场。这么做的时候或许邓肯自己并不知道。尽管邓肯从皮姆身上产生灵感，写下了著名的《刹那音乐》以纪念自己与皮姆的恋情，可是，平庸的皮姆只是一个鼻烟盒收藏者，他根本承担不起邓肯的唯美。

和皮姆分手后，大富豪罗鸿林又做了邓肯爱情悲喜剧中的一位男主角。罗鸿林是一位对邓肯付出了金钱和感情的男人。

他让邓肯体尝了奢华的生活。他还肯出钱为邓肯创办学校。罗鸿林在欧洲很有一种呼风唤雨的能力。这对于邓肯的事业极有帮助。邓肯与罗鸿林生了一个儿子。罗鸿林原本是想和邓肯好好过日子的，可是，邓肯在他的眼皮底下和宴会中的一个男客人偷情。邓肯原本就存有利用罗鸿林的金钱以便建立她所希望的舞蹈学校之用意的。她就是这样失去了这个对自己真心好的男人。

邓肯总是用簇新的男人治疗旧男人给她造成的疾病。但是，她总是不理解，能给她治病的必须是一个健康的男人。身体，还有心灵。如果这个男人的内心没有强大的功力和足够的善意，那么根本就治不好邓肯的疾病。最重要的是，如果新来的男人也是需要寻找一个女人为自己治疗爱情疾病的，那情况便会更加糟糕。这样就等于一个病人和另一个病人结合在一起。这么做的结果是一个人不仅要承担自己的疾病，而且要承担另外一个人的疾病。两个病人只会加速彼此病情的恶化程度。邓肯似乎总会遇到这样的男人。他们谁也治不好谁的疾病。从另一个角度说，艺术家们似乎并不比普通人更能成全人间的爱情。虽然他们总能轻易地俘获异性的情感。一方面他们渴望爱情，一方面他们又把成就、地位、名利、权力看得重于爱情。一个人的生命的能量总和差不多是个常数。艺术家的精神能量大部分使用于自己的艺术之中，使用在了对于名誉、地位、权力的实现之中。而他们用于其他领域的能量就少多了。但是，艺术家发达的艺术头脑，使他们具备一种近乎病态的敏感和察觉能力。这种能力对于享受激情是一种天分。这种能力用于激情过后的平淡，却是凶器。高傲的艺术家又往往对情爱对象产生比普通人高得多的要求。

艺术是一种不需要与别人配合的东西。艺术需要的是作为生命的个人的悟性。个人的努力。个人的天才。这样的东西邓肯是有足够的力气独自完成的。爱情需要与人配合。女人的爱情需要与男人配合。凡是与别人的配合能达成和谐的东西一定是罕见的东西。这其实是上帝的一种规定。一代又一代的人在日复一日的实践中，慢慢地懂得了这种规定。即使对它的残酷性表示不堪，也仅仅是不堪而已。接受或者躲避这种规定，使肉身免受过分重复的伤害，不怎么需要一个人太高的智商。一种生物的本能而已。但是，邓肯对于自己的艺术有多么的需要与执着，她对于自己的爱情就有多么的需要与执着。她就是那个把爱情当成巨大的石头往山坡上推动的西绪弗斯。那块大石头每一回都会连同她一起，从山坡上滚下。

弗洛姆说，爱情是一种艺术。爱情是要学习的。这样的结论有它源远的根据。还是在远古，只有亚当与夏娃的时刻。亚当和夏娃突然发现了彼此的裸体。看见了自己和对方的区别和距离。这样的时刻，亚当所做的第一件事是什么呢。是把责任推到了夏娃的身上。亚当并没有替夏娃辩护。或者和夏娃一起承担起这个责任。于是他们才产生了羞愧。这就说明了亚当还没有学会爱夏娃。这就说明了男人与女人从来没有学习过爱对方的生命功课。于是层出不穷的男人与女人，他们更多的是抱怨，是指责，是站在自己的立场上怨恨对方。是的，上帝造人的时候就为人类设置了一门必修课，那就是学习爱情的艺术。

掌握了这门功课的两个人才能达到新的结合。但是，掌握爱情的功课绝不是只向对方投入身心的感情就能够完成的。弗洛姆说，一个人如果不发展自己的全部人格，并以此达到一种创造性，那么每种爱的尝试都会失败。如果没有真正谦恭地、勇敢地、真诚地、有纪律地爱他人，那么人们在自己的爱情生活中，也永远得不到满足。关于爱，这样的要求实在是不低的要求。能够达成这种超越的人很少很少。太少太少。当事者要击败的第一个敌人是自己自私的天性。所以，我们看到的是这样一种局面：再也找不出一种行为像爱情那样以如此巨大的希望开始，又以如此高比例的失败告终的事情了。

邓肯在爱情持续失败的时候又产生了人生之中另外一种致命的创击。她的两个孩子在一个交通事故中连同汽车一起沉入了海底。那样两个冰雪聪明的孩子，一眨眼之间全没有了。这样的事实古怪到直让人想问是怎么回事儿，残忍到无法令人相信。一个女人怎么样去接受它呢。怎么接受它都不能令我停止心疼。我也是一个母亲。我永远不要知道世界上还会发生失去孩子这么一件残忍无比的事情。在这样的事情面前，我要捂住我的耳朵。我要闭上我的双眼。一个母亲永远不需要这么一种事后必得孕育起来的刚强。永远没有这么一种刚强。邓肯当时肯定是产生了错觉。邓肯发现每个人都在哭。但是邓肯不哭。邓肯反而产生了一种极强的欲望想去安慰别人。当时邓肯一定是坚定地以为，死亡是不存在的。邓肯的那些学生们说，为我们而生存罢，我们不也是你的小孩吗。谢天谢地，邓肯又活了下来，带着一颗刀痕永远新鲜如血的心灵。

邓肯的自传是写到这个地方的。邓肯把她的人生写到了1921年。这个时候，她还没有动身前往俄国，还没有与伟大的诗人叶赛宁相遇。那场让世人惊骇的爱情还没有发生。邓肯写作的时间是1927年。她只想停顿一会儿，接着写她的另一本传记，名字叫《旅俄两年》。但是，就在这一年，邓肯也像她的两个孩子一样，因汽车肇祸而惨死。我们永远也无缘听到邓肯怎么说自己与叶赛宁的恋情了。那么一种惊世骇俗的恋情，它是凭了什么发生的？世人后来对它们说三道四，怎么能有邓肯说起它们更有力气。邓肯的肉身连同这么凄绝美绝的一段情愫，一同被死亡狙击到了地狱。

1921年的一天，出访俄国的邓肯应邀出席一个晚会。四十五岁的邓肯依旧不显老，她在舞台上跳舞。台下有一个诗人。诗人叫叶赛宁。时年二十七岁的叶赛宁是俄国杰出的田园诗人，他的诗歌打动了那个国度。女舞蹈家与男诗人相遇了。那天的晚会尚未结束，邓肯就与叶赛宁相约在一起。邓肯倚在沙发上，叶赛宁跪在她身边。邓肯与叶赛宁的语言不通。他们似乎不需要交流。她的舞蹈与他的诗歌存放在那里，就是一种交流。相互交流的，还有叶赛宁眼中邓肯的异国情调，邓肯眼中叶赛宁忧伤而英俊的面孔。然后，邓肯的每一场舞蹈，总会令叶赛宁前往。他趴在第一排中央的位置上，心中的诗歌也舞之蹈之。他们好到一定程度，好到只能用结婚这个东西证明他们彼此的好了。于是，他们领来了结婚证。要知道，先前的邓肯是一个婚姻拒绝者。叶赛宁当然是一个与邓肯一样的艺术狂人与爱情狂人。两个爱情狂人的激情一旦碰撞，它们产生的光焰美妙无比，不像是凡间的景物。邓肯大叶赛宁十八岁这个事实又算得了什么。相对于连语言也不需要的爱情，它们能算得了什么呢。叶赛宁离过婚有过孩子算得了什么。他们的爱情太纯粹了。它竟然是可以超越年龄和语言的。这一个阶段他们度过了美妙的时光。若干年以后，别人问邓肯，她这一生哪一段时光最难忘。邓肯说，俄罗斯，当然是俄罗斯。

太纯粹的东西保质期一般不长，因为它连空气中的细菌都难以抵抗。更何况叶赛宁是一个魔鬼附体意义上的艺术家。他获得了魔鬼般的艺术成就。他同时也具有魔鬼一样的心灵波动。他的成就与他的心灵波动互为推动。世间就有这么一种人，是天才，也是疯子。叶赛宁算一个。当他的心灵状态处于天才与疯子之间靠近天才部分的时候，他能写出美妙的诗句。当他的心灵状态处于天才与疯子之间靠近疯子部分的时候，他就是魔鬼。从这个角度来说，邓肯也算一个。邓肯和叶赛宁的结合原本就体现出了这种倾向。虽然我们宽容地以为，谁和谁结婚完全是人家的自由。邓肯与叶赛宁互相被对方天才的地方所折服。但是，折服累了的时候，他们身上魔鬼的部分当然构成了对于对方巨大的折磨。他们去了远方。德国。意大利。法国。比利时。美国。他们是为了祝贺自己的爱情而起程的。他们受到任何一个国度人民的极大欢迎。他们是伟大的艺术家呵。一个俄罗斯当时最伟大的诗人。一个这个时代最重要的舞蹈家。他们的身上存在着让人仰望的光芒。他们两个人的结合本身就具有极大的新闻价值，会让众多的人产生莫名其妙地想观赏他们一下的欲望。这种欲望甚至可以让观赏者产生快感。

他们原本是去度蜜月的。但是，两个人互相崇拜的激情终究在一天一天的重复之中力量减弱了下来。尤其是叶赛宁，他追求理想，却对现实中的幸福缺少消化的能力与吸收的能力。他一心沉浸在想象的婚姻里，又肆意践踏现实的婚姻内容。就是这样，邓肯与叶赛宁永远没有能力品尝平静的天伦之乐。

他们互相折磨对方，然后心生忏悔之情。不断地和好。再不断地冲突。暴力和柔情。侮辱和后悔。殴打和拥抱。这就是轮番上演的他们的日子。天知道他们是怎么活着对付下来它们的。今天，叶赛宁感谢邓肯把他从忧郁里拖了出来。明天，叶赛宁对邓肯的快乐报以懒散和冷淡。对独处的恐惧和对安全感无休止的需求，又把他们紧紧地像热烈的恋人那样捆在一起。可是，就是这些，他们后来也无法把它们不断地给予对方了。原本就是酒徒的叶赛宁更加需要酒精的帮助。酒精会把他变成大力士。那种感觉一直会持续到他醉倒在地上。这时候，他的样子怎么看也不像一个田园诗人了。他走路像一个瞎了眼睛的动物，跌跌撞撞。他说话像一个咿呀学语中的孩子，口齿不清。他们在外面旅游还没有回来，爱情就丧失了。1923年8月的一天，邓肯和叶赛宁乘火车抵达莫斯科。一年前，他们是兴高采烈地从这里出发的。一年之后，邓肯一下火车就对别人说，我把这个孩子送回他的祖国了，但我跟他再也没有什么关系了。

这是两个伟大的艺术家。这是两个婚姻生活里高度的外行和杰出的喜剧丑角。他们永远掌握不了使爱情天长地久的游戏规则。他们总是想把无法结合的东西结合在一起。

叶赛宁很快地逃到另外一个女人那里去疗伤了。那是一个很有名气的女人。伟大的托尔斯泰的一个孙女。她叫索菲亚。叶赛宁很快地就和索菲亚结婚了。那个时候，叶赛宁和邓肯的离婚手续还没有办下来呢。没有办法的。只要他是叶赛宁，就会有无数的女人去崇拜他。她们愿意为他献身。她们甚至愿意承受他的疯狂。但是，这又是一个爱情悲剧。叶赛宁和索菲亚以飞快的速度结束了这个悲剧。叶赛宁说，我同女人在一起完全是悲剧。是的，叶赛宁对动物抱有同情心，他对女人从来没有。可怜的叶赛宁身边的女人们。可怜的扑向叶赛宁这束致命火焰的飞蛾们。1925年的12月24日，叶赛宁乘坐火车从莫斯科抵达了列宁格勒。他的脖子上围了一条漂亮的围巾，那围巾是邓肯曾经送给他的礼物。三天以后，人们看到了用皮箱带把自己吊了起来的叶赛宁的尸体。地点是在叶赛宁与邓肯曾经甜蜜地待在一起的旅馆中的一个房间。他给人们留下了一首诀别诗：

好好活着，我的朋友，再见了
我的好人，我把你锁在心间
早以注定的分离
却意味着来世的聚首
好好活着，不要为我悲伤
省下那些礼数和空话吧
生命中的死亡并不新鲜
就连生命本身也不新鲜

叶赛宁肯定是累极了。他被自己的折腾弄烦了。他连痛苦的能力也衰竭了。只有死亡才能使他解脱。一年以后，一个默默地爱了叶赛宁很久的女人，有才情有美貌的女人，叶赛宁生前曾经的秘书，加丽叶娜，在叶赛宁的坟前开枪自杀了。

邓肯对年轻男人的热情最后要了她的命。1927年9月14日这一天，邓肯要与一位心仪的年轻男人法尔伽托外出试车。上车前，邓肯对别人说，我就要踏上通往光荣的道路了。邓肯走进法尔伽托开着的轿车时，满怀着簇新的向往。她的脖子上戴着一条长围巾。火红的色彩。中国丝绸的质地。这丝巾是她舞台上的道具，和她一起舞出无数激情的舞蹈。车子开动不久，火红的围巾从邓肯的脖子上滑下，掉在了疾驶的轿车外面。火红的围巾被缠进了汽车的后轮里。汽车停住了，被拧断了脖子的邓肯倒了下去。

这条在舞台上无数次陪伴过邓肯完成她的艺术作品的火红的围巾，终于以最凄美的姿态，帮助邓肯完成了她一生中最后的一个行为艺术。

胡因梦：不可思议的生命传奇

你从红尘的过往中日益静谧下来的笑容
多像一个句子中的动词
在我的面前　说出生命的禅意
这是多么华丽而且庄重的感觉哦
仿佛高过人类头顶的风
于我破损的心灵里面重新被心听到

写的这些名贵的女人，胡因梦是和我最贴近的。当然，这种贴近纯属我的一厢情愿，胡因梦本人是不知道的。从演艺红人的角色中退出，洗尽铅华的胡因梦一直做着自己翻译和灵修的正经事儿，她根本不知道青岛有一个女人一直与她的文字有着紧密的牵扯。我写过的这些名贵女人，有四个人是活在世上的。卡米拉、张曼玉、王小慧、胡因梦。卡米拉远在英伦，符号一样地在世界及媒体上闪进闪出。她与我那么疏离，疏离得只能让我献出对于她的爱情绝唱的抒情诗。当然，我愿意为这个女人的爱情抒情。张曼玉是个狐美的女人，她在电视上露着脸，在广告上替人家推销产品，让人舒服得要命。张曼玉已经有了一种看似没有演技的那种演技，无论在电影里面还是在娱乐新闻里。张曼玉已经把自己修炼成超越于娱乐圈的精品女人了。她是一个多么适合于让人观赏的女人呵。王小慧背着她的照相机，寻找着令她着迷的景与物，低调而且优雅，优雅得只能活跃在我的想象中。可是胡因梦却离得我这么近，近得我每天都得上她的博客，看看她又翻译出了哪些开启得了我心智的美好文字。胡因梦的文字是可以为我残损的心灵治疗的。那些曾经给予她的心灵以疗伤的文字，现在同样以清洁的方式给我的心灵以救治。我现在也想象不出在我们的这个国度，哪一个女人的文字曾经或者已经如此紧密地与我的心灵昵近。其实，用“美好”来形容胡因梦的文字不是最恰当的，胡因梦的文字，写的或者翻译的，是不张扬的，它们不似曾经年轻艳丽的胡因梦的脸庞那般妩媚。它们朴质，灵透，大气，舒缓，决绝，粘眼，不奢华，却有着一些不可复制的轻柔与迷离的巫气。它们以颗粒的方式最大诚意地做着对于洞开物事的那种担当。

诸多年以前，是知道胡因梦的。胡因梦是台湾艺人，是家喻户晓的大明星。对于她，即使是不像对于大陆电影艺人的那种熟知面孔的知道，也还是知道其声色的。还有，知道胡因梦与李敖的一段情事，一段昙花一般猝死的婚姻。一个大人物与一个女明星情感黏合的那等事情，是太容易产生出来的，而且特别具有惊艳的世俗效果。然后许多年，胡因梦在我的生活和记忆中就那么淡出了。十几年前，大约是新世纪之后吧，我在家乐福商场的一个书店里看到了一套书，是关于印度哲学家克里希那穆提写的。整套书使用的是同一个封面，黑白的，克氏侧着的头像占据了整个纸张。克氏那种世界上独一无二的眼神格外地打动我，仿佛子弹，能洞穿他所面对的事与物。就是对于这种眼神的迷恋，让我忍不住把它们全买来了。回到家里，我第一时间开始阅读，被克氏的思想惊吓住。我立刻打电话给一个女作家朋友也鸣，隆重地向她介绍这几本书，在电话里念出书中一大段一大段的句子给她听。也鸣立刻就在当当网上订了这几本书。通常都是这样的，我介绍的书，也鸣总是不假思索地订下来看的；也鸣推荐给我的书，我也是不假寻思地去购买。我们笑着说，我们的思维是住在同一胡同同一门牌号码的。我在我所在的城市晚报上做着一个读书版面的编辑工作。我以头题的方式把克氏的思想介绍给晚报的读者们。克氏的思维太超前了，太博大精深了，以我当时的生命能量，消化起它们来还显得有些吃力。我和也鸣认为，克氏的文字大抵不是让我们立刻去实施的，因为实施它们，我们生命的行动力量还明显的不足够。但是，那个时候，漫漫的俗世气息海浪一样早已把我们的生命浇灌了好几个轮回。我和也鸣已经知道生命中什么东西是最该呵护的了，那就是我们自己的内心。生命中什么东西是最难侍候的了，那也是我们的内心。弄清楚自己是谁，弄清楚我们的欲望我们的动荡我们的恐惧是怎么回事儿，已经变成我们毕生携手相持着去探讨的功课。克氏的文字虽深奥，却是一些把我们往这种思路上领着走的好东西。

有一天，和也鸣聊天。她说胡因梦也翻译出了克氏的书，就是我们讨论了许久的那个印度哲学家克氏的书。那个时候，这个翻译家胡因梦还和我们心中的那个电影明星胡因梦联系不起来。我们疑惑着，一个电影明星，她能读得懂那么艰深的哲学吗？还有，一个美艳的女人，她能够拿起笔来把文字流畅地翻译出来吗？我甚至以为胡因梦做这件事，是以明星的便利身份做着伪文化的事情，是一种挺可爱的炒作。纯粹是为了某种好奇心，我们从网上订了几本胡因梦翻译的克氏的书籍。胡因梦清晰的思想和清洁的译笔深深地惊吓了我们。这是一些弄明白它们都需要极大的智力的事情呵，翻译出它们来，对于译者得有多么高拔的生命能量的要求呵。

再后来，胡因梦前来大陆对于她的那本自传做宣传。自传叫《生命中的不可思议》，是胡因梦七八年前写成的，在台湾影响广大。那个阶段，胡因梦是各大媒体的主要采访人物。她的回答也自然流畅，低调，充满知性。比之所有先前对于她的华美想象，胡因梦真实的人生——梦幻人生、惊艳人生、错乱人生、灵修人生、自疗人生——更加深刻地镶嵌进我的心灵。用生命的镶嵌这样的字眼去表达另一个女人对于自己的颖悟，对于我来说也是慎重的，因为我得对得起自己对于这等表达所使用的情愫。我得让自己确认，这样的表达是不加以任何修辞意味的，是朴质的。我读懂了作为女人的胡因梦其生命与灵魂成长的声音，其成长中骨骼拔节的声音，以及一个女人主动打碎必得破损的自己浅显生命的那种声音，必得重建自己生命的那种倔强而且有劲的声音，还有灵修中的胡因梦那种生命在修复中圆润起来的声音。胡因梦生命中的哲思和学养，她灵媒般的特殊质地，还有她选择了的坚定的内心之道，格外地符合我胡乱成长之后对于生命的重新认知标的。她所走过的和正在走着的生命之路，也正是我在生命的秘密通道里面确认了的并且正在试图走着的道路。而且，对于我的心灵来说，这是一条适宜于我自己生命线路的惟一的康庄大道。

在她的自传中我知道，胡因梦把克里希那穆提当成自己的心灵导师。除了克氏，还有一本书让胡因梦的心灵受到地震般的击打。胡因梦在做一次不可预知的手术的前夕翻开看这本书，这本书给了她那个非常阶段以支撑的能量。这本书就是美国哲学家、当代有关神秘信仰及意识研究的卓越人物肯·威伯尔所著的《超越死亡——恩宠与勇气》。说的是肯与他的哲学家妻子崔雅的故事。这是一本死亡日记，男女主人公借由真实的死亡而成就的人生经验，以及他们超拔的智慧能量，给了胡因梦强大的震动。手术之后，她花力气翻译了这本书，不惜透支自己的体能也去翻译它。对于一本生命中的好书，她必须这么做。

胡因梦的传记被我读到这里的时候，我愣了一下。我赶紧打开书橱，从森林般的书籍中寻找，最终还是找到了这本叫作《恩宠与勇气》的书籍。果真是胡因梦翻译的。三联书社出的。我诧异了一会儿。我感到我与胡因梦有着一种冥冥中的链接。尽管这种链接的想象同样出自我的一厢情愿。须知，我买《恩宠与勇气》的时候，根本不知道胡因梦是翻译家这回事儿。我买书的时候也没有注意到它是胡因梦翻译的。或者说，我买这本书在客观上是与胡因梦无关的。我愿意厚着脸皮这样说，对于心灵事件的寻觅，对于灵魂的构建的要求，我与胡因梦有着某种生命渠道上的勾连。我在书城的书架上取下这本书的时候一定有着如此一种生命建构的需求。如果没有胡因梦的提示，这或许是一本被我不知什么时候才能打开的书，今生能不能有缘打开它也是个问题呢。因为我的书太多了，多到根本看不完它们。我人生的困惑之一就是我看不完自己的书，这总让我发愁。有一次我因此对着自己整个书房里面的书落泪。人生太短了，生命太紧窄了，我就是一分钟不停止地阅读也读不完这个世界上的好书。太多的好书不得不被我错过。这怎么不是一件令人伤心欲绝的事情呢。那些日子，我悉心地翻看这本书。书中主人公惊悚的心路历程让我惊异。这是一本关于极爱、死亡、癌症、痛楚、超越、慈悲、喜乐的书籍——美丽颖慧的哲学家崔雅好容易找到了哲学家肯，他们一见钟情，闪电式地结婚。可就是婚礼前期，崔雅发现自己患了乳腺癌。后来的五年中，他们各有各的痛楚和恐惧，也各有各的付出。而相互的伤害，痛恨，怨怼，借由静修与修行在相互的超越中消融，并且升华到慈悲与智慧的境地。胡因梦为翻译这本书所做出的努力让我感动。她因透支了自己的生命能量而差一点支撑不住。可以这么说，这是我为数不少的阅读历程上能量最充沛的书籍之一，它里面的哲学、神秘学、生物学、历史学、物理学、心理学知识密集得让我喘不过气来。它的每一行文字里面都涌动着肯与崔雅的学识。而且，这是我所知道的人类史上无比相亲相爱的男人和女人，又是双双有着超拔的智慧和学养的男人和女人。他们是如此的般配。死亡却嫉妒他们了。死亡因此在这对美好的男女之中起到了不可一世的作用。死亡让他们的学养和人性善恶得到了无与伦比的考验、收获和支出。这是一本我读十遍也不敢放弃的书籍。女主人公崔雅最终的死亡，让我知晓了我的未来必须无条件地建立起来一种生命的坚硬。不然我依然会是恐惧地活着，而恐惧地活着是我绝对不喜欢的。崔雅告诉了我做一个人最伟大的境界是——喜乐——即使是面临死亡，也要没有缘由地喜乐。

这是一本读过之后我不再是原本之我的书籍。说它这么厉害一点也不过分。那个叫子尤的少年作家十六岁的时候死于白血病，他也是吸收着这本书的力量而顽强抵抗着死亡的恐惧的。这本书使少年子尤面对死亡的时候比以往的子尤多了些安详和强大，还有慰藉。与这本书的结识完全归功于胡因梦。一是她翻译了这本书。二是她的自传提示了我对于它的阅读的完成。

胡因梦就是这样一点一点地镶嵌进我的生命里。为了加强这种镶嵌，我反复地读她的传记，上网看有关她的讯息。她的博客我更是频繁地登陆去看。于是，关于胡因梦，关于胡因梦和她的情色际遇，关于胡因梦的灵修之路，我便有了属于自己的认知。

公元1953年4月的一天，胡因梦来到这个世界上。胡因梦的降临不是一件容易的事情，她的母亲为了怀上她，曾经付出过不少的医疗咨询与医治。胡因梦在自传里描述了她母亲的这种医治，那些挺神秘的东西我是弄不明白的。不明白我就不强求。而且，母亲好不容易怀上的孩子一开始不是她，她是母亲流产后再一次怀上的孩子。这种命里的东西倒是让我觉得胡因梦的来世大抵是一件神秘的事情，上帝让她降生，一开始就显得有所目的，仿佛赋予她承担一些什么的。胡因梦的名字是母亲起的，里面的“因”是十二因缘的意思，“因”还有智慧之意。

胡因梦的妈妈璩诗方是以第三者的身份闯入到胡因梦爸爸胡赓年的爱情中的。他们认识的时候都有各自的婚姻。璩诗方对胡庚年一见钟情，是被胡庚年那张英武的面孔所迷住。璩诗方当时读女子师范中文系，诗文造诣不错，头脑也有见地。胡庚年也被这个女子的风韵所迷住。加上他们各自以前的婚姻是有毛病的，就都坚决地摆脱了各自原先的家庭，走到了一起。当然，获取了崭新的恋人都容易被解释成以前的婚姻是有毛病的。这点儿古今中外都通用。胡因梦后来说起过自己的父亲从前的妻子潘阿姨，她长大后见过这个潘阿姨。被胡庚年离弃后的潘阿姨过得很安宁，没有使用女人的遭际中特别容易被拿出来恶狠狠使用的那种坏情绪，一点抱怨都没有使用。岁月也没有在她的面孔里面安放上那种坏情绪使用过后必定会显现出来的苛刻和薄命相，却把仁慈和安详这样的东西镌刻在她的气质上。面由心生。这一点我很信。一个人的内心的长相一定会准确地移植到一个人的面皮上的。狰狞的内心，扭曲的内心，暗流不停涌动的内心，到头来一定会由当事者的面孔上袒露出来。不知为什么，我们总是无师自通地就能看懂一个人的面相，和善或者凶险。坦荡或者鄙俗。倒是胡因梦自己的母亲，性格中有着格外强的掌控欲望，对于金钱也充满了很强的占有欲。璩诗方这样的性格当然和贵族出身的胡庚年那种天性中的散淡与高贵所不融。这是他们热恋的时候偷情的时候想象不到的。结婚没有几年，夫妻俩就吵得不可开交，根本没有心性与灵性上的沟通。胡庚年能不回家住就不回家住。后来他还有了新的女人。而且，胡庚年离开了璩诗方，和新的女人组成了家庭。这一点，璩诗方至死都没有原谅他。

又是一对因误会而结识，因了解而分离的男女怨偶。不过，这倒是一种结出了特别果子的误会，因为它诞生了胡因梦。我为此对这种误会充满感激。

小小的胡因梦是敏感的。她精力过人，不爱睡觉，吃得也少。这使得哄她入睡的家人没少费力气。她有着地毯式的好奇心和征服欲，凡事都想掀开来看个明白。她还善感得要命，神经纤细得让人心疼。一岁多时母亲为她念《卖火柴的小女孩》，念到小女孩受苦的情节时，她竟然让泪水流满了脸。她的母亲却认为这是不好的一种纤弱，这种纤弱会使长大后的生命缺乏自保意识。母亲就使劲地纠正胡因梦的那种纤敏。而这种纠正被小小的胡因梦解读成否定或者唠叨，她甚至把它们理解成母亲对于自己的不接纳。小小的胡因梦生命中原本的开放与不设防，就这样和自己的母亲绷起面孔来所使用的成人的警惕产生了隔阂。这隔阂使她恐惧。而这恐惧却是母亲所不懂的。胡因梦与自己的母亲就是这么处于一种隔离着的关系中。一生都是这样的。这其实是母亲的不幸，女儿的不幸。而这种不幸又找不到可以怨怼的归因。我一直以为人其实是分品种的。从这个意义上说，胡因梦和母亲从来就不是一个品种的人。她们各自的人生因为这种不同而付出了很大的情感代价。

上中学的时候胡因梦就能写出好看的作文。她的作文经常有机会当成范本被老师念着给同学们听。老师还经常用冰雪聪明和兰心蕙质这样好听的词汇表扬胡因梦。高三的时候胡因梦就一头扎进学校的图书馆里，书籍里面活性的东西和未知的东西让胡因梦着了迷。那个时候，存在主义，反物质主义，超验主义，所有新鲜的东西像是从宇宙的神经系统出发传到了她的神经中枢。胡因梦有了一种从蒙昧的状态中惊醒过来了的畅快感。

从小到大一直有人夸奖胡因梦的美丽。胡因梦当然是美丽的。我看过胡因梦成长的各个时期的照片。年轻时候的胡因梦是纤巧的，是小眼睛的单眼皮。她的鼻子是巧而挺直的，脸型小而瘦，特别秀气的一个小姑娘。让人看着格外舒服。这样的女孩子当然是容易惹人悸动的。还有，这么漂亮的一个女子，生命里面有着怎么也散发不完的能量，她当然该有着尽情挥霍的青春吧。那个时候胡因梦开始对存在主义、禅、李敖和占星学产生了浓厚的兴趣。她的裤兜里插着李敖的书。肩上背着禅悟，手上举着尼采和巴比伦占星学，自以为前卫得不得了。长大以后的胡因梦回想自己的这一段岁月也觉得好玩。这一幕景象被她形容为拿着长矛穿着盔甲的堂吉诃德，一路冲向那个叫平庸的假想敌。胡因梦说，这么做其实只有一个目的，就是告诉看到自己的人：我和你们是不一样的。我绝不是人伦体系里的一个微不足道的零件，我是独一无二的。

这是一种多么正常的成长呵。任性。自以为是。喧嚷。浅薄。可是，这又是多么逼真的一种率性的成长。谁真的有资格去谴责青春的稚嫩呢。生命哗哗哗地长起来，长成一个美妙的人的雏形，却是那种必得去破损的那种美妙。这是成长的必由之路。没有谁能躲得过去。

长大以后的胡因梦回味自己的既往，说自己得上天赋予这副肉身既是一种恩宠，又像是一种诅咒。说是一种恩宠是好理解的，美丽原本就是一种恩宠。说是一种诅咒，大抵是因为缘着自己这美丽的面孔所造就的一种比任何一个女人都离奇而且夸张的情感命运吧。这命运虽然炫目，炫目得足以惹动世人观瞻。可其中巨大悲剧成分的承担却是属于胡因梦自己的吧？而且，只有她自己懂得这种承担的沉重吧？

当年的胡因梦却应该是自得吧。哪一个女孩子不以天生生就一种美丽的容貌和身形而不自得呢。古今中外，没有一个女人对自己的容貌是不在乎的。女人的容貌绝对是一种特权。一个具有好的容貌的女子已经无偿地领取了上帝支付的丰厚的一笔财富。心灵美是后来生发出来的事情。一个女人不美，不美也要生存，当然要被迫发展自己的心灵美。身体不能悦人，就以心灵悦人。当然，一个女人活到了一定程度，心智的开启，教养的增加，也会天然地启动着自己心灵之美的艰难旅程。这旅途之所以被我说成是艰难的，是因为生命中任何善的、美的、真的、都是要克服原本就存在着的假的、丑的、恶的这些东西的。这是我们的原罪。是生而就有的东西。这些原罪太容易被我们使用了。使用起它们来像花钱那样顺畅无比。倒是那些真的善的美的，是需要学习才能渐渐地升华出来的。

胡因梦外在的绝美和内心的鬼魅与丰富，足以构成胡因梦制造离奇命运的资质。

胡因梦的一生阅男无数。美丽的她当然可以和俊美的和显赫的男人相悦，甚至和曾经的偶像李敖相悦。上帝给了她这等资格。

初恋是胡因梦情感中最深情的一笔。这是涉过情感的滔滔波澜之后的胡因梦渐渐领悟出来的。初始的时候胡因梦大抵是没有意识到这一点的。其实每一个恋爱途中的女人一生大约都有几个亲密接触过的男人。哪一个男人是当事的女人最用过情的，哪一个男人是当事的女人最适宜的，哪一个男人是当事者最轻鄙的，只有女人经过比较之后才能够回味出来的。初恋的男人或许可以是女人难忘的，因为初恋的这种特殊的数字上的排序。与女人的灵与肉发生最深重的恋爱事件，往往是在女人灵魂省悟之后。上帝却把胡因梦的初恋安排得隆重而且凝重。这其实也是可能的，就像二十个人参与的青年歌手大奖赛，第一个登场的却也是唱得最好的一个人。可惜，那个时候的胡因梦是不懂得这种隆重和凝重的，或者说，以她那个小小的年纪还承担不起这种质地清洁的隆重和凝重。她和他最后还是错过了。

这个成为胡因梦初恋的让她回味不已而且还将回味一生的是个叫“动”的美国青年。动的脸孔长得窄长而英俊，眼神习惯性地需要闪躲。动喜欢中国文化和禅，最大的愿望是想成为一个杰出的作家。胡因梦和动一见钟情。她非常情愿地把自己的处女之身献给了这个可爱的美国恋人。被开启的性爱是一个无底的深渊，尤其是荷尔蒙峰值极高的两个初涉情网的年轻人。这个深渊被胡因梦描绘成装满了至爱、哀伤、悸动和想要摧毁的渴望的东西的巨大黑洞，仿佛肉身的存在阻隔了什么，仿佛只有摧毁它，才能充分地融入对方的灵魂。胡因梦的复杂让动惊叹，他说他从未遇见一个处女如此无解。当然，胡因梦的无解更加令动为之着迷。既生动又生涩，是年轻人恋爱的特点。胡因梦是平胸。遇到一个大胸的女人，动不经意地看上一眼，就会让胡因梦生上一顿气。胡因梦为了报复动，故意和一个英俊男人说话，动就会吃很大的醋。这样的事情回味起来特别好玩，经过它们的时候却也是熬人的。经常会听一些过来人回味自己年轻的时候，觉得那个时候太不好玩了，太没有能耐对付得了哪怕是正常发生的事情了。是的，年轻有浑圆的青春，可青春是生涩的。浑圆的是肉体，生涩的是内心。上帝故意这样搭配的，以便让人生很长的一些时段的质量总和是守恒的。

有一次动要去老挝教一阵子书，得与胡因梦离开一个阶段。令胡因梦完全无法预料的是，动的离开，自己竟然瓦解到不能动弹的地步。走到路上一想起动来就会哭，睡觉的时候也会想动想到醒来。他们隔离了有三个月。这三个月的瓦解令胡因梦震撼，她不得不产生了自保意识。我想，这是生命自身的一种启动，为了让一个女人能够在足以杀死人的思念中活下来。这种瓦解让胡因梦思索：人怎么可以把自己的命交到别人手中？全心全意地恋爱状态之下怎么可以让一个人连站都站不稳呢？这样的缘她宁愿不要。真爱是什么？激情是什么？这类很深的问题其实是年轻的胡因梦没有能力思考的。胡因梦似乎被自己与动的关系中产生的能量吓坏了，或者说她被自己在这场恋爱中的反应吓坏了。她不敢再这么受伤下去了。她竟然就这么把和动的关系给扼杀了。许多年后，历经无数红男绿女之情事的胡因梦才知道，她与动当年的那段感情本应是最该得到珍惜的。成为电影明星之后的胡因梦与动见过一面。离开胡因梦后的动变得异常苍老，看得出来，他也因为这场真爱而沧桑不已。又过去了几多年。胡因梦已阅男无数。无数的被阅之男已经淡如云朵，动还在她的心中鲜活如初。那年胡因梦去美国参加里根总统就职大典，她忍不住给动打了电话。她和他见了面。他们坐在长椅上相对无语，眼泪直流。她和他在庭院里散步，升腾在心灵中的温情还和初恋一样深暖。胡因梦甚至强烈地渴望着动的身体。动说，胡因梦在他心中的分量太重，他无法以一夜之情随意处置。这之后，胡因梦与动的因缘彻底了结了。

一个女人，或者一个男人，在经历初次热恋后的分离后，那种思念真的是可以杀死人的。这事儿我经历过。是和男友的一次较长时间的分离。正热恋着，突然被阻隔了。我想，热恋的感觉因为太美好了，美好到绝无仅有，生命的能量几乎全被倾斜到这种体验中去。这种真实的体验被抽空了，而能量还在大量的惯性的倾泻之中。肉身显现出来的空是支撑不住这种能量的云集的。爱情是一种疾病。思念是比死更难受的一种感觉。这么说大抵没有错误。尤其是第一次陷入真实的爱情之中，被思念这种病菌折腾得死去活来，一点儿免疫力都没有，就像婴儿极度地容易被病菌感染。我记得我是把那些日子当成敌人去对付的。多么迅疾走动着的时光呵，这是平常的我们多么容易感慨的东西呵。可是，那样的日子，时光不走了，每一天都像是一千年。每一天晚上，我都要用红笔把即将过去的一天打上叉号，证明我使用全身力气打败了一个敌人。我只能以写诗的方式熬日子，以挥发我淤积在身的恋爱中的能量，不然真是活不下去。我以写了一摞子诗的方式打败了一连串的敌人，极度艰难地度过了那一段其实并不长的日子。因此，我格外地理解胡因梦当时所经历的苦难。这种苦难足以让一个女人产生自保意识，这自保意识可以说是医学名词意义上的抗体吧，以便使得再发生这样的思念疾病的时候得以安全地度过。

周国平写过真爱和风流的关系。两种完全不同的东西。周国平以为真爱不是一件风流的事情，它实际上是两性之间最严肃的一件事情。在爱情这个问题上，实际上只要你是真在爱了，你必然是非常投入的，你的灵魂是在场的。只要你真在爱了，你必定是认真的，你是会很在乎的。如果你不在乎，实际上你一定是真不再爱，你没有真爱上那个人。你只是跟她玩玩，你当然就不在乎了。她跟别人玩玩也没有多大关系。但是，如果两个人互相真是爱了的话，相互之间一定是会在乎的，而且一定是会有失败的危险的。一旦失败了，就一定会受伤的。这种创伤几乎是终生不愈的。所以，真爱是很危险的事情，不是开玩笑的事儿。风流韵事就是另一回事了，那时候灵魂是不在场的，内心深处是不认真的。周国平说它只是一场肉体的游戏，最多是一种感情的游戏，你投入得很少，所以退出也就很容易。肉体和感情都会游戏，灵魂是不会游戏的，它一旦在场，事情就严重了，所以爱情是很严肃的事情。

与动的爱情以及它的流逝让胡因梦很痛，而且持久地痛，只能证明一件事情，就是胡因梦与动的爱情是真实的。其实，一个女人或者一个男人，想证明一段感情是不是真实的，只问一下自己与对方的交往能不能产生心灵的疼痛就行了。真爱着，痛一定会产生的，即使大量地分泌着蜜汁的激情阶段也必定同时会产生那种痛。快乐和痛楚是真爱这枚硬币的两面，甚至，疼痛的感觉是会远大于快乐的。这是上帝的规定。如果一段感情让当事的男人和女人不痛，这只能说明一点：根本不是在爱。这种判断方法百试百中。

与动分离后，胡因梦立刻投入到另外的一次恋爱中。这时的胡因梦已经开始了她的演员生涯。她的面孔时常地显露在银屏上，光鲜无比。这是一次看起来十分相配的恋爱，门也当户也对。可惜，爱情和条件基本上没有关系。这是一次失败的恋情。这一次的恋爱有一个收获，就是让胡因梦的单眼皮变成了双眼皮。是男方的母亲先看上了胡因梦的，她愿意出资让美丽的胡因梦变得再美丽一点。

变成了双眼皮的胡因梦改了名字，叫胡茵梦。这个“茵”多么富于诗意，让原先的因字头顶长上草，绿茸茸的，湿漉漉的，光鲜鲜的，格外符合一个女人的娇媚。这样的名字更符合作为电影明星的胡因梦，也符合单眼皮变成了双眼皮的胡因梦。我还想，这样的“茵”大抵也是符合胡因梦那个生命时段的心境的吧。

这个阶段的胡因梦去了美国。美国当时正在性解放。当时的性解放在美国是一种时尚。光鲜美丽、对于事物有着无限尝试之情的胡因梦当然不会放过品味时尚的机会，何况用生命的极致体验去实践这种在自己的故乡还没有机会兴起来的时尚，何尝不是一种刺激呢。往后的一年，胡因梦性解放了一年。胡因梦在自传中说起过法国杰出女演员让娜·莫罗的一句豪情的话。让娜说自己一生交往的男友无数，她恨不得能拥有一幢上百个房间的大厦，把她曾经爱过的男人悉数豢养在里面。胡因梦说她虽然从未扳着手指细数过她的情人们，但是她想在中国女人里面她的两性经验算是相当丰富的。这样的经历更杰出的效果，似乎是让胡因梦更加确凿地得出这样的有点生物学意义上的结果：性对女人而言是亲密的起点，为了那份迷人的亲密感她开放自己的身体；对男人而言性却是亲密的终点。非心灵取向的男人似乎很难把女人视为一个完整的实体，他们不是在对一个生命做爱，而是对某个局部的器官做爱。此外，他们的征服欲和自我肯定的驱力其实远远凌驾于性能量的排泄欲望。这个时候的胡因梦更加回味自己与动的那段深情。动曾经说，他与胡因梦的默契是千万人中难得一见的。用胡因梦自己的话来说，对于那段因缘的回味，激起了她盛宴之后的孤独与疲乏。她在滚滚红尘的纽约时常感到一股逼人的低潮与哀伤。

我曾和女作家朋友也鸣闲聊起胡因梦年轻时段的这些经验丰富的红男绿女之事。我们笑着说胡因梦的这一生真是没有白过。我们还做游戏地出题目，说假如自己有这样的人生际遇，我们愿不愿意有这样的性经验。我们都笑着，说愿意。我们的潜意识里面其实是有这么一种愿望的，它多么地符合我们从动物进化而来的那种隐秘的激情。可是，我们的理性里面也同样有着另外一种更加动人的渴望，就是一生只有一次的那种坚硬的爱情。假如上苍肯仁慈地赐予一个女人一生中身心灵相契的那种爱情，我们真的愿意只与他一个人紧紧厮守而绝不斜视任何男丁。当然，对于这种情感懂得珍惜的时候，女人的心已经涉过了情感之域的千山万水。年轻的时候给你一个相契的男人，女人也大抵是不懂得的，会被胡乱地消费掉的。比如动之于胡因梦。胡因梦与男人之间丰富的亲密关系，反倒让她悟解到自己与动的真爱才是生命中的盛宴。那些肤浅掠过的情事当然只是一些没有营养的疗饥之食罢了。写文章的洪晃也曾和她的女友讨论过这等事情，话题就是一个女人一生中和多少男人有过接触才算合适。她们得出的结论：二十个以内为最适宜。聊到最后，她们自己都觉得这是一些挺无聊的话题。看了洪晃的文章后，我也发短信和另一个女作家朋友玩这种好玩的游戏。女作家朋友很快发回短信说："哈哈，问题是这二十个男人得个个都有点含金量，否则就是一百个也留不下记忆。比如我，阅男的经历也算得上是有的，回忆起来全是一筐沤烂了的糠。我正在银行存钱，比起和男人们谈恋爱，我真爱这存钱的感觉，尤其是存折上变新变长的数字，是天底下最赏心悦目的文字。它们比一筐我不爱的男人尊贵多了。哈哈。"我其实是非常懂得女友的情感的，我们有过那么深入的交流。她是一个那样懂得爱的女人，积蓄了那么丰沛的感情在身体之中。只是，涉艳不少的女友再不轻易地把感情随便给哪个男人了，不是不想给出这样的感情，而是找不到要给的男人。就这么让这么丰沛的感情在自家的心田里沤着，白白地沤着也白白地浪费着。

我想，胡因梦的阅男无数，顺便起到了一个作用，就是她和李敖相好之后，李敖在性爱和情爱商数上的分值被胡因梦一下子化验出来了。当然，这种分值是按照胡因梦的生命标准去打量的。而且，就胡因梦自身的生命标准来说，她有着绝不缺少经验的生命品尝。

胡因梦的情事是绝不可能不提及李敖的。胡因梦与李敖的情事是我所知道的男女情事之中最逗乐的一种，最富于戏剧化的一种，最荒诞的一种，最令人目瞪口呆的一种。其实，在这个世间，荒诞的戏剧的情事有的是机会发生，而在凡人之间这种荒诞和戏剧是没有机会被大众观瞻的，因为大众没有这个资格。胡因梦与李敖都是大名人，他们的情事闹出的动静，想让人不知道都是不可能的，想不满足看客的好奇心都是不可能的。做名人收获的不都是一些有意思的事情吧。倒是胡因梦与李敖情事的荒诞与破损，给了我们凡人一些格外有用处的关于情感真相的提醒。排除名人的光环，胡因梦与李敖的情事不过是非常不合适的一对男女因误会结合而导致的一种必然的结局，可他们的地位与名声让这事儿有着异常隆重的动静。

李敖是少女胡因梦的偶像，她的书包里面装着李敖，她的嘴上也总会说着李敖。李敖是中国文人当中胡因梦最崇拜的对象。李敖批判坏人坏事坏的力量真是强悍，让文字把肉身打点成生命的斗士，这绝不是凡俗的男人做得出来的。李敖因此让胡因梦仰视得要命。那个时候，看一眼李敖住过的地方对于胡因梦来说都像是在看圣地。与李敖产生情事，大抵也是少女胡因梦不敢想象的吧。与李敖相逢的时候，胡因梦已经是台湾光彩照人的女明星，她几乎是家喻户晓的。其实，仅仅是一个女明星是完全不够格使得李敖对其发生感情的，胡因梦还能写就一副好文章，其文章里面的思想深刻而且生动。胡因梦还是一个明星的时候，她就翻译过外国人乌塔哈根撰写的一本叫作《尊重表演艺术》的书，这本书被誉为是“美国演员的圣经”。阅读这本书原版的时候，胡因梦真是得到了一次启蒙经验，她感到没有理性检验和精益求精的方法论的指点，演员的演技显得多么粗糙而且草率。这本书至今还被国内演艺界重视着，大导演李安要求他戏中的演员以这本书作为演出前的家庭作业。胡因梦还在报纸专栏里写文章，题目就是《特立独行的李敖》。想必在没有见到胡因梦之前，李敖也对这位美女加才女有着强烈的想象力了吧。男人对于女人的想象，潜意识当中是有着情色意味的吧。这很正常。名人李敖当然是那种有能力把想象变成事实的那等人。胡因梦的母亲对李敖也有着格外的好感，认为能与自己杰出的女儿匹配的男人只有李敖。

胡因梦与李敖的相见是在一个姓萧的朋友家里。李敖白净的外表让胡因梦很感意外，因为她在主观上认定李敖是个桀骜不驯的自由派。眼前的李敖眼镜片下面的眼光显得那么老实，实在和他文中的锋芒对不上号。见到胡因梦母女，李敖很规矩地鞠了一个九十度的大躬。李敖那一天一直在看穿着棉质长袍的胡因梦光着的一双大脚，这让胡因梦挺意外。后来胡因梦才知道，李敖有恋足癖。那一天，李敖还带着他当时的女友刘会云。之后，李敖请胡因梦出去喝咖啡。再后来又带胡因梦去看他家的十万册藏书。单单是这十万藏书的架势，也让对智慧尊崇得要命的胡因梦对李敖更加侧目了吧。就在这一天，李敖吻了胡因梦。李敖的吻一定是凶狠的，当然是情色意味浓烈的哪种凶狠。如果一个女人喜欢这个男人，那么这种凶狠也会是女人乐意享用着的。那可是天堂里面的味道。那一天，胡因梦的上唇和人中之间被李敖吸出了一圈赭色的吻痕，以至于以后的三四天里胡因梦随时都得用粉底补妆，以免露出那一小圈红得发紫的吻痕。胡因梦在传记里说她忘记了那一天两个人有没有发生性爱。其实，一个女人怎么能忘记那么严重的人生事件呢。

李敖一定是被胡因梦的美与智慧迷住了。我猜想，李敖的名望与博学也让胡因梦着迷。不管胡因梦说了一些什么样的细节和什么样的原因，使得自己和李敖走入了婚姻，都不能否认他们两个人在热恋的时候是相亲相爱的。那可是胡因梦的第一次婚姻呀，她谈情说爱了几多次，那些男人都没能有力量让她舍得放下单身生活走向婚姻。李敖动情的时候曾经说过这样一句著名的话：如果一个新女性又漂亮又漂泊，又迷人又迷茫，又优游又优秀，又伤感又性感，又不可理解又不可理喻，一定不是别人，是胡——因——梦。李敖真的会捅词，能把一个人说得这么准确又这么生动的这么风趣的，一定不是别人，是李——敖。当然，能骄傲地承担着李敖如此文笔的女人，也确实只有胡因梦。多么杰出的才男俊女，让我们看起来好到不能再好，世界上还有比这等事情更让我们觉得舒服的和般配的吗？当时，对于胡因梦和李敖的情事，一定有着许多的观赏者真心这么以为着。

李敖身边那个叫刘会云的女人又怎么办呢？李敖对胡因梦说，他会告诉刘会云“我爱你还是百分之百，但现在来了个千分之一千的，所以你得暂避一下”。胡因梦不知道这暂避是怎么回事儿。李敖就说：“你这人没个准，说不定哪天就变卦了，所以需要观望一阵子。我叫刘会云先到美国去，如果你变卦了，她还可以回来。”现在想来，李敖对于胡因梦其实是有疑虑的，他不知道自己能不能把握得了眼前即将作为妻子的这个女人。胡因梦大概也被眼前的情事弄晕了，自己的丈夫怎么可以还有一个安放在美国的女友呢。更倒霉的是那个叫刘会云的女人，她多么可怜又多么可悲。自己爱上的男人看上了别的女人，不仅甩了自己，还得暂时留着，以便出现后患的时候再让自己顶上。刘会云竟然还听李敖的，照着他的思路摆布自己。有谁想得起来想一想这个女人破碎的心呢。李敖的这个做法其实是很欺负人的。我一直没有听到李敖的这个负心的做法被谴责。这个段子倒是在社会上广泛流传，作为李敖和胡因梦的名人轶事被咀嚼。李敖是个强者，强者有着诸多可以超越于凡人的实惠之处。难怪这个社会上的人削尖了脑袋也愿意往人精里钻。

非常可惜，这对世界上看起来那么般配的红男绿女之婚姻也没有经得起实践的检验。如果相处果真是一种检验的话，那么，胡因梦与李敖这件婚姻的产品竟然是完全不合格的。不是外表光鲜度之类的东西不合格，而是产品质地的不合格。爱情的质地是有灵有血有肉的看不见的东西，胡因梦与李敖的灵与肉完全是南辕北辙的不合拍。它们在一起，不像唇与齿那样相依着你推我挡地吻合在一起，而像是两个坚硬的纹络完全不同的齿轮，在日子的旋转中发出金属摩擦出来的那种难听的声音。就是在身体的性事上李敖与胡因梦也不是琴瑟相谐的。胡因梦与动，在身心灵的任何一个层面都曾经是深情的，融入的，胡因梦因此懂得了自己所需要的身体的和谐是何种样子的。而李敖是需要女人完全臣服于他的那种男人。李敖是那种掌控欲和征服欲需要得到满足的男人。胡因梦有了这等情事的比较，真不知道是她的幸事还是不幸事，或者是李敖的幸事与不幸事。两性之爱怎么能没有条件呢，而且它是人类惟一的第一手经验，也是人能达到至乐的最快捷的途径。胡因梦当然骗不过自己。再扯得远一些，在性爱上，李敖的这种掌控欲和征服欲或许是另一个女人所赏悦的，不同的女人在性爱上的口味也有所不同，就如同有人喜咸有人喜甜是一个道理。但是，胡因梦不是喜欢李敖这等身体情色口味的女人。

这两个超凡脱俗的俊男美女在生活的搭配上也是一塌糊涂。李敖的乱发脾气让胡因梦感到难过。无论李敖发出脾气时所使用的理由听起来多么有道理，都让胡因梦感到难过，因为她感到在生活中据理力争背后的情感就这么被忽视了，而这个被忽视的东西才是最宝贵的。就是这样，他们两个像绝大多数过日子的男女一样，吵架，争执，离家，绝望，修好。这样的日子普通老百姓都过得烦心，它们怎么能被伟大的李敖和伟大的胡因梦所忍受。

在胡因梦眼里，李敖是一个把世界观建立在二元对立上面的——在处理一些事情上，只能有快乐，不能有痛苦；只能有秩序，不能有混乱；可以潇洒地玩世，但不能有人性的挣扎。胡因梦的世界观恰恰是建立在二元不可分割的基础上的，在这个世界上你做同一件事，不可能只有快乐而没有痛苦，不可能只有秩序而没有混乱。其实，大凡世界上真正的智者都是觉察到二元对立是人性中的颠倒及各种病态的根源的。人，或者事物，怎么可能摆脱得了成为一枚硬币的两面那种矛盾着的又统一着的二元态势呢。就是这样，胡因梦眼中曾经的那个一个时代的叛逆英雄李敖，那个五百年来的白话文豪李敖，那个曾经可以救赎自己心灵的偶像李敖，就这么巨墙一样倒塌了，倒塌成一堆粉末。

让胡因梦对于自己的婚姻不再存有一丝幻想的，是李敖的一次非常小人的举动。如果胡因梦的叙事是真实的话，那么李敖所做出的举动的确非常让人小视。李敖有一个对他非常认可的萧姓朋友，出国之前萧先生把自己的房产及一大些古董托付给李敖，让他照看。可李敖不仅“智慧犯罪”地把其中最值钱的古董占为己有，还把萧先生的房产占为己有。这果真是一个品行质地上的问题。李敖想象意义上高拔的存在原本使胡因梦对其产生了高拔的期望值，现实中胡因梦眼里的李敖却离那种虚幻建立起来的期望值有着过于离谱的差异。这种看起来太不合乎理想逻辑却格外地符合现实逻辑的东西才是对于胡因梦的心灵震动最严重的。她用生命承接了这种震动所造成的破损。她得自个儿收拾自己的生命场地因此留下来的这种现实的遗骸。尸体一样难堪又惊悚的遗骸。面对这样的遗骸，胡因梦的世界观与价值观以及爱情观发生了极大的裂变。生活比任何书本知识都血淋淋地对胡因梦产生了极度真实的再教育。胡因梦格外地强调了名人李敖对于她的命运所产生的极度的影响。我想，这大概是李敖所给胡因梦的生命及命运产生的那种影响吧。

我其实是不愿意相信李敖的这种“智慧犯罪”的。我真的不愿意知道名人李敖做出了这样的事情的。即使他果真是这样做的，我也愿意选择不知道。在这个世界上，人性恶所制造出来的难看的事情，已经被我见识得太多了，何必让很有学问的李敖为我的这等见识再增加一个确凿的砝码呢?

这个婚姻持续了三个多月，一百天多一点。想想看，一百天多一点这么一段时日，从结婚到离婚，动静那么大的结婚和动静那么大的离婚，如果不是荒诞，还能是什么?

也鸣曾对我说，在她的眼里，胡因梦与李敖的爱情，不过是无数的风花雪月中失败的一次而已。对也鸣来说，胡因梦的巨大价值，来源于她对于自个儿内心的探寻。她对于生命的静修。她那么深地走入生命。凡俗的人多么深地走向外部世界，她就多么深地往内部生命里走。这种精神让也鸣仰望不已。这个观点我非常同意。胡因梦与李敖的真实生活细节原本是比任何电影都有细节可圈可点的，当然是戏剧性的那种可圈可点。他们的结婚与离婚都是令人惊心动魄的。对于满足人们的好奇心来说，它们太有可读性了。那些细节发生在胡因梦和李敖身上，让人联想起来也算得上太生动了。他们的婚后与离婚还有太多曲折的细节似乎“值得”把它们描述出来。我还是剔除了它们。我好像没怎么有力气把它们描述出来。是真实生活的荒诞让我产生了无力感。这样的真实与这样的荒诞太强大了，像生活本身，面对它们我只能使用自己的无力。就像一只甲壳虫在观看飞机坦克在战场上制造的灰飞烟灭。况且，这一对名人的婚姻与爱情，对我来说真的不是重要的。它不过是属于一种因巨大的误会所产生的巨大的俗世效应而已，格外地对了俗人的窥视欲的胃口。有的时候我替胡因梦感到荒诞。她的一生总会被外界的人说起，被说的特别顽强的部分竟是她和李敖的情事。这其实是一份了结了的孽缘，已无意义在世上延续。它们却被根本不知根底的人胡乱地说三道四，张三嚼李四的口舌，王五舔李四的余粮。可以肯定的是，它们还将被不厌其烦地说下去。即使是胡因梦与李敖都不在人世了，它们也会反复地被说。真是太让人哭笑不得了。

确切地讲，胡因梦与李敖的混乱的情事给了众人一个阅读故事盛宴的机会，这样的盛宴因为它烟火气息的过于丰富而给了众人一些幸灾乐祸的机会。当然，使用起这种幸灾乐祸来大家伙毫不费力气。这也可以理解，生活原本这么乏味无聊，这么有名的两个人物的情事都这么荒诞，那么我们凡人生活中的无聊与荒诞就变得似乎可以理解了，也变得仿佛可以忍受了。况且，胡因梦和李敖的情事其实不比我们凡人的情事更加缺少烟火味，反而比我们的更混乱。在情色这个重大领域里面，这等事情的发生显得多么的公平呵。当然，这样的想法并没有人告诉我，是我从不少的叙述者眉飞色舞的叙述中感知到的。

我在一本书中读到过对于这种“幸灾乐祸”之情节的解释。作者说，从健康的角度而言，这是一种优质的保护自己的方式，效果好，见效快并且廉价。作者还说，名人们会多少有意无意地刺激普通人的神经。如果名人们也做点傻事、出点丑，那就会减少普通人的内心不平衡。我们为什么会“幸灾乐祸”？这其实是有其心理学基础的。它是人类最深沉的集体无意识之一。从人类的源头开始，对天灾人祸的恐惧就时刻伴随着人类的进化和社会的发展。遭受了灾祸的人丧失了生命，甚至还会丧失其遗传物质在这个星球上的传递。而那些仅仅是目击了灾难却并没有受到灾难伤害的人，他们的生命得以保存，遗传物质得以延续。他们有理由为别人遭受到灾难而自己得以幸免而暗自高兴。现在我们弄明白了，我们现在存活下来的人统统都是灾难目击者的后代，我们的身体上顽强地成活着幸灾乐祸的基因。

在我三十岁的时候，我就不喜欢李敖了。我不喜欢李敖，其实是和李敖无关的事情，和胡因梦无关的事情，也是和是非无关的事情。不过是和我这个小女子自个儿的价值判断有关而已。我在三十岁的时候已经开始意识到无根生命最重要的元素，是这个世界上的爱，而不是恨，不是苛求，不是质询。再自视清高的质询者的身上其实也有着不可忽视的人性的恶与弱。把嘴巴用来仇视别人身上的恶与弱，就算是别人身上的恶与弱果真比质询者身上的恶与弱严重，这种质询也大抵不会产生出来温情的。世界上最聪明的脑袋制造出来的恨，和一小缕真实的人间之爱也是不可比拟的。爱是温暖。恨不是。恨是阴冷的东西。当然了，这个世界上需要一种质询的声音，像匕首，直接指向人性中普遍存在的丑恶。即使这样，我也愿意看到这样的声音形成的是一种制造出绿色元素的自然的生态。这样的生态我在李敖的身上是看不到的。李敖当然博学，博学得要命，内心可以是一座图书馆。可是，这座内心的图书馆没有帮助李敖建立起这样一种绿色的生态。它们或许更加坚固地帮助李敖制造了用来骂人这个匕首的锋芒。我所希望的这样批评的生态却在当今的评论家李敬泽的身上看到了。这真是使我惊喜。李敬泽也是评论家，他制造的文字，骨头是长在肉里面的，而不是长在外在的语气和外在样式上的。李敬泽的内心丰饶得也是一座图书馆，这座图书馆却帮助李敬泽纯化了自己的文字分量和文字的清明，打造了他的思想质地，让他的生命抵达了生命可能抵达的深处。他制造的文字，算得上是最锋利匕首，可以直抵事物的心脏，使其致命，却是看不出他出手的样式的，像武林中的高手，手中无剑，剑在心中。这样的文字是暖性的，它们发散出来的建设性的光芒，照向人性阴暗的角落里面。

看胡因梦自传里面她与李敖这一部分的时候，我停下来好几次。作为一个阅读者，我试着在想象中还原对于胡因梦所描述的场景之当下的东西。很明显，胡因梦对于这部分事情的描述掺入了自己经过反思过后的一种情绪，已经携带着相当冷静的姿态。这种冷静里面透露着对于大人物李敖的心灵和肉体透解之后所呈现出来的漠视与淡然。当然，对于胡因梦来说，这种漠视与淡然是真实的，我从没有怀疑过这种真实。胡因梦与李敖原本就是两种完全不同智力走向的人，他们原本就是互不赏悦的那种人，他们的心灵分属两个不同的星球。在不了解情况的时候他们赏悦上了，人生的误会就发生了。是误会当然就要承担着误会必然会袒露出来的结果，那就是闹剧。我还想，胡因梦把李敖以真实的形态写出来，把名人李敖凡俗的那一个部分写出来，而且还带着审视的目光去描绘，让李敖本人会怎么想？让无条件喜欢李敖的粉丝们服气吗？或者，这种手术刀一样冷峻的剖析会不会造成对于他人的伤害？可是，如果胡因梦是写自传，怎么可以把世俗上认为的这么浓重的一笔轻描淡写而过？假如那样，这样的自传还完整吗？当然，李敖对于胡因梦的文字伤害和电视画面伤害，不也是站在他的立场上成立过吗？

唉，即使是两个名动世界的人物联结起来的爱恨情仇，和凡人之间的爱恨情仇有什么区别呢？它们怎么会有解呢？

对于自己和李敖惨败的情事，我曾经在一本杂志上看到过胡因梦的自省。她说，她在跟李敖打官司的过程中，有一个非常好的设计师朋友的妻子送给她一本书，叫《塞斯资料》，是设计师的妻子翻译的。书里有一句话让胡因梦反省了自己："你以为你发生的都是意外，你遭逢的都是外面加给你的——当时我的感觉就是李敖加害我，明明跟我没有任何关系的官司，为什么要我卷进去，我不懂。我为什么会到这样的命运里？可是，这句话告诉我——所有的事情都是你自编、自导、自演的，如果你没有一个因在里面，就不会有一个果呈现出来，你必须在你内在的世界里找到你的因。"这个时候的胡因梦，要回到对于一个"因"的探索的世界里面，是什么样的"因"使自己做了一场梦呢？也许，那个草字头的"茵"除了代表一个花哨的世界之外，不能给胡因梦提供更多的探究吧？她重新又把自己的名字改了回来，由"胡茵梦"变回了"胡因梦"。

变回了"胡因梦"的胡因梦，生命的内里已经发生了政变。"胡因梦"因此而不再是那个"胡茵梦"，也不是"胡茵梦"之前的那个"胡因梦"。这个变回来的"胡因梦"，才是校正了方向，把自己往做对自己的路途上去靠近的那个胡因梦。

胡因梦是一个单身妈妈。她有一个叫洁生的女儿。这里面当然有着很浓重的一段情事需要叙述。

是在一间咖啡屋里偶然相遇的。他是胡因梦的一个粉丝，读过胡因梦写的书和胡因梦翻译的克氏的书。他有着唇红齿白的书生模样。他的思路是流畅的，带着逆向思考的幽默。那个时候他是另一个女人的丈夫。这样的事实没有妨碍他每天给胡因梦打电话。他还登门拜访了她。胡因梦和他是在看了陈凯歌的电影《霸王别姬》之后发生了两性关系的。陈凯歌提供的电影语境给了他们俩一种融入对方的契机。胡因梦与他是有着良好的情感能量交融的。但是，他做不了他妻子之外的别的女人的丈夫。对于他来说，这是比其他的情事更加重要的原则。况且，除了胡因梦之外，他还有另外的女人。胡因梦对此是没有怨怼的，也是理解的。她做过这样的反思：人们太轻易地把超越是非、善恶、对错的究竟真理拿来合理化自己的试误过程。很少有人是真的达到了百无禁忌的自由之境，多数人只是随着生物本能、荷尔蒙、内心的匮乏和各处因缘业力而运转，如果把这样的运转过程视为究竟真相，认为自己真的自由了，那就是落入了自欺的陷阱。

胡因梦怀孕了。肚子里面有了跳动得越来越厉害的鲜活生命。胡因梦原本是不想要这个孩子的，孩子的跳动所唤醒的生命意识一定是深深地撼动了胡因梦的母性，她终于把孩子生下来了。这个世界上因此有了一个叫洁生的漂亮女孩子。在孩子出生前，胡因梦就和洁生的父亲平静地达成了协议：这个孩子将由胡因梦独立抚养。至于这个男人该扮演什么样的角色，决定权完全在他身上。胡因梦不想勉强他做任何事情。

我欣喜地读到了单亲未婚妈妈胡因梦对于自己这等遭际的反省与淡定。胡因梦没有使用自己的抱怨与特别容易发生出来的人性的阴毒。她那么深邃地把思考的方位指向人性的内心，那是一个比外在的宇宙更加复杂更加起伏不定的内在宇宙。整理这个内在宇宙所需要的能量和智慧一点也不比整理好我们外在的宇宙少许一分。其实，洁生这个孩子的出生是让胡因梦吃尽了苦头的，她还因此得了产后忧郁症。剖宫产的手术也让日后的胡因梦身体的元气得到了破损。而且，单亲妈妈在这个世界上的承担绝非是一件容易的事情，这或许不是一个单亲妈妈所体味不出来的。胡因梦却把这样的担当作为修持自己内心的一个际遇，她用这样的际遇当成自己必得承担的生命功课，自己疗伤自己。这使得她反倒因此而产生了成长的契机，并且放下了肤浅的向外的追问与执着。

对于生命的自疗与自悟，胡因梦从年轻的时候就开始觉醒了。这样的觉醒有的时候是觉醒者自身未必知晓的。我一直以为，这样的觉醒其实是胡因梦的命。还是在胡因梦当演员的时候，她就渐渐地意识到这不是一个与她的心灵相匹配的职业。她从影十五年，自认为拍了近四十部令她哭笑不得的影片。只有大导演杨德昌的片子《海滩上的一天》中的表演让自己满意。演戏之余的胡因梦，手中永远拿着的是一本本关于哲学、心理学、玄学、宗教的书籍。那些给过她无限风光的演艺生涯，却从未给过胡因梦真正的尊严感。她时常一边演出，一边跳出剧情嘲笑剧中对白的荒唐和肤浅。她以为那是一种毫无创造力的反应。知性活动才是胡因梦所钟爱的。她那么没有办法地不去听从知性对于自己心灵的召唤。她决定不再自欺欺人了。这使得胡因梦在三十五岁那一年就离开了她所轻视的演艺圈。放弃了演艺圈，就等于放弃了五光十色环绕在自己生命中的光耀，就等于放弃了让平凡人咋舌的大把大把的金钱。

我们听到过不少的演艺人员嚷嚷着要隐居。用不了多少时间，这些隐居的人就变着花样复出了，复出的时候还得打着舍不得离开她所热爱的粉丝的旗号。他们不好意思直接说是自己舍不得离开这个给了他们太多外在好处的圈子。当然了，一个人对于外部世界的需要多过知性的需求，在演艺圈里弄出动静来的逛荡其实是显得有意思的。有一些人的快乐确实需要演艺界这个名利场去提供。只要他们在这个圈子里不那么急功近利，这也没有什么可指责的。在中外演艺界里勇敢地退出来的知名女演员中，我所知道的有嘉宝、山口百惠和胡因梦。嘉宝也是在三十来岁隐居起来的，她不愿意和世人玩了，躲在生活的暗处独来独往。山口百惠为了自己的爱情回到了家庭主妇的位置上，也算得上心甘情愿。胡因梦却开始了自己的智性探究和心灵修行。十几年来，胡因梦研读了关于哲学和心理学、玄学的太多的好书，这些顶级的文字让她求知的心灵得到了滋补。她把自己的中年滋补得珠圆玉润而且柔美。她的生命也在这样的内心工作中被修复得珠圆玉润。胡因梦还在做着另一个重要的工作，就是把自己灵修的成果变成文字告诉给众多的红尘苦海中人。胡因梦让我们像她所喜欢的克氏那样，把生命的能量用在制服自己内心这个暴烈的野兽之上，让手术刀对准自己的内心而不是别的什么外在之物。是的，世上最困难的功课是认识我们自己。最深邃的哲学一定也是源自这样的命题。胡因梦用轻柔的方式与和悦的手法，告诉我们的正是这些庄重的东西。说胡因梦在做着普度众生的事儿，这话一点儿也不为过。我就是被她普度中的之一。看看她的博客吧，如今粉丝已突破四百万。那么多的人喜爱着胡因梦，对她的贡献吐露着真诚的感激。

从世俗的意义上讲，我认为胡因梦做出的决定也是聪颖的。尤其是一个女人，从三十几岁转向心灵的修葺，真的是一件格外向着自己的决定。哲学家讲，男人懂得人生哲学，女人却懂得人生本身。这话我挺信。女人活到三十几岁，大抵是顿悟开始产生了的生命时刻。女人生命的顿悟是从对于外部世界名与利的质疑开始的。这个时候的女人涉过的慌乱而且骚动的生命历程，足够让她开始启动自己对于自己的审视：那样的活法真的有意思吗？我们的心跟着那些东西不停地往外跑，取回一些外在的东西，心灵不得不像飞马过后掀动起来的尘土那样飞扬，就真的有意思吗？当然，脱离这些本质上没有意思的东西，是一件格外困难的事情，因为我们的基因中携带着祖先留给我们的太多的欲望基因。对于它们的追逐，我们往往情不自禁。但是，没有一件真正有意义的事情做起来是容易的。没有一件这样的便宜事。任何一件有意义的事情都是从静修开始的。而超越困境的事情从来不是芸芸众生有力气去承担的。这就是芸芸众生只能成活在凡俗之境的人间现实。事实上，正是那么深地经历过那些红肿到五光十色的外部生活，让胡因梦更加认清了这种红肿的病理性质。生命那么紧窄，比我们以为的更加紧窄。而人生的恐惧那么真实地附着在我们的身体之中，它们从未离开过我们一步。关于死亡。关于痛楚。关于嫉妒。关于我们自身永远不停顿地产生出来的妄念——我们的不适几乎都是从这些妄念中衍生出来的，只是我们不自知罢了。关于衰老，关于肉身的一天天灭损与紧缩——这样的灭损与紧缩从未有稍逊的停止。这么气势汹汹一天天逼迫而来的问题不去让自己面对，再去拿生命中宝贵的能量去消耗在无聊的外部争斗与喧哗之中，该是何等的愚钝呀。也许这样的思索是痛楚的，但是，我敢说，这样的痛楚比得起混沌地成活有意思一万倍。这样的愚钝实现起来太顺手了，顺着自己的天性我们格外地容易混成这个样子。在我们的周围到处都是这种愚钝着活着的人，一点也不稀罕。在演艺圈中，胡因梦是我见到的做出了最优美姿态的生命转换的女人。她在生命尚且花开之际就为自己的生命花朵的必然灭损做出了另外的抉择。生命的外在之花破损的时候，胡因梦自己培育起来的生命的内在之花已然适时地盛开，盛开得独一无二而且纯正清丽。这样的生命之花才足以产生出真实的力量，和越来越阴霾的生命的老境得以抗衡，使得人生的苍凉所产生的恐惧对自己造成的惊吓减少到最低的限度。

岁月的流逝所造成的肉体的衰损，是没有人可以躲得过去的。承担这样的衰损，一个美女和一个相貌平常的女人使用的心灵恐慌是大不一样的。相貌平常的女人本来就不美，没有什么可观的资本，她一如既往地老去，原本就没有什么可失去的，她承担的损失相对的就少。一个美女就不同了，她失去的是过往的荣华，还有男人惊鸿的目光。须知，男人惊鸿的目光是对于一个女人价值最大的肯定。这就好像一个富人，失去既有的财富对于他来说是极度痛苦的。让一个富人变得和一个穷人一样潦倒，是对这个富人的惩罚。从来没有和有过而失去，即使后来呈现的是一样的结局，当事者所经历的心灵过程和承担的东西却是完全不同的。所以，必得来临的衰老是对于美女最高档的恐惧，这样的恐惧仅次于死亡对其所造成的恐惧。所以，再漂亮的女人，如果她足够聪明，一定会让自己在年轻漂亮的时候就给自己的精神领域开辟一条道路，以便使自己退出青春舞台的肉体渐次走上这条精神的道路，让精神的通达成为女人身体最华贵的营养品。胡因梦就是这样一个聪颖的女人，她在红颜撤退之前，已经成功地凭借精神的能量替换完自己。她把自己的身体保护得那么好。她积蓄了那么充沛的能量让自己的身体和心灵不再轻易受伤。

我曾经在电视上看到一个过气了的老年女演员，她年轻的时候也和胡因梦一样走红，出演的电影也算得上经典。可是，这个演员还是老了，老得毫不留情。观众们竟然也把曾经那样红颜的她给忘了，忘得连看她一眼的愿望也产生不出来。那个女演员大约是挺伤心的，因为岁月也因为岁月的无情。她好心地想把自己的影像多留在这个世上几分。她把自己的歌声录了下来弄成了歌带。她的歌我听过，一点也不好听。她以为她自己的歌好不好听是不重要的，她以为把它们弄出来留在世上这事儿本身是重要的。她还哭了，说她不久的将来离世了，观众们还可以听她的歌声加以回味。即使是那样，我也想象不出来还有几个人喜欢听她不那么好听的歌声。她真的很可怜。她是那样的无助。她已经松弛下来的皮肤使得这种无助更加溃不成军。看到这个镜头我笑了。我立刻制止了自己的笑声，因为我的怜悯之心还算得上适时地产生了出来。我想，胡因梦是不会把自己的老境弄得这么凄惨的。胡因梦自己的生命另外开出倔强的花朵来。这是一朵永不凋谢的花朵。胡因梦的生命离开了这个尘世，这样的花朵依然盛开着，那样的香气依旧喂养着需要它们的饥渴心灵。

胡因梦自传中的一个细节让我记忆深刻。有一天胡因梦和友人一同吃饭，屋子里坐着一桌她完全不认识的人。她的心里升起了一两个批判的念头，很快地就安静了下来。吃着吃着，胡因梦突然万念俱寂，心中失去了任何想要取悦或参与的欲望，但眼前每个人内心的不安、挣扎和想要获得肯定的需求，她都能觉知、认同与接纳。半生以来与人互动时内心的批判、苛求与好恶，那一个时刻如泡影一般完全幻灭。一股无法遏制的同情排山倒海地涌现，一屋子的人眼睁睁地看着她涔涔泪下了十几分钟。练习内观多年的胡因梦的朋友低声对周围的人说，她现在处于一种很深的状态，大家不妨跟着安静一下吧。按我的理解，这或许是胡因梦灵魂出窍的时刻。我也曾经有过这种灵魂出窍的时刻，有过四次，都是在大自然中。记忆深刻的一次是在张家界，那一棵棵树一样的山在我的眼前突然地幻化了起来。它们变成了观看三维图画入境之时的那种虚迷起来的样子，也像是在万花筒里面看到的那种样子。这个时候我的泪水就那么涔涔而下了，流得那么畅快，那么不委屈。整个人也虚化了起来，一点人世间的纠葛都没有。一点不适的感觉都没有。我感到那个时候自己找到了精神的母亲。不是肉身的那个母亲。是那种真正意义上的圣灵一样的母亲。是我愿意对她哭出泪水来的那个母亲。她给了我在人世间没有能力发生出来的那种安全感。周围观景的人忙着把对准山体的镜头转方向对准了我。他们或许是在为我流出来的眼泪好奇。五六分钟之后我的泪水停止了流动，人也像是从虚拟的画中移动了出来，变回了那个能够看清周围面孔的凡俗中的我。在武夷山的时候也出现了这样的经历，我赶紧躲开众人跑到一个没人的地方，让山挡着自己哗哗流泪的样子，还让太阳伞遮住自己的面孔，然后一个人欢畅地哭。现在我确信，那是我灵魂出窍的时刻。当时的我不知道是怎么回事。现在我相信人是有灵魂的。因为我的灵魂出过窍。而且，我还设想，人在最后离开这个世界的时候，说不定是会出现这等灵魂出窍的机会的。那个时候人真的一点也不痛苦。不仅是不痛苦的，而且是幸福地轻飘着的。

人是有灵的。这点我已确信。胡因梦那么执着地让自己的能量向着精神的深处运行，探索内心的究竟，解剖内心的纹理。如果内心是一个庞大的宇宙，那么胡因梦正在试图解析着这个宇宙的定律，以及让这个宇宙健康而安宁地运行所需要的人格定力。胡因梦正在做着灵修的工作，她那么用力地向这个领域里面的大师学习，做他们的学徒。她甚至试图让这种工作产生自己的方式方法。这样的方式方法我是不懂的。不懂是因为我的无力抵达。一个人怠慢了自己的灵魂，一定不会活得安宁而且快乐。我说的是那种天鹅绒一般高贵的安宁和快乐。

胡因梦的生命历程让我想到了炼金术。

物理意义上的炼金术是分为三个阶段的——第一个阶段是变黑的阶段。在这个阶段，一切材料都被分解为最原始的成分，即变成了“铅”。第二个阶段，是将“铅”变白，即纯化所有的成分，变成“白银”。第三个阶段开始变红，金子才被提炼了出来。须知，炼金术是一个复杂的过程，是一个在火中淬炼的过程。成堆的原始物质最后经过火的洗礼，提炼成一点点高贵的黄金。

人的成长其实也是一个从最原始的材料百炼成金的过程。这点心理学也有其解释。炼金术的第一个阶段即矿石变黑的阶段。和这个阶段的人生对应，大约是我们日常熟悉的正常状态开始瓦解，潜意识里长期被忽视的情节开始浮出表面，我们开始在自己身上看到一些我们不愿看到的东西。这样的东西让我们痛苦。痛苦的同时也使我们挖掘出内心中的好东西，诸如勇气，爱，创造力和激情。这些东西的使用让我们的眼界有了拓展，使我们的认识变得深刻。真实的生活中非常容易进入炼金术中的矿石变黑的过程，比如一个人被车子撞断了腿。比如失恋。这些状态令当事者的第一个反应就是痛苦和绝望。但是，心理学也告诉我们，我们的性格中有一种高尚的成分，它能把最初的不幸和苦恼变成幸福和快乐。当然了，这是一个漫长而且磨炼的过程，就像能在顷刻间把铅变成黄金的魔术是不存在的一样，把痛楚一夜之间转化成安宁也不可能在预先安排好的时间里完成。但是，痛苦是必须的，没有痛苦就没有觉醒，就没有爱、勇气和创造力的挖掘。这就使牺牲成为必要。拉丁语中的“牺牲”，被定义成为获得某种更珍贵的东西而失去某些重要的东西。在心理和精神领域中，这个词指的是放弃白日梦和童年时代的依赖性，使自己成为一个理解现实人生的成年人。这就是觉醒。这个觉醒是使铅转变为金子的重要前提。

黑色的“铅”开始变白，这是炼金术的第二个过程。对应于人生的这个阶段，是混乱的思维开始走向有序。我们开始了解自我，了解自我和社会的关系，了解自己的意识与潜意识。了解自我的局限与使这个谜一样的局限变得有解所要跨越的东西。我们甚至晓悟了痛苦与局限是我们生命中互为表里的东西，没有谁有理由指望自己能够幸免。我们开始摆脱自己原先的对于生活不切实际的期待，试着和苦难的人生和平相处。这个时段，是我们的精神态势由漆黑的“铅”变成闪闪的“白银”。

把“白银”变成黄金，是炼金术里的最后一步。金灿灿的黄金就这么被萃取，虽然它只有小小的那么一部分，却有着世上最坚硬的品质。它不怕被火燃烧。它稀有而光彩夺目。这样的光彩夺目完全依仗着自己的品质。生命的黄金也同样依仗着这样纯正的品质。它从人生的苦难中得来，在生命这个熔炉里庄重而且极具艰难地炼就。生命的黄金，来自生命自身的光芒，它把人生的甘苦路径照彻得干净而且纯美。它在高处把生命自身呈现得从容不迫，苦而弥坚。

这一个静美的夜晚，我去了胡因梦的博客，点击了胡因梦翻译的《生活禅》。安静而且温婉的音乐从电脑里面传达出来。这是胡因梦安置在她的文字里面的声音。每一次打开这些文字，都会有音乐传递出来，像天籁。天籁是声音的黄金。胡因梦的文字是汉语里面的黄金。胡因梦，这个曾经美艳的女人，她是女人中的黄金。胡因梦的生命一直在冶炼之中。这种冶炼同样是从漆黑的廉价的“铅”开始的。它们经过了精神的“白银”阶段，它们正在变成“黄金”的路途之中。这篇文章写到这里的时候，时光已近拂晓，太阳还没有升起。可是，不远的将来，清晨即将到来，太阳终将升起，像黄金被淬炼而成，脱炉而出。

写完了以上的这些文字，我第一时间把它们发邮件给也鸣看。通常都是这样的。这些名贵女人的散文，每一篇都是这样的。第二天，我就收到了也鸣的邮件。我把也鸣的这篇邮件也写下来留给读者。对于胡因梦，我也愿意把也鸣的绝无故意的想法转达给读者——

“尽管我们已经许多遍地说起胡的故事和胡的修行，似乎已经对她无比熟悉，但此刻读起来还是感觉到了一股能量，一股集中灌溉的能量。我特别喜欢你最后用的那个炼金术的比喻。一下子让我想起了全部人类的命运，能炼成金子的人生肯定是少而又少的，是最后的精华。而绝大多数都变成了黑炭重归于炉。我还一下子突然悟到，说人生是苦难是苦海，是不值得过的，是不想再来人世，是不是就是因为这众多的黑炭太多了，撒遍世界，而且无可救药。想想吧，有多少人能看懂你的这些文字，有多少人能真的明白全部涵义。肯定特别特别少。

“你一定要看电影《通天塔》，看了，你就知道，人和人之间的隔膜是多么巨大，是多么不可沟通——是整个人类，不管黑人白人黄人男人女人。悲哀是注定的。这里说的还是大的分类，如果再算上小的分类，误会和伤害就是一日三餐。

“我们认为字字珠玑的东西，在众多的人那里，可能被十二分轻易地说成‘无聊’。而众多人追逐的东西，我们把它看作飞马过后的烟尘（这个比喻也异常好）。巨大的差异。真为胡因梦揪着心啊，她的工作坊将是多么艰难。她会失望吗？她不会的，她早就看清了。而我们就只把自己救出就好，我们的能量太小了。

“每次想到你写下了这么珍贵的文字，就感觉它们已经长到了你的身体上，一丝丝的强劲注入到你的体内，你也在借它们的力呢！这个过程也是你心灵拔节的过程。太好了。”

跋

高伟：在词语里放蛊

刘世芬

年前在湘西，有一天早晨前往苗王寨，车上一个苗族女孩眉飞色舞地描述她的祖先古老神秘的遗俗：放蛊。虽未亲见，且听得云雾缭绕，仅凭阅历自我提炼出一词：“控制”，回来就忘记了。最近读青岛女作家高伟的《她传奇》，读着，读着，竟有了“蛊”的感觉，不觉间就被高伟营造的语境“控制”了。起初是想把边角时间留给《她传奇》，但神一样的魔力驱使我中断了手中正在进行的诸多事务，这些都有时限要求，尽管心内坚强地叮嘱：先将“正业”做完，再读。可是，同样的内心，还有一种更为霸道的方向，这个指向不知不觉就变为实际行动，让我寻找了许多中断工作的理由，一头扎进高伟预设的“蛊”里，尽情迎接她袭向我的蘑菇云般的精神当量。

相遇高伟真该感谢伟大的互联网。最初的时候，无意间从哪一个链接进入青岛一女作家的博客，接着又进入另一女作家的网络领地，最后进入到高伟的博客，这样的连锁反应大约由一篇篇序言或者评论文章连缀起来。有一篇博文，是别人的一个新书首发式，链接里有大量现场图片，我一眼就盯紧了高伟的一袭红衣，暗想，噢，诗人，果真允许这么不含蓄！

那之后也还是辗转地进入了她的博客。那上面的文字开始让我惊艳，甚至屏息，便想读更多的高伟的文字。网上下单，这才开始读高伟的《她传奇》。

十四个名动世界的女人，段位及级数处于世界顶级。她们，以及那些与她们筋骨相连的男人，扯开一场场爱情、婚姻、生命、艺术、癫狂、宁静等等交织纽结的人生大幕。在这本《她传奇》里，被进行着解剖刀式的惊心动魄的高氏解读，思想和智慧的汁液像血一样从她的笔下源源渗漏。许多读到她文字的人很难不被“劫持”，受“蛊”或在瞬间。我还相信，所有读到的人与我一样的惊异：还有这样的读与写！

可是，不对呀，“蛊”这个词第一反应该贬义，“蛊惑”首当其冲，何况，“蛊”这个字本身就是个坏词，怎能与如此美妙的阅读体验产生关联，并且如此强烈呢？读高伟之前，对于阅读体验，我想我是做过一番连自己都不甚了了的寻觅的，寻觅那种与自己精神纹理的切近与契合，也曾一度以为找到了，但一些貌似惊艳的东西，却在我这里都没能逃开安乐死的命运。这也并不意外，营销界流行过一个说法，二十多年前，想推出一款新产品只需召集几家甚至一家报纸，开个新闻发布会，第二天报纸一出，新产品就在信息绝对缺乏和不对称的彼时爆炸开来。而今若想“爆炸”呢，那需怎样的标新立异绞尽脑汁甚至不择手段，才能博得少得可怜的几只眼球？日本学者大前研一说我们正处于知识碎片时代，信息在21世纪变得很廉价，网络让信息的传递没有了时差和国界，于是“注意力经济”“眼球经济”才大行其道。这多像眼下的文字海洋啊，我就在海洋般壮阔的文字碎片里寻寻觅觅，不惧以蠡测海：哪些是能给自己带来心灵震撼且三日绕梁的呢？

这真的需要一种相遇，在我看来，差不多像彩票大奖的几率。那些灵魅的，妖娆的，诡异的，华美的，正襟危坐的，唯美甜腻的，尽管有的看上去蛮惊吓的，在遇到高伟之前貌似吸引我许久，可是内心深处，总还觉得，缺少点什么，又莫可名状。直到高伟进入视线，于是坚定地以为，我一直向往的原是这种去除了花哨技巧的博大温厚的语境，一种朱子格物高僧悟禅之后的清宁。于是经常独自想象那个站在灵魂高处驰目骋怀的高伟，游在书山学海倚马千言的高伟，走在人性前沿婉转腾挪的高伟，就是苏格拉底那枚最饱满丰饶的麦穗了。

我相信走近高伟的必然。这种贴近，很像高伟自己描述的“发现”胡因梦，高伟离我也很近，我虽至今未见其人，但每天能在网络微信上看她的文字和照片，看那么多像我一样的读者为她的文字着迷，还可以随手给她发纸条、点赞。高伟说从胡因梦的文字中得到治疗，而高伟的文字之于我不仅仅“治疗”，更有前所未有的提振与整合，从这个意义上说，高伟就是我生命中的“胡因梦”。更令人高亢的是，我越来越感到，当我搞不懂自己，甚至被生活摧残得一塌糊涂的时候，高伟让我找回了自己，并遇见一个新的自己，我就在她尽舒水袖的文字戏台上，一点点清晰明朗起来。

她是惊扰了我灵魂的那个人。

平常的经验里，智性的女人其显性智慧多为一副灵气森森的模样，残酷、冰冷，有的高高在上，不识人间烟火，有的则带些神经质。久了，在制造距离感的同时，更让人陌生、恐惧。是的，它们让我感觉不到温度，那样的文字也不乏智性犀利甚至酣畅，可与我的距离感是固执的，我只能去景仰膜拜，眼神怯怯的，远远地观望。甚至，我崇拜已久的毛姆和福尔摩斯，尽管我经常沉浸他们，吸吮着绵绵不绝的精神汁液，那是些遥远的异域风情，那些鹰钩鼻子灰蓝眼睛，那些身着内撑裙，帽子上嵌着高冷羽毛的贵夫人，先天的经度和纬度让我像遥望月亮一样遥望他们，自然也像月亮一样美丽，而冷冰。

高伟不是，她简直让我温暖得惊呼，灵性、智性、显性以后的温暖，简直伸手可触。比如，我可以随时给她留言，在我心里她已是一个相熟已久的闺蜜，我甚至毫不顾忌地与她分享心事，她说一声“谢谢”让我伤心几天，信息传递中她的善解人意、善良仁厚令人动容，加之我与她同龄，相似的光阴以及相近的生命纹理，让我肆无忌惮地靠近她。就在这样的精神和思想的激荡、震颤中，她竟然在我毫无准备的情况下走进了我的梦里，梦境那么真实：翻着她的作品，她说她要来我这里出差……

相信在俗世浸淫太久的人都不会拒绝这种温暖。高伟是诗人，最初难免把她打入异类行列，还是文字！文字中的高伟宽厚博大得让人想起金属的质地与悠鸣。虽在解读他人，她却像《她传奇》的出版人陈政先生所说的镜子，照出她身上那种高阔得令人唏嘘的大慈悲、大仁善、大包容。在难以躲避的世事苍凉面前，她抵触甚至鄙弃那种一味的抱怨和人性的阴毒，期待那种由"绿色元素"营造的自然生态，于是我从她的文字里敞亮地看到，类似抱怨和阴毒的垃圾以及毒瘤离高伟很远，她的整个人就那么清明宁静地悄悄站立，低调甚而羞涩。翻看她的照片，阅读她的文字，眼前不断浮现着一个个国内外才华横溢女作家的肖像，有的看上去真的完美，可是此刻在我眼里还是缺少一个叫"温暖"的元素，高伟则用文字在读者面前使自己昂立，同时满含温暖的情韵。这就奇怪了，这样的圆融与统一，需要洞穿了怎样的世事曲折，进行过如何隆重盛大的涅槃般的修持（这是高伟文章中使用率极高的一个词），才能抵达！故而，我经常想，有的女作家天生是用来远远地打量的，而高伟，令人昵近。

其实，不读高伟，又如何领教她的锋利呵，如若把她看作那类只玩温馨的小女人就错了。而高伟的锋利的刃部又是抹了蜜的，读过的人被刺穿得舒服酣畅。没有这种涂满柔光的剑性，读者怎么可以耐性十足又期待万分地去读她那些长长的句子？她的叙事无论宏大还是细腻，总在贴近一个叫作人性的东西，她经常操着智性和慧性的小刀仔细切片研究它们。我读《她传奇》时的惯常想象就是这样一个镜头：在凡俗的情事面前，高伟锐眼一扫，她已暗自颔首，所有真相无可遁形……

一度，我认为辞藻重要得敌过意义，时而下意识地铺陈和华丽。读了高伟，才知文章到最后，是拼思想的。她告诉我们并非所有的疼痛都是成长的必须；与其向外索取，不如向内修持；她对男女情色的认知也是令人称绝的，却读过之后还是不由得庸人自扰：在她游刃有余恬淡从容的背后，别是一种看透的凉薄吧。在我心目中，这样的女子，足以匹配全世界最为美妙的爱情。她站在那里，可以想象一潭不为春风朗月荡起一丝涟漪的秋水，一种静美的轮廓，一种秋水长天的寥廓。这该得益于高伟惊人的阅读量了，北海作家阮直先生对此直呼“生畏”。是的，在她的阅读面前，必须是一种“仰”的姿势，这让我抛却了平日的所有纠结以及患得患失，矫情与浮躁，告诉自己，快回去读书吧。

对于高伟的才情，我不敢轻易用“聪明”这个词，它可以用于大多数不算那么愚钝的人，何况运用不当就会与“小”连在一起。而对于极少数占据思想制高点的人群，我认为聪明就是一种辱没了，于是，此时我让“智慧”出场。当我在高伟带来的精神原子弹中一次次澡雪，则觉得智慧也不够了，该是什么呢，是的，我认为是一种通灵！倒是陈政先生的“高伟替许多憋闷了许久的同类们狠狠地出了一口才情的恶气”，让我们“上火的灵魂”狠狠放了一次血，最为精当。

长久以来，我应该是在下意识地寻找一类人：脱离了低级趣味，清澄明净，辽远放达的人。至少是一种精神指向。多次以为找到了，我不敢说高伟绝后，但直到我读了高伟，我认为她就是我所寻找的人。我们这个年龄早已开始寻觅一种叫作“意义”的东西，高伟属于那种对俗世无要求，而对自己的内心却极其严苛的人，从她的文字里找不出一丝虚骄与浮躁。高伟写张曼玉：她一点点进入我们的视线，没有一丝刻意的味道，也没有权威使我们的目光就范，能够自动进入我们精神目光的女人是美好的女人。此刻，这是高伟。

高伟很女人，也很男人。这是我读完《她传奇》后的另一“定论”。内心的强大，一种揉和了刚性的智性的强大。有的强大流于表面，太“脆”，经不起揉折，但高伟的内心是那种“合金”化的经过锻造的添加了特殊成分的强大，这样的强大体现为刚强而柔韧，这样的过程全在高伟的“炼金三阶段”里面。

高伟很女人。坊间的“脂粉”是脱不开俗艳干系的，而我仍固执地想说说高伟的“脂粉”。这么懂女人的高伟怎么能不脂粉呢，可她怎么就把脂粉这件事拿捏得这么赏心悦目呢。在此不想评价高伟的美，在她对世上的美千帆过尽之后，再由外人品评总显得矫情。一个俯瞰了全世界的美的事件的高伟，她本人所具有的美该是怎样的容量和含量呢。显然，试图化验这美的化学成分，并非易事。

陈政先生读过高伟解读女诗人普拉斯之后，油然一种担忧：高伟，你自己有没有度过你认为的“普拉斯死亡诗域”？我想这应是一个设问句式，高伟用她的思想阔度和精神海拔告诉我们，她业已实现了这种穿越。我更期待在其后的《他传奇》《爱传奇》中，寻找那种“云在青山”的清俊模样。

高伟的书里经常出现一句话：现在不认识的人就不要认识

了。这尽管悄悄暗合着我此前的人际认知，而此刻面对高伟，我想许多文学人跟我一样，油然一种物以类聚的生命靠近，就把这句话颠覆一次：高伟，让我们认识。现在。

我愿，跟在陈政先生身后，在高伟文字的“蛊”里，继续惊心动魄下去，荡气回肠下去。